高木彬光コレクション／長編推理小説

人形はなぜ殺される

新装版

高木彬光（あきみつ）

KOBUNSHA

光文社

高木彬光コレクション

人形はなぜ殺される

目次

人形はなぜ殺される

人形はなぜ殺される

序　詞

　この奇怪な連続殺人事件の物語の筆をとるにあたって、私はまず、一見異様と思われるこの題名について、一言おことわりしておかねばならないような気がする。

　それでなくても、探偵作家というものは、往々にして、文章が無神経であるとか、形容詞がどぎつすぎるという非難を受けがちなものだ。何かといえば「血も凍る」「凄惨な」「恐怖に満ちた」「背筋も冷たくなるような」「血なまぐさい戦慄の光景」が一行おきにとび出してくるなどという悪口をいわれがちなものなのである。

　そういう論者にいわせれば、この物語などは、題名からまず真っ先に、批判の的になるであろう。

　人形というものは、たとえどれほど精妙につくられていたところで、一見、生きた人間と寸分たがわぬ容貌を持っていたところで、所詮血の通わない無生物ではないか。たとえば、その美しい金髪の首を盗んで見たところで、その五体を鉄路に横たえてバラバラにして見たところで、あるいはまた、そのほかどんな方法で、その体をさいなんで見たところで、命を持たぬ無生物を、殺すなどということが出来ようはずはない。精々、傷つける——ということしか出来ないのだと、至極理詰めな論旨を展開されるであろう。御説はまことに御もっともだと申しあげるほかはない。その意味では、この事件の途中で一般に流布された『人形殺人事件』という名称の方が、はるかに直截簡明に、事件の内容を表現しているかも知れない。

だが、私は敢えて、奇異を好むといわれることも覚悟の上で、この題名を選んだのだ。その理由は、いずれ、この物語が進行して行くにしたがって、読者諸君にもおわかりになるだろうと思われるから、ここではごく簡単に、前口上的な解説を述べるにとどめておこう。

文明というものの洗礼を、未だに受けていない原始民族の間では、人形は、決して単なる美術品でもなく、単なる愛玩物でもない。彼等は一つの信仰の対象として、あるいは呪術の対象として、人形を作り、愛し尊び、それを祭っているのである。彼等にとって、人形は、人間の手によって作られた作品でありながら、しかも一つの魂を持つ別世界の生物であるかのように考えられている。ある場合には、人形は人間に幸福をもたらす神の身がわりなのだ。また、ある場合には、何かの魔法で、その眠れる魂をよびおこされれば、人間と同じように動きまわり、話し、泣き、笑い、時には愛の言葉さえささやく生物と思われているのである。

　こうした見地から生まれた、民話伝説の数もかぎりはなく、また、たとえば『ペトルーシュカ』のように、その幻想が、最高の芸術作品となってあらわれたものも決して珍しいとはいえない。

　また、ある場合には、人形はその持ち主に対する護符とも思われていた。人間の身に襲いかかって来るはずの災厄を、まずその一身にひきうけて、持ち主の身がわりとなる犠牲（にえ）だとも考えられていた。

　だから、原始人にとっては、その守護神ともいうべき人形が万一傷ついたときの心痛は大変なものなのだ。今日この人形に訪れて来た苛酷な運命は、明日は新たな形をとって、自分自身にふりかかってくるのではないかと恐れ戦（おのの）いて、悪魔攘伏、怨霊（おんりょう）退散の祈禱（きとう）を捧げないうちは、安閑として眠ることも出来ないくらいである。

　いや、そのような種類の信仰は、必ずしも、原始民族の間にばかり見られる現象だとはきまっていない。たとえば、わが国の例をひいても、江戸時代――いや片田舎（かたいなか）では明治大正のころまでも、『丑（うし）の刻参り』の風習が根強く残っていたではないか。

　自分の恋をふみにじられた女が、生ける悪鬼と化し、髪をおどろにふり乱し、頭の上の鉄輪に三本の蠟燭をともし、恋仇と裏切った男になぞらえた藁人形を釘で打つ——深夜、その魂を失ったような白衣の姿を見たならば、と想像しただけでも、私などにはそれだけでもう鬼気迫るような思いがする。

また、子供たちの間には、今でも照る照る坊主の習慣が、むかしの形をそのままに伝えられている。人形をつくり、明日雨がふらないようにと祈願して、

「照る照る坊主 照る坊主
　明日天気にしておくれ
　それでも曇って泣いてたら
　そなたの首をちょいと切るぞ」

とあどけない声で歌う、子供たちの姿には思わずわれわれの微笑をさそうようなほほえましいものがあるとしても、こうした子供たちの風習は、ある意味では、原始人の風習をそのまま鏡にうつしたようなものなのだ。

心理学者の説に従えば、どんなに文明が進歩しても、人間の心理の奥底に宿っている原始人的な感情は、どうにも動かせないものだということである。たとえば、われわれが悪夢の中で、蛇に追われて冷や汗を流すようなことがあるのは、何十代何百代か祖先の経験と感覚が突如として自分の意識の中によみがえって来たためだといわれている。

そうした、原始人的な感覚、古代人的本能をよびおこされたとき、人は平素自分の周囲をとりまいている環境と、あまりにも隔絶した事の動きにしばし呆然（ぼうぜん）とし、雷電のような恐怖にうたれずにはおられないのだ。

たしかに、この事件の犯人の心には、こうした神秘的な感覚が、多分にひそんでいたのではあるまいか。人の誰しも持ちあわせている、原始人的な恐怖心をよびおこすことにかけては、彼は天才的な手腕に恵まれていたのではあるまいか。

この犯人は、人形を殺すときには、まことに至難の業と思われるような冒険を敢えてしたのだ。それでいて、当の人間を殺すときには、実に無造作に、まるで鼻歌まじりのような調子でやってのけたのである。

この事件に、何ともいえない不可解な雰囲気（ふんいき）がみなぎっていたのは、一（いっ）にかかってこの倒錯現象のためだったといえるであろう。

原始民族の祖先の感情を、まざまざと心に呼び起こされた人々は、恐れ、戦き、迷ったのだ。どうして、この犯人は、これほど、人形というものに、異常な執念を持っているのだろう？　あるいは原始民族の魔術師たちのように、人形さえ殺してかかったなら人間はほっておいても命を失うという、病的な信念にとりつかれているのかと不思議に思わずにはおられなかったのである。

かくいう私自身もまた、その妄想の虜となった一人であった。この事件のすべての謎が解き明かされ、その真相が白日の下にあばき出された今日でも、その時の盲目的な恐怖の感情は、まだ消えやらずに残っている。その印象が、あまりにも強烈なものであったればこそ、私は何度か思いあまったあげく、この題名を選ばずにはおられなかったのである。

ただ「人形を殺す」という言葉を、今まで述べて来たような見地から、素直にうけとっていただけるならば、この題名も決してこけおどかしのものではない。

この『人形殺人事件』の犯人は、断じて伊達や酔狂で、人形を殺して行ったのではないのである。そこには実に緻密な、実に巧妙な、魔術師的な計算さえ働いておったのだ。その人形殺しの意味を見やぶることに、この事件全体の秘密をとく鍵がかくされていたのである。

その意味で、この題名はそのまま、本格探偵小説の立場からする、読者諸君への挑戦の言葉とうけとっていただきたい。

筆者の投げる手袋は、

「人形はなぜ殺される？」

第一幕　断頭台への行進

第一場　魔術への招待

新宿駅の東口を出て、スケートリンクのある方へ二百メートルほど行ったあたりに、「ガラスの塔」という名前の、一種異風な喫茶店がある。

この名前だけ聞いたのでは、誰でも、壁全体をガラスばりにした、近代的な採光のよい明るい感じの店を想像するだろう。しかし、実際その前に立って見ると、この店から受ける印象は、全くそんな予想とは違っている。

化粧煉瓦をつみあげた壁は、まるで苔でもむしているようにくすんだ色だし、窓も、まるで刑務所の監房の窓のように、ほんの明かりとり程度の大きさしかない。ただ鉄の格子が、あるかないかの違いだけなのだ。

もっとも、こんな外観は、この付近一帯の雑然とした、何となく薄暗い影を持つ街全体の雰囲気と、たくまずして調和しているのだが、一歩この店の中へ足をふみいれると、そこにはさらに異国的な、さらに珍しい光景が展開されるのだ。

全体が暗く、穴蔵のような感じをうけるのはまだしも、壁にかけられた額の絵は、すべて風変わりなものなのだ。これが、ピカソやマチス流の、上下さえはっきりしないような絵ならば、この頃では敢えて風変わりともいえないが、黒く陰鬱な銅版画、そしてその絵の題材も、まるで西洋中世紀の魔術本の挿絵を切りぬいて来たような奇怪きわまるものばかり。

腸詰めみたいな鼻を持つ妖婆とか、大きな三日月形の刃のある首斬り鎌を持った悪魔だとか、三本足の妖怪だとか、悪魔会議の光景を写しとったような場面がこの壁のいたるところに見出される。そしてその他の装飾も、印度の蛇使いの吹くような笛、人の形のようにひねくれて成長した木の根、アラビアン・ナイトに出て来るような古びた青銅製のランプなど、すべて異様な雰囲気を、その周囲にただよわせるものばかりなのである。

だが、その中でも、もっともぶきみな、最も不可解な存在は、その中央のアルコーブの中に、飾られてある陰惨な置物なのだった。

大きなガラスのケースの中に、また二重に一尺ぐらいの高さの四面ガラスの塔らしいものが入っている。しかも、その内側の塔の中には、六寸ぐらいの大きさの人形が、逆さに天井からぶら下げられているのである。足をしばられ、手には手錠をはめられて——その無表情な顔も、この無惨な拷問にたえかねて、真っ赤に充血し、眼も宙にとび出さんばかりに苦悶しているように思われる。

この凄惨きわまりないガラスの塔——これがこの店の名前の起こりなのだ。

探偵作家の松下研三は、酒友の青柳八段といっしょに、一度この店に足をふみこんでから、この何ともいえない怪奇な雰囲気がすっかり気に入ってしまった。そして、ある日の夕方、この店のマスターを呼んで、自分の名刺を出し、この飾り物のいわれを教えてくれとたのんだことがある。

「松下研三先生……ああ、もと捜査一課長をしておられた松下英一郎さんの弟さんで、探偵小説を書いておられる……お名前はかねがねうかがっておりましたよ」

主人は丁寧な口調でいって、研三のむかいの椅子に腰をおろした。なかなか整った端正な容貌だが、研三は一本残らず雪のように光っている髪の毛の工合から判断して、相手の年を六十に近いとにらんだ。ところが、後で実際の年齢をきいたときには、驚いてしまって、なかなか信用も出来なかったくらいである。この男はまだ四十五——彼とは、十しか年がちがわないのだ……。

「私は中谷譲次と申します。むこうでは、ジョージ・中谷といわれていました。メリケンくさい名前でしょう？　戦争のおかげで送還されて、こうして今では、しがない喫茶店のマスターにおさまっていますが、それまでは、むこうでも、歴史に残る大魔術師、フーディニエの再来といわれたこともあるのです」

中谷譲次の言葉には、追い求めても帰ることのない青春をなつかしむような調子があった。

「先生のような探偵小説の世界でもそうでしょうが、魔術の世界もきびしいものです。魔術師というものは、たえず自分の体と頭を、鋼（はがね）のように鍛え上げていなければならないのです。たえず新しいトリックで、お客を喜ばせなければならないのです。普通の人間なら、何でもない、ちょっとした体の故障でも、魔術師の場合はたちまち命とりなのです。たとえば、いま申しあげた大フーディニエが、手錠をかけ、錠をおろした鉄の箱に入り、氷のはったハドソン河の河底に投げこまれたことがあります。五分、十分……三十分、フーディニエの姿はあらわれません。最初はかたずをのんで待っていた見物人たちも、さわぎ出しました。気の早い新聞などは、大フーディニエ遂に死す――という記事をのせたくらいです。ところが何ということでしょう。フーディニエは、二時間後に、氷の割れ目の間から、ぽかりと顔を出したのですよ。手錠をはずし、鉄の箱から脱出することはともかく、二時間のあいだ、氷のはった水中で、どうして呼吸をしていたか――とても、人間業とは思えません」

「全く、鰓でも持っていないかぎりは、想像も出来ないことですね」

「私はフーディニエのやったことは、自分でも残らずやって見ました。ここに飾ってある品物は、たいてい、その時代の名残りの品です。といって、最初にレールを敷く人間は、その上に列車を走らせる人間より、はるかに大きな仕事をしているわけです。だから、かりに私が、フーディニエと同じことが出来たというだけでは、彼をしのいだ――ということにはなりませんが、ただ一つ、私の自慢出来ることがあるとすれば、それはこのガラスの塔の魔術をやってのけたことでしょう」

おりもおり、片隅のオーディオは、「幻想交響楽」のぶきみな第四楽章、「断頭台への行進」をかなではじめた。この白髪の魔術師が、力をこめて、ガラスの塔を指さしたとき、その中で逆さに宙づりになっている人形は、かすかな悲鳴をあげたように思われた。

「ガラスの塔――とは、いったいどんな魔術なのです？」

「こんな形に、四面ガラスではった箱を作ります。ちょうど人間が立って入れるぐらいの高さ、両手を動かすことも出来ない広さですが……その中へいっぱいに水をはり、手錠をかけ、逆さになって足をしばり、その中へ吊るして入れてもらうのです。もちろん、上から蓋をして――ガラスを一枚も破らずに、この塔から脱出出来るかどうかという魔術なのです」

「四面ガラスというと、タネも仕掛けも、ほどこす余地はないのですね？　周囲、四方からは全部、動きが見えるのですね？」

「そうです。一度、ただ一度だけ、私はこの脱出に成功しました。大フーディニエといえども成功しなかった偉業です。ただ、そのとき、私は魔術というものが、つくづく恐ろしくなりました。ちょうど、そこへ今度の戦争が勃発して、私は否が応でも、魔術の興行から足を洗わなければならなくなりましたが、私自身のためには、かえってそれもよかったと思っています。もしいまでも、あの仕事をつづけていたら――私は気が狂うか、死ぬか、それとも死体も残さずに、この世から消えてしまうか、どちらにせよ、無事にこうして先生とお話はしていられなかったでしょう。人間には越えてならない一線があるものです、その一線を、私は越えてしまったのです」

松下研三は思わずぎくりと身をふるわせた。ちょうどこの時、音楽は、あのあわれな犠牲者が断頭台で首を斬り落とされる一瞬の、何ともいえないぶきみなピチカートの音を伝えたのだ。

「その越えてならない一線というと？」

「ガラスの塔を脱出するために、私はその時、悪魔に魂を売ったのですよ。はははは、まあ、一口に申すなら、私自身の肉体が、その時は何かの気体のような状態に変わったとでもいいますかねえ。すこぶる抽象的な言い方ですが、その秘密はいま先生にお話しして見たところで、恐らくおわかりにはなりますまいし、また私にしたところで、このことには、あまりふれたくもないのです。ただ、私の心配するのは、これは先生などの御専門になって来ましょうが、私ぐらいの修業をつみ、私ぐらいの技術に達した魔術師が、犯罪をおかしたら、どうなるかということなのです。恐らく、普通の捜査方法では、そのトリックさえ見やぶれますまいね。犯人を捕まえることに至っては、到底不可能なことでしょう」

「日本の警視庁の係官が全部さじを投げたとしても――その時には、ただ一人、その難事をやりぬく人物がいるでしょう。僕の友人、神津恭介（かみづきょうすけ）」

「神津恭介先生？　あの有名な大探偵……」

中谷譲次は微笑した。何ともいえない微笑だった。それはガラスの塔の中に吊るされた人形の口もとの表情に似ていた。とりようによっては、嘲（あざけ）りの笑いとも、挑戦の笑いとも、とれる冷たい笑い方だった。

狂わしい音楽が、ぱたりとやんだ。第四楽章から、最後の第五楽章に移る前のちょっとした無音の間であった。

この束（つか）の間の静寂のうちに、松下研三は、この店のどこからか流れて来る、実に奇妙な男女二人の会話を耳にしたのである。

「そんなわけで、今度の首を斬られる役は、君にたのみたいんだが、どうだろう？」

「わたくしが、わたくしが、首を斬られるの？」

研三も思わずはっと後ろをふりかえった。もともと、探偵作家のことだから、血なまぐさい話にはなれているが、この魔術師の言葉とこの場の雰囲気に、いささか神経が変になりかけていたところだから、何かこの世のものならぬ悪魔と妖婆が、銅版画から抜け出して奇妙な会話を始めたのかと思ったのだ。

間もなく、ふたたび響きわたった「幻想交響楽」の最終楽章「悪魔会議の夜の夢」の陰惨怪奇な音楽が、二人の会話を研三の耳からさえぎってしまったが、一瞬の間に、この二人の姿は焼きついたように、研三の網膜に残っていた。男は三十五、六ぐらい──生地までは、はっきりわからなかったが、外国ものらしい暖色のゆったりとした背広を着た、身なりは会社の重役かと思われる男だった。それでいて顔は精悍そのもの、ブルドッグのように鼻がつぶれて、まるでボクサー崩れのように凄みのある顔なのだ。女は年のころ二十七、八の、職業婦人らしい身なり、少し青白い冷たい美貌の持ち主だった。服も冷たい色だったが、その眼はさらに冷たかった。

この二人は、夫婦でもなければ恋人同士でもない。友人とはいえるかも知れないが、同時に何かの意味で、敵意を感じあっている間柄にちがいない。彼等が眼と眼を見かわしたとき、その間の空間には、パチパチという音をたてて、青白い火花が散っているように思われた。

「先生、何も御心配なさることはありませんよ。今度の会に発表する新作の魔術の打ちあわせでしょう」

研三がふりかえったとき、中谷譲次は、その心の中を見ぬいたのか、事もなげにいった。

「魔術で、首を斬る?」

「そうです。私の前身がこんな商売だったものですから、この店には、素人の魔術研究家がよく集まって来るのです。男の方は、ほら、新聞に大きな広告を出している大衆金融機関で、福徳経済会というのがあるでしょう。あそこの専務をしている水谷良平、女の方は、もと子爵令嬢の京野百合子、どちらも日本アマチュア魔術協会の熱心な会員です。この十七日に、この協会の新作魔術発表会がありますのでね。私はその会の顧問をしているのですが、公楽会館の六階ホールで、まあ年に一度の、会員の腕くらべ——というようなものですね」

そう説明されて見れば何でもないことだった。だが、研三の胸の底には何か正体の知れない不安が、どす黒い澱りのようにねっとりとこびりついていた。

「首を斬るって……いったい、どんな風にして？」

「私の聞いているところでは、『マリー・アントアネットの処刑』という魔術だそうです。御承知のように、彼女はフランス国王ルイ十六世の妃で、世界の恋人といわれた美貌の持ち主ですが、フランス革命の犠牲となって、ギロチンで処刑されましたね。舞台にギロチンを持ち出して、まず処刑人に扮したあの男が、大根か人参か何かを切って見せて、刃の切れ味をためす。それから、マリー・アントアネットに扮した彼女が登場する。ひざまずいて、ギロチンの下に首をつっこむ。ワン、ツー、スリー、刃が落ちて……首は、ぽろりと断頭台の下へ転がり落ちるのです」

「本当に？」

「さあ……」

まさかとか、とんでもないというべきところを、中谷譲次は何か曰くがありそうにわざと言葉をにごした。

「あとは、先生が御自分の眼でおたしかめになったらいかがです？　百聞は一見にしかずということもありますし、もしかしたら、何か小説の材料にでもなるような変わった出来事が起こるかも知れません」

「うかがいましょう。でも、切符は？」

「ワン、ツー、スリー」

白髪の魔術師は手をふった。そして、何もない空中から、一枚の招待券をつかみ出して研三の手にわたしてくれた。

第二場　処刑の前の首盗み

松下研三が、柄にもなく、この新作魔術発表会に出席しようという気をおこしたのは、小説家なら誰でも持ちあわせている、旺盛な野次馬根性のためだったか、それとも、この時の水谷良平と百合子の会話の断片から、この恐ろしい「人形殺人事件」の前兆を感じとったのか、それとも彼に特有な、警察犬のように鋭く犯罪の臭いをかぎわける動物的な本能の力だったのか、研三にも後では何とも説明出来なかった。

ただ、彼は、それから会の当日まで、何度かぶきみな夢を見たのだ。同じ、悪夢のような夢を……。

その夢の中には、必ず中谷譲次が出て来た。この白髪の魔術師は、あるいは女のように繊細な指先で妙な形の木の根をこすり、ある時は青銅のランプをなで、ある時は、ガラスの塔の置物を指さしながら、嘲るような笑いをうかべ、挑戦するようにくりかえしたのだ。

「いかに、先生のお友達の神津恭介先生が、戦後屈指の名探偵だとしても、今までの事件にすべて成功なさったというのは、ただ御運がよろしかっただけなのですね。犯人が、普通の人間だったからなんですね。もし、犯人が魔術師だったら、それもアマチュアの域を脱した——たとえば、私などのように、大フーディニエの再来といわれたような大魔術師が、一生一度の智能をしぼって、大犯罪を計画したら、その謎はどうしても解けますまいね。どうしても、どうしても、どうしても……」

それから彼は手をあげた。華(はな)やかな女王の衣裳(いしょう)をまとった百合子が、ギロチンの上にひざまずき、大きな鋭い刃が落ちると同時に、その美しい首はぽろりと地上に落ちた……。

研三はどうしても、この大魔術を自分の眼で見ないことにはがまんが出来なくなった。たとえ、その魔術の出来がどうあろうと、その光景を、一度自分の眼で見ておきさえすれば、この悪夢の虜から逃れられるだろうと思ったのだ。

彼がこの日定刻二十分ほど前に会場の公楽会館の六階ホールへつくと、入口の受付のところに、中谷譲次が立っていた。

黒のタキシードを着こんだその白髪の姿は、さすがにあかぬけして、オーケストラの指揮者のよう、女のように長くしなやかな指をたえず宙にもてあそんでいるあたりはまるで音の魔術師といわれたストコフスキイの面影さえしのばせる。

「やはりおいでになりましたね。きっと、いらっしゃると思っていましたよ」

といいながら、彼は研三に一枚のプログラムをわたし、

「一度、楽屋へいらっしゃいませんか？」

「かまいませんか？」

「かまいませんとも。あの後で、女王様にあなたのことをお話ししたら、ぜひ一度、お目にかかりたいといっていましたよ」

女王様といえば、もちろん、あの時の女だろう。女王マリー・アントアネット——京野百合子をさすのだろう。

楽屋へむかう廊下の途中で、研三はそっとプログラムを開いて見た。たしかに、第一部不吉な十三の数字の次に、

「宿命の王妃、マリー・アントアネットの処刑……水谷良平、京野百合子」

と印刷してあった。これが、あの時二人の打ちあわせていた、魔術の題にちがいない。

楽屋は、どこでもそうなのだが、やはり何ともいえない、雑然たる空気がみなぎっていた。芝居や踊りのおさらいなどと違って、大して扮装も必要としないのだが、それで

も時代ばなれのした上下姿や、古風な黒のフロック姿の人々が、あわただしく動きまわっていた。

物すごく、ひだの多いスカートを手に持って立っていた百合子は、研三の顔を見るなりにっこりとほほえんで見せたが、水谷良平の方は、名刺をうけとっても、どこの馬の骨が来たかというように、ただ無愛想に頭をさげたきりだった。

「お役目御苦労さまですね。しかし、たとえ、タネも仕掛けもあるといっても、首を斬られる役にまわったら、あなたもあんまりいい気持ちはなさらないでしょうね」

研三がぶっきらぼうにそういうと、百合子は内心、あまりこの役には気がすすまなかったのか、ちょっと鼻白んだが、やがてむりに笑顔を作って、

「でも、世界の恋人——といわれた女王様になれるんですもの。役としたら、たいへん光栄な役ですわ」

とはいうものの、口と顔とは別なことを語っていた。何ともいえない、暗い影が雷雲のように、その美しい顔にかかっていた。

「だけど、いくら何だって本当に首を斬られるわけじゃないでしょう。いったいどんなトリックなんです?」

「これが首——人形の首ですのよ。これをスカートの中にかくして、ギロチンの下へつ

き出しますの。刃が落ちると同時にこの首がぽろりと落ちるというわけなんです」

百合子は、そばの紫の風呂敷包みをほどきかけた。小さな、四角な箱の前にはってあるガラスの板から、ちらりとブロンドの髪と、白い美しい顔とがのぞいた。

「やめんか！　君！」

突然、死刑執行人、水谷良平の怒りが雷のように爆発した。

「魔術師が、魔術の実演の前に、そのトリックを人に話してどうするのだ！　松下さん、あなただって、誰かお友達が探偵小説をお書きになるとき、そのトリックを前もってお聞きにはならんでしょうな」

もっともな言葉にはちがいないが、この高飛車な物の言い方が、研三の癇にぴりりとこたえた。

「これは心ないことをいたしました。商売違いの僕のことですから、それをおうかがいしたところで別におさしつかえはないと思っただけです。まあ、一切の罪は僕にあるんですから、京野さんをあんまりお怒りにならないで下さい。とにかく、この死刑の執行が無事に成功することを心からお祈りしていますよ。僕もトリックなんか知らない顔で、精々拍手しますからね」

そういい残すと、研三は後ろもふりかえらずに、さっさと客席へかえって来た。

客席は七、八分の入りだった。恐らく、会員の家族や友人たちや、そうした内輪の人々の集まりだろうが、それでもこれだけの入場者があれば、成功の部類だと研三は思った。

幕が上がり、開会の挨拶が終わって、魔術の演技が始まったのはその直後だった。何度か、拍手が耳のそばでひびいて来たが、研三の心は何となく空ろだった。舞台で次々と展開される妙技も眼には入らなかった。

彼はだまって、腕をくみ、この二人の男女の関係を、心にたずねていたのである。

——あの二人は、いったいどんな関係なのだ？　夫婦ではない。恋人同士だとも思えないのに、あの男はまるで目下のものを叱りつけるような言葉づかいをしていたではないか。——あの二人は、たしかに敵意か、そうでなければ、対抗意識のようなものを抱いている……二人がぴったり、呼吸をあわせなければ出来ないようなこの魔術が、これでは無事にすむだろうか？

漠然たる不安が、いつまでも研三の胸から去らなかった。その時突然、周囲の席から、かすかなどよめきが起こった。研三もわれにかえってはっと顔をあげた。

舞台には、ぶきみな断頭台、ギロチンが組み立てられて横たわっていた。だが、そのそばには、黒衣の死刑執行人、水谷良平のかわりに、モーニングの司会者が何となく顔の筋肉をこわばらせて立っていた。

「さて、これからいよいよ呼び物の断頭台の女王の大魔術にかかるわけでございましたが、出演者の都合によりまして、これはとりやめといたします。あしからず御諒承下さい……」

研三は思わず席を蹴たてて立った。そして廊下へとび出すと、そこでばったり、中谷譲次に出くわした。

「どうしたんです？　中谷さん！」

「いや、大変なことが起こったんですよ。魔術のタネが盗まれたんです……」

中谷譲次の言葉にも、何ともいえない心の動揺が微妙なアクセントの狂いとなってあらわれていた。

「何ですって！」

「首が盗まれたんですよ。さっき百合子さんのお見せした人形の首が、衆人環視のあの楽屋の中で、鍵のかかったガラスの箱から、見事に盗まれてしまったんですよ」

楽屋はまるで煮え返った鉄瓶のように、騒然としていた。蜂の巣をつついたような騒音が、この二十畳の畳敷きの楽屋に、隅から隅まで充満していた。

「どうしたんです。いったいどうしたんです?」

研三の言葉に百合子は顔をあげた。恐怖に満ちた二つの眼は、すでに半身をのみこまれた、未知の神秘の世界から救い出して――と研三に求めて、喘いでいるように見えた。

「わかりません。どうしたのか。わたしにも何が何だか、さっぱりわけがわかりませんの、いよいよ、出番が迫ったので、鬘をつけようと思って――マリー・アントアネットはブロンドでしょう。それでわざわざ、金髪の鬘をあつらえさせたんですのに……その鬘がどこにも見あたらないんです。たしか、この小型のトランクの中へ、衣裳や何かといっしょに入れて来たんですのに……そうしたら、この箱の中から、首がなくなって、そのかわりに、鬘が入っていたじゃありませんか」

何ともいえない複雑な思いを抱いて、研三はあの首が入っていた白木の箱を見つめた。二十センチ立方ぐらいの大きさを持つ、白木の箱、その前面のガラスの蓋が上下するようになっているのだが、御丁寧に、その蓋の端には、小さな南京錠がかかるようになっている。

「この鍵は?」

「わたくしが身につけておりましたが……」

「それで、この箱に手をかけたのは、あなたのほかに？」

「それは、何とも、申しあげられません。しょっちゅう注意はしておりましたが、何しろこうしたところですし……」

　理の当然ともいえる言葉だ。こうして、大勢の人々が、たえず出入りしている楽屋のことだ。ことに顔見知りの会員たちのことだから、百合子たちのそばに近よって、挨拶をした人間もいるだろう。また、百合子にしたところで、その間に洗面所へ立ったりなどで一度も席をはずさなかったとはいえないだろう。そんなことを聞いても、満足な返事の得られないことは最初からわかりきっているようなものなのだ。

　ことに、この場に集まっている人々は、みな素人とはいいながら、魔術の腕にかけては、玄人はだしの人々ばかり——こんな小さな南京錠をはずし、もとの通りにかけ直すぐらいのことは、誰でも朝飯前にやってのけるだろう。しかし、人間の首と同じ大きさを持つ人形の首——それを、誰にも気づかれぬ間に、箱からとり出して、どこかへかくすということは、それほど簡単なことではない……。

「ひひひひひ、女王様の首がなくなったそうだね。ひひひひひ、斬る首がなければ、死刑も出来ないはずだ。女王様のためには万々歳、あっぱれ忠臣がいたものだ」

　突然、部屋の一隅から、嘲るような言葉が流れて来た。研三も、ぎくりと身をひいて、この奇妙な男の姿を見つめた。

亀背なのだ。大人の顔をしているのに、背丈は子供ぐらいしかない。身長の割りに肩はばがはっていて、おまけに黒のインバネスを羽織っているので、その姿はまるでゴリラかオランウータンのようにも見える。声の調子もかわっている。恐らく、声帯かどこかにも異常があって、そのために、こんな声しか出ないのだろうが、時が時、場合が場合だけに、この笑い声を耳にしたときには、研三は何ともいえない肌寒い感じに襲われたのだ。

「あれは？ あの方は何者です？」

「詩人の杉浦雅男氏です。やっぱりこの会の会員ですが」

中谷譲次はひくい声で答えた。

水谷良平もむっとしたようだった。こめかみのあたりに、ぴくぴく青筋をたてながら、

「杉浦君、君はいったい僕の魔術にけちをつける気か」

「僕が今さらつけなくたって、とっくについているじゃないか……ひひひひ、マリー・アントアネットには、フェルゼンというスウェーデン生まれの貴公子の愛人がいたそうだ。彼はこの女王を脱獄させようと、あらゆる努力を惜しまなかったが、遂に事成らずしてやんだという……そのフェルゼンも、こんな妙手には気がつかなかったろうな。

恋人がギロチンにかけられる前に、首だけ盗んで逃げるという……」

「杉浦君、まさか君が、首をかくしたんじゃあるまいな？」

「僕が？　犯人だと？　それは大変光栄な、大変迷惑ないいがかりだな。僕は小柄な体だし、世界の恋人といわれた女王様の前に出た日には、ひひひひ、恋人役はおろかなこと、その裾のあたりにじゃれついて、一生懸命愛敬をふりまいている猫のような道化の役が精一杯さ。からかわれ、笑われ、嘲られながら、道化はげらげら笑っている。たとえ、腹の底では、煮えくりかえるような怒りをこらえていたとしてもねえ。道化には、命がけで女王様を救おうなどという気はない。そんな献身的な役まわりを期待されてもむりな話さ」

泣き出すように、この男は顔を歪めて笑った。

「そのフェルゼンを探したまえ。首の行方が知りたかったら……どれ、随分憎まれ口をきいた。僕の出番は終わったし、そろそろおいとまするとしようか」

バタンと大きく扉をならして、この奇怪な詩人は出て行った。そして、その後で廊下から聞こえて来たのは、魔法使いの老婆のような皺枯れ声の歌だった。皮肉と悪意に満ちたようなあの童謡の替え歌だった。

「照る照る坊主　照る坊主

早くお嫁にやっとくれ
それでもふられて泣いてたら
そなたの首をちょいと切るぞ……」

第三場　起こらなかった惨劇

松下研三が、神津恭介の家を訪ねて行ったのは、その夜おそくなってからのことだった。日本犯罪捜査史上、屈指の名探偵といわれる神津恭介は、三十五になった今でも独身でいる。東大医学部法医学科を卒業して、現に大学の助教授をつとめ、医学博士と理学博士と二つの学位を持っているが、その学位の一つは全然畑ちがいの数学で、しかもまだ二十歳にもならない前に、ドイツの数学雑誌に発表した整数論の論文に与えられたものなのだ。家代々の財産もあり、しかもギリシャ彫像を見るような日本人ばなれのした美男子なのに、どうして世の中の女の子が、彼をいつまでも独身でほっておくのか、研三は不思議でならなかった。

表面は氷のように冷たく見えるが、決して親しみ難くはない。腹の底まで入って見ると、案外と思われるほど、多情多感な、友情にも信義にも篤い人物なのだ。ただ、推理機械といわれる鋭さのこもった名声と、まるでレントゲンのように、相手の胸の底まで見とおしているような眼が、この人物を普通の人々から近づきがたい孤高の存在とするのであろう。

門を入ると、豊麗なオーケストラの音が聞こえた。兄弟のような仲だから、女中にちょっと断わって、洋間の応接室へ入って行くと、恭介は珍しく革のジャンパーを着こんでLPを聴いていた。

「やあ、珍しいね。急がなかったら、もうすぐすむから、ちょっと待ってくれたまえ」

「それは？」

「ベートーベンの第五ピアノ協奏曲——『皇帝』——僕の一番好きな曲でね」

自分でも素人ばなれのしたピアニストで、僕の恋人は音楽だと日ごろからいっている恭介のことだから、研三もその感興を妨げる気にはなれなかった。だまって、ソファーに腰をおろすと、オーケストラの華麗な響きに対抗して、一歩も退(ひ)かぬピアノ独奏の七彩(なないろ)の音に耳を傾けていた。

「失敬したね。今ごろ珍しくやって来るとは、また殺人？」

ＬＰを電蓄からはずして、ていねいにブラシをかけながら、恭介は女のような靨(えくぼ)を浮かべた。

「違います。首が盗まれちまったんです」

「殺人でなくって、首が盗まれた？　ただの死体から？」

一高時代から十何年、研三は恭介に対しては最初から二目も三目もおいている。相手は桁違いの天才だし、自分は最大公約数的な凡人だと思っているだけに、言葉づかいも態度も、まるで師に対するように丁寧だったが、この魔術の処刑未遂事件を話しつづけていた間には、何となく興奮して、言葉もいつもよりずっと乱暴になっていた。

「そんなわけで、首がぽっかりなくなって、どんなに探しても見つからないんです。いったい、これはどんなわけなんでしょう。神津さん、あなたには、このトリックが見やぶれますか？」

「それは難問。何とも返事のしようがないね……」

恭介も苦渋の色を浮かべていた。

「僕がその場所にいあわせたならともかく、君の話だけ聞いたんでは……君だって、その楽屋にずっといあわしたわけじゃないんだし……」

「わかりますよ。要するにデータの不足ですな。でも奇々怪々の小事件だということは、僕の話からでもおわかりでしょう」

「ところで君はいったいこの事件をどう思っているんだい？」

「何しろ、一くせも二くせもある連中のより集まりですからね。ことに、あの水谷良平というやつは、鼻がつぶれて横にひろい、ブルドッグがくしゃみしたような第一印象のものすごくよくない野郎ですからね。初対面の僕でさえ、むっとしたくらいだから、まわりのほかの会員の連中だって、いつ鼻を明かしてやろうかと待ちかまえていたのかも知れませんからね」

「はははは、実業家や政治家などというものは、若い時には誰だって殺してやりたくなるほど憎らしい顔をしているよ。またそれくらいでなかったらなかなか大物にはなれないのさ。だが、妙だねえ。実に奇妙な話だよ。松下君、顔の批評はどうでもいいが、僕の不思議に思うことはね、この首を盗んだ犯人はなぜそれだけで満足しないで、金髪の鬘を逆に箱の中へ入れておいたかということなんだ……」

「といいますと？」

「鬘を盗む——というのが一つの動作、首を盗むというのが一つの動作、盗んだ首を、誰にも気づかれないところにかくすというのが一つの動作、鬘を首箱の中へかくすというのが一つの動作、犯人の行動は分解して見ると、こういう四つの動作から成立するね。ところが、これは重複して、大変な無駄を生じているんだよ。たとえば、犯人の目的が、何とかして、この断頭台の魔術を上演させないことにあったと仮定しよう。君のいうように、あいつ虫の好かない野郎だから、邪魔をしてやろう——というぐらいのかるい気持ちだったら、鬘さえかくしてしまえばそれでいいのだ。その女はもちろん髪が黒いだろうし、人形の首に生えているのが金髪だとすると、鬘なしではこの魔術は出来ないね。舞台に出て来た人間の首と、ギロチンの刃の下につき出した首とが別ものだと、お客には一目でわかってしまうから……」

「なるほど、鬘だったら、盗んでもかくしやすいというわけですね？」

「そうなんだ。それなのに、この犯人は、まずかくしやすい鬘の方を盗んで、これでは曲がないとでも思ったのかね。鍵のかかった首の箱をあけ、鬘をその中へつっこみ、かくしにくい首の方をとり出して、箱に鍵をかけ、その首の方をまたどこかへかくしてしまった——馬鹿げたことだ、話にならないほどのナンセンスなんだ、何だってあとの三動作をやって見る気になったんだろう。大勢の人々が出入りして、いつ見つかるかわからない場所で……」

そういわれて見れば、なるほどもっともなことだった。推理機械といわれるほど鋭い恭介の天才の光をあびると、この事件の奇怪な形相は、いよいよ鮮やかにきわだって、眼前に浮かび上がって来るのだった。

「それから第二の疑問はね、この魔術師二人の間の呼吸の乱れだよ。本当ならば、首を斬られる役の方は、ただの助手でもいいはずなのに、水谷良平氏の方が、この百合子さんというベテランをくどき落としたのは、斬られる方にも、何かの趣向があって、ただの助手ではつとまらなかったのだろうと思う。しかし、百合子さんの方は、君にそのトリックをうちあけて首を見せ、水谷氏の方がそれを一喝したということだったね……あまりに息があっていない。今の協奏曲にたとえれば、ピアノの独奏者とオーケストラの指揮者とが、相手のことはかまわずに、自分は自分、相手は相手でべつべつのリズムに従って演奏していたようなものだ。こんな調子で行った日には、もし、その人形の首がなくならなかったとしても、舞台で何か別な事件が起こっていたかも知れないね」

「本当に、百合子さんの首が斬られたんでしょうか？」

「それは何ともいえないよ。極端なことを考えると、こんなことが起こったかも知れないな。死刑執行人の服装は、上から下まで黒ずくめ、顔にも眼だけ出した頭巾をかぶっているはずだ……もしも誰かが、水谷氏をだましてどこかへ監禁し、自分がこの服装をして舞台へあらわれたら、息のあっていない百合子さんには、相手の正体がわからなかったかも知れないな……そしてギロチンの前に跪いた瞬間に、麻酔剤でもかがされたら……」

「本当に、首が斬られて……舞台で、殺人が行なわれたかも知れないんですね？」

研三は、『起こらなかった惨劇』の方におびえてしまった。

「はははは、今のは、ほんの仮説だよ。まさか、犯人にしたところで、そんな大胆不敵なことまでは考えていなかったろう。そんな大魔術をするつもりだったら、人形の首を盗むなどという小細工はやりはしなかったろう」

恭介は首をふって、自分の想像をうち消しながら、

「ただ、松下君、僕はそれよりもっと妙なことを考えているんだよ。もし、この事件がこれだけですんだなら――人形の首を盗んだ犯人が、もし捕まったとしたところで恐らく窃盗罪さえ成立しないね。始末書一本、微罪釈放程度で片づく事件なんだ。もちろんその人物にもよりけりだが、楽屋に集まっている人たちは、魔術師としてはアマでも、それぞれの分野では、一応名をなしている人たちだろうし、ばれたとしてもちょっと悪戯のつもりでやりましたといえば、恐らくどんな検事でも起訴しようとは考えないだろう。ただ、ただ、ただ……」

恭介はちょっと絶句した。胸の中に、この時浮かび上がったつかみどころのない漠然とした不安の影を、何とたとえたらよいか、表現の言葉に迷っているという、そんな表情だった。

「すべて、非常識な不可解な出来事は、たとえそれがどんな小さなものだったとしても油断するなということがあるね。人形の首を盗むということは、それだけでは何の意味

も持たない小事件だ。ただこれが、もっともっと恐ろしい、何か異常な大事件の前兆でなければよいが……」

恭介は、ちょっと言葉をのむと、ぐさりと止めを刺すような調子で、

「松下君、君はさしあたっていま暇だろうから、水谷良平氏と京野百合子さんと、この二人の関係をもう一度よく洗って見たらどうだろう。ひょっとしたら、何か大きな犯罪を……うまく行ったら、未然に防止出来るかも知れないよ」

「神津さん、あなたはいったい、何を考えているんです？」

「この人形の首を盗んだ犯人は、少なくとも優れた魔術師の素質を持った人物だと僕は思う。ところが、魔術師というものは、右手で細工をしようと思ったら、まず左手にお客の注意をひきつける。

『右手を出されたら、左手を見よ』

これが魔術の公式第一条なんだ。いや、魔術を見やぶる公式――といった方がいいかねえ」

恭介はそれっきり黙ってしまった。そしてピアノの蓋を開けると、自分でその前に坐って、ベートーベンの「月光奏鳴曲」を弾きはじめた。

恭介の気質を知りぬいている研三は、そのまま挨拶もぬきに部屋を出た。複雑怪奇な

問題に直面して、どうにも解釈の出来ないときには、彼は何時間も続けざまに、ピアノを弾じつづけるのだ。ただ、この清澄な音楽にも、かすかな調子の乱れがあったように感じられたのは、研三の耳のあやまりであったろうか。それともまた、恭介は自らピアノを弾じながら、この奇怪な人形の首盗みに心をうばわれきって、思わずキーをうちそこなったのだろうか。

その才智は、万人に越えるといわれた名探偵、神津恭介も、決して万能の神ではない。この人形の首の盗難事件から、その後に起こった、異様な殺人事件を予想し得なかったのも決してむりのないことだった。

いや、松下研三は、その後間もなく、この時の恭介の言葉を、新たな畏怖（いふ）の念とともに思い出した。この時、恭介の口からもれた、「起こらなかった惨劇」の描写は、実にこの第一幕の殺人の真相に、恐ろしいほど肉迫していたのである。

そしてまた、この時恭介の弾きはじめたピアノ奏鳴曲の名「月光」がこの事件の第二幕にあれほど重大な意味を持って来ようとは――たとえ単なる偶然にもせよ、眼に見えぬ空間にはりめぐらされた、不思議な運命の糸を眺（なが）めているような気がして、研三も心の底から驚かずにはおられなかったのだ。

第四場　処刑の後の首盗み

野次馬根性においては人後におちない研三だったが、この時恭介にいわれた二人の身もと調べの方は、三日の間怠っていた。あんまり麻雀に夢中になって、二晩徹夜し、連続二十一チャンの大記録をうちたてたためである。

さすがに三日目の夜は、ひっくりかえって、前後不覚に寝こんでしまった。中谷譲次でもつかまえて、二人の関係をそれとなく問いただそうと思って、「ガラスの塔」へ出かけて行ったのは、四日目の夕方近くのことである。

譲次はあいにく居あわせなかった。映画でも見て来て、また出なおします——とボーイにことわって、店を出ようとした時に、

「松下さん」

と鋭く、彼の名を呼ぶ声があった。ふりかえって見ると、穴蔵のように奥まった片隅のテーブルの上に、ちょこなんと男の首がのっていた。その首が眼を見ひらいて、彼の

名を呼びかけて来たのだった。——と思ったのも研三の眼の錯覚だった。それはあの詩人の、杉浦雅男。まるで子供のような背丈なので、首しか見えなかったのである。

「杉浦さん、あなたでしたか？」

正式に紹介されたわけではないが、相手の方からこう名前を呼ばれては、逃げようもない。

「まあ、いらっしゃい。べつにとって食おうとはいいませんよ。そんなに、毛ぎらいなさらなくってもいいでしょう。ひひひひ」

どうも気になる笑いだった。研三は逃げ出したくなるような思いをむりにおさえて、雅男とその上の三本足の妖怪の絵にむきあって、椅子に腰をおろした。

「めし上がりますか？」

と、テーブルの上のハイボールのコップを指さして見せる。

「いただきましょう」

「おい、ボーイさん。ハイボールを二つ、ダブルにしてくれたまえ。松下さんは、一升ぐらいはいける方（かた）だから」

といいつけると、今度は少し声をひくめて、

「もうおいでになるころだと思っていましたよ。どうせ、あなたのことだから、だまっ

て坐ってはおいでになるまいと思っていたんです。例のギロチン事件のことでしょう」

ずばりと図星をさされて、研三もいささか面喰らった。

「よく、そんなことがおわかりですね？」

「ひひひひひ、魔術をやっていますとね、人の心ぐらいは読めるようになりますとも。どうして、なぜ首が盗まれたのか知りたいと、ちゃんと、あなたの顔に書いてありますものね。ひひひひひ」

この詩人は、別に笑っているのではないのかも知れない。圧迫された横隔膜が、声を出そうとする時に、必ず異常な振動を起こして、こんな冷笑のような奇妙な声を出すのかも知れない――とは思いながら、研三はたしかに体が冷たくなった。

「あなたは、魔術の方面にかけては、大変なベテランだとうかがっていますから、僕の方もざっくばらんにおたずねしますが、首は、それではどうして、何のために盗まれたのでしょう？」

「どうしてって？　何のため？　理由の方はわかりませんが、方法は――要するに持って逃げたのでしょう。大分、重いものらしいけれど――むかしから、処刑の後の首盗みというのはよくある話ですね。たとえば日本でも、むかしは罪人の首が獄門になると、親類縁者がそっとやって来て、見張りに金をつかませ、首を盗んで埋葬することがよくあったものです。お上でも、そういう時には、実害のないことだから、見て見ぬふりをしていたものです」

自分の問いとこの答えには、何となくかすかな食い違いのあることを、研三はおぼろげに感じていた。神津恭介の言葉を借りていうなら、協奏曲の調子があわない感じだが、その食い違いが何に原因しているのか、その時の研三には、まだよく理解出来なかった。

「でも、ああいった場所で、あの箱の中から首を盗んで持ち出すということは、第三者には難しいんじゃありませんか。案外、あのお二人のうちのどちらかが企んで……」

「ナンセンスですな。あの人形の首のことならおよそ、この世で考えられる最高のナンセンスですな。ひひひひひ」

杉浦雅男は、研三の疑問を全く問題にしていないような調子で冷たくその言葉を笑いとばした。

「およそ、魔術師というものは、すべて芸人なんですよ。プロとアマとの差はあっても、おしなべて、お客の拍手喝采を、これひたすら熱望しているものなのです。そういう一種の虚栄心を満足させるために、われわれあの会の会員が、自分の金を出しあってあの会場を借りうけ、苦心惨憺、ひねり出した新作の魔術を金をかけて披露して見せるのです。あの時、首を斬られてから、百合子さんの方にどんな趣向があったか、私は聞いてはいなかったけれど、およそ、上演されない魔術に趣向をこらすなんて、ひひひひ、あなたは魔術師の心理をちっとも御存じない」

「でも、あの時のお二人の間には、何かこう、息のあわない感じがあったじゃありませんか」

「お気づきになった？　そのことを……えらい……」

この詩人の眼は、異様に光った。もともと赤く濁って毒気のある眼の中に、蛇か蝎のような、怪しい光が閃いたのだ。

「あの女の素性を御存じですか？　京野と名のっていますが、実は綾小路元子爵の落とし子だね……母親はもと新橋か赤坂かどこかの芸者だったそうですが、いろいろ複雑な家庭的事情があって、庶子の認知さえされていません。戸籍の上は、たしかに私生児――いまの法律では、ただ『子』という一文字で呼ばれていますが、世間での見る眼は同じことでしょう。ところが、彼女から見れば、腹ちがいの妹にあたる綾小路佳子さんはあの水谷良平氏とは婚約者の仲でしてね……自分は福徳経済会の新宿支店につとめている一介の女事務員なのに、その会の事実上の支配者である良平氏と妹の間に婚約が成立したというのでは、いくらか、ひがみに似た感情が起こったとしても、不思議はありますまいな。ただその辺はよくしたもので、さすがに堂上公卿の血をひいているだけあって、そんな感情は自分の心の中にかくして、誰にもはっきりうちあけないようですがねえ」

綾小路子爵――といえば研三にも何となく聞きおぼえのある名前だった。もちろん、今度の敗戦の結果、華族制度が跡形もなく撤廃されてしまってからは、元子爵はおろか元公爵といったところで、一文の価値もないはずだが、毛なみを尊び、家柄というものを何より重んずる日本人の間では、まだまだむかしの華族様というものに対する尊敬が、漠然たる、眼に見えない形で残っている。

「天、人の上に人を作らず、人の下に人を作らず」

という信念を固く抱いている研三でも、十数年、ほとんど耳にすることもなかったこの名前につながるいくつかの事実を、一瞬に思い出したのは、やはりこうした心理作用に基づくものかも知れなかった。

「綾小路子爵――というと、たしか西園寺さんの知遇を得ていたというお方でしたな。興津の坐漁荘の近くに別荘を持っていた……」

「なかなか、御記憶力がおよろしいようで……たしかに、その通りなのですが、まあ、ああいう華族仲間の社会には、われわれ平民どもにはうかがい知れぬ、生活信条とでもいったものがあるのでしょうな。子爵が、神様のように尊敬していた西園寺公望公爵も、一生正妻というものを持たなかったようですし……」

話は、ともすれば横道にそれそうになった。研三は、話題を何とか、もとの方向に転じようとして、

「なるほど、専務理事と女社員では、たとえ会社の勤務というものをはなれた、個人としてのつきあいでも、五分五分というわけには行かないんでしょうね。それで、水谷氏の方がすこぶる横柄尊大な口のききかたをしていたわけはわかりましたが……しかし、奇妙な犯人ですな。人形の首を、いったい何に使うつもりだったんでしょう?」

杉浦雅男は、研三の顔を見つめ、きょとんとしたように口をあけて、

「そんなことは、もうおわかりになっているはずじゃないですか。首を斬ったあとの人間の胴体にくっつけておくためですよ」

「何ですって!」

「何だって、骨を折って、そんな酔狂な真似をするのか、そこまでは私にもわかりませんけれどね。ひひひひひ」

「杉浦さん、あなたは何を御存じなんです!」

われを忘れて、研三は叫んだ。

「さっき、あなたにそのことをお話ししたときには、あなたは、そんなことについては、これっぽっちもおっしゃらなかったじゃありませんか」

「何ですって？　あなたはさっき人形の首の話をしておられたのですか。私はあの時、人間の首のことを話しているつもりだったんですよ。ひひひひひ」

「人間の首？　それがいったい、どうしたっていうんです？」

「御存じない？　そうですかねえ。私はもう夕刊にも出ていることだし、てっきりあなたは御存じだとばかり思っていましたがねえ。そのことで、神津恭介さんにたのまれて、調査においでになったとばかり思っていましたよ」

　杉浦雅男の眼の中には、神津恭介という名前を口走ると同時に明らかにある種の敵意が閃いたのだ。彼はここで一旦言葉を切り、研三の胸を匕首でつき刺すような声で、鋭くつづけた。

「今朝、成城のある家で、女の死体が発見されました。その家の中に組み立てられたギロチンで、首を断られて死んでいたのです。ルイ十六世当時の貴婦人の服装を身につけて——ただ、その女の首は、どこにも発見されていないのです。そのかわりに、血の海の中に転がっていたものは、この間、あの楽屋からなくなったはずの人形の首でした。金髪の女王、マリー・アントアネットの首——処刑の前に盗まれた人形の首が、処刑の後に盗まれた人間の首のかわりに出て来たのですね。ひひひひひ、もっとも私はその現場を見ていたわけじゃありませんよ。みな今日の夕刊のうけ売りです。ひひひひひ、ひひひひ……」

第五場　女王の処刑

研三は、われを忘れて「ガラスの塔」をとび出した。そして、手あたり次第の夕刊を買い集めて、もう一度店へ帰って来たが、杉浦雅男はこの場から姿を消してしまっていた。研三には、まるで彼がこの不吉なニュースを自分に伝えるためにこの店へ魔術であらわれ、その目的を達すると同時に、また魔術で姿を消してしまったように思われてならなかったのである。

夕刊の記事は大同小異だった。もちろん、各紙によって、若干の相違はあったが、それらに共通した、さしさわりのない最大公約数を作って行くと、結局、杉浦雅男の話してくれた程度のことになったのである。

研三は、あわてて電話をかけて見た。最初は神津恭介の自宅へ、次に恭介が嘱託をしている警視庁と犯罪科学研究所へ、そして最後に東大医学部の法医学教室へ――やっと、そこで、神津恭介の声に接することが出来た。

「松下君？　何をぐずぐずしていたんだい？」

　恭介の声は珍しく、いらいらしていた。

「僕の電報を見なかったのかい？」

「すみません。今日は朝から出かけていたんで……」

「それで、三日の間、いったい何をしていたんだ？」

「それが、のっぴきならない用事で……二晩つづけて徹夜して……」

「また麻雀だろう。馬鹿！」

　よほど、何か癇にさわっているのだろう。平素物静かな、冷徹な恭介にしては、珍しく語気も荒かった。しかし、すぐにわれに返ったらしく、

「失敬、ついいらいらしたんで……それで、いまどこ？」

「新宿です。ほら、例の魔術師の店で、ガラスの塔という喫茶店——そこで、杉浦さんにあって、新聞にこの事件が出ていることを聞かされて……」

「うむ」

　恭介は一瞬、何か考えこんだように息をのんだ。

「今から僕は家へ帰るけれど、来ないか？　ちょっと一軒寄り道するけれど、何だったら、先に行ってレコードでも聴いていてくれたまえ」

この天才的友人の言葉には、何でも唯々諾々と従う研三のことだから、今度も何の否やもなかった。早速とるものもとりあえず、恭介の家にかけつけて、一時間ほどして帰って来た恭介の口から、この事件の概要を聞かされたが、それはまことに、異常なそして酸鼻をきわめる事件であった。何ともいえない、奇怪なこの事件、この殺人は、あの人形の首盗みと見事に表裏をなして、一幅の地獄図絵を描き出していたのである。

小田急線の成城は、まだ砧村といわれていた当時から、この沿線、いや東京でも、有数の文化人の住宅地帯といわれていた。たしかに学者、作家、映画人、画家、その他の芸術家なり文化人なりが、せまい地域にこれほど密集して住宅を並べているという意味ではこれにまさるところは日本中ほかにはないだろう。

ところが、芸術家というものは、社会の通念では、大なり小なり変物だと相場がきまっている。だからこの新藤信彦と名のる人物、自称彫刻家が、この町へあらわれて奇怪な行動をはじめた時にも、それほど注意をひくことがなかったのはこの地域としては当然といえるかも知れない。

この男は、今時珍しく、頰いっぱいに髯を生やしていた。芸術家らしく、黒いベレーを横なりにかぶり、ルパシカ風の上着を無造作に着て黒眼鏡をかけ、ふといパイプで煙草をくゆらしていた。駅の北口にある『成城不動産』という、土地家屋の売買斡旋業者の店の店先に立ちどまると、彼は五、六分その店頭の広告を見まわし、すぐに店の中へ入って行ってたずねた。

「君、君、表に広告の出ている、アトリエ付き売家というのを、ちょっと見せてもらえんかね」

男は、まるで、ウィンドウに飾ってあるネクタイを見せてくれというような調子でいったのである。

ちょうど、灯ともし時だった。そろそろ、店もおしまいにしようという時刻だったが、そこは商売のことだから、ねぎを背負って飛びこんで来た鴨を逃がすという手はない。

「はあ、あれでございますか？　百二十万の、駅から十分という家で？」

「そうだ。今からすぐに見せてもらえんだろうか？」

こういわれた時にはこの店の主人もびっくりしてしまった。一軒の家を、それも百万以上のものを、本当に買おうという気があるのなら、昼の明るいうちに見て、日当たりのよし悪しぐらいは検討して見るのが当然なのに、この男は、こんな夕暮れ時になってから、いったい何を見ようというのだろう？

もし、これが、芸術家風の恰好でなかったならば、この主人も、男の態度を怪しんで、たとえ警察へ通報しないまでも、もっと克明にその人相なり態度なりを注意して観察していたかも知れない。しかし、芸術家という人種には、普通の人間の常識は通用しないという強固な先入主を抱いているこの主人は、べつにそれ以上何の疑問も起こさなかった。

都合よく、家の鍵は手もとに預かっていたので、すぐに、この家へ案内したが、商売が彫刻家で、独身だということは、その途中で相手の口から聞いたのである。

何といっても、このあたりの家はみな庭が広い。五百坪、六百坪、千坪ぐらいの敷地を持っている家はそれほど珍しくもないのだ。この家はそんな平均から見れば手狭な方だったが、それでも庭が百坪ぐらいの広さがあり、横は一方が空地、一方が千坪ぐらいの広さの屋敷、裏は林になっているのだから実質以上に広く見える。

「静かだな。なるほど、これなら気にいった」

ずっと、あたりを見まわして、この男はぽつりと口を開いた。

「ええ、このあたりは静かなことにかけては申し分ございません。先生のようなお仕事にはこの上ないと思いますが、それに、お昼ですと、こっちが南になっておりますから、ずいぶん日当たりもようございますし」

「日当たりなんかどうでもいい。仕事は夜にするのだから……」

「家の中を御覧になりますか？　夜で、電灯もついておりませんが、明日にでもなさいましたら……」

「早い方がいい。君、懐中電灯は持って来たろう。それで案内してもらおう」

主人も大分気味がわるくなった。その時は、もしかしたら、自分がこの家の中につれこまれて殺されるのではなかろうか――という奇妙な気持ちにさえおそわれた。だが、こういう妙な言葉や態度も、その時は、芸術家にありがちの我儘な、いい出したら聞かない性格から出るものと思い直し、出来るだけ善意に解釈したのである。

家の中は、大分埃っぽかった。一間一間と見てまわって、男は空のがらんとしたアトリエの真ん中で、腕を組んで立ちどまった。

「この家は、以前誰が住んでいたのだね？」

「菅沼先生とおっしゃる洋画家の先生が……御存じかとも思いますが、以前帝展などにもよく出品なすっておられた……戦争中におなくなりになって、それから御家族のお方が、最近まで住んでおられましたが、最近田舎へお帰りになって、その後を福徳経済会が買いとったので……」

「福徳経済会？　ああ、あの株や不動産に投資して、出資者には月二分の配当をするという、インチキ会社のものかね？」

その言葉には、かすかな皮肉がこもっていた。

「まあ持ち主が誰だろうと、この家は大いに気にいった。これなら僕も会心の仕事が出来るだろう。買おう。とりあえず、君の店へ帰って二十万だけ手付けをわたしておこう。あとは、明日の晩はらう」

こんな鷹揚なお客はいままで見たことがなかった。主人もすっかり嬉しくなって、疑問も何も、どこかへふっとばしてしまった。たしかに相手は、店へ帰ると、即金で二十万はらってくれた。そして、その翌日の晩には、現金で百六万円持って来て、売買契約書だけをもらって帰ったのである……。

神津恭介は、一旦ここで話をうちきって、研三の眼をじっと見つめた。

「松下君、君はこの話をどう思う？」

「そこが、殺人の現場なんですね？」

「そうだ。女が殺されたのはこの家——男があらわれたのは、今から十日ほど前だ。それにしても、ずいぶん妙な話じゃないか。この男は犯人か、それともその仲間だと考えてもいいだろう。あるいは変装もしていたかも知れないし、それなら昼は恐ろしくって、人の前に姿をあらわせない——という心理もうなずける。ただ、百二十万に、手数料を五分として、百二十六万といえば、一応以上の大金だ。これだけの金を現金で、何のために投げ出す必要があったんだ？」

「全くですね。これが小説の上の事件なら、紙とペンで、いくらでも、数字を大きく出来るから、百万どころか、百億ぐらいの金は何の雑作もなくどこからか集めてくるけれど、百万円の貯金というと、いまのサラリーマンには一生の目標だといいますね。それを、ぽんと殺人の舞台装置に投げ出すとは、ずいぶん馬鹿げきっている」

「誰だってそう思うだろう。それに、犯罪というものはひきあわないとよくいわれるね。何でも、強盗罪の平均では、とった金の平均を、刑期の平均で割ると、一日二十何円とかにしかついていないそうだ。日雇いの方が十倍も収入があるとよく笑うんだが、それでも強盗の方は、一つには本当に金に困って、一つには、自分だけは捕まるまいと思ってやるんだろう。ところが、この殺人では――わずか、十日しか使わない家に、ぽんと百何十万か投げ出して……しかも、その目的が何のためか見当がつかない。投下資本は、絶対に回収出来ないはずなのに、人間一人殺すだけでいいのなら、何もこんなむだな金を使わなくてもいいと思うがね」

「異常者ですね。殺人狂……」

「警視庁でもそういっていたよ。ところが、僕にはそうは思えないんだ。この犯人は計算なんか全然無視しているようで、そのかげでは、実にこまかな算盤をはじいているんじゃないか——という気がしてならないんだ。この犯人は、たしかに折り紙つきの魔術師だよ」

神津恭介は、自分の批判を一応そのあたりで打ち切って、ふたたび、事件の物語をつづけて行った。

普通こうした不動産の取引は、契約成立と同時に半金、あとは登記完了と同時に半金というのが建て前だが、この男は、そうした常道をふまなかった。もちろん、登記に必要な一切の書類はうけとったが、手続きはいずれするからといって、この仲介人との関係を打ち切ってしまったのである。しかし、この仲介人の方では文句をいう筋合いもなかった。こうして買い主から六万円、売り主の福徳経済会からはたたかれて三万円、あわせて九万円の手数料が、彼の懐ろに正当な手段で入って来たからである。

ただ、彼はこの新藤信彦という男に、一つよけいな仕事をたのまれた。

「何といっても、僕はひとり者で、面倒なことをするのは何よりきらいだ。電灯とガスと水道とは、君の方でかけあってくれないか。それから昼だけでいいから、通いの婆さんをたのむ」

これくらいのサービスは、当然のことだった。別に新しく工事をするというわけではなく、それぞれの会社にちょっと電話をかけさえすればすむことだったから。

通いの婆さんもすぐに見つかった。

「最初、成城不動産の旦那に変わりものだから、そのつもりでたのむ――とおっしゃられたんで、どんなお方かと思っておりましたが、べつに、あの時までは、大したこともないと思っておりました。初めは通いというお話でございましたが、結局泊まりになりまして、それで、四、五日、何事もなかったんでございます。お仕事といっても、あの人は朝早く出かけて、夕方になると帰って来て、すぐアトリエの中にとじこもって、大工仕事のようなことをやっていたんでございます。わたしも、よくは存じませんけれど、彫刻といえば、石を彫ったり、木をきざんだりして、何か作るものと思っておりましたので、それはいったい何ですか――と不審に思ってたずねて見ました。すると、粘土で大きなものを作るとき、その芯に入れるささえを作っている、ということでございましたから、なるほどと思っておりました。それが、あの……首斬り台だったんでございますね。でも、そんなこと、いったい誰が気がつきましょう……そのうちに、ちょっと用事があって旅行に出かけるから、三日来なくてもいいっていったんです。御旅行なら、無人になって不用心ですから、御留守番に来ておりますと申しても、いらないといいはって……妙なことだと思いましたが、こんなところが変わりものだな——とピンと来ましたから、いいなり通りにいたしましたが、四日目の朝、つまり今朝——死体を見つけたんでございます」

もと下士官の未亡人で、いまはこんな派出婦まがいのことをして生活を立てているこの女、長谷川はるは、この奇怪な人物について、警察でこういうことを語ったのだ……この話に嘘があるとは思えない。

しかも、昨晩、犯行当時と思われる時刻に、この家では、一つ奇妙な事件が起こっていたのである。

十二時すぎに、この家の前をパトロールしていた村瀬俊一という警官が、この家の中からもれて来る音楽の音に気がついたのだ。深夜放送にちがいない。いくら近所がはなれているといっても、あんまり音が大きすぎるので、一応注意しておこうと思い、彼はこの家の玄関に歩みよってベルをおした。

主人はすぐに奥から出て来た。この男は今日まで旅行に出かけているはずだ——というような事情は知らなかったが、その時はべつに怪しむ仔細もなかったので、

「ああ、お仕事中ですか？　夜分おさわがせして恐縮ですが、ラジオの音が少し高いようです。あとで近所から、安眠妨害だと苦情を持ちこまれても困りますから、一つ、音

を絞って小さくして聞いていただけませんか」

と丁寧にいった。

「ああ、そうですか。仕事に夢中になっていたものですから、気がつかないで、わるいことをしました」

相手がべつに意地もはらずに、こういってくれたので、警官もいくらか気がかるくなって、

「お仕事ですか。こんな夜おそくまで、大変ですね」

「いや、明日までに、どうしても人間の首をとどけなければいけないところがあるので、でも、その方の仕事は全部終わりました」

「人間の首?」

ちょっと奇妙な言葉だったが、この主人の職業が彫刻家だということを思い出したので、この警官もそれ以上、疑惑も起こさなかったのだ。

「なるほど、新藤さんはおひとりだと聞いていましたけれど……」

警官は、玄関にその時ぬいであった女の靴に気がついて、ひやかすというでもなくたずねた。

「ははははは、いくら独身だといっても、男には生理的要求というものがありますから

ね。まあ、このことは御内聞に」

「いくら、こちらが警官でも、そこまで野暮なことはいいませんよ。じゃあ、おさわがせしました。おやすみなさい……」

そういって、この警官は、この家を立ち去った。ラジオの音の消えたことに、かすかな職業的満足感を感じながら……。

もし、この警官村瀬俊一が、この『人間の首』という一言に疑念を抱いて、あのアトリエへふみこんでいたら、彼はその時死刑の執行直後の血みどろな、地獄の光景を目撃したことであろう。この寸前、ギロチンの鋭い刃は、うなりをあげて、美しい女の首を胴体から斬り落とし、その首は血の海の中にまだ泳ぎつづけていたのである。このラジオの深夜放送も、その物音をかくすための一つの工作にすぎなかったのだ……といって、この警官を職務怠慢として責めることは出来まい。彼には、この時この家の主人の行動を怪しむ何の根拠もなく、ましてこの家の中にふみこむということは、はるかに彼の職務上の権限を越えていたのである……。

この警官が、自分の失策――というよりは手柄をたてそこなったことに気がついたのは今日の朝のことだった。

交番に帰っていた彼は、まず九時半ごろ、東洋新聞社の社旗をひるがえして走って来た自動車におどろかされた。

「成城の×××番地ってどっちです？」

一人の記者が、転がるように車をとびおりて来て聞いた。

「新藤某とかいう男のアトリエですが」

この警官は、呆気にとられながら、一応道を教えてやった。

「どうも有難うござんした」

東洋新聞社の車がカーブして消えたと思ったら間もなく、今度は朝日、毎日、読売と、三大新聞社の車が次々にこの交番へのりつけて、このアトリエの所在をたずねた。

「いったい、何があったのです？」

警官が面喰らってたずねると、新聞記者の方が狐につままれたような顔で、

「あなたが御存じないんですか？　何でも、そこの主人がモデルを殺して、自分も自殺しているそうじゃありませんか。隣りの家からのしらせで……」

「そんな、馬鹿な！」

とはいったものの、この警官の心も、得体の知れない恐怖におびえていた。何番目かの車にいっしょに乗せてもらって、彼はこの不思議な彫刻家の家へ急いだ。

家のまわりでは、既に到着した新聞社の記者たちや写真班たちに、通いの婆さん長谷

川はるが、もみくちゃにされかかっていた。

「このおうちで……人殺しだなんて、とんでもない！」

必死になって叫ぶのだが、誰も本気にはしていない。これが一社だけだったらともかく、われこそは特ダネを——と力んでのりこんで来た数社が、ばったり顔をあわせただけに、この場の空気は息苦しいほど緊迫していた。

「や、おまわりさん、これはいいところへやって来て下さった」

一人が、まるで仇の顔でも見たような勢いで、彼の胸倉へとびついて来た。

「この家の中が見たいんです。いくらベルをおしても返事がないので……何とかしてくれませんか」

「でも、まだ私どもも知っていない、この殺人のことがどうしてわかったのです？」

「社へ電話があったんですよ。この隣りの、安斎とかいう大学の先生から、おたくの新聞の読者だが、一つとびきりの特ダネを提供する——といって」

「うちへもだ！」

別の新聞記者がどなった。

「野郎、大学教授という肩書を利用して、新聞社をかついで大喜びしてやがんのか……」

「安斎さん、大学の先生？　そんな人は、この辺にはいませんんね。きっと、誰かが、たちの悪い悪戯で……」

「あるいはそうかも知れませんが、われわれだって、せっかく成城くんだりまでやって来て、このままでは帰れません。とにかく、この家の主人にあわして下さいな」

「そんなことをいったって……僕はこの家のもんでも何でもないし、困るなあ。ここの御主人には、昨夜お会いしているんだが……」

「旦那様が、昨夜このおうちに……」

通いのばあさんが、奇妙な声をあげていた。

「どうしてそんな声を出すんだ？　一家の主人が、自分の家にいたところで、何も不思議なことはあるまい」

「でも、旦那様は御旅行で――今晩、帰って来られるはずで」

この警官の心にも、この時、これは妙だとささやくものがあった。何にしろ、どっちかにきまりをつけてしまいたかった。

「ばあさん、こうしよう。お前さんは、この家の鍵を持っているだろう。それでこの家へ入る。僕もいっしょについていって中を調べるが、それで何にも起こっていなかったら――みなさん、その時はだまってお引き取り願えるでしょうな」

新聞記者たちはうなずいた。警官はこの通いばあさんといっしょに裏手へ廻った。勝手口を開けて、一足中へふみこんだとき、警官は、われを忘れて、あっと叫んだ。何ともいえない、異様な臭いが、この瞬間プーンと鼻をついて来たのである。アトリエから廊下へ通ずる扉が開け放たれていたのだ。そしてその中には、巨大な美しい花に似たものが、台の上から二本の芯（しん）をつき出して横たわっていたのである。この花が、ひだの多いルイ十六世当時の貴婦人の服装であることも、この芯と見えたのが、二本の女の足であることも、彼はしばらく気がつかなかった。この警官は、何ともいえない怪奇な眺めに、魂をうばわれ、しばらくわれを忘れていたのである。

「殺しだ！」

「やっぱり、女が殺されている！」

いつの間に入って来たのか、新聞記者たちの怒号に、この警官もようやくわれに返ってアトリエへ彼等のとびこむのを妨げようとした。しかし、雪崩（なだれ）のような突進を、一人でさえぎることは不可能なことだった。おしとばされて、彼はよろめき、断頭台の下の血だまりに尻餅（しりもち）をついた。そして、ぶきみな姿のギロチンを見あげ、その下におちていた首をとりあげて叫び出した。

「ははははは、君たち、これは冗談だよ。たちは悪いが、とにかく冗談にはちがいない。はははは、これは人形の首なんだぜ」

新聞記者の一人は、この時、この警官が、あまりの恐怖に精神に異常をきたしたのではないかと思ったそうである。断頭台の上に、首をたち斬られて横たわっていた死体は、たしかに人間のもの、まだうら若い女のものにちがいなかったのだ……。

第六場　友の屍をふみ越えて

神津恭介の巧妙な話術は、手にとるように鮮やかに、この事件の前後の情景を浮かび上がらせた。新聞にはあらわれなかった、事件のかげの動きに、研三はわれを忘れて聞きいっていた。

「僕の知っているところは、いまのところ、これだけだ。その不動産業者横山泰造も、通いの婆さん長谷川はるも、警官村瀬俊一も、証人としては信頼がおける人たちだと思う。死体はすぐに、K大学で解剖されたが、死亡時間は大体、今朝の零時か一時、その警官がパトロールで通りあわせた時刻とほぼ一致するようだ」

「異常者ですね。この犯人は……全く馬鹿げているじゃありませんか。人を殺すということは、たしかに大罪だけれど、犯人にも一分の理屈ぐらいはあるだろうから、その点はぬきにしても……何だって、今さら古風なギロチンを組み立てる必要があったんです。何だって、絞めるか、毒をのませるか――首がほしかったら、斧か何かで、ばっさりやったっていいはずじゃありませんか」

「犯人が、異常者だということは認めざるを得ないがね」

神津恭介は嘆息した。

「もちろん、頭の構造はどこか狂っているんだろう。だが、天才と狂人とは紙一重だとロンブロゾー先生もいっているからね。案外、ほかの点にかけては、人なみはずれた、すばらしい知恵の持ち主ではないか——と僕は思うな。少なくとも、僕たちの仲間にまじっても、そんなに妙にきわだった存在だとは思われないな」

「神津さん、ほかのことなら何でも、あなたのいうことは信用しますがね。今度ばかりは全然いただけないなあ。こんな犯人ならすぐ捕まりますよ。日本の警視庁だって、そうそう無能な人間の集まりじゃない」

「そうだろうか?」

恭介は、かるく小首をかしげて笑った。

「そうであることを祈るがね。僕だって、決して、この犯人に味方してるんじゃないんだから……しかし、恐らく反対だろう。犯人は人形の首を盗むときにはあまりに手ぎわがよすぎた。そして人間の首を盗むときには、あまりに手ぎわが悪すぎた。大した罪にもならないような悪戯に、奇想天外のトリックを用いて、自分の姿も見せずに、見事に盗んでのけたのに……人間の場合はどうだろう。殺す時にはラジオをかけて、わざわざ警官をよびこむような真似をする。処刑がすむと、何軒かの新聞社に電話をかけて、御丁寧に刑場へ招待する。さあ、捕まえてごらんなさい——といわんばかりだ。この対照が、あまりにも極端すぎて、僕には解せない。まあ、ちょっとやそっとじゃ、この犯人は捕まらないだろう。日本の警視庁の能力を軽蔑するようで、君には悪いけれどね」

神津恭介のこの言葉は決してあやまってはいなかった。彼は、自分の犯罪捜査の経歴の中で、屈指というべき大犯罪者、稀代の大悪魔に対決せねばならないことを、この時早くも予測していたのである。

「ところで、神津さん、いったい殺された女というのは何者だったんです？」

「恐らく、京野百合子だろうと思う。これは『顔のない死体』の一例だから、その首が出て来ないと、はっきりしたことはわからないが……」

顔のない死体——この専門的な言葉は、さすがに研三をふるえ上がらせた。もし、犯人が自分の殺した相手の身もとをわからなくしようという場合、その最もてっとり早い方法は、死体の顔を見わけがつかないように、めちゃくちゃにたたきつぶしてしまうことだ。もちろん、死体の腐敗がまだ始まらないうちに発見されれば、指紋や何かから、また仮に白骨だけになってしまってからでも、その頭蓋骨に肉づけなど出来るから、完全な方法とはいえないのだが……首がなくなってしまえば、その肉づけさえ出来ないのだ。といって、指紋は採取出来るはずだからこの場合には被害者の認定は、必ずしも困難ではないはずだ。

「百合子さんが……」

「君が麻雀などに熱をあげずに、あの人ともう少し接触していたら……といっても、これはむりな注文だったかも知れないが、あの魔術の発表会があった夜から、百合子さんは家へ帰っていない。あの不思議な彫刻家が、旅行に出かけるといい出したのも同じ晩だ。僕は君の話を聞いていたから、この人形の首が出て来たときにはピンと来て、家の方へ問いあわせて見た。お母さん一人、娘一人の家庭なんだね。お母さんがすぐに出頭して来ておろおろしながら、百合子さんの体の特徴なんかを話してくれた。左の股に小さな青いあざがあるという……長さ一センチ、はば五ミリぐらいの瓢簞形のあざだという」

「そのあざは、ありましたか？」

「あった。それだけじゃない。一年ほど前に手術したという盲腸の傷あともそのまま残っていたんだし、そのほかにも靴は百合子さんのものだったし、死体の指紋は、百合子さんの家の、身のまわりの品物から発見された指紋とぴったり一致していたんだよ」

研三はこの時、脳天を金槌(かなづち)でたたきのめされたような気がした。探偵作家である彼は、最も探偵小説的な解釈を、頭の中に描き出していたのだ。

およそ探偵小説では「顔のない死体」というトリックは、最も基本的な形式である。たとえば甲なる人物の衣服をまとった死体が発見され、その顔がたたきつぶされていたとする。この場合、同時に乙なる人物が姿を消していたら、普通の常識で判断されるように、乙が甲を殺して姿を消したのではなく、逆に甲が乙を殺して、自分の着物を着せたのだ――という場合が九分九厘までなのだ。ところが、この事件では、探偵小説的な常識が、全然成立しそうもないのであった。研三は、百合子が犯人か、犯人の同類かという、そんな恐ろしい妄想(もうそう)に捕われていたのだった……。

「いよいよ出でて、いよいよわけがわからなくなりましたねえ」

研三は、完全にノックアウトされたような声でつぶやいた。

「それで、首斬り役人の方は、いったいどうしたんです？」

「水谷良平氏のことをいっているのかい？　何といっても何十億という金を右左にあやつる怪物だからね。今どこへ行っているのかわからないんだが、布施哲夫(ふせてつお)という秘書の話では、昨夜はちゃんとアリバイが立っているらしい。舞台でやり損なった大魔術の続きをやったんではなさそうだね」

「神津さん、この間あなたがおっしゃったようになって来ましたね。結局、この犯人は、自分で『女王処刑』の一幕が上演したかった。それなのに、水谷良平の方に先を越されて、自分のギロチン製造が間にあわないんで、一旦手品のタネの首を盗んで、相手に邪魔を入れ、女王様を口説いて、自分のアトリエにひきずりこんだ。ところが、何かの拍子で手もとが狂って、人形の首のかわりに本当に人間の首を斬ってしまった。あわてて、手品のタネの方を残して、人間の首を持って逃げた――とこういうわけですか？」

「ユーモア小説じゃないよ、君。それは、表面の事実だけをむりやり綴りあわせると、そういうことになるかも知れないけれど、そんなに単純な話ではないよ。この事件には、恐らく裏の裏がある。表面を見るとこの殺人鬼は、奇妙な道化の衣裳を着て、馬鹿踊りを踊っているようで、その顔は実に冷たい鋭い眼でじっとこっちを見つめている……そんな感じがしてならないんだ。体や手足の動きから来る印象と、顔から来る印象とは全然違っているんだよ。それが、この事件の何ともいえない、恐ろしい特徴なんだ」

玄関の方でベルが鳴っていた。恭介は言葉をやめて、その音に耳をすました。

女中が一枚の名刺を持って入って来た。

「生命保険のお方ですが、保険のことではないそうでございます。京野百合子さんとはお友達で、そのことでお目にかかりたいそうでございます」

恭介の眼は一瞬に、黒曜石のような光に輝いた。

「ほう、待てば海路の日和というが……お通しして」

「はい」

女中が出て行くと、恭介はだまってその名刺を研三の手にわたした。

「福禄生命相互会社
　　辰野千鶴子」

そしてこの名刺の主、辰野千鶴子は間もなくこの部屋に姿をあらわした。決して美人とはいえないが、その小柄な体からうける感じは決していやなものではない。職業婦人らしく、てきぱきした感じで、ふといセルロイド縁の眼鏡が、かえってその顔に、ほほえみたくなる和やかさを添えていた。だが、顔は心の窓という古い言葉は、この時には必ずしもあてはまらなかったのである。

初対面の挨拶が終わると、千鶴子は頬の筋肉を心持ちこわばらせてたずね始めた。

「先生、やっぱり殺されたのは、百合子さんでしょうか？」

「恐らくそうだ――と思います。九分九厘まではたしかに……何か、それについて、お心あたりがおありですか？」

「ええ……」

千鶴子はしばらくもじもじしていた。が、間もなく、これではならぬと思い直したのか、一旦口を切ると、あとは商売柄でもあろう。話は堰(せき)を切ったように、次から次へと休みもなくつづいた。

「わたくし、百合子さんとは、女学校時代からずっと、一番仲のいいお友達で……学校を出てからも、姉妹のように親しくしておりました。だから、百合ちゃんのことは何でも知っておるつもりですし、またわたくしのことだったら、何でも百合ちゃんに聞けばわかると、お友達は誰でも申しておりますの。それが、突然、あんなことになりましたでしょう。わたくし、ほんとうにびっくりして……先生が、この事件をお調べになっているとうかがいまして、せめて最期の状況なりと、おたずねしたいと思いまして、お邪魔とは思いましたが、いいえ、わたくしのたくはこの近くでございますし、先生のおところも存じておりました。一度保険に入っていただくように、お願いに上がろうかと思っておりましたが、何の御紹介もなく上がったのでは、あまりぶしつけと思いまして」

恭介も研三も、言葉をはさむ余地もなく、ただ眼を見はって、速射砲のような言葉の隙(すき)を待っているだけだった。

「わたくし、実は最近結婚いたしまして、そのとき、百合ちゃんもほんとうに喜んでくれたんでございますの。主人は文化映画の方に関係いたしておりますが、何しろサラリーもお安うございますし、まあ、子供が生まれるまではともかせぎでもと思いまして、保険のそれで、結婚しておっても出来ます、こんな商売をはじめたんでございますが、保険の勧誘もなかなか大変でございまして……火災保険の方なら、安心料だと申されて、皆さん気持ちよくお入りになりますようでございますけれど、生命保険と申しあげますと、ほんとうにいやな顔などなすって、おいとましますと、玄関を出るか出ないうちに、おい、塩をまけだなんておっしゃるお方もございますので、わたくしどももまるで自分が疫病神か何かみたいに気がひけて大変辛い思いをいたしますの……でも、生活のためなら仕方がないと思いまして、歯をくいしばって一生懸命こらえております……それで、百合ちゃんが、とっても同情してくれて、

——あなた、たいへんでしょうね。

といってくれたので、わたくし、

——そりゃたいへんよ。どう、助けると思ってあなたも一口入ってくれない。

と申しましたら、

——こんな安サラリーじゃねえ。

と淋しそうな顔をしましたので、わたくしも、百合ちゃんの家庭の事情はよく存じておりますから、むりにすすめるのも悪いと思ってそのままにしておりましたんですのよ。

そうしたら、この月の初めごろになって、突然電話がかかって来たじゃありませんか。わたくし、先月だいぶ大口の申し込みがとれて、ちょっとお金の余裕があったもんですから、

――ええ、いいわ。今晩はあたしがおごったげる。

と気前を見せて、その晩銀座でおちあったんです。ところが、百合ちゃんたら、何だか淋しそうな顔をしていて、ちっとも元気がありません。

――どうしたのよ。今日はとってもしょげてるじゃないの。

とわたくしが申しましたら、百合ちゃんたら、

――わたし保険に入りたいんだけど、入れるかしらん。

といったじゃありませんか。わたくし、びっくりして百合ちゃんの顔を見たんです。

――そりゃあ、入ってもらえれば、あたしだって、儲かるんだから――あなたただったらリベートぐらい出すわよ。

といったら、今度はこまかく掛金だの、契約の条件だの、真剣に聞いてくるんです。もちろん、くわしく説明してあげましたけど、あんまり百合ちゃんが真剣なんで、こっちも恐くなってしまったんです。

――百合ちゃん。あんたどうしたの？　自殺なんかしたって、一年分の掛金をかけて

からでないと、保険金はとれないわよ。

だなんて、悪口のようですけれど、二人の仲じゃ、このぐらいのことは平気なんです。そしたら、びっくりするようなことをいうじゃありませんか。

――でも殺されたんなら、とれるでしょう。

――あんた。縁起でもないこというんじゃないわよ。いったい、誰があんたを殺すなんていってるの？

――それがわかれば苦労しないわ。でも、こんな魔術なんか勉強していると、未来のこともいくらかわかるの。

百合ちゃんの手品のことは、女学校のころから有名でした。それに、手相や人相なんかも本を読んで、よく勉強していたようですから、わたくしもぎくりとしたんです。でも、

――馬鹿なことおっしゃい。あんたを殺したって、誰も一文の得にもならないじゃない。それとも新しい彼氏でも出来て、前の彼氏が斬るの、硫酸をぶっかけるとでもいってるの。

と冗談のようにいったら、

――ええ、首を斬るっていってるわ。

といったんです。いよいよ、わたくしも冗談だと思って、——だめよ。首を斬られたくらいじゃ、失業保険とはちがうんだから。といってやったんです。そしたら今度は、——ほんとうに首を斬られるのよ。わたしは照る照る坊主のかわりだもの。とわけのわからぬことをいってるんです。いまにわかる、いまにわかる。わけを聞いてもどうしても話してくれません。いまにわかる、いまにわかる。わたくしが殺されても、お母さんに苦労をかけたくないといって、とうとうお母さんを受取人にして、二百万円の保険をかけたじゃありませんか。ええ、払込金は月に六千円ぐらいになるんです。こんな掛金を払いきれるかと思っていましたら、第一回の掛金をかけたと思ったら、こんなことになってしまったじゃございませんか……」

立て板に水を流すような能弁とは、こんなことをいうのだろう。初めは苦笑いしながら聞いていた恭介は、とたんに腰をのり出して、

「ちょっと待って下さい。その保険は有効なんですね？」

と漸く、一言くさびを打ちこんだ。

「ええ、殺されたのがほんとうに百合ちゃんだったら、自殺でなくって、受取人のお母さんが殺したんでもなかったら、それは保険金はお払いすることになりますけれど……」

「自殺とは思えませんね。自殺して首をかくせるわけがなし、また死んだとたんに首だけ人形のものにかわるはずはなし、いまのところ、僕も医者として、あの死体は百合子さんのものだと断定するしか、ほかにはなさそうだし、まさかお母さんだって、いくらお金に困っていても、実の子をギロチンなんかで殺すはずはなし……」

「助かりますわ。わたくし、明日会社へ行ったら、何といいわけしていいかと思っていたんです。そりゃあ、わたくしの責任じゃございませんけれど、契約して日がたってありませんでしょう。会社に大損害をかけたようで、何だか申しわけないような気がするんですのよ」

「たとえ、百九十九万四千円ほど損をしたところで、あなたの会社が破産するわけでもなし、またあなたの手数料に今さらひびくわけではないでしょう。それよりも、あなたはさっき、百合子さんのことなら何でも知っているとおっしゃったようですが、百合子さんの恋人——というのは、どんな男です？」

「むかし、婚約の出来ていたお方はあったんです、三福（さんぷく）商会という会社の社長さんで——百合ちゃんが、その秘書をしておられたとき……でもその社長さんは自動車事故でおなくなりになって、それから百合ちゃんもあの会社へつとめるようになったんですけど、その後はそんな人、いなかったろうと思いますわ。いいえ、そんなお方がいたら、わたくしにうちあけてくれないわけはございません」

「それでは、誰か、その人のいうことだったら、何でも聞くという、先生なり友人なりはいませんでしたか？」

「いいえ、百合ちゃんという人は、とっても我の強い人でした。女学校のころから、自分が一度いい出したら、先生が何とおっしゃったって、てこでも動かないんです。まだ、わたくしのいうことは、いくらか聞いてくれた方ですけれど……」

恭介は、それから幾つかの質問をつづけたが、満足な回答は得られなかった。彼は、かすかな失望の色を浮かべて、深くソファーに身を沈めた。

「先生、ついでと申しては何でございますが、わたくし一つお願いがございますの」

恭介の質問がやんだと見て、千鶴子はまた身をのり出した。

「何です。そのお願いとおっしゃると？」

「こんなことが起こりますと、わたくしとても心配になって、世の中の無常ということをしみじみ感じますのよ。先生は、まだお若くていらっしゃるし、御自分がおなくなりになるなどということは、お考えにもならないでしょうけれど……いいえ、変死体ばかりあつかっておいでですから、きっと考えておいでですわね。それで……」

「パンフレットをおいといて下さい。今晩ゆっくり読んでおきます」

恭介は業を煮やしたらしく、立ち上がって、この勧誘を打ち切った。

千鶴子を送り出してから、二人はしばらく顔を見あわせてだまっていた。言葉というものに、完全に食傷してしまったような感じだった。

「神津さん。あきれましたよ。今日という今日は……女という動物はあれだからいやんなる。いったい、女学校の同窓会というのは、どんなものだろう。一度傍聴に行きたいもんだ」

「商魂たくましき女史だったね。親友の屍をのりこえて進むとは」

さすがの恭介も苦笑していた。

「そりゃ僕だって、彼女の毒気にはたしかにあてられてしまったけれど、それでも収穫が全然ないわけでもなかったよ。百合子さんには、自分が殺されるという予感があったんだ。それも首を斬られて殺されるという妙な予感がねえ……その運命は、どうしてもさけられないと観念していたんだよ。精々生命保険に加入して、最後の親孝行をしようということしか念頭になかったんだ。誰が首斬り役人か、そこまでわかっていなかったが……恐らく、生命保険のことをいい出したのは、君がその喫茶店で、魔術の打ちあわせの話を耳にした、その以前のことにちがいないんだが」

「妙ですねえ。全く妙だ。恐い話だ」

研三も両手で頭をかかえ、腹の底からしぼり出すような声で、

「そうだとすると、いよいよ、あの魔術の題が気味わるいことになって来ますね。マリー・アントアネットの処刑――あの魔術が上演されることになったのは、ほんの偶然だったんでしょうか？」

「偶然――という言葉は実に便利な言葉だけれど、これが偶然だろうかねえ。人形の首が盗まれたのも偶然、人間の首が盗まれたのも偶然、被害者が巨額の生命保険に入っていたのも偶然じゃ、あんまり偶然が重なりすぎる」

恭介は広い額を手でおさえながら、

「照る照る坊主のかわり――とは、いったいどんな意味なんだろう」

「あの歌ですね？　杉浦雅男の歌っていた？」

「そうだろう。まさか、天気にならなかったからといって、照る照る坊主の紙人形のかわりに人間の首を斬り落としてやろうなんていう人間のいるはずはない」

恭介は黒塗りのピアノに近よって、静かにキーをたたきながら、照る照る坊主の替え歌を歌いはじめた。彼は豊かなバリトンの声を持っている。だが、その調子が音楽的であればあるほど、この歌はいよいよ、ぶきみな響きを以て研三の耳をうった。研三はまるで両足に根が生えたような思いで、その歌声に聞き入っていた。

「照る照る坊主　照る坊主
早くお嫁にやっとくれ
それでもふられて泣いてたら
そなたの首をちょいと切るぞ……」

第七場　捜査の常道

殺人を行ない、死体の一部を損傷して持ち去ったということは、日本犯罪史の上でも、それほど珍しい例ではない。全日本に於ける殺人事件の発生数は、一年に三千余件に上るというが、そのうちに幾つかは、必ずこのような例があるといわれている。

だから、この事件で捜査陣を驚かしたことは、決して死体の首が持ち去られたということではなかった。ギロチンによる処刑という、この異常な殺人方法だったのだ。

砧警察署に置かれた捜査本部でも、連日異常な緊迫感のうちに捜査が進められていた。超人的な努力だった。しかし、神津恭介の危惧したように、その方向は最初から、誤った方へむけられていた。誤った道をとったために、この定石的な捜査はたちまち暗礁にのりあげて、進みも退きもならない窮地におちいってしまったのである。

およそ、実際の犯罪捜査の鉄則として、仮に五本の疑わしい線があるならば、たとえ四本は無駄になると知っていても、この五本の線を並行して追って行くというのが建て前である。ただ、この五本の中に、一本も正しい線がまじっていなかったら——その努力は、すべて水泡に帰するのだ。こうした捜査本部の追求が、この事件では、いかに空地を走っていたか、それは事件が起こって二日目、この本部で行なわれた捜査会議の模様を見れば、ほぼ想像もつくのである。

長くならべた机をかこんで、上座には桂捜査一課長、島本鑑識課長、この事件の捜査主任、高川警部、警視庁から出張して来たこの三人の下手には十数人の係官たちが、鉛筆と手帳を前に、緊張した顔をならべていた。

「いつものことだが、この席では、諸君の思ったことを十分に発言してもらいたい。その意見をとりあげるあげないは別の見地だが、案外ひょっとしたところから、手がかりの端緒を発見しないともいえないのだから、ことに今度のような事件ではなおさらのことだ」

桂課長が、まず口を開いて一同の顔を見まわした。島本鑑識課長がつづいて、

「それでは、K大助教授宮本秀春博士の解剖報告の内容を紹介する。

一、被害者は処女と推定される。

二、死亡推定時刻は、解剖前日の午後十一時以降当日一時ごろまでの間と推定される。

ただし夕食は普通にとったる模様。

三、被害者は、斬首(ざんしゅ)によって直接死亡したものと推定される。

この第三項はこういうことだ。つまり、被害者がギロチンに横たえられたときには、完全に生きていたということだ。毒殺とか、絞殺、撲殺などしておいて、それから死体の首を斬ったというわけではない」

「麻酔剤か何か嗅がせたのでしょうか?」

下座(しもざ)の方から、一人がたずねた。

「そこまでは、宮本さんも、何とも断定出来ないといっておられる。まあ、常識的にいっても、まともな人間なら、おとなしく、ギロチンの下に首をつっこみはしないだろうから、そんなところと思われるが……。

四、死体には暴行、格闘、外傷の痕跡を認めず、ただ左上膊部に注射の痕跡らしきかすかなる内出血を認む。殺人の数日前より数回にわたって注射されたるものと推定されるも、いかなる薬物かは不明なり。

これが、麻酔剤の注射ではないかと思われるが……一言注意しておきたいことは、死体に暴行のあとがないことだ。もし、縛って監禁していたようなことがあるなら、当然四肢にそのあとが残っているはずだが、それは全然認められない。解剖の所見は、概略以上の通りだ」

島本課長が発言を終わると、つづいて高川警部が口を開いた。

「成城不動産の横山泰造、本警察署の村瀬俊一、通い女中の長谷川はる、以上三人の証言は、昨日この席でも検討したことだが、これについては、新しく異議、質問はないだろうな？　ないとすれば、次に移るが、この三人の協力によって、本庁では目下モンタージュ写真の作製中であるが、これは犯人が精妙な付け髯、鬘の類いを使用して変装していた可能性があるので多きを望みがたい。売買契約書にしるした、犯人の住所氏名は架空のもの、彫刻家数十名について問いあわせたところでも、その名の人物はおぼえがないということであった。成城駅ならびに付近各駅を問いあわせても、そのような人相風態の人物が乗車したという証言はなく、バスの車掌についても同様である。付近の聞きこみは皆無、指紋もこれというものは発見されない」

「高川さん、問題は、あの人形の首と衣裳の方ですが……」

横から一人の警部補が発言した。

「あれはやっぱり、公楽会館の魔術の会で使われるはずだったものなんでしょうね？」

「その通り。どこでもここでも売っているようなもんじゃないから……二つとも、特にあつらえて作らせたものだが、製造もとが自分のところで作った品だといっているから間違いはあるまい」

「その衣裳を持ったまま、京野百合子は、その晩から家へ帰らなかったのですね？　首と衣裳は出来上がってから、会場まで、彼女が保管していたのですね。首はいったい、楽屋へほんとうに持ちこまれたのでしょうか？」

「間違いないな。数人の人々が目撃して、よく出来ているとほめたそうだ。たとえば詩人の杉浦雅男、連盟の顧問中谷譲次、そのほか二、三の人々の証言だが、百合子は、水谷良平が席をはずしているうちに、風呂敷をほどいて、首をこれらの人々に見せている」

「だとすれば、やっぱり犯人は、その時、楽屋へ出入りした人々の中にいるということになりますね。もし、仮に、人形の首を盗んだ犯人がべつにいるとして、この殺人事件の犯人にたのまれて、そっちに首をわたしたんだったら、今ごろは恐くなって、警察へ名のって出ているころでしょう。人形の首を盗んだぐらいじゃあ、大した罪にもなりませんしね。微罪釈放が関の山だ」

「犯人か、それでなかったら、殺人の共犯者が、あの楽屋へ出入りしていたという意見には賛成だね」

高川警部はうなずいた。

「まさか、首がひとりでに、消えてなくなるはずはないだろうし、今まで、人形の首をかくしたのは私でございます。つい悪戯半分に――と名のり出たものがないとなると」

　警部は、ぐるりと一座を見まわして、

「第一の捜査方向は、この魔術発表会に出場した、日本アマチュア魔術協会の会員の身もとを洗い上げること、いいな？」

「ところで、水谷良平のアリバイはどうなのです？」

「あの晩は、九時まで、会の顧問をしている綾小路実彦氏に会っている。民政党の代議士で、被害者の父親にあたる人物だが……それから後は、小石川の自宅に帰って、十一時ごろまで、秘書と仕事の打ちあわせをしていたということだ」

「杉浦雅男という男は？」

「毒舌家で、何を考えているか、腹の底まではわからないが、彼が犯人だということはあり得ない。あの体じゃ、ほかの人物に変装することは出来るわけがない。ほかの人物が、彼に変装するというなら、あるいは出来ないこともあるまいが」

「中谷譲次は？」

「彼は殺人の晩、大阪にいたはずだ」

　そのほか、幾人かの人物の名前があげられた。みな、社会的には一応名前の通った人物ばかりである。というのは、この会は、入会に大変きびしい制限を設けていて、紳士淑女と認められるもので、会員三名の推薦がなければ加入出来ないからなのだ。しかし、これまでの段階では、特に注意を要する人物の名前もなかった。

「それで、被害者は、京野百合子と考えて間違いないのですね？」

「まず、九分九厘まではそう考えてもいいだろう。京野家にあった指紋も被害者のものと一致する。死体のあざも盲腸の手術したあとも母親のいった通り、現場の靴も百合子のものだ」

「それでは、百合子の着ていた洋服はどうなったんです？」

「洋服？」

「そうです。まさか、死刑になったときのあの服装でのこのこ、街を歩くわけには行かなかったでしょう。そうすると、あの家まで来たときは――自分で来たか、むりやりにつれこまれたかは別として、自分の洋服を着て来たんでしょう。それから、あの珍ちくりんな、時代おくれの服を着せられて――それまで着ていた服はいったいどうしたんです？」

「犯人が、首を包むのにつかったんじゃないかな」

高川警部も、それ以上のことはいえなかった。そういわれて見ると、かすかな疑惑が心の中に残らないでもなかったが、彼は強いてその考えをおし殺した。

「服の件も、余裕があればあたってもいいが、この家一軒のために、百二十万も金を投げ出す犯人が、まさか被害者の洋服を古着屋へ売りに行って、そっちから足のつくような真似もすまい。そっちの方は、まあ、ついで――というような調子でいいだろう」

と黙殺するようにいったとき、末席に坐っていた一人の刑事が発言をはじめた。

「一つ、私には一つだけ解せないことがあります。話は少し前にもどりますが、この犯人が変装していたという考えはまあいいでしょう。現場はああいうところだから、ちょっと出れば、どこにでも人目につかないような林なんかがありますね。そこで変装もとけるでしょうし、またあの家へやって来るときには、そこで変装も出来るというわけです。だから、交通機関の、電車やバスの従業員に見おぼえのある人間がいなかったのでしょうが、何だって、この犯人は、まるで会社員か何かのように、朝出かけて夕方に帰って来たんでしょう？」

「何か、かたぎの勤めを持っていたのかも知れんね」

「人殺しはアルバイトか趣味だったというわけなのか」

かすかな笑いがわきおこった。

「やめたまえ……僕の考えでは、恐らく変装した顔を日中人目にさらすのが恐かったんじゃないかと思うな。まあ、その点は大した問題じゃないだろう」

それから、幾つとなく小さな問題が持ち出され、右から左から検討された。そして結局捜査方針の大綱は一つは魔術協会の会員の身辺を洗うこと、一つは被害者京野百合子の身辺の調査と、二つの線に集中され、その日の会議は一応終わった。

捜査本部を出て、警視庁へ帰る途中、桂課長と高川警部は、いくらか肩の荷が軽くなったような調子で話しあっていた。

「高川君、いったい今度の事件の犯人が捕まるまではどれくらいかかると思う？」

「まあ、一週間がいいところでしょうな」

「一週間ね。よし、むこう一週間以内に犯人が捕まったら、サントリーの大壜を一本、君に進呈するよ」

「そいつはありがたい。飲めますな。でも、神津恭介先生は、今度はいったい、何といっているんです？」

「神津さんか？　あの人は何しろ利口すぎるからねえ。今度の事件はしばらく様子を見るといってるよ。どうも、君にウイスキーを飲ませるのはいやらしいな」

「どうしてです？」

「この犯人は、神津さんにいわせるとね、犯罪者としては桁外れの天才か、それとも桁外れの馬鹿か、どっちかでその中間の存在ではあり得ないというんだよ。もっとも、両方の極端が、だぶって一致しているということはないでもないだろうがね。桁はずれの馬鹿なら、ほっておいてもすぐに捕まるだろうし、桁はずれの天才なら、第一幕で捕まるようなへまはやりっこない。何人かの容疑者の中に犯人がひそんでいると、見通しのつかないうちは、僕が出て行ったたって無駄だと、しきりにいっていたんだよ」

「異常ですよ。この犯人は、異常者でなくってたまりますか！」

「神津さんにいわせると、異常者というより、稀代の大魔術師といった方がいいだろうというんだ。大魔術師というやつは、よかれあしかれ、自分のやっていることに、拍手を求めないではおられないというんだね。たとえば、ああして新聞社を電話でよび出して、現場へ案内したような心理さ。こういう人間を相手にするときは、だまってそっぽをむいているにかぎる。すると、相手はいらだって、これでもか、これでもかと、しきりに次の手を用いて来る。その腰が浮いて隙が出たところをピシャリと一撃すれば、完全に相手は自分の墓穴へとびこむといっているんだ」

「まるで、将棋の名人戦みたいだ。高段者の将棋というやつは、何しろ序盤の一手に、何時間と時間をかける方だから、あまりに高尚深遠すぎて、こちらのような帝国縁台党には理解も出来ませんなあ」

高川警部は溜息（ためいき）をついた。

「でも、何ですよ。この事件は、そんなに難しくはありますまいよ。今度こそ、神津先生の御出馬をあおがないうちに、なに、棒銀の奇襲か何かで、一息に敵を雪隠詰めにしてしまいましょうや」

「その意気、その意気、サントリーを一つせしめられるようにたのんだよ」

桂課長は、ぐっとソファーに身をもたせて、無計画都市の代表といわれる渋谷道玄坂の原色雑然たる情景を見つめながら、煙草に火をつけた。

しかし、高川警部の陣頭指揮もこの事件では、何の効果も見出せなかった。

一週間の懸命の捜査活動もそのかいもなく、被害者の首も、謎の彫刻家新藤信彦も、捜査網のどの尖端にも接触しては来なかった。

そして、京野百合子の側の捜査も、彼女には誰か恋人がいるらしいとわかったきり、その恋人の名も住所も、捜査本部へは伝わって来なかった。そしてまた、死体の解剖の結果から、百合子が処女だとわかって見れば、その恋愛関係といっても、それほど深いものとは思われなかった。

日ましに、警部は恐ろしくなった。相手をただの異常者と簡単にきめつけてしまっていた、その信念が一日一日とゆすぶられて来るに従って、心の中に落とす犯人の黒い影が、次第にその大きさと力とを加えて来たのだ。

「負けてたまるか。負けてたまるか」

彼は何度も自分自身にいいきかせた。そして、情報を求めて、彼の周囲に集まってくる新聞記者たちの刺すような視線に、必死に対抗しようとしていた。

第八場　ガラスの塔にて

　松下研三は、彼なりに、この事件の秘密を探ろうとしていた。たのみに思う、名探偵神津恭介が全然動いてくれないのは心もとなかったが、それも、データの不足からだろうと、強いて自分自身をなぐさめ、彼が活動を始めるころには、その材料となる事実をまとめて提供しようとして連日のように「ガラスの塔」へ通いつめたのである。

　この店へ集まって来る会員たちの動きにも、何となく、ただならないものが感じられた。いうまでもなく、このギロチンの殺人が、彼等に大きなショックを与えたのだ。

　誰もが、自分に嫌疑のかかることを恐れ、誰もが、ほかの会員のすべてを疑ってかかっている……こういう気配が、ぴりぴりと、直接研三の皮膚と神経の末端に、伝わりこたえて来るのだった。

　何といっても、魔術師たちのより集まり、ことにあの楽屋での一幕は、恐らく犯人をのぞいた彼等のすべてにとって、意表をついた事件だろうし、魔術を知り、その限界を知りぬいていればいるほど、この鮮やかな大魔術に驚嘆せずにおられなかったのもむりはない。

ある日、研三が例のように、この店へ入って行くと、お客は一人もいなかった。珍しいことだと思っているうちに、マダムのゆみ子が、彼のそばへやって来て腰をおろした。

「先生、あのギロチン事件の犯人は、まだ捕まらないんでしょうか？」

「目下、暗礁にのりあげて、捜査は五里霧中のようですよ」

こういいながらも、研三は懸命に相手の表情を観察していた。美しい――しかし品のない女なのだ……あの時、楽屋でこの女は、一生懸命、自分の手首に手錠をかけてははずすという動作をくりかえしていた。百合子が、たとえ断頭台に上せられても、まだその品位を失わない、女王らしい風格があるとすればこの女には、どことなく、女詐欺師に似たいやらしい感じがある。雌猫のような狡猾さと、胡蝶のような軽薄さと、蝙蝠のような暗さとが、その一身に同居しているような感じがしてならないのだ。

「警視庁は何をしているんでしょうね。それより、先生のお友達の、神津恭介先生は、まだ御出馬にはなりませんの？」

「今度の事件にかぎっては、いっこうに腰をあげる気配がありませんね。目下、どういう風の吹きまわしか、詰将棋の研究にかかりっきりです。何か『詰むや詰まざるや百番』とかいう、むかしの詰将棋の解答のないやつがあるんですね。その原本と首っぴきです。青柳八段と二人で一生懸命ですよ」

「まあ……」

ゆみ子の顔には、失望とも、ほっとした安心の色ともとれる影がかすめた。

「少しお道楽がすぎますわねえ。そんな詰将棋が詰もうが、詰むまいが、どうでもいいじゃありませんか」

「ところが、本人にいわせると、そのどうでもいいということをやっているのが、たまらなく楽しいらしいんですね。名誉も金も、ほかのことも、何の目的もないんですね。ただ難解な謎を解く、それだけのことが楽しくってたまらないんですね」

「そんなら、この事件の謎を解いていただいたら……」

「僕だって、その方がありがたいんですが、といって、本人の気のすすまないものは、どうにも出来ませんからね。魔術師だってそうでしょう。プロなら、どうしても舞台に穴はあけられないけれど、アマなら、たとえ穴をあけても、誰もべつにとがめはしないでしょう。それと同じことですよ」

「でも、百合子さんが、それではあんまりお気の毒じゃございません？」

「そうとばかりはいえないと思います……神津さんは、べつに百合子さんとは、前に交渉があったわけじゃありませんし……それより、奥さん、あなたが本当に百合子さんのことをかわいそうだと思っておいでだったら、何も神津さんを責めなくっても、事件は御自分でも解けるはずじゃありませんか？」

ゆみ子の顔色は、一瞬にさっと青ざめてしまった。

「ギロチン殺人の犯人と、あの人形の首盗みの犯人とは、同一人物か、それとも何かの関係を持った共犯者にちがいありませんね……これは、この一週間の捜査でわかったことですが、殺人の方の犯人は、日本中のどこに潜伏しているかわからないから、専門の警察官でもなかなか見つけ出せないだろうという、逃げ口上はなりたちますね。しかし、人形の首を盗んだ犯人は、必ずあの時、楽屋へ出入りしているんだし、奥さんでも、誰でも、ちょっと頭をひねっていただけば、当然わかるはずですよ」

「それが……どんなに考えても、つかめませんの……」

「それじゃあ、誰がとか、その方法とかは、ぬきにしましょう。ただ、それだけの大魔術を、ほかの人々が誰一人、その方法を見やぶれないほど見事な大魔術をやれる人は、誰と誰なのです？」

ゆみ子は沈黙してしまった。その人は思いあたっても、その名を口に上せるのが、恐ろしくてたまらないというような顔だった。

「まあ、あなたの御主人、中谷さん——これなら、御自分で歴史的な大魔術師、フーディニエの再来と公言しておいでなんだから、それだけの腕はおありだと思いますがね。そのほかには？」

「杉浦雅男先生……」

「ああ、あの先生は本職が詩人かと思っていたら、そんなかくし芸があるんですか。これは驚いた……」

「あのお方、本当に詩人でしょうかしら？」

ゆみ子の言葉には、痛いほどの皮肉がこもっている。

「さあ、どうですかしらねえ……」

研三も、返答に困ってしまった。

「小説家だの詩人だのといっても、ピンからキリまでありますからね。どこに一線をひくかということは大変むずかしいんで……この間ある人にあったら、名刺に麗々しく、日本探偵作家クラブ正会員、探偵作家、何の某と印刷してありましたよ。こんなのは、どうも探偵作家とはいえませんな。人が探偵作家と認めないから、名刺でこけおどかしをやるんでしょう。詩人にだって、それと同じことがいえるんじゃありませんか？　詩人、何の某と名刺に刷っていたら詩人じゃない、とんだ逆説的な言い方ですが——杉浦さんの名刺には詩人と刷ってありますかねえ」

「わたくし、そんなことを申してるんじゃありません。杉浦さんが、何で生活なすっているか、それを御存じかと申しあげているんですわ」

「なるほど、杉浦さんぐらいの詩じゃ、そんなに方々に売れそうもなし……財産でもあるんですかねえ」

「財産なんか、とんでもない。あの人は、まるで寄生虫のような人なんです。のみか、だにか、南京虫みたいに、人の生き血を吸って生きてる人なんです」

「ほう……毒舌家ということは知っていますが、あの人の商売が、そんなものだとは思いませんでしたねえ」

「でも、本当だから仕方がありませんわ。わたくしの知っている人たちの中では、あの人ぐらい、他人の秘密を知りぬいている人はないでしょう。詩の方の才能は、どんなものかわかりませんけれど、そういう才能は、人なみはずれているんですね。その秘密をタネに、ゆすりのようなことをして、そうして生きているんですわ」

「まあ、この世の中にはいろいろな人間がいるんですから、そういった人間だってないとはいい切れないでしょうね。ただ、魔術協会は紳士淑女の集まりだと聞いていますが、それじゃあなぜ、彼を一思いに除名してしまわないんです？」

「どんな団体にしたところで、メンバーの数がふえて来ると、妙な会員が一人や二人は出て来ますのね。その除名のことは誰だって、考えていないわけじゃないでしょう。ただ、会員の除名には、総会で三分の二以上の賛成がなければいけませんし、それだけの票数が集まりそうにもないんです」

「ということは、会員の大半のお方が、彼に何かの秘密を握られているということになるんですね？」

「それは御想像におまかせします。まあ、どの方面でも、頭角をあらわしておられるようなお方には、大なり小なり、人に知られては困るような秘密もおありですし……あんな人とさし違えたとしても結局、自分の方が損だと思うと、まあ、わずかぐらいの金だったら、口止め料にくれてやろうという気にもおなりでしょうね」

考えようによっては、この言葉は、最大限の侮辱ともいえた。これだけのことを、はっきり口に出していうからには、ゆみ子か中谷譲次の方も、何かの秘密を彼に握られて、いためつけられているのかも知れないと研三は思った。

「それで、水谷さんの方の魔術の腕はどうなのです？」

「さあ、ほかのことならともかく、この道にかけては、大したことはないと主人も申しておりますけれど……やはり、あれだけのお金を動かしていらっしゃると、誰でも遠慮しますのね。面とむかって、あのお方に悪口をいえるのは、杉浦さんぐらいのものでしょう」

「すると、杉浦さんは、水谷さんに対しても何かの秘密を握っておられるというわけでしょうか？」

「このごろでは、とても、お金まわりがよろしいですもの。誰か、強力なスポンサーでも見つけたのだろうと、みんな悪口を申しておりましたわ」

研三も考えこんでしまった。あり得ることだ。たしかに、あり得る話だとは思ったが、さてそういった関係が、今度の事件に直接間接に、どんな影響を及ぼしているかと聞かれると、皆目見当がつかなかった。

「奥さん、もう一度、あの日のことを思い出していただけますか？」

「はい……」

「あれから……僕が楽屋を出てから、鬘がなくなったということがわかるまで、どれだけの時間がありました？」

「三十分ぐらいのものでしょうか」

「その間、ああして僕がどなられたくらいだから、ほかには誰もその首を見たものはないんでしょうね？」

「百合子さんもすっかりおびえていましたもの。別に悪気もなくって、先生に首をお見せして、あんなことになったんですもの……」

「そうだとすると、僕には一つ、一つだけ、あの首を盗む方法が考えられるんです。いいですか。首を箱の中から盗み出したと考えるから、わけがわからなくなって来るんじゃありませんか。風呂敷に包んだ箱ごとすりかえたら……同じ風呂敷に同じ首箱を包んで、その中に金髪の鬘を入れておく。その箱を例の箱のそばにおいて、そっちを残し、首の入っている箱を持っていったとしたら……」

「先生におっしゃられるまでもなく、わたくしたちも、そのことは、とっくに考えていたんです」

ゆみ子は冷然とつっぱなすように、

「魔術の研究をしていたら、誰だってすぐ、そのぐらいのことには見当がつきますわ。でも、そうでないことは、あの場でわかりましたの。百合子さんが、どんな風呂敷に首箱を包んで来るかということは、犯人にはわからなかったはずでしょう。あの風呂敷には、京野という名前が染めこんでありました。どこかのお葬式のお香典のお返しの品だといっていましたけれど……先生のいまおっしゃったような方法は、風呂敷ごとすりかえるから出来るんでしょう。風呂敷をほどいて包み直すなら、おんなじことじゃありません？」

何日か、脳漿を絞りつくして組み立てた推理はまた、木っ端微塵に粉砕された。それでも内心の動揺を、顔にはあらわすまいと苦労しながら、

「はははは、やはり素人考えというやつはどうにも仕方がありませんね。いや、こんな生やさしい方法なら、とっくに誰かが考えついているでしょうね。ところで、あの会が終わってから、百合子さんはどうしたんです。水谷さんとは、いっしょに帰らなかったんですね」

「ええ、実はあの会がすんでから、慰労の会があったんです。公楽会館の近くの清和楼という中華料理屋の二階だったんですけれど、百合子さんは、わたくしのそばに坐っていたんですが、お飲み物にも、お料理にも、全然手をつけようとしませんの……まあ、あんなことのあった後ですから、むりもないと思っていましたわ。すると、途中で百合子さんに電話がかかって来たんです。ちょっと中座して電話に出たかと思ったら、そっとわたくしを部屋の外へよび出して、

――わたくし、これで失礼しますわ、ちょっと急な用事がありまして……。

といって、そのまま帰って行ったんです。わたくしも、ちょっとお酒をいただきすぎて、気分がわるくなっていたので、窓をあけて、外の空気を吸っていました。そうした

ら、百合子さんが入口から出て行って、通りを横切ったと思うと、むこうの小路から、妙な男が出て来て、そのあとをつけて行ったじゃありませんか」

「妙な男……それは？」

「それは一目でわかりました。あの時杉浦先生が途中で帰ってしまったことは先生も御存じですわね。失礼ですけれど、あんな恰好なんですから……たしかに、それはあの人だったんです……だから、その晩から姿を消した百合子さんが、どこへ行ったかということは、あの人にはわかっているかも知れませんわね」

第九場　黄金の魔術師

ちょうどこの時、和服姿の青柳八段が飄々然たる恰好でこの店へ入って来た。中谷譲次も、ほかのお客といっしょに帰って来たので、研三とゆみ子の話も、それっきりとぎれてしまった。

「松下さん、飲みませんか?」

こうさそわれて、研三はいままで後にひいたことはない。ちょうどいいおりだと思って金をはらうと、青柳八段と肩をならべて街へ出た。

さっそく、顔なじみの店へ腰をおちつけて、

「今日はどこへ?」

「将棋連盟へ顔を出して、それから神津さんのところへよって……あの人はいい人だけれど、酒を飲まないのが玉にきずですね」

「全く……今日もやっぱり詰将棋を調べていた?」

「相かわらず。指将棋じゃ何だけど、このごろは詰将棋では、素人の方が熱心だし、いいものを作りますね。どういうわけかしら？」

「魔術と詰将棋と探偵小説には、どこか共通点がありそうね。僕はいつも思うんだけれど、この三つに共通するものは一種の子供っぽさというもんじゃないかしら……夏目漱石の言葉に、『詰みのない詰将棋を青筋立てて考えるほど馬鹿らしいことはない』というのがあるが、よく、新聞や雑誌の詰将棋の課題を見ていると、三六歩は三六香の誤りでしたというような訂正の記事が出ていることがあるね。誤植か何か知れないけれど、それを一生懸命考えている読者の方は、馬鹿を見たと思うだろうね」

青柳八段は、チビチビと独酌で杯を傾けながら、研三の言葉に耳をすましていた。

「それと同じで、探偵小説も魔術も、はたの人から見たら、何を好きこのんで、ああいうことに神経をすりへらしているのかと思うだろうね。中谷さんが、いつかこぼしていたけれど、日本人はアメリカ人ほど魔術を好まないから、日本ではプロの魔術師が食えないんだってね。探偵小説だって、むこうの方がずっとさかんだし、結局アメリカ人の方には、日本人より子供っぽいところがずっと多いのかしら？　一方では、普通の大人よりもずっと鋭いところを持って、一方では何だか子供っぽいところがあるという……それが、魔術や探偵小説を好む心理となるのかねえ」

コップ酒をあおりながら、研三の慨嘆する言葉も、青柳八段は聞いていなかったのかも知れない。

ふっと顔をあげて、

「松下さん、あなたはいま誤植といいましたね。神津さんも今日、そんなことをいっていましたよ」

「詰将棋のことで？」

「いや、今度の事件のことですよ」

研三は、思わず箸(はし)を手から落として、せきこんだ。

「今度の事件の誤植というと、新聞記事か何かで？」

「いいえ、詰将棋にたとえていたんです。たとえば、いまの話だと、この金が銀なら詰みがあるんだが——ということなんです。つまり、今度の事件では、犯人が意識的にその誤植的な効果をねらったんじゃないかというんですね。捜査の方向を思わない方へ狂わせるために……」

「わかる。理論としてはわかるが……その誤植というのは何だろう？」

「一つは、死体の解剖報告書だといってましたよ。何でも、ああいう変死体の場合は、地域的に、東大とK大へ分けられて解剖されるんだそうですね。そういう規則を破ってまで、自分が手を出すとはいえなかったし、また宮本さんの報告が間違っているというんじゃないが、自分が解剖出来たなら、もっと何か大事なことをつかめたろうと、くやしがっていましたよ」

「その点は、僕にもわかるような気がするよ、それから？」

「それから、金の力というものは恐ろしいと、しみじみいっていましたよ。水谷良平氏の行動にも、何となく不審な点がある。といって、あれだけの組織を切りまわしている実権者ともなれば、警視庁でも、ちょっとやそっとの容疑じゃ手を出せまい――と嘆いていましたっけ」

「うん」

研三も、恭介が水谷良平に、いくらかでも疑惑をいだいているということは気がつかなかった。

なるほど、彼なら、彼ならば、その動機や何かはさておいて、殺人そのものの実行は、それほど難しくはないだろう。全国の至るところに支店網を持ち、自身もまるで神出鬼没のように、どこに姿をあらわすかわからないといわれている怪物だし、もし、彼が本当に犯罪を企てたら、警察関係を買収することまでは出来ないとしても、自分のアリバイや何かを証明してくれる証人は、いくらでも作り出せると思われた。

「彼がねえ……もし、彼がやったとすると、全くわけがわからないねえ。何のために、殺したのか……」

溜息をつきながら、またコップの酒をぐーっと一息にあおった時に、研三はふと妙なことに思いついた。

「青柳さん、あなたは、たしか水谷氏のところへは、将棋の出稽古に行ってるはずだね。あの人の将棋はいったい、どんな棋風？」

「狙いを持った将棋ですねえ。なかなかしぶとい将棋ですよ。ちょっと聞いたことがありますが、むかしは賭け将棋や何かで、小遣いをかせいでいたものだと、いう話ですねえ。だから二枚腰三枚腰で、たたかれても押されても、簡単に崩れないんです。神津さんの将棋は理詰めそのものだし、これも玄人っぽい将棋だけれど、あんなに豪放なところがない。きっとお二人がさしたら、いい将棋が出来ると思いますよ」

「中谷さんの将棋は？」

「はめ手の大家――何しろ、八段を捕まえて、王手飛車をかけようとするんだから。でも、私だから、ひっかからないんで、ほかの人なら、恐らく眼から火が出るような目にあわされるでしょうねえ」

「杉浦さんは？」

「あの人は、業師ですねえ。大きい業は、性分にはあわないらしいけれど、ちょこまかちょこまか、小まめに動いて――将棋より碁の方に性格がよく出ていますよ。絶対に転んでも、ただは起きないという棋風でしょうな」

「それで青柳さん、あなたはあの魔術発表会の当日には、対局があるとかいって、会場へは来なかったねえ。しかし、事件の内容については、もちろん知ってるだろうし、公平な第三者としての見方が出来ると思うんだが、この三人の中に犯人がいると仮定したら、それはいったい誰だろうね」

「神津さんも、さっき同じようなことを聞いてましたよ。心理的探偵法というんですかねえ……僕の考えをいうのはいいが、それもここだけの話ですよ。青柳八段がこういったから、あいつが犯人だと、警視庁へ報告されちゃ困りますからね」

「そんなことはしないよ。ただ参考に……」

「僕の見たところでは、この犯人は何か、遠大な作戦を立てて動いているようですね。ただ、その全貌がはっきりしないから、何をねらっているのかわからない……ちょこまか動いているようだけれど、それは表面にあらわれた事実だけを見ているからなんで……将棋と違って、指し手が残らず、盤面にあらわれるもんじゃありませんからね。だから、棋風だけから判断すると、犯人は水谷良平氏――ただし、この三人の中に犯人がいるものという、大胆な仮定をおいての話ですが」

「うむ」

研三はだまって眼をとじ、苦い酒をぐっとのみこんだ。

たとえ、実際の魔術の演技力はどうあろうと、徒手空拳から出発して、全国的な大組織を作りあげ、何十億という金を動かすようになったその能力は決して凡(なみ)ではない。たしかに、これもまた、現代の経済組織、法律の盲点をたくみについた大魔術に相違ないのだ。

黄金の魔術師……その彼が、はたしてどんな目的で？

「これも、ここだけの話ですがね……」

青柳八段は、淡々とつづけた。

「英雄色を好むという諺(ことわざ)もあるように、あの水谷良平という人は、女にかけても、やはり一応以上の怪物のようですね。百合子さんとも何かの関係があったという噂(うわさ)があったし、ガラスの塔のマダムとも、ただならない仲がありそうだし、映画女優の小月(おづき)マリのパトロンだということは、天下周知の事実だし……」

秘密というものは、大勢で守るから秘密だ――ということがあるが、将棋以外には何物もないような青柳八段まで、これだけのことを知りぬいているからには、それを飯(めし)のタネにしているような杉浦雅男にも、これ以上のことはわかっているのだろう。さっき、マダムのゆみ子が、この詩人に、あれほど痛烈な非難をあびせたこともわかるような気がして、研三はまたごくりとコップの酒をのみこんだ。

第十場　首を断ったり断られたり

　第一の事件が発生してから三週間後、捜査本部の活動が、完全に暗礁にのりあげたころ、松下研三は、恭介から一枚の葉書をうけとった。

「精神病院の見学に行こうと思います。何か材料が拾えるかも知れませんから、君もいっしょに来ませんか？」

　恭介は手紙となると、いつでもこういう簡単明瞭な書きかたしかしない。この一枚の葉書だけでは、恭介が何を考えているのか、さっぱりわからなかった。精神病の患者が見たいというのなら、何も今さら、あらためて、よその病院へ見学に行かなくても、東大病院の神経科には、そんな典型的な患者がうようよ入院しているはずだ。思案にあまって、彼は恭介のところへ電話をかけた。

「松下君？　あの葉書は見た？」

　恭介の声には、少しも澱（よど）みが感じられない。

「ええ、見ましたよ。でも、いったい、何だって酔狂な真似をして、精神病院の見学を、おっ始めようというんです？　あの首斬り役人が、とうとう本物の精神障害者になって、どこかの精神病院へ入院してるんですか？」

「おあいにくさま、ただちょっと、妙なことがわかったんでね……二、三日前の週刊雑誌に誰かがすっぱぬいていたろう。名門の家族の中にもずいぶん精神病者がいるってね。その中に、綾小路元子爵の令嬢の話が出ている。もちろん、名前ははっきり書いていなかったが、記事の方に何だか思いあたることがあるんで、新聞社の方へ問いあわせたら、そうだということがわかったのさ。百合子さんとは腹ちがいの姉妹になるはずだね。それで、その病院へ参観を申しこんだんだが、むだになると思っていっしょに行って見ないか？」

「行きますよ。行きますとも……」

「それじゃ、明日の一時、新宿駅の近くであおう。場所は、京王線の沿線の烏山だから」

「ガラスの塔で、お待ちします」

「ガラスの塔？　よっぽど、あの中世趣味が気にいったらしいね？」

かるくひやかすような調子はあったが、べつに異議もとなえず、恭介は約束の時間ちょうどに、この店へやって来た。先に来ていた研三が、あらかじめこのことを話していたので、中谷譲次も微笑を浮かべながら、この席へ挨拶にやって来た。

「神津先生でいらっしゃいますね。一度、お目にかかりたいと思っておりました……」

「僕も、あなたには一度お目にかかりたかったんです。おたがいに顔を見ないうちからそんなことを思っているとは実に不思議な御縁ですねえ」

恭介は、人なつっこい微笑を浮かべた。こういう時の恭介の顔には、いつでもかるい靨が浮かぶ。男の靨というものは、人によっては、何ともいえないにやけた嫌らしさを感じさせるものだが、恭介の場合には、顔全体の鋭さが何となくやわらいで、アポロの像のような魅力を発揮して来るのだ。

「あのギロチン事件の犯人は、まだおわかりになりませんか？　捜査本部のお方も、ずいぶん手を焼いておいでのようですね。私のところへも、何人か刑事さんがお見えになって、あれこれと話を聞いておいででしたよ」

「どんなことをいってたんです？」

「どうしたら、あの箱の中から、人形の首が盗めるんだろう？　どんな方法で、あの首を楽屋から持ち出したんだろうって、しつこく聞いていましたよ」

「何か、お心あたりはおありですか？」

「いいえ……私があの首を盗んだ当人だったら、ともかく……あんなことが起こるとは、夢にも思っていませんでしたから、別に首箱に近づいた人間をいちいち、気をつけて見ていたわけでもありませんし」

「それで、中谷さん、あの時杉浦さんが歌っていたというあの『照る照る坊主』の替え歌は、あの人が作ったものなのでしょうか？」

恭介は話題を急転させて、相手の意表をついた。

「あの歌ですか？　作った——というわけではないでしょう。何でも、あの人の話によると、どこか精神病院へ行ったとき、そこの患者が歌っていた歌だったということですが」

「精神病院？」

何かが、恭介の神経にぴりりとふれて来たようだった。

「妙な話ですねえ。僕たちも今日は、精神病院へ見学に行くつもりだったんです。綾小路子爵の娘さんが、精神病で、ある病院へ入院しているというんで……あの殺された、京野百合子さんというお嬢さん、あの人にも一種の被害妄想狂か、被虐症か、そうした精神病の傾向みたいなものがあったんじゃないかと思うんですよ。首を斬られる、斬られる——と、そんなことをしょっちゅういっては、何かにおびえていたようなんですが」

「私もそれは知っていますよ。だから、あの時、杉浦さんもあんな歌なんか歌って、一種のいやがらせをやったんじゃありませんか。こんなことをいっていいかどうかはわかりませんが——杉浦さんは、百合子さんを口説いてふられたことがありますからね」

「そうですか。といって、僕は百合子さんの気持ちももっともだと思いますね。何を好んで、あんな男に——と人からいわれたくもないでしょう」

「それに、百合子さんが、首を斬られはしないかとおびえた神経もわからないでもないのですよ。といって、ただの人間なら、何も今さら、そんなかびの生えた古めかしい怪談を持ち出すことはないんですが……その意味では、何といいますか、百合子さんも、神経衰弱の傾向があったんではないでしょうか？」

「怪談——というと、どんな怪談です？」

「綾小路家の御先祖は、明治維新のころ、官軍の一隊をひきいて、関東から奥州の征討にむかったことがあるんですね。そのとき、上州（じょうしゅう）だったかどこだったかで、幕府方の間諜（かんちょう）と間違えて、一人の青年を捕えたことがあるんですね。何しろ、ああいう内乱の最中だから、誰だっていい加減気がたっているでしょう。ろくにとり調べもせずに、そのまま斬首の刑に処したのですね。ところが、その青年はいよいよ刑場にひき出されても、最後まで自分の無実を主張してやまなかったというんです。そして、どうしても、自分の運命がさけられないと知ったとき、この検屍の役をつとめていた、綾小路子爵の方をにらみつけて、

——おのれ、おのれ、この恨みはいつかはらしてやる。孫子の代まで、おのれの一族にたたりをするぞ。おれの孫子が、きさまたち一家の首を斬ってやる……

とかいってわめきながら、ばっさり首を斬られて死んで行ったそうです。その時は、べつに何とも思わなかった子爵も、あとでは、やっぱりあの男は無実の罪だったかも知れない——と思い直したのでしょうね。自分の屋敷の中に塚をたて、回向を怠らなかった——ということですが」

「なるほど、たしかにかびが生えていますね。明治初年——といえば、今から百年近くむかしの話だし、その間鳴りを静めていた怨霊が、今ごろになって、たたりをなすというのもおかしな話ですね。第一、綾小路家の血はひいているといっても、その正統といえない百合子さんが、首を斬られるくらいなら、御本家の方に、もっと首を斬られなくっちゃならない相手がいるでしょうね」

神津恭介もかるく笑った。

「先生、そうとばかりはいえますまいね。私は素人ながら、妙な解釈をしたことがある

んです。人間の記憶というものの発生するのは、五つのころからだということですね。それ以前にうけた印象というものは、たとえどんなに強烈なものでも記憶には残らない。ただ、意識の底に沈みこんで、いわゆる潜在意識となる。それが成長してから、人には想像出来ない異常な性格となってあらわれて来るものだ――という、ある医学者のお話を聞いたことがありますが、案外、子供のころに聞いたこの御先祖の過失談が、百合子さんの潜在意識に食い入って、何かの弱点となっていたんではありますまいか。もっとも、誰か、そうした弱みにつけこんだ人間が、どこかに一人いたのですね。その男が、悪魔が、じわじわと、心理的にあの人をいためつけて、あの人を、そうした被害妄想の虜としたのではありますまいか？」

　恭介は瞬きもしないで、相手の言葉に聞きいっていた。

「傾聴に値する御意見ですね。その点は、僕ももう一度研究して見ることにしましょう」

　といいながら時計を見て、

「それでは中谷さん、またあらためて」

　恭介は研三を眼でうながして席を立った。

「案外、今日は収穫があったね。あそこで待ちあわせてよかったよ。あの中谷譲次という人物はまことに興味のある人物だ」

恭介は、何か曰くありげにつぶやいた。

「どうしてなんです？」

「彼は、僕たちに、何かの暗示を与えようとしていたね。魔術ではよくやる手だが、一種の先入観を僕たちに植えつけようとしていたね。ああした古めかしい怪談を持ち出したのも、その一つのトリックだと僕は思うな」

それっきり、恭介は口をつぐんで、京王線の烏山駅につくまで、もう一言も話さなかった。二人が訪ねるはずの沢村精神病院は、この駅から十分のところにあった。松林の中の赤土の道をたどりながら、恭介はまた思い出したように口を開いた。

「今日のこの訪問は、いつもの探偵とその助手の直接の捜査活動だと思ってもらっちゃ困るよ。僕はただ、綾小路家の人々の精神の根底に流れている、一つの底流を知りたいだけだ。この副院長は、僕たちより少し年が多いはずだが、専門の精神病理学にかけては熱心な学者らしいし、まあ直接には役にたたなくても、いまのうちに、小あたりにあたっておけば、後になってから何か、役にたつような知識が得られるかも知れないな」

あまり気のりのしない態度だった。恭介がこんな風だから、研三の方も、たまには郊外散歩もよかろうというぐらいにしか、考えてもいなかった。

沢村病院はすぐにわかった。全部で病室は十ぐらいしかない、小ぢんまりとした個人経営の病院だった。

受付で名刺をわたすと、二人は研究室らしい洋間に通された。医学者らしく、人間の頭蓋骨や、大脳や、眼球や、胎児などのアルコール漬けの標本を飾ってある標本棚の前に恭介が立って、中の標本を見つめていたときに、副院長の沢村幹一（かんいち）博士が、白衣のまま、小急ぎの足どりで入って来た。年のころ四十一、二、学者らしい鋭い眼を持った紳士であった。

「神津さんに松下さんですね。こんな不便なところへおいでいただいて恐縮です。さあ、どうぞ」

二人もていねいに挨拶して、すすめられた椅子に腰をおろした。

「実は、週刊東洋に出ていた記事を見ているうちに、何だか綾小路さんのお嬢さんらしいので、新聞社の方へ電話をかけて見ましたら、おたくだというので……」

「あれですか？　あれにはずいぶん弱りましたよ。詩人の杉浦雅男さんが、いつかこの病院へやって来て、父からその話を聞いて――そのことを新聞社に話したんですね。父も七十になりましたし、元気だといっても、どこか、むかしとは違うんですね。精神病院へ入院している患者の身もとは、徳義上公開出来ないのですが……」

杉浦雅男という名前が出たので、二人はちょっと眼を見あわせた。

「そうですね。まあ、はっきり本名は出ていなかったけれど、見る人が見たならわかりますからね。僕もあの記事は、ちょっと度を越していると思っていました。ところで、綾小路さんは？」

「長女の滋子さんですが、年は二十七――精神分裂症ですね」

それから恭介と沢村博士は、滋子の病状について、ドイツ語をまじえた長い会話をはじめた。この話は、学術的には、たしかに興味のある話題であった。博士は、目下米国で行なわれているシュリック・サムプラー博士の学説を支持して、この難病も治療可能であると力説し、恭介は別の立場から、この学説に反対をとなえたのである。

（筆者註――私は後日、神津恭介から、あらためて、この論争の要点を聞かされたが、正直なところ、大学で専攻した冶金学の方の知識でさえ、いささか怪しくなっている私には、専門外の医学の、それもごく最尖端の問題に関する論争など、理解出来るわけもなかった。神津恭介の説明をそのままドイツ語まじりに写しとれば、医学者たちの会話としていかにももっともらしくはなるのだが、専門家ならぬ一般の読者諸君にそのような会話を紹介することは、退屈をまねくばかりであろうし、また筆者としても、自分のよく理解出来ない医学的知識をふりかざして、鬼面人をおどろかすことはいさぎよしともしないのだ。だから思いきってこの会話は一切割愛することにした。その点は諒とせられたい。要するに、滋子がこの発作を最初に起こしたのは、いわゆる大東亜戦争の勃発当時で、それから十数年の間この病院へ入院していたということと、沢村博士はこの最新の療法によって、滋子の病気もなおる可能性があると断じ、恭介はそれに疑問を投げかけた——ということを、一つの事実として、ここでは紹介するにとどめたい）

一時間ほど続いた論争を、恭介はようやく適当なところで打ち切った。

「でも、先生、僕はこの学説に、今のところは必ずしも賛成出来ないのですが、しかし、実際問題として、その療法が正しいことが証明され、そして多くの病人が救われるとしたなら、それはまことに結構なことです。科学者というものは、ことに医学者の場合には、何も学説のための学説、議論のための議論をくりかえす必要はないと思いますね。たとえば、エールリッヒ博士が、ジフィリスの化学療法を研究していた時でも、人間に化学薬品を——それも得体の知れない合成剤を与えることに非難の声が高かった。しかし、その最高の論敵が最後には、博士の業績を賛嘆した……そんなフェアプレイの精神で、僕は先生の御研究の成功をお祈りします」

「ありがとう。神津さん、私も知己を得たような気がしますよ。あなたのような天才に、そういっていただければ、私も百万の味方を得たような感がします」

沢村博士も声をうるませて答えた。

「それで、綾小路家からは、どなたかが時にはお見舞いに来られますか？」

「すぐ妹の佳子さんが、月に二へんは見えられます。姉妹思いの感心なお嬢さんですね」

「それで、滋子さんにあわせていただくわけには参りませんか？」

「残念ながら、今日は……」

「いや、結構です。お話をうかがうとももっともですし、そんな療法をなさっている途中だとすると、おさわがせしても悪いでしょう」

恭介はべつに深追いしようともせず、博士に暇をつげて玄関を出た。

あの気味わるい童謡が、照る照る坊主の替え歌が聞こえて来たのはこの時だった。

「……早くお嫁にやっとくれ
それでもふられて泣いてたら……」

女の声だ。妙に甲高い、舌のもつれているような、狂わしい女の声だった。

「ここだったんだね。あの詩人が、タネを仕入れたのは、やっぱりこの病院だったんだね」

恭介はぐるりと病舎に沿って歩き出した。小型の自動車の車庫のそばを通り母屋の建物の角を曲がったとき、その一室の窓の鉄格子の間から、ちらりと一瞬、青ざめた女の顔がのぞいた。女は奇妙な笑いをもらし、そしてたちまち窓から姿を消した。姿が見えなくなっても笑いだけが後に残ったという、あの『不思議の国のアリス』のにやにや猫のように、この笑いだけが、不思議に研三の網膜にやきついたように残っていた。女の顔はどんな眼鼻だちだったか、少しも記憶に残らなかったのに……。

「そなたの首をちょいと切るぞ……」

恭介は、ひくい声でつぶやいていた。そして、身をかがめてその病室の窓の下から、小さな紙片のようなものをいくつか、つまみあげた。

「松下君、君はこれを何だと思う?」

「さあ……」

「塵紙で作った人形だよ。塵紙を、たとえば鉛筆の先などにまきつけて、ちょっと細工すると、日本髪をゆってる人形なんかが出来るんだ……それをちぎって、首を切って、これも、これもだ」

恭介は何となく恐怖に満ちた眼差しで、女の消えたあとの空ろな暗い窓を見つめ、かすかに声をふるわせていった。

「いまの女が、綾小路さんかも知れないね。綾小路家の人々は、一人のこらず、首を斬ったり斬られたり、そんな妄想に心をうばわれているのかも知れないね……そして恐らく犯人は、この病院へやって来て、この童謡の替え歌から、今度の事件のヒントを得たのかも知れないね」

第二幕　月光狂奏曲

第一場　無名の手紙

こうして、沢村精神病院の参観をすませた翌々日、松下研三は美しい女の客に寝こみを襲われた。

彼の住居は三軒茶屋(さんげんぢゃや)の繁華街から四、五丁(ちょう)行ったところにある。小路を幾つか曲がりくねって、だんだんせまくなった最後の袋小路のつきあたり、玄関の二畳、書斎兼寝室兼客間兼食堂の六畳、それから将来結婚した場合、令夫人の居間兼化粧室兼育児室にあてられるはずの四畳半、それに台所と便所という、至極手ぜまなかまえだが、それでも玄関にかかげた扁額(へんがく)だけは重々しく、誰かの達筆で、

「懶惰城(らんだじょう)」

まるで六千坪の敷地の中に、六百坪の家をたて、その中におさまっているような壮大な気宇(きう)であった。

気宇だけはいかに壮大であっても、何しろこんな小さな家だから、誰かが来たら、自

分で応対に出なくてはならないのだ。いかに懶惰の城主であっても、自分で居留守を使うというわけには行かないのである。

「御免下さい。御免下さい。松下先生のお宅はこちらでございますね。お留守でいらっしゃいましょうか？」

　これが男の声だったら、研三は蒲団をかぶったまま、知らぬ権八をきめていたろうが、女の声だったのでさすがに出て見る気になった。

「どうれ」

　と歌舞伎か、禅寺の坊主のような声をかけて、玄関の鍵をあけてびっくりしてしまった。二十二、三の、スタイルブックからぬけ出たような、あかぬけのした洋服を着た上品な娘が、かるい微笑を浮かべながら、そこに立っていたのである。

「わたくし、綾小路と申します。中谷さんからの御紹介でうかがいましたが……」

「綾小路さんというと、子爵のお嬢さん？」

「左様でございます。もっともいまの日本には、子爵なんというものはございませんけれど……」

「ちょっと、ちょっとお待ちになって下さい。いま、かたづけます」

　あわてて、研三は客間兼寝室へひっかえし、四、五日敷きっぱなしにしていた蒲団をたたんで押入れにつっこみ、自ら箒を手にしてどたんばたんと応急の掃除をはじめた。

「さあ、どうぞ。何しろ、怠け者では自他ともに許している方で、むさ苦しいところですが……」

とりとめもない挨拶をして、研三は相手を六畳の間へ案内した。恐らく、こんなところへは、生まれてこのかた足ぶみをしたこともないのだろうが、それでも、そうした様子は、少しも顔にあらわして見せないのは、さすがにそこらあたりの成り上がりと違う、堂上公卿の血統だと研三は思った。

「かかるいぶせきあばら家へ、高家の姫君をお迎えするということは、まことに恐縮の至りですが、さて、御使者の趣きは、どんなことでしょう？」

「申しおくれまして失礼でございますが、わたくし、綾小路の次女で佳子と申します。一昨日は、姉のところへ、わざわざお見舞い下さいましたそうで、ほんとうにありがとうございました」

土産の品らしい、若緑色の風呂敷の包みを静かにさし出しながら、佳子はていねいに頭を下げた。

女の顔というものは、見る方の角度によって、どんなにでも変化して見えるものだが、髪のうしろからやわらかに、洋服の襟の中へ消えて行くうなじの曲線は、研三もわれを忘れて見惚れたほど、におうように美しかった。

「べつに、わざわざお見舞い——というわけではないのです。僕とは兄弟のような仲の神津さんが、学問上の調査に行くというので、あとをくっついて行っただけで、姉さんもお見舞いしようと思ったんですが、沢村先生にとめられて、お目にかからずに帰って来たんです」

「神津さんとおっしゃると、有名な神津恭介先生でいらっしゃいますね？　それでは、妙なおたずねですが、やっぱり、百合子さんの——あの殺人事件に、興味をお感じになったのでございましょうか？」

「興味を感じていることはたしかだと思います。でも、大学の助教授などをしていると、やっぱり学校の方も忙しいし、何や彼や、ほかの用事にも追われるので、なかなか、手をつけられないんですね。神津さんにいわせると、自分は一旦手をつけると、とことんまで掘り下げなければ満足出来ない方だし、この事件は、まだ自分の出て行く段階ではなさそうだと、おちつきはらっているんですが」

「そのことは、中谷さんからもうかがいました。べつに、私立探偵の看板をかけておいでになるわけではないから、正面きってたのみに行ってもだめかも知れないけれど、松下先生からお願いしていただけば、たいていは大丈夫だろうとおっしゃいましたので……」

「なるほど、将を射んと欲するならば、まず馬を——ということがあるようですが、僕がその馬だというわけですな」

研三も思わず苦笑いして、

「まあ、馬でも犬でもかまいません。僕に出来ることなら何なりと、お力になってさしあげたいとは思いますが……それでは、ちょっと失礼な言い方をするようですけれど、あなたにとっては腹ちがいのお姉さん——そのお姉さんを、あんなにむごたらしい目にあわせた犯人を捕まえてほしいとおっしゃるんですね？　その殺人の真相を究明して、仇をとってくれとおっしゃるんですね？」

「左様でございます。お忙しいところ、御迷惑でございましょうが……わたくしどもで出来るかぎりの御礼はいたすつもりでございます」

「そうおっしゃるけれど、神津さんというのはプロの探偵というわけではないし、御礼の問題じゃないと思うんです。ただ、どうしてあなたが百合子さんに……それだけの義理をおたてになる必要がおありなんですか？」

「あのお方には、わたくしほんとうに同情いたしておりました。何といっても、血をわけた姉さんにはちがいございませんし、たとえお母さんがどんなお方だったとしても、せめて庶子の認知だけでもしてさしあげたら――女の身として、お勧めするにしたところで、お嫁にいらっしゃるにしたところで、ずいぶん違うでしょうと、お父さまにも申しあげたことがございますの。ええ、何度かお目にかかったこともございます。あるお方の御紹介で――でも、うちのお父さまは頑固一徹で、あの母親には、当時の金としては相当のものを、手切れ金と子供の養育料としてわたしてある。今後いっさい御迷惑はおかけいたしませんという兄の一札もとってある。今さら誰にも、後ろ指をさされるようなことはないはずだ――と申して、全然相手にしてくれませんの」

「では、どなたです？　あなたに百合子さんを紹介したお方というと……」

「水谷さん、御存じでいらっしゃいましょう。あのお方が……わたくしの婚約者なんでございますが」

美しい顔をほんのり桜色に染めて、佳子はひくい声でいった。首斬り役人、水谷良平――この名前を聞いたとき、研三はなぜかしら、全身の皮膚がぞーっと鳥肌だって来るような気がした。冷静に判断して見れば、それほどふしぎなことではないかも知れないが、この事件の裏に、眼に見えずはりわたされた複雑な糸の、その組み合わせに、何となく恐ろしいものを感じさせられたのだ。

「こんなお願いを申しあげるのは、もちろん百合子さんのためもございますし、わたくし自身のためもございます。この手紙をごらん下さい。無名の、誰が書いたかわからない手紙でございますが」

鰐革のハンドバッグの中から、佳子のとり出した手紙を読んで行く間に、レターペーパーを持つ研三の手は震えた。何ともいえない邪悪な意図と、毒のこもった鬼気がこの手紙の一語一語に感じられるような気がしたのである。

「綾小路佳子さま

ある事情から、私の住所姓名は明らかにすることが出来ません。というと、卑怯なようですが、もしこの手紙が、私の希望しているような効果を生じなかった場合、あなたはこの手紙を婚約者である水谷良平氏にお見せになるでしょう。その時には、私はたちまち職を失ってしまいます。自分だけではなく、家族たちの衣食にも直接ひびいて来る問題だとしたならば、私が臆病と思われるほど、慎重な態度をとらねばならないわけも、わかっていただけると思います。

結論から先に申し上げますと、

あなたの婚約者、水谷良平氏は、紳士の仮面をかぶった殺人鬼なのです。直接か、間接かはよく知れませんが、あなたの異母姉である百合子さんの命をうばったのは、彼にちがいありません。

その理由というのは二つあります。第一に、あの時楽屋で人形の首を盗んだのは彼なのです。私はあの時、楽屋に居あわせて、彼が首を盗み、死刑執行人のだぶだぶの黒衣の中にかくすのを、ちゃんとこの眼で目撃しました。おかしなことをするとは思いましたが、自分の手品に使う小道具だということを知っていましたから、べつにその時は、不思議にも思わなかったのです。それから、私は間もなく楽屋を出ましたから、この首がなくなって大変なさわぎとなったことは、後日、百合子さんが殺されてから、初めて知ったようなわけなのです。

第二に、彼は百合子さんと恋愛関係にありました。最近、零号さんという新語が出来ていることは、あなたもよく御存じでしょうが、この戦争のおかげで、未来の配偶者を失った百何十万といわれる女性予備軍は、性の本能を満足させるすべもなく、日夜悶々(もんもん)としているのです。だから、会社の上役が、ちょっと甘い言葉をかけてやりさえすれば、彼女たちの一人や二人を物にすることは、何の雑作(ぞうさ)もありません。百合子さんと彼との関係も一口にいうなら、そうした関係だったのです。

そこへ突然――突然という言葉は、あるいはふさわしくないかも知れませんが――起こったのが、あなたとの婚約です。百合子さんの方としては、この話を聞いた時にも、だまってこらえてはいたのですが、それでも彼とはなれようとはしなかったのです。捨てるなら、捨てるなら、わたしにも覚悟がある。正式に結婚してくれとまではいえないけれども——などと、女がそういう場合に使う、おきまりのおどし文句ぐらいはならべたてたのでしょう。彼としては、もう百合子さんの方には、あきが来ていたのかも知れません。もちろん、あなたと百合子さんとをくらべれば、その生まれも、器量も、教育も、どんな点から見ても、誰だってあなたの方に軍配を上げるでしょう。彼は、この秘密がもれたような場合、あなたとの婚約の破れることを恐れたのです。もちろん、どんな女にしたところで、自分の婚約者に、そうしたかくれた愛人があるなどと聞いたら、必ず打撃はうけるでしょうが、ましてあなたのようなお生まれ、潔癖な性質のお方が、婚約をした相手と自分の異母姉の間に、そんな関係があると知ったら、その時は、この婚約をそのままにしておこうという気にはどうしてもならないでしょう。彼はそのことを恐れたのです。あなたを自分のものにするためには、どんな卑劣な、どんな惨忍な、どんな非常手段を用いても——と思いつめたのです。それが今度の殺人の動機だったと私は思います。

殺人の当日、彼は自宅で会議をしていたと申したてています。そのアリバイもあるようですが、その点については、私にもよくわかりません。そのアリバイに作為があるのか、それとも委託殺人のような方法によったのか——それは名探偵といわれる神津恭介氏にでも御依頼なされば、容易に判明することと考えられます。そしてまた、次の一事に、御注意なさるようにおすすめいたしましょう。

警察当局は、犯人が殺人に用いた家屋を百二十万の現金で買いとったことに対し、異常者の所業と考えていたようですが、これは私にいわせれば、実に簡単な、実に安上がりの出費なのです。

あの家は福徳経済会の持ち家でした。しかも、まだ移転登記の完了していない現在、所有権はまだ福徳経済会にそのまま所属しているものなのです。従って、会には手数料をさしひいて百十七万という金が、ただ転がりこんで来たようなものなのです。まさか、犯人があらわれて、あの家の登記をしなおすということは考えられませんから……しかし、何億何十億という金をたえず動かしている会にとって、百二十万ぐらいの現金は、重役だったら、どうにでもなるものです。もし、あの家屋を買いとる資金が会から出たものだとしたら、殺人に要した実費というのは、ブローカーに支払った九万円と、そのほかわずかな雑費だけ——殺人の舞台装置の費用は、十万円前後の金額で上がったはずです。

この間の事情をよく御賢察の上、この婚約に対しては、今後一層慎重な態度でのぞまれますよう、かげながらお祈り申しあげます」

研三も愕然(がくぜん)としないではおられなかった。単なる悪戯、単なる中傷として一笑に付するには、この手紙はあまりにも鋭く、事件の急所をえぐっていた。名探偵神津恭介の天才を以てしてさえ、十分な解決を見出せなかったこの家の売買のからくりに、一本の鋭いメスがあてられたのである。

「これで、僕のところへ、わざわざお越し下さったわけが、どうやらわかったような気がします」

研三の言葉にも、沈痛な調子がみなぎっていた。

「この手紙を、ほかのどなたかにお見せになりましたか？　どなたかに、御相談になりましたか？」

「いいえ……ただ中谷さんにそれとなく……」

「あなたは、水谷良平氏を愛しておられるのですね。こういう手紙をもらっても、警察へはこの内容を通知する気にはなれない。といって、このまま、ほかの理由をつけて、この婚約を解消する気にもなれない。それで、思いあまって、僕のところへ来られて、僕を通じて神津さんに、この手紙の内容の真偽を調べてもらいたいと、そうおっしゃるのですね？」

佳子はちょっと、畳の目を数えるようにしてだまっていた。と思うと、ぐいと力をこめて顔をあげ、研三の眼をしっかりと見つめて、

「さようでございます」

ときっぱりいいきった。

「この手紙の後ろ半分は、少なくとも、根も葉もない、中傷だとは思いますがね……解剖の報告を調べて見ると、百合子さんはまだ、処女だったということなんですが……とにかく、それじゃあ、すぐ神津さんに連絡して来ます。ちょっと、ここでお待ち願えますか？」

とだめをおして、研三は下駄をつっかけると表通りへとび出した。近所の顔なじみの酒屋で電話を借り、東大の研究室へ行っていた恭介をよび出した。

「ほう、綾小路家のお嬢さんが、妙な手紙を持って……」

恭介の声も、激しい興奮に震えていた。

「ぜひ、おあいしたいね。でも僕は今日講義があるし……午後の四時ごろ、駿河台下の『モナミ』という喫茶店へ来てもらえないだろうか。もちろん、君もいっしょにね。ではまたあとでゆっくり……」

研三は、わがことのように喜んで、家へかけもどって来ると、佳子にこのことを伝えた。佳子も心から喜んでいるような表情で、ちょっとほかへよりますから、またあとで——といいのこして、一旦研三に暇をつげた。

第二場　興津への招待

母校のことだし、しかも法医学教室には、終戦後復員して来てからも、しばらく籍をおいていたので、研三は直接東大へ立ちよって恭介をさそう気になった。

助教授室へ入って行くと、恭介は窓ぎわの机で顕微鏡をのぞいていたが、

「ああ、ちょうどいい。やっといま終わったところだ」

といいながら、白衣をぬぎ、研三とつれだって医学部の建物を出た。構内の銀杏並木の下を歩きながら、研三は早速、今朝の佳子の話を恭介に話してきかせた。銀杏の葉をもれる日ざしを受けて、恭介の顔はいつもよりずっと青ざめているように見えた。

「ふしぎなこともあるものだね。その手紙の主が、ほんとうに福徳経済会の社員だとすると、首を斬られることを恐れて、わざと本名を明かさなかったのだろうが、その心理はうなずけるとしても、それなら捜査本部の方をたぐれば、手紙の筆者はわかるはずだね。あのとき、楽屋へ出入りした人間は、ほとんど一人ももれなく調べあげたのだか

ら」

「その中で、福徳経済会の社員を調べあげればいいわけですね？」

「理論上――この手紙が真相を語っていると仮定して……だが何となく、僕にはそのまうなずけない点がある」

「どこが？」

「この手紙の主は大胆に、水谷良平を真犯人だときめつけている。頗る大胆な推論だが、その根拠となる事実は二つしかないんだ。第一には、彼が実際首を盗む現場を自分が目撃したということ――これは、なるほど一応もっともな、誰にでも納得の行く推理だが、その当人が、僕の眼の前にあらわれて、たしかに私が目撃しました――と申したてないうちは、僕には納得出来ないね。警視庁なり検察庁なり、そうした役所流の常識的な考え方なら、喜んでとびつきそうなヒントだが、甘い。この証言には、どこかしら大きな罠がありそうだ」

「それじゃあ、あなたは、そういう常識的な方法でなく、首をあの場から盗み出す方法があったとおっしゃるんですか？」

「ある……たった一つだけあると思う。しかしこの方法はあまりに大胆すぎる。あまりに常軌を逸している。僕だって、その方法を口に出すのが、恐くてたまらないくらいだよ」

二人は赤門を出て、本郷三丁目の方へ足をむけた。

「第二に、百合子さんと水谷氏との間の恋愛関係——これは一応、誰にも考えられることなんだ。ただ、あの死体解剖の報告の通り、百合子さんが処女だとして見るとねえ……たとえ、表面上はどう見えても、それほど、深い関係はなかったんじゃなかろうかねえ。だから、この手紙の筆者というのは、ある意味では、事件の内容をそれほど深く知っていない第三者だという見方が出来る。ただこの密告者がその手紙の言葉通りに、その時楽屋にいあわせたなら、当然とり調べをうけたろう。それではその時、なぜこの第一の点だけでも申したてなかったんだ？　あの二人に、肉体的な関係がもしもあったとしたところで、もちろん、それだけでは、水谷さんが、百合子さんを殺した犯人だという結論は出せないが……この密告者が本当に、佳子さんのためを思っていたのなら、自分だけの知っている第一の事実、人形の首盗みの一件をその時、係官に申したてて、この無名の手紙を送る以上の効果をおさめられたんじゃなかろうか？」

「あいにく、手紙の主を調べた刑事が、感じの悪いやつだったんじゃありませんか？　それとも水谷良平に、このことをよそへもらしてはならぬ——と、厳重に口止めされていたんじゃありませんか？」

「それにしてもおかしい話だね。そんなら、自分の口から聞いたということは明らかにしないでくれと、念もおせるはずだよ。それに、この事件の犯人は、精神病者でないかぎりは、当然死刑となるべき運命なんだよ。たとえ刑事上の犯罪でも、たとえば横領とか贈賄とか、そうした程度の事件なら、上役の非をあばくことは、誰でも躊躇するかも知れない。だが、いやしくも殺人で——普通の人間だったら、それほど卑怯な態度をとるだろうか」

二人は乗り物に乗ることも忘れて、本郷三丁目から、御茶ノ水の駅の方へ歩きつづけていた。

「それに第一、この密告者が、ほんとうに首盗みの現場を目撃していたのなら、なぜ、この手紙を直接、捜査本部へ送らなかったんだ？　結果としては、同じことにもなるだろう。それなのに……」

「なぜでしょう？」

「あるいはこんなことかも知れないよ。自惚れのような考え方かも知れないが、その手紙は犯人の僕に対する挑戦なのかも知れないね。

——神津恭介よ。お前は今度の事件では、いったい何をしているんだ？　早く出て来い。やって来て、おれと知恵くらべをして見ろ——と、かげでそう嘲笑っているのかも知れないね」

「形をかえた挑戦状？」

「そうともとれる。しかし、そうきめつけてしまうのは早計すぎるかも知れないが……ただ、こういうことはいえるだろう。魔術師が左手を出したら右手を見よ――と、この手紙はそういう意味では、単なる中傷とか挑戦とか、そういった単純な目的ではなく、いくつかの目的を組みあわせた、複雑な効果をねらっているのかも知れないね。その意味で、あの家の売買に関する高等数学は、大いに僕にも参考になった」

それっきり、恭介は何ともいわなかった。ただ、長身の体をいくらか前かがみにして、何か深い物思いに耽っているような姿勢で、御茶ノ水駅の前を通り、駿河台の下へおりて行った。

『モナミ』の店へ入ると、佳子はとっくに来あわせて、コーヒー茶碗をかき廻しながら、淋しげな表情で、何か物思いに耽っていたが、二人の姿を見つけると、作ったような笑いを浮かべてていねいに頭を下げた。

「失礼しました。大分お待ちになりましたか」

初対面の挨拶をすませると、恭介はやわらかな口調でたずねた。

「いいえ、わたくしの方が、早く参りすぎたんですの……」

「松下君からも一応お話はうかがいましたが、何しろ松下君というのは稀代のあわてものでで――何かいい忘れたことがあるといけません。もう一度、その手紙を見せていただいて、あなた御自身の口から、お話がうかがいたいのです」

恭介はゆっくりと例の密告状に眼を通し、そして佳子の話に耳を傾けた。

「この手紙はもちろん郵便で参りました……わたくしもはっと思いましたの。ええ、たしかに、わたくしはほかのお方の眼から見たら、人身御供とか、売られた花嫁とか、そんな風に見えるかも知れませんわ。でも……わたくし自身としては、水谷さんを愛しているつもりですし……愛情というものが感じられなかったら、たとえどんなことをいわれようと、この婚約は承知する気にならなかったでしょう。あの人については、よくいろいろの噂も聞きましたけれども、人間一代に成功しようとすれば、どうしてもそんな悪口はつきものだと、だまって眼をつぶっておりました。ほかのお方が何といっても、わたくしだけは、あの人を信用しきっておりました。でも……この手紙だけはあんまりです。これを見ましたときにはまるで眼の前が墨を流したように真っ黒になってしまって……わたくし、わたくし、どうしたらいいのでございましょう」

「松下君ともさっき話したのですが、この手紙は大分事実を曲げていると思いますよ。もちろん、この手紙にある程度の真理が含まれていないとはいえませんが……」

「先生もやっぱり、そうお考えなのでございますね。そうなんですの。この手紙は、何度そんなはずはない、これはだれかの悪戯だ。根も葉もない中傷だと思っても、どうしても拭いきれないものがありますの……先生、はっきりとおっしゃって下さいまし。わたくしはもう、こうしたどっちともつかずの状態というものにはがまんが出来ないのでございます」

「そうおっしゃられると、僕も困ってしまうのですが……」

恭介もかすかに苦笑いして、

「まことに残念な話ですが、僕は今度の事件には直接タッチしていなかったのです。死体の解剖にもたずさわっていなかったし、その報告は後で警視庁で目を通して見ましたが、警視庁では、この犯人をあの時楽屋に行っていた殺人狂だとにらんで馬車馬のように突進して、いまでは暗礁にのりあげて、二進も三進も行かなくなってしまったのですね。だから、少なくともこれだけのことは申しあげられるでしょう。もし、この手紙に書いてあるように、水谷さんが犯人だったとしたら、警視庁が今までそのことを見のがすわけはないでしょう」

恭介としては頗る消極的な物の言い方だった。これまで、警視庁でも完全に手をあげてしまって、ほとんど迷宮入りとあきらめたいくつかの怪事件を、快刀乱麻を断つように、見事に解決し切ったその天才を知りぬいている研三には、恭介が何か深い意図をもって、こうして逃げを打っているとしか思えなかった。

もちろん、佳子も女の本能で、一瞬に、その間の食い違いを感じてしまったのだろう。その身をのり出すようにして、

「でも、先生。こんな事件の犯人をそのままにしておいでになったんじゃ、先生のお名前にもかかわりません？　警視庁ではたとえあきらめたとしても、先生なら何とか解決して下さるだろうと、大勢の人はそう思っておりますわ」

「たいへん身にあまるおほめの言葉ですが……僕は最近忙しくって、この事件の関係者のところを一人一人訪問している時間がないのです。これが数人の容疑者に絞られて来れば、話は別ですが……」

佳子は、何か思いついたように瞳を輝かせた。

「じゃあ、魔術協会の会員のみなさんが、一つの場所へお集まりになるようだったら……その時はいらっしゃっていただけますか？」

「参りましょう。一度でかたがつくんだったら――口はばったい言い方ですが、そうした席でみなさんと自由に話しあう機会があったら、犯人がその中にいるかぎり、ある程度までその犯人を探し出すことは難しくないと思います。でも……本当のことをいうと、

僕には妙な気がしますがねえ。そんなことをしてもあるいはむだではないかと思うんですよ。……案外、はった網の中に魚は入っていないんじゃないかと、そんな予感がしてならないんですが……」

「でも、いらっしゃっていただけますね」

「ええ、そこまでおっしゃるなら参りましょう。でも、いつ、どこへ？」

「この十三日、魔術協会の会員のお方が、興津へ一泊旅行においでになるはずなんです。興津では、わたくしのうちの別荘、止水荘と申しますけれど、そこへお泊まりになって、十四日の夕方にはお帰りのはずなんです。その時、そちらへごいっしょにおいで下さいませんか？」

「十三日の金曜日……」

　恭介は、困ったような吐息をもらした。

「せっかくの御招待を残念ですが、おうかがい出来ませんでしょうね。十四日から三日間、京都で学会がありますので、十四日の朝に、僕は研究報告を発表しなければならないんです。十三日の夜行――『月光』で発つつもりで、もう切符も用意してありますから」

「『月光』――と申しますと、東京発二二時一五分ですのね」

佳子は、小型の時間表をハンドバッグの中からとり出して、ページをくっていた。

「何でございましたら、興津へ夕方からでもいらっしゃって下さいませんかしら……静岡に『月光』は一時三三分にとまりますし、興津から静岡までは四里ぐらいですから、静岡までお車でお送りいたしましてもよろしいと思いますけれど……」

恭介はしばらく眼をとじて、何かのスケジュールを、頭の中で検討しているようだった。

「残念ですが、十三日の晩には六時から、東京で、どうしても出席しなくちゃいけない会合がありますし、そちらがすんだら、東京駅へ直行するつもりでおりました。今さら、そちらをことわるというわけにも行かないんですが……」

「お忙しくて、結構でいらっしゃいますこと」

佳子の言葉にも、かすかな皮肉の調子があった。子供のころから恐らく、自分のこれと望んだことは必ず通して来たこの女性には、恭介のこうした態度が、がまん出来なかったのだろう。

「全く——自分でもいやなんですが、こうなって来ると、自分の体かひとの体かわかりませんのでね。でも、せっかく綾小路さんもそうおっしゃるんだから、松下君、君だけ僕のかわりにおともしてはどうだろう？」

「そうですわね。松下先生、どうぞよろしかったら、先生だけでもおいで下さいまし」

という言葉には熱がなかった。せっかくこうしてあてにして来た恭介がだめなら、何かほかの手を考えなければ——という表情が、佳子の顔に、はっきりにじみ出ていた。後日、この時佳子の招待に応じなかったことに対して、恭介は激しい悔恨をおぼえないではおられなかった。もし、彼がこの時佳子の言葉のままに、止水荘を訪れることを承知していたら——悪魔はおそらく、この事件の第二幕をこの形で演出することはさけていただろう。少なくとも、神津恭介をのせた下り急行「月光」が、この美しい佳子の体を、止水荘付近の鉄路で轢断（れきだん）する——ということは、起こらなかったにちがいないのだ。

第三場　殺人の場

　十三日の午後二時ごろ、松下研三はボストン一つをぶら下げて、興津の駅で湘南電車をおりた。

　朝寝をして、朝飯も満足に食べてはいなかったので、まず腹ごしらえをしておこうと、駅前の食堂にとびこんで、ビールを一本とカツ丼をあつらえ、いずれを見ても山家そだちという顔の店員に、

「西園寺さんの別荘はどこ？」

　ときいて見た。

「西園寺さんって誰です？」

　という逆襲に、研三は大きな溜息をつき、悠久な時の流れというものを感じた。

　昭和の初め、元老として、故西園寺公爵のはたした役割は、日本政治史の上に、忘却すべからざるものがある。内閣が総辞職するたびに、この興津坐漁荘に隠棲していた公

爵は御下命によって上京——参内（さんだい）して、後継内閣の首班たるべき人物を推薦申し上げる。それ以上、表むきに政治に関与することはないが、ある意味では、この老公爵は日本の政治の事実上の主権者だともいえるのだった。もちろん、こうした片田舎（かたいなか）にひきこもっていることだから、最新の情報を蒐集（しゅうしゅう）するには、公爵も十分の注意を払っていたものだ。いつ何時（なんどき）、御下問があっても応じられるだけの準備をととのえておくことは、国家の柱石たる元老として、当然の心がまえといえるのだが、その耳目として働いていたのが、有名な原田熊雄（はらだくまお）男爵、そして故綾小路晴彦（はるひこ）子爵も、わざわざこの興津に別荘をたて、自分の静養と見せかけて、実は公爵のために、原田男爵とは全然別の方面からの情報を提供していたといわれる。もちろん、この事の真相は、昭和政治史の裏にかくれた秘密だが、その没するや国葬の栄をたまわった一代の大政治家を、この興津に住んでいて知らない人間があろうとは、さすがに研三も思わなかった……。

食事をすますと、研三はぶらぶらと、この興津の町を歩いて見た。山と海とが両側から迫って、平地といってもごくせまい幅しかない。旧東海道にあたる国道が一本、町の中央をぐっと貫いて、そのほかには裏通りというものがないくらいなのだ。

細長い、鰻（うなぎ）の寝床のような町——建物のつくりも古風だった。そして、家と家との間には全く隙間（すきま）というものがない。まるで関西の長屋づくりの建築のように、家と家とがとなり同士ぴったり壁を接して、切れ間もなく半丁も一丁も、ところによっては二、三丁もつづいている。屋根瓦の高低だけが、大波小波の起伏のようにはてしもなくつづき、そしてこの波のようやくつきるあたりに、有名な清見寺の山門があった。

山門をくぐると短い道の途中に踏切があって、そこを興津駅から出た東海道線の鉄路が走っている。その踏切のむこうが、線路に平行した急な階段となって、そこを上ると、清見寺の本堂が巨大な姿を横たえているのだった。

といって、松下研三は、およそ信心信仰などということには縁のない男だから、べつにこのお寺へ参詣してお賽銭をあげようなどと、殊勝な考えはおこさなかった。

ただかるく、本堂の方をむいて頭を下げ、小さなくぐり戸を出ると、そこには線路に平行して細い道が走っている。東海道線の上を細い陸橋がまたいでいて、そのむこうがわに石段があり、その先がまた小さな門になっている。この細い道をしばらく歩いて行くと、和洋折衷の大建築が、コンクリートの塀越しに見え、その門には「止水荘」と刻みこまれた三字の扁額がかかっていた。

玄関先にたってベルをおすと、女中が出て来た。まだ魔術協会の面々は、あらわれていない様子だった。東京の松下です——と名のると、研三はすぐ、玄関脇の洋風の応接室へ通された。

「いらっしゃいまし。先生、どうも遠いところ、御苦労さまでございました……」

佳子がすぐに出て来て挨拶した。今日は若竹色の明るいセーターを着て、雪のような肌の色の白さがくっきり目だって見える。

「お言葉に従ってまかり出でましたが、なるほど結構なお住居ですね」

豪華な室内の調度を見まわしながら、研三はかるく首をふった。これが、物事に感心したときの彼のくせなのだ。佳子も笑って、

「むかしは日本も一等国で、万事につけて余裕があったんでございますのね。わたくしたちは、悪い御時世に生まれあわせましたわ」

「そんなことをおっしゃるけれど、あなたなんか、そう卑下なさることはないじゃありませんか。腐っても鯛――なんて申しちゃ失礼ですけれど、戦争の後で、斜陽族とか何とかいわれて、むかしの上流階級が没落した中で、ちゃんとこれだけの別荘をお持ちなんだし、お父さまは政界でも堂々と活躍しておられるし、あなただって、何億という金を動かしておられる水谷さんと婚約がきまっておいでなんだし……」

貴族的な優越感を示すように、かるい微笑を浮かべていた佳子の顔がちょっとかげった。水谷良平という名前を聞いて、あの不吉な無名の手紙のことを思い出したのかも知れなかった。

わざと話題をそらすように、

「まだ、みなさんがおいでになるまでには、時間もございますけれど、家の中を御覧になります？」

「ぜひ拝見させていただきたいものですね。僕の家は何しろ、この部屋一つにすっぽりおさまりそうな小屋で——よくおいで下さったものと、今では汗顔のいたりですが」

「そんなこと、お気になさることはございませんわ。芸術家はお金のことなんか考えたら、りっぱなお仕事は出来ないと申すじゃございません？」

そういいながら、佳子はこの部屋を出て階段を二階へ、そして三階へ上った。

「建坪は、全部で幾坪ぐらいあるのですか？」

「敷地は千坪、建坪は三百坪ぐらいございますかしら。たいしたことはございませんわ」

三階は、展望台といえるような大きな一部屋になっていた。四方は窓、そして三つのテーブルと六つの椅子がおいてある。

「何しろ、この通り、海と山とが迫っておりますから……むこうが清水港、あれが羽衣の伝説で有名な三保の松原、駿河湾の中でもこのあたりは、いま一つ小さな湾になっておりますのね」

なるほど素晴らしい風光だった。清水港のあたりがぐっと水平線上に弓のようにはり出し、海岸線はそこからゆるやかな弧を描いて、眼の前の興津の海岸に続いて来る。海岸からは、ほとんど二、三軒の深さしかない街の列、そして旧東海道の国道、そして一軒の深さしかない街の列、そして暗渠のようなところを走る東海道本線、そして断崖のように切りたった山手にそびえる清見寺、そしてその裏手の山と、まるで断層のようなこのあたりの地形が、一望の間に見わたせるのだった。

この展望台をおりると、研三は二階から一階へと、一部屋一部屋を見せてもらった。牡丹の間、芙蓉の間、空蟬の間、深雪の間、水無月の間、夕霧の間……。部屋ごとに、優雅な名前がついている。二十人や三十人のお客をしても、これならば狭さをかこつことはあるまいと思われるような家だった。

「このほかに離れがございますが、そこは父の部屋になっておりますので……」

「いや、もう結構です。何といっても聞きしにまさるりっぱなお住居で、僕もひさしぶりに眼の保養をさせていただきました」

玄関のあたりで立ちどまると、研三は感心したように頭を下げた。佳子はなぜか、この時悪戯っぽく笑って、

「先生、もう一つ、先生のお好きな、探偵小説の材料になるようなものをお見せしまし

ょうか？　この家には、秘密の抜け穴があるんですのよ」

「秘密の抜け穴？　そうおっしゃるけれど、このごろの探偵小説では、抜け穴というやつは、よほど、特殊な場合のほかには使っちゃいけないことになっているんです。誰かの書いた探偵小説べからず集の中に、

『抜け穴秘密の通路は用うべからず』

という一条がありましてね。でも、何だってそんなものを……」

「二・二六事件のおかげですわね。もう今となっては、あの事件も、歴史上の事実になってしまいましたけれど、あの当時の政治家たちはみんな、またああいった事件が再発しはしないかと心配したんでございますね。それで、この家でも、この階段の下にある地下室からまた穴を掘って、裏口の近くへ逃げられるようにしたんでございますの。でもおかげで、戦争中にはあらためて防空壕を掘りなおす手間が省けたんでございますの。それは、こんなところを爆撃しても――とお考えかもしれませんけれど、考えようでは、このあたりを爆撃したら、東海道線も麻痺しますし、それに終戦直前など、方々で艦砲射撃の始まったときなんか、この地下道のおかげで、どれほど心強かったか知れませんわ」

佳子はそういいながら、階段の後ろになっている鏡板をちょっといじった。なるほど、

そうした刺客を恐れて作ったというだけあって、こうした入口があるなどちょっと気づかないくらいだったが、音もなく鏡板が廻って、そこから下へのびて行く、階段が見えた。

「中へ入ってごらんになりますか？」

「もし、よろしかったら拝見いたしましょうか」

二人は肩をならべるようにして階段をおりた。そして、十畳ぐらいの広さを持つ地下室へふみこんだとき、研三はわれを忘れてあっと叫んだ。

人形が——一糸まとわぬ女の裸の人形が、こまごまとした古道具の中にまじって立っていた。空ろなガラスの両眼でじっとこちらを見つめていたのである。

「これは？　マネキン人形だと思いますが、どうしてこんなものがここに……」

「わたくしもよくは存じません。わたくしどもの子供のころから、ずっとここにおいてございますの」

佳子は事もなげにいったが、研三は何となく身ぶるいがしてとまらなかった。

「あんな事件が起こってから、僕は人形というものが恐くてたまらなくなりましたね。こいつはこんなにやさしい、何の表情もない顔をしているけれど、案外頭の中では何かとんでもないことを考えているんじゃないか。この胸に手をあてて見たら、どきんどきんと心臓の動く音が感じられるんじゃないか。夜中になったら、こんな誰も見ていないところでは、人形がひとりで歩きまわるんじゃないか。そんな妄想みたいな考えにとりつかれてしかたがないんですよ」

「ほほほほほ、先生のように探偵小説をお書きになるお方が、そんな怪談じみたことをおっしゃって、おかしゅうございますこと」

「そうとばかりはかぎりませんね。案外、われわれの仲間には、そうしたことにかけては臆病な人間が多いんですよ。自分でも、そうした怪談めいた世界がこわくてこわくてしかたがない。その恐ろしさが、自然に紙ににじみ出るから、読者をふるえ上がらせるような作品が自然に出来上がるんじゃありませんか。もっとも、これは大家の話で、僕のようなかけ出し作家には出来ない芸当ですが……」

佳子はじっと耳をすました。どこからか、かすかに伝わって来る物音に気がついたのか、

「ああ、みなさん、いらしったようですわ。お迎えにまいりましょうね」

と先に立って階段を上って行った。

第四場　人形はまた盗まれた

この魔術協会の会員で、この時この旅行に参加して、止水荘へやって来たのは、合計十一名である。読者諸君は恐らくこの中から、犯人を探し出そうとなさるにちがいないから、念のために、その氏名、職業、年齢、を次に列記しておこう。これらの人々は青柳八段一人をのぞいてすべて、あの第一幕の人形の首盗みの時に、楽屋にいあわせたのだ。その数十人の登場人物の中で、十一人だけが、この第二幕に登場して来るのである。

喫茶店「ガラスの塔」の主人　中谷　譲次（45）
その妻「ガラスの塔」のマダム　中谷ゆみ子（27）
詩　人　杉浦　雅男（43）
福徳経済会専務理事　水谷　良平（39）
同秘書　布施　哲夫（31）

新映映画女優　小月　マリ（24）
将棋八段　青柳　悠次（36）
画商　今　秀治（58）
新劇俳優　室町　浅史（49）
建築家　河合　誠哉（60）
声優　桑田　珠枝（29）

以上、年齢、職業すべてまちまちな、多彩な顔ぶれの組み合わせだが、これがこのアマチュア魔術協会の性格そのものの反映なのだ。こうしたクラブの性質上、それはさもあるべきことなのだ。

だが、この中の一人の人物の顔を見たとき研三は、胸を拳固でつきあげられたような気がして、しばらく言葉も出なかった。

いうまでもなく、水谷良平の秘書布施哲夫——彼は正式にいえば、この会の会員ではなかった。しかし、何かの急用があったのだろう。研三が楽屋を訪ねたときもその場にいあわせて、良平の口から何かの指示をあおいでいたのを、研三はたしかに目撃した。

もし、あの無名の手紙が、ほんとうに、目撃者のいつわらぬ告白であったなら、彼こそその筆者にちがいないはずなのだ。後で、恭介がそれとなく、警視庁の調べあげた人名のリストから探り出したところでは、福徳経済会の社員であの時この楽屋へ出入りしたものは、水谷良平と京野百合子をのぞけば、この男のほかにはいなかったはずなのだ……。

　だが彼は、そんなそぶりを顔には出さなかった。研三の顔を見ると愛想よく笑いかけ、人の気をそらさぬような挨拶をしたが、研三は良平の後に従うこの男の姿を見たときに、信長（のぶなが）の後に従う明智光秀（あけちみつひで）を見ているような気がしたのである。

　夕食までは事もなかった。夕食は洋風の大食堂に出されたが、紺青（こんじょう）の和服に淡紅色の帯をしめて出て来た佳子は、あっとひくく声をあげて眉（まゆ）をひそめた。

「どうしたんです。佳子さん？」

　水谷良平の問いに、甲高く声をふるわせて、

「これじゃあ、十三人になりますわね？」

「十三人？　なるほど、そういえばそうですなあ。実は洋画家の浅見（あさみ）夫妻が、最初来るといって葉書をくれていながら、急にことわってよこしたのが悪いんですよ。でも、僕は松下さんがやって来るとは思わなかったから」

　何となくとげのある言葉だった。研三はもちろんむっとしたが、とりなすようにその

時布施哲夫が中に入った。

「もし何でしたら、私だけ別室でいただきましょう。私はべつに会員でも何でもありませんし、専務さんのおともをして来ただけで、松下先生がお気をお悪くするといけませんから」

「布施さん、そうして下さいます？」

佳子は救われたというような表情を浮かべて、

「わたくしはべつにかまわないんですけれど、お客さまがたの中に、お気になさるお方があるといけませんから……」

「私のことは、気をつかっていただくには及びませんね。秘書という仕事は、もともとそんな縁の下の力持ちのようなもので、身を殺して仁をなせればそれでよろしいのですから」

どんなりっぱな言葉でも、時と場合によっては、必ずしも額面通りにはうけとれないものだ。この時、研三が胸のむかむかするような嫌悪感を抱いたのは、あの手紙の主が彼だという、強固な先入観をいだいていたためなのだろう。

こうして、布施哲夫が遠慮してくれたので幸いに、不吉な十三人という数も食卓にはそろわず、晩餐(ばんさん)は何のとどこおりもなく終わった。

その時、青柳八段が、研三のところへやって来て、きんきんと頭のてっぺんからしぼり出すような甲高い声で、

「松下さん、私は大変見事な手品を考えついたんですよ。このトランプを一枚ひいてごらんなさい」

と、和服の袂の中からとり出したカードを扇形に開いて研三の眼の前につきつけた。

「どれでもいいのですね?」

「もちろん……」

研三が、一枚のカードをそっとぬき出すと青柳八段は、息もつかせずに、

「ダイアの六」

研三は、自分のひいた札を見つめて眼を見はった。それはたしかにダイアの六だった。

「ずいぶん鮮やかなもんだなあ。いやはや恐れいりました。あなたは将棋の方をやめても、結構この道で飯が食えそうだ。ところでどんなトリックなんです?」

「トリックはごく簡単ですよ。このトランプが特製なんで、これさえあれば、誰にでも出来るんです。大分資本はかかっているけれど、一組買って下さいませんか?」

「おいくら? そのやりかたさえ教えていただければ、わたくしもいただきますわよ」

そばから、小月マリが声をかけた。

「一組わずか八百円、ほんの実費です」

たちまち、五、六組のトランプがさばけた。

「さて、これはいったいどうするんです？」

表をかえして、カードの模様の方を見ていただけばわかります」

一同はただ唖然《あぜん》とした。一組はダイアの六ばかり、一組はスペードの七ばかり——という風に、五十二枚、それぞれ同じ札がそろっている。

「どうです。これなら絶対確実に、相手のひいた札がわかるでしょう。はははははは」

青柳八段は腹をかかえて笑った。

「でも、本当に資本はかかっているんですよ。問屋へ行って、同じ模様のトランプを五十二組買って来て、新しく五十二組作り直したんですからね。はははははは」

「青柳君、君は将棋をさす時に、自分の王様を手品でかくしてしまうんじゃないのか？」

誰かがひやかすようにいったので、また爆笑がわき上がった。

だが、こうした笑劇は、この直後に迫ったいくつかの恐怖劇のほんの前座にすぎなかったのだ。この一瞬を最後として、笑いはこの夜、止水荘の中にとだえてしまったのだ。

「中谷さん、あなたお得意の大魔術を一つ見せて下さいませんか？」

　佳子が、この白髪の魔術師のそばに近づいて、甘えるような声でねだっていた。譲次もかすかな笑いを浮かべ、

「そうですね。せっかく御馳走になって、このまま食い逃げしちゃわるいですから、何かやってお目にかけたいとは思うんですが、何しろここにおいでのみなさんは、一騎当千のベテランばかりでいらっしゃるから、へたなものをやって、すぐトリックを見やぶられたら醜態ですな。でも、降霊術か、さもなかったら人形を歩かせることだったら、何とか出来そうなんですが、さて、まさか等身大の人形はおたくにはありませんでしょうな？」

「ございますわ。タネも仕掛けもない人形でよろしゅうございましたら……」

　佳子は瞳を輝かせたが、中谷譲次の方はその時、何ともいえない複雑な表情を浮かべた。そばで二人を見まもっていた研三は、譲次がどうせそんなものはありもしまいとたかをくくって大ぼらをふき、ひっこみがつかなくなって困っているのではないかと、妙にかんぐったくらいである。

「ほほう、中谷さんはさすがに、大フーディニエの再来といわれたお方だけあって、われわれのようなアマチュアとは、てんでおっしゃることが違いますな。ぜひ、後学のためにお手並みを拝見いたしたいもので、ひひひひひ」

そばからにやりと笑ってひやかすようにいったのは、例の詩人、杉浦雅男であった。中谷譲次も観念したように眼をとじて、

「それでは、とりあえずその人形というのを見せていただきましょう」

と吐き出すようにいったのである。

「松下さん、水谷さん、いっしょにあの人形をとりに来て下さいません。いくら何でも、わたくし夜だとひとりであそこへ入るのはこわいんです」

佳子の言葉に、研三も水谷良平もうなずいた。

佳子が、鏡板のかげにかくされた地下室の入口を開いて見せると、良平も初めてこの秘密を知ったのか、びっくりしたように眼を丸くしていた。

「ここに、こんなものがあったのかい？」

だが、この地下室へおりたとき、研三も佳子も思わずあっと声をあげ、棒をのんだように、その場に立ちすくんでしまった。

「その人形は、いったいどこにあるんだい？」

良平の問いに、研三も答える言葉を知らなかった。心臓が喉（のど）からとび出して来るような恐怖の念を、彼はこの時、おさえることも出来なかったのだ。

あの人形は消えていた。まるで中谷譲次の魔術にあやつられて、この場から歩いて逃

げ去ったように、研三のさっき見た場所から跡も残さず、どこかへ消えてしまったのだ。

「たしかにここにあったんです。松下先生もそのことは御存じ……ねえ、先生、そうでございましょう？」

研三は、よろめきながらうなずいた。そして酔っぱらったような足どりで階段を上ると、電話で電報局をよび出した。

「今晩の下り急行、月光号へ乗るはずの人へ電報が打ちたいのです……ええ、そうです。確実に乗車することがわかっています。特別二等に……宛名は、カミヅキョウスケ、本文は……」

研三はごくりと生唾をのみ、腹の底からしぼり出すような声でつづけた。

「ニンギヨウガマタヌスマレタ、シズオカデゲシヤ、オキツヘコラレヌカ、マツシタ……」

第五場　月光の客

神津恭介が東京駅へついたのは、午後八時ごろだった。「月光」の発車時刻は一〇時一五分だから、まだ二時間以上時間がある。こんなに早く会がすむのだったら、八時三〇分発の「銀河」か九時発の「安芸(あき)」か九時三〇分発の「筑紫(つくし)」か、そのうちのどれかにするのだったとちょっと後悔に似た感じが起こった。

仕方がないから、トランクだけ預けておいて、どこかの喫茶店でコーヒーでも飲んでいようかと思って、手荷物預かり所へ歩いて行く途中で、恭介は思いがけない人の姿を見出して立ちどまった。

「沢村先生、先生ではありませんか？」

沢村幹一は、はっとしたようにふりかえった。やっぱり東京駅からどこかへ発つのか、手には小さなトランクをさげている。

「ああ、神津さん、これはとんだところでお目にかかりましたね。やっぱり御旅行ですか」

「ええ『月光』で京都まで参ります。学会で研究の発表をしなくっちゃなりませんので。先生は……」

「やっぱり京都へ行くのです。ちょっと急な用事で、でも汽車はまだきめていません。特二の切符が買えませんでしたから、じゃあ、神津さん、むこうでぜひお目にかかりましょう。明日、大学の方へお電話すればよろしいですね。僕はちょっと人に会う約束がありますからこれで失礼します」

帽子のひさしにちょっと手をかけて、沢村幹一は駅の外へ出て行った。

恭介はそれからトランクを一時預かりにし、銀座まで出かけて時間をつぶし、発車間際に帰って来て「月光」にとびのった。

列車が品川(しながわ)をすぎたころ、ボーイが彼の名を呼んで通りすぎた。

「神津恭介さんはいらっしゃいませんか。電報が参っております」

「僕だ」

恭介はその電報をうけとって、電流にでもうたれたように身をふるわせた。

「人形がまた盗まれた、静岡で下車、興津へ来られぬか、松下」

もちろん、その間の事情は、いかに天才といわれた神津恭介でも予想の出来ることではなかった。しかし、この簡単な電文のかげに、どれほど恐ろしい意味が含まれているかは、恭介にも、漠然とした形ながら想像も出来たのである……。

「ボーイさん、この列車の静岡着は何時？」

「はい、一時三三分でございます」

「一時三三分……」

恭介は眼をとじて溜息をついた。一時三三分に静岡へついて、それから四里の道を車でとばしたとしても、興津へたどりつくのは午前の二時すぎになる……初めて訪問する家を、そんな深夜にたたき起こすことは、エチケットを尊ぶ恭介には出来ることではなかった。そしてまた、恭介はこの時、事件がそれほど緊迫しているとも思わなかったのだ。仮に殺人が起こるとしても、それは第一の事件のように、いくらかの時間をおいてからだと思ったのだ。

「ボーイさん、電報をお願いします」

ボーイからうけとった電報用紙の上に、恭介はさらさらとペンを走らせた。

「シズオカケン　オキツマチ　シスイソウ　マツシタ　ケンゾウ　ドノ

キヨウトニテアスケンキユウホウコクスミシダ　イスグ　ヒツカエス　ソレマデ　マテ　カミヅ」

その電報をボーイの手にわたすと、恭介は眼をとじて、列車の震動に身を任せていた。誰が考えても、この返事は妥当きわまるものだった。ただ悪魔は、神津恭介の到着を待たなかったのだ。

そして、万一恭介が、研三の言葉に従って静岡駅で途中下車し、急遽興津へ引き返したとしても、この第二の惨劇の防止には間にあうはずもなかったのである。

第二の犠牲者、綾小路佳子の美しい肉体をずたずたに寸断したのは、名探偵をのせたこの急行列車「月光」号。神津恭介はそれとも知らず、事件の現場をあとにして、その列車で西へ西へと走りつづけたのである……。

第六場　犯人はこの中にいる

この突発的な人形の盗難事件が、止水荘にやって来た人々に異常な衝動を与えたことはいうまでもない。

佳子や、水谷良平の口から、この事件のことを耳にした一同は、最初は冗談かと思って本気にはしなかった。だが、電話をかけ終わって帰って来た研三が、公平な第三者としての立場から、そのなくなった人形は今日の午後には、たしかにそこにあったのだ――といい出してからは、ただならぬ恐怖にたたきのめされたように、おたがいの顔を見まわし、そして自分たちも人形に化し去ったようにだまりこんでしまった。

「ひひひひひ、ひひひひひ、ひひひひひ」

針一本落としても聞こえるような静けさの中から、突然詩人の、気味わるい、傍若無人（ぼうじゃくぶじん）の狂笑がわき上がった。

「なるほど、恐れいりました。ひひひひひ、やっぱり中谷先生のお手並みは大したものだ。この人形は、今度は首を斬られるのが恐ろしくなって、先生の魔術の力で、ひとりで歩いて逃げ出したのですね。ひひひひ、ひひひひひ」

「だまらんか。君！」

眉間にみみずのような青筋をのたくらせて、水谷良平が一喝した。

「だまれとおっしゃるのですか？　むかし、何とかいう陸軍の軍務局長が、議会でだまれとどなりつけて大問題を起こしたが、あなたの態度もあまり民主的ではないようですな。たいていの場合、喧嘩でも大声を出す方は、自分の方に非があることは心の中で認めている方が多いのだから」

「それでは、僕が人形をかくしたというのか？　何のため、馬鹿、馬鹿な！」

「そこまで自分でいってしまったら、花も実もないじゃありませんか。ひひ、ひひ、ひひひひ」

この詩人は相かわらず、嘲るような笑いを止めない。と思うと、急に真顔になって、

「第一、ここにいる十三人の中で、この別荘の中の様子を知っている人間は誰と誰です。僕は臍の緒切って初めて、この家に出入りしたんだし、ほかにも僕と同じ条件の人間は何人かいるでしょう。その人形を盗んだ犯人はいまここにいる十三人の人物の中にいるはずだ。その中で、前にこの建物へ足をふみこんだことのある人間は？」

「水谷さん、布施さん、中谷さん、今さん、小月さん――それから、松下先生は、この家へおいでになったのは初めてですけれど、今日人形をごらんになりましたわね」

「六人――十三人のうち、僕を含めて七人は、少なくともこの事件には無関係とわかったようですな。ひひひひひ、これでどうやら、捜査本部の仕事も大分楽になったらしい」

赤く、魚のように濁った眼でじろりと彼は眼に見えぬ影におびえる一座の人々を見まわして、

「あの時、楽屋へ出入りした数十人の人間のうちから、犯人を探し出すのは、恐らく難中の難事だろうが、犯人はこの中にいる！　おまけにこの殺人狂には奇妙な蒐集癖があるらしい。人形に関するものなら、見さかいもなく手を出すという――まるで古切手か、マッチのペーパーを集めるように。どれ、大分憎まれ口をきいたが、僕は休ませていただこう」

バタンと扉をたたきつけるように後ろ手で閉めて、詩人は姿を消した。そして、廊下の高い天井にこだまして、皺枯(しわが)れた声で歌う奇妙な童謡が、地獄からの声のように聞こえて来た。

「照る照る坊主　照る坊主

早くこっから逃げとくれ
それでもまごまごしていたら
そなたの首をちょいと斬るぞ」

「狂ってる！」

嚙みつくように、良平がどなった。

「いったい、どうしてあんな人間を、この会にのさばらせておくんです？　この会は紳士淑女の集まりだというのに——あんな紳士があるものか？」

「といって、会員の除名には、総会で三分の二の賛成を要しますし……」

この会の書記長をしている、河合誠哉がおろおろ声でいった。

「そんな規約なんか——畜生！」

水谷良平という男は、その前身はよく知られていない。青柳八段がちょっともらしたように、賭け将棋などで生計を立てていたということも、うなずけないことではないのだ。福徳経済会という団体も、つい三、四年前までは、北千住あたりのしもた屋の階下だけ借りて開店したのだというのだが、今ではまるで雪だるまを転がすような勢いで口ましに発展をつづけている。現在日本橋の小網町あたりにも六階建ての大ビルディングを建設中なのだ。話によると、その発展の原動力となっているのも、理事長は単なるロボットで、ほとんど彼一人の手腕力量によるということなのだが、こうして怒りをむき出しにした彼の顔は、どう見ても、お世辞にも紳士だとはいえなかった。

どうしてこんな粗野な、まるでボクサー崩れのような男に、子爵の令嬢ともあろうものが婚約を結ぶ気になったかと、研三はそれが不思議でたまらなかったが、この時佳子の方に眼をやったときには、またしても肌寒い思いに襲われたのである。

この時、良平の顔を見つめる佳子の眼は、未来の良人を見つめる女性の眼ではなかった。氷のような冷たさと、憎悪に満ちた眼差しだった。研三は、ふいとその時、あの「ガラスの塔」で、良平の顔を見つめていたときの百合子の視線を思い出した。

何かに憑かれているような、何かただならないことを思いつめているような女の視線、それはこの二人の女性にいみじくも共通していたのである。

第七場　人形と人間の轢死体

　まあ、こうした内輪の集まりだったから、この人形の盗難事件にも、警察官を呼ぼうといい出すものもなかった。また、仮に通知をして見たところで、たかが古びたマネキン人形一個の盗難に、こうした田舎町の警察が、おいそれと出張して来たか、また仮に出張して来たとしても、この紛失した人形を発見することが出来たかどうかは疑わしい。ただこの家の中にみなぎっていた、しこりのような空気を一掃(いっそう)するためには、この時思いきって、警察の力を借りた方がよかったかも知れない。すべての人が、この人形の失踪に、何か形もわからぬ恐怖を感じていながら、それを口に出してはいい表わせなかったのだ。人形の首が盗まれた後には、人間の首が斬られて盗まれた。それでは、人形自身が盗まれた後には、はたしてどんな事件が起こるか――そこまで類推を働かせることは、誰にも恐ろしかったのだ。

　本当ならば、この際警察へ通報することを断乎(だんこ)として主張するのは、松下研三の任かも知れなかった。だが、彼自身も、警察へ——という言葉が喉の奥まで出ていながら、そのまま声帯にこびりついて、どうしても唇をはなれなかった。単なる蠟人形一個の存在が、これほど人間の神経に、重大な刺激を与えるとは、彼もその時まで思っても見なかったことだった。

彼はただ、神津恭介の来援を心の底から待ちつづけた。恭介さえ来れば……恭介さえ来たら……原始人のような単純な気持ちにかえって、彼はただそのことを祈りつづけた。

しかし、そうした彼の希望も遂にくつがえされてしまったのだ。十一時すぎに電報局からかかって来た電話が、神津恭介の返答を伝え、それと同時に、彼の最後の希望を木っ端微塵に粉砕してしまったのだ。

「先生、どうなさいました？」

まだ床にもつかないのか、佳子がそばへよって来てたずねた。

「万事休す……やんぬるかなです」

力もなえたような手で、受話器をかけながら呆然と、

「静岡では下車してくれないそうです。明日京都で、研究の報告が終わり次第引き返すと——たのみがいのない友達ですねえ」

「そうおっしゃるもんじゃございませんわ。神津先生も、やっぱりお忙しいんでございい

ましょうし、それに……先生がいらっしゃる前に、この犯人はわかってしまうかも知れないんです」

「どうして、そんなことがわかるんです？」

「わたくしね、一つ、罠をかけて見ましたの。百合子さんを殺した犯人なら、きっとかかるときまっている罠を……」

「いったい、その罠って何なのです！」

研三は、相手の身分も忘れてしまって、両手をひろげ、その両肩をおさえつけようとした。佳子はするりと、その手からすりぬけて、

「まあ、こわいこと！　そんなことをなさると……先生も罠にかかるか知れませんわよ」

といいのこして、そのまま廊下を走り去ってしまった。

キングコングのようにひろげた両手を見まわして、研三も苦笑いしてしまった。罠とは？　だが、罠とはいったい何だろう？　佳子はいったい、何を考えているのだろう？

自分の部屋に帰ろうとして、二階の階段をおりて来たとき、展望台の方からぎゃーっと女の悲鳴が聞こえて来た。

「どうしたんです？　どうしたんです？」

研三は、せまい廻り階段をかけ上がってはっとした。暗がりの中で、二人の男女が抱

きあっている——と見る間もなく、男の方がぱっとはなれて、

「いや、あなたは松下さんですな。何でも、何でもないんですよ。僕たち、桑田さんと僕とは、ちょっと意気投合して、清水港の夜景を見ようと思ったんです。それで、桑田さんが一人じゃ恐いというもんだから、二人でここまで上がって来たんですが、そしたら桑田さんが妙なものを窓から見たというので……」

といい出したのは、室町浅史の声だった。

「お二人で意気投合して——恐い夢でもごらんになったんですか？」

「松下さん、こちらへいらっしゃいな」

桑田珠枝は、研三の腕をひきずるようにして、海手の窓へつれて行った。

「ほら、あそこの掘割のようなところが、東海道線の線路ですわね。そこに列車が停まっておりましょう。駅でもないのに、急行列車があんなところで停まるはずはありませんわね」

「なるほど、脱線でもしたんですかね？　誰かが枕木でもはずしておいて……」

「いいえ、そういうわけじゃないんです。わたくし、ここでいま、じっと夜の景色をながめておりましたの。そうしましたら、駅の方から、下りの夜行列車がやって来て——カーブしたかと思ったら、機関車の前の灯で——線路の上に、うつぶせに横になってい

る女の人が見えたんです」

「飛びこみ……自殺ですね？」

「だと思います。列車もあわてて、ブレーキをかけて急停車したようですけれど、間にあうはずがありませんわね。それで、いまあそこに停まってしまったんでしょう」

後片付けを終わったのか、列車はポーッと高く警笛を鳴らして静かに動きはじめた。そして間もなく、かすかな轟音(ごうおん)を後にひいて、この列車は清水の方角へ、視界の外に消えてしまった。

「どうしたんです？　いったい……」
五、六人の人々が、階段の途中にひしめきあっていた。その中から、青柳八段が、例のきんきんとした声でたずねた。
「飛びこみ自殺らしいですよ。どれ、僕が一つ、現場へ行って見て来ましょう」

例の野次馬根性と、一つには医学などをおさめた関係で、人の変死体というものに、無感覚になっているせいか、研三は何の臆する色もなくいいきって、内玄関から下駄をつっかけ、裏口の門を開けて外へ出た。

清見寺と反対側の細い道を降り、さらに直角に線路と平行した坂道を降りて来たが、線路のそばに立って見ても、別段人のかけつけて来る気配もない。

「おかしいな」

と研三は首をひねった。万一、こうした列車が人をひいたような場合には、すぐに最寄りの駅へ連絡した上で、列車を出すのが定法だろうと彼は思った。ことに、ここは興津の町を完全に出はなれてはいないのだし、興津の駅はすぐ眼と鼻との間なのに……。

「おかしいな」

研三はもう一度つぶやいて、懐中電灯を照らすと、線路に沿って歩き出した。そして、陸橋のあたりまで来たとき、青白い円光の中に浮かび上がった、女のバラバラ死体を見つけて、あっと叫んだ。

心ないことをするものよ——その死体は、まるで列車を停めてとびおりた運転手が、腹だちまぎれにたたきつけたように、草むらの中に散乱していた。首も、手も、足も、そして大きな胴体も、みな思い思いの方向をむいて、奇妙な形に散乱していた。

「ああッ！」

研三は思わず絞め殺されるような悲鳴をあげた。もしも、この時、この死体が、仮に人間のものだったなら、彼はこんなに驚きはしなかったろう。

この死体は人形のものだった。物いわぬ女の蠟人形を、誰かが深夜の鉄路に横たえ、そしてこの急行列車の轍（わだち）にかけてひき殺させたのだ。

あの人形——今日、止水荘から盗まれたあのマネキン人形に、誰かが女の服を着せ、そしてここまで運んで来たのだ……。

誰が？　いったい何のため？

もちろん、その時の研三には、そこまではのみこめなかったのだ。ただ、この列車の運転手としては、あわてて一旦急停車したものの、この死体が人間ならぬ人形のものと知って、誰かのたちの悪い悪戯だろうと舌うちしながら、癪にさわって、首も手足も胴体も、あたりの草むらにたたきつけ、遅れた時間をとりもどそうと、一路驀進して行ったのだろう。

「誰が、誰が、お前を殺したのだ？」

人形の無表情な首にむかって研三はつぶやいた。彼はこの時、人形と人間とを同一視するほど、奇妙な倒錯感情の虜となってしまっていたのだ。いや、それどころではなかったのだ。こうしてずたずたに寸断された人形の首にむかって物をたずねるなど、彼は人形というものが、人間と全く同じ魂を持ち、しかもどんなにむごたらしく切りさいなんでも、その生命は不死であるという、奇怪きわまる妄想に、完全にとりつかれていたのである……。

だが、それもいつまでもつづかなかった。悪夢からさめた後のように、研三ははっとわれに返ると、線路に沿った坂道を、息せききってかけ上（のぼ）った。

「誰だ！」

その途中、清見寺とは反対側の小さな寺の築地（ついじ）のあたりで、研三は突然立ちどまった。誰かがそこに――黒い人影らしいものが、ちらりと蝙蝠（こうもり）のように動いたような気がしたのである。

「誰だ！　そこにいるのは！」

もう一度声をかけて、懐中電灯をともすと研三は下駄の鼻緒をねじきりながら、二、三歩後ろへよろめいた。この灯をつけたとたんに、猛烈なアッパーカットの一撃が、彼の鼻のあたりを襲って来たのである。

顔を手でおさえて、研三は宙を泳いだ。ふたたび、みぞおちのあたりをつかれて、研三は物もいえずにつんのめった……頭が割れるようにいたみ、そしてすべての感覚が、遠く、遠く、無限の彼方へ消えて行った……その最後に残った記憶というのは、懐中電灯の光の中に浮かび上がった相手の姿――黒いもじゃもじゃの顎髯（あごひげ）を生やし、黒のベレーを横にかぶり、そしてルパシカ風の上着を着た、芸術家らしい風態の男であった。

「あッ、ここでも人が殺されている！」

「松下さんだ。たしかに！」

どこか遠くで、そんな声が聞こえていた。残された、最後の力をふりしぼって、初めて研三は眼を開いた。白い光がまぶしかった。自分がどこに転がっているのか、研三にはすぐにはわからなかった。

「ああ、眼をあけた！」

「松下さん、しっかり、しっかりしてくれたまえ！」

きんきんとした特徴のある声から、相手が青柳八段だな——と研三は直感した。だがどうしたことか声は出ない。またしても、こめかみのあたりがずきんずきんと痛んだ。

「猿ぐつわをして、手にも足にも手錠をかけて——これじゃあ、動けもしないだろうし、声をあげて、人もよべないわけだ。おまわりさん、ひとつ手錠をはずしてやって下さい」

警官らしい服装の男が、かがみこんで、猿ぐつわだけははずしてくれた。だが、あとは困ったような声で、

「鍵はないから、手錠の方ははずせませんな」

「どれ、それじゃあ、僕が何とかしてやろう」

中谷譲次がかがみこんで、

「先生、ちょっと痛いかも知れませんが、がまんして下さいよ」

ガチャガチャと、ちょっと金属の環が強く手首と足首の肉に食いこんだかと思う間に、手錠はぽろりとはずれてしまった。

「ずいぶん器用な真似をなさるんですな?」

警官の疑惑にみちた質問を鼻で笑うように、

「われわれのような魔術師には、手錠というものは、あなたがたと同じ商売道具――こんなものをはずすぐらいは、朝飯前の芸当ですよ」

中谷譲次はそういいながら、研三の体を後ろから支え、ハンケチで顔をふいてくれた。

「ひどい血ですな。鼻と口が、血だるまみたいにやられている。誰がいったいこんな真似をしたんです?」

「うむ、うむ……」

猿ぐつわははずしてもらったものの、何だか舌も頭もしびれきって、言葉も満足には出て来なかった……。

「あの、髯を生やした、犯人が、人形の、死体を見つけて、帰りぎわに、いきなり……」

「人形の死体?」

一同は顔を見あわせ、言葉をのんだ。

「そう、その通り。あの地下室から……人形が、女の服を着せられて、バラバラに……」

「ひひひひ……ひひひひ……」

またしても、あのいやらしい詩人が笑っている。ただでも心身がまいっている研三は、この時、誰かに体をおさえられて首を締索の環につっこまれ、足をひっぱられているような気がした。

「松下さん、よくその犯人は、あなたを生かしておいたもんですなあ。こんな手数をかけて、ここまでつれてくるくらいなら、いっそ一思いにしめあげて、線路に投げ出しておいた方が、ずっと手間はかからなかったでしょうにねえ。ひひひひ、ひひひひ、ひひひひ」

「杉浦君、少しは場合も考えろ！」

誰かが、鋭くきめつけたが、この詩人はだまろうともしなかった。

「でも、考えて見れば、あなたの番は来ないわけだね。人間一人殺すためには、人形一人を殺さなくっちゃいけないとすると、人形の数が一人たりない」

「誰か……誰か、殺されたんですか？」

「そうだ」

「誰です。それは？」

「佳子さん、綾小路佳子さんが、やはり人形と同じように、線路の上で、急行列車に轢(れき)断(だん)されて……」

この言葉が誰の口から出たか――研三にはよくわからなかった。彼の眼前にはまだ霧か霞(かすみ)のようなものがかかり、はげしい耳なりがおそって来た。がくりとまた、草の上に倒れながら、彼は譫言(うわごと)のように何度も叫びつづけた。

「月光！　月光！　月光！　神津……神津……神津さん！」

第八場　西走東奔

汽車へのるなり、トランクをボーイに預け、ブロバリンをのんで眠りこんでしまった恭介は、米原をすぎたあたりで、ボーイにゆすぶり起こされた。

「神津さんでいらっしゃいましたね。また、電報が参っております」

「はい、御苦労さま」

恭介は物憂げな調子で電報に眼を落とした。

「アヤノコウジ　ヨシコサツガ　イサル　スグ　コイ　マツシタ」

睡魔は一瞬にふっとんでしまった。座席の上にとび上がるように身を起こして恭介は叫んだ。

「ボーイさん。ここはどこ？」

「はい、米原をすぎたあたりでございますが」

「次は——京都着は？　それからすぐに引き返すとして、上りの汽車は？」

「はい、大津到着が八時一二分、京都着は八時二五分、それから上りでございますが——『つばめ』が九時三五分、『西海』が九時二九分、『玄海』が一〇時二六分、『阿蘇』が一〇時五四分、それから『はと』が一三時〇七分——どれも京都発の時間でございます」

「ありがとう」

恭介は、洗面所へ行くことさえ忘れた。じっと車窓に流れる近江平野の光景を、瞬きもせずに見つめながら、計算機のように頭を働かせていた。

——これから、京都からすぐ引っ返すなら「つばめ」にのれる。だが、それでは、汽車にのっている間の何時間、全く無為にすごすことになりはしないか?

——学会の始まるのは午前九時、自分の研究発表は、十時から二十分間、その講演をすませて、東洋新聞の京都支局に立ちよって、そこで事件の概略でも問いあわせて——それからでも「はと」には十分間にあうはずだ。

——「はと」の静岡到着は、一七時五〇分、そこから車をとばしたら、七時前後には興津につける。

決心は十五分ぐらいできまった。それ以上、何を考えようにも、材料が全くなかったのだ。恭介は打ちひしがれたように、リクライニングシートに身を横たえ、大津をすぎるところまで、そのまま微動もしなかった。

京都駅について、階段に足をかけたとき、後ろから、

「神津さん」

と声をかけたものがあった。沢村博士だ。やっぱり夜行列車で眠れなかったのか、眼が何となく血走っている。

「とうとう、同じ汽車になりましたねえ。東京駅のホームでずいぶんお探ししたんですが」

「発車間際にかけつけましたんで」

といいながら、恭介は階段を逆におりると声をひそめて、

「先生、これは先生にも申しあげておいた方がよろしいでしょうが……綾小路佳子さんが、殺されたようですよ。いま汽車の中で電報をうけとりました」

「佳子さん？　綾小路佳子さん？」

博士は反芻するようにいって、そのまま阿呆のように口を開けていた。その手から、ポタリとトランクがはなれてホームの上へ落ちた。

「本当ですか？　それは……」

「松下君からの電報です。まず間違いはないと思います。さあ、先生、参りましょう」

立ち話も何だと思った恭介は、沢村博士をうながして、駅の食堂へつれこんだ。恭介は全く食欲を失っていた。沢村博士もそうらしい。二人ともコーヒーだけを注文して、それには手もつけなかった。

「本当ですか？　それは……僕もつい四、五日前にあったばかりですのに……」

「僕だって信じたくはないんです。実は、僕は昨日から止水荘の方へさそわれていたんですが、学会のことが気になって、もしこちらを断わって、むこうへ行っていたら——と思うと、腸(はらわた)が煮えくりかえる思いですよ」

「お察しします。それでは、すぐにお帰りにならなくちゃいけないでしょう。お帰りの汽車は？」

「そうですね。これからすぐ、新聞社の支局へ電話して、情報を集めておいてもらって、『はと』で引き返します。先生は？」

「僕もごいっしょに参りましょう。実は、叔父(おじ)が京都の病院へ癌(がん)で入院して死にかけているので、まだ意識のあるうちに、一目あっておきたいと思ってやって来たのですが、綾小路さんにそうした事件があったとしたら、僕だって、顔を出しておかなくちゃなりますまい」

「先生が来て下されば助かります。実は興津へつく前に、綾小路家のことについて、いま少し情報がほしかったところです」

わずか四時間ぐらいの時間を京都ですごすと、恭介は沢村博士と肩をならべて、ふたたび東海道線を東へ逆行した。

「先生、妙なものですねえ。世の中には不思議な因縁があるものですねえ。あの人を轢き殺したのは、僕たちの乗っていた『月光』だったんですよ」

「あの列車で？　そうそう、そういえば、あなたはお気づきにならなかったかも知れませんが、僕がうつらうつらしていると、ガタッと列車が停まったんです。どこかと思って、窓からのぞいて見たけれど、駅でも何でもない。変だなと思っているうちに、また二、三分したら走り出して、間もなく静岡へつきましたよ」

「あいにく、僕はブロバリンをのんで、ぐっすり眠っていたもので」

恭介も口惜しそうに唇をかんでいた。

「僕はもともと蒲柳の質で、夜行だととってもくたびれるんですよ。それでも、どうしても時間の都合がつかないもんですから、せめて熟睡しておきたいと思って」

「売れっ子はつらいですなあ」

沢村博士は、本当に同情しているような調子でいった。

「君、君、ジュースをくれたまえ。そう、一本でいい」

通路を歩いて来た食堂車の女の子から、オレンジ・ジュースの罎をうけとると、

「神津さんは、お酒の方はだめでしたな。僕はこれをいただきますが、ジュースでも」

とその罎を恭介の手にわたし、自分はウイスキーの小瓶をとり出してグラスについだ。

「ありがとう」

恭介はジュースの中にストローをつっこみながらはっとした。考えて見れば、昨夜から今まで、彼は形のあるものを、何一つ胃に入れていないのだった。といって、食欲は全くないのだが、これでは今晩興津へつくまでに、体が参ってしまうかも知れないと思った。

「先生、実は僕は昨夜から何も食べていないんですが、そのことをやっといま思い出しましたよ。食堂へでも参りましょうか？」

恭介がさそうと、博士はぐいぐい喉をならして、

「そうですな。実はこっちのほうから、おさそいしようと思っていたところです」

と先にたった。時間が中途半端なので、食堂車はがらんとすいていた。恭介はハムエッグスとパンを注文して、義務的にそれを口へ運んだが、博士はビールをたちまち三本空にし、スープと魚とテキと鳥と、まるでワンコースを正式にとっているような調子だ

った。

「よくめしあがりますねえ」

「僕は何か一つ大きな仕事がすむと、とたんに食欲が出るほうで――でもあなたは、よく何もめしあがりませんねえ。僕は食事の時に、水やサイダーやジュースをのんでいる人を見ると、気の毒でしかたがないんですよ」

「体質ですねえ。僕はビールをコップに半分ものむと、苦しくなってしまうんで」

「酒もだめ、煙草もおやりにならぬ。それでいつまでもおひとりだとすると、人生の楽しみの四分の三はないのも同様ですね。僕なんか、二年前女房に死に別れてから、生き甲斐が半分なくなったような気がしますのにね」

博士はまた、ひとりでビールの滴まで切ると、ウエイトレスを手で呼んで、

「もう一本」

恭介はかるい苦笑を浮かべて、博士の大食ぶりをながめていた。

「ところで、綾小路事件の方はどうなるのです？」

まるで、ビールのおつまみは何があるか、というような調子だった。やはり、いくらか酔いが廻っているなと恭介も思ったが、

「つまり、例の魔術協会の会員十一名ばかりが、懇親旅行のため興津へ一泊の予定で出

かけたのですね。今日は清水と静岡と日本平を見物して、それから帰る予定だったらしいんですが、昨夜突然、止水荘の地下室においてあったマネキン人形が、ぽっかり姿を消してしまったんです」

「マネキン人形？　どうしてまた、そんなものが、そんなところにおいてあったんでしょう」

「僕もその理由までは知りませんが、とにかく、ものはあったんですね。ちょうど、一行のやって来る前に、松下君が現品を目撃しているそうですから、まあ間違いはないでしょう」

「貸金の抵当にでもとったのかな？」

博士はちょっと妙なことをいって、眼を輝かせていた。恭介は別にその点を追及するでもなく、

「まあ、何にしろ、その人形が盗まれたことはたしかで、そのことを松下君が電報で知らせてくれたのが八時ごろ――ところが、その人形は洋服を着せられて、止水荘の前の線路で、下り急行の『銀河』に轢かれていたのです」

「というと、『銀河』は東京発が八時三〇分だから――『月光』が事件を起こす約一時間四十五分ほど前のことですね」

「そうです。『銀河』が興津を通過するのは、午後十一時四十分ごろ……真夜中ですね。ところが、松下君はあの通り、野次馬根性旺盛の方だから、のこのこと、事件の現場を見物に出かけたのですね。そして、人形の死体を見つけて、腰をぬかしそうになった。あわてふためいて、止水荘へかけもどる途中――例の顎髯を生やして、ベレーをかぶった首斬り狂にぶつかって、のされて、ノックアウトになって、気がついたら、手にも足にも手錠をかけられ、口には猿ぐつわをはめられて、近くの草原に転がされていた。その間に、僕たちの乗った『月光』号が、業務上過失致死罪か何かおかして通りすぎたんですね」

沢村博士はごくりとビールをのみほして、

「というと、こういうことになりますね。その計算だと『月光』の興津通過は午前の一時二十五分ごろ……犯人は、人形を殺してから人間を殺すまで、二時間近くも何をしていたんです？　第一、人形は何のために轢き殺したんでしょう。殺人の予行演習でしょうか？」

「それが、この事件の奇々怪々なる所以ですね……わざわざ、そんな予行演習をやって見なくったって、汽車の線路へ人を投げ出しておけば、まず絶対確実に轢いてくれるでしょうね。現場はちょっとカーブになっていて、見通しの悪いところのようですし……」

「それにまた、松下さんには悪いけれど、命拾いをなさったのは、奇蹟的な幸運だといわなくっちゃなりませんね」

博士はビールに満腹したのか、今度はコーヒーを二ついいつけて、

「犯人の立場になって考えるとですよ――二人殺すのも三人殺すのも同じことでしょう。ことに、松下さんには、自分の顔を見られているんだし、いつ別荘の方から捜索隊がやって来ないともかぎらないでしょう。だとすると、いっそ一思いに、線路の上へ投げ出しておいた方が、手間がかからずすんだはずですね」

「僕もその話を聞いたときには、身ぶるいしましたよ。全く、先生のおっしゃる通りなんです。ただ……それよりも、妙なことは、この犯人が、どうして手錠を使ったかということですよ」

「手錠が、どうして妙なんです？　人間の自由を奪うには、あれ以上完璧な方法はないじゃありませんか？」

「ところが、手錠というものは、そこらあたりのデパートで売っているものじゃありませんのでね」

沢村博士も、はっとしたようだった。コーヒーをかきまわす手を止めて、じっと恭介の顔を見つめた。

「僕はこの犯人を稀代の魔術師だと思っています。自分自身の殺人技術に陶酔するだけではなく、その出来ばえを、一人でも多くの見物客に見てもらって、拍手喝采してもらいたくってしかたがないんですね。まあ、犯罪露出狂——とでもいえるでしょうが、その意味では、松下君の命を助けたというのもわからないことはありません。せっかくのお客に死なれちゃ困る。しかも自分の顔を知ってくれたこの珍客に——と思ったのでしょうね。といって、人間殺しの一幕に邪魔を入れられても困るから、全治一週間ぐらいの打撲傷を与えた上で、丁寧に自由を束縛した。しかし、これが麻縄とか何とか使うならばともかく、どうしてこの犯人は手錠を持っていたんでしょう？」

「わかりませんな。僕には……」

「手錠をふだん使う商売というと、まず警察関係ですが……」

「それから魔術師——よくやりますね。舞台でお客に手錠をかけてもらって、するりとぬいて見せる魔術を——僕も一、二度、見たことがあります」

恭介は何ともいえない表情で、しばらく相手の顔を見つめていた。

「そうですね。魔術にそんな小道具が使われるということは、僕も気がつきませんでしたよ。そういえば、あそこに集まっている人たちは、みんな素人としては熱心な魔術マニアなんだから、手錠の一つや二つぐらい、持っていてもおかしくはないわけですね……それでとにかく、人形が殺されるまでは、佳子さんが生きていたことはたしかなんです。少し気分が悪いといって、自分の部屋に入ったけれど、時間が十二時ちょっと前だから、だれも不思議には思わなかったんですね。だから、凶行時間は、それから一時四十五分までの間、これは、死体を見なくても、はっきりいえることなんです」

「それで、いったい、列車に轢かれるまでに、佳子さんは殺されていたのでしょうか。それとも生きたまま……」

「そこのところはわかりません」

神津恭介は、ちょっと腕時計に眼をやって、

「きっと今ごろは、静岡で法医解剖がすすんでいるでしょう。しかし、先生も御承知のように、下山事件でもずいぶん問題がありましたが、轢死と死後轢断の区別は、専門家でも、はっきりつけられないのです」

「でも、これで随分お仕事は楽になったわけですね。人形、人形、人形――と、偏執狂のように、人形に執着している殺人鬼が、そんなに大勢いるわけはないんだから――バナナを一本いかがです。僕はバナナとなると眼がない方でしてね――結局、その止水荘の中にいた人物の中で、怪しいやつを徹底的に洗い出せばいいというわけですね。もう、数が十一人になって、その中で、女やあの詩人は肉体的に条件を満たさないだろう

から、残りは僅かじゃないですか？」

「それが……そう、一筋縄で行きますかねえ」

恭介はバナナの皮をむきながら、首をひねった。

「それが常識的な解釈なんですがねえ。この犯人は少なくとも同一犯人にちがいないんだから、第一の事件と第二の事件に共通な容疑者を何人か選び出せば、網はしぼれるわけでしょう？　それなのに、この賢明な犯人が、そんな簡単なことに気がつかなかったんですかねえ」

「なに、神津さん、あなたが直接御出馬になれば、事件は間もなく、今日中にでも解決しますよ。犯人が、どんな知恵者だったとしても、いまどうせ止水荘に缶詰にされているでしょうし、袋の中の鼠というか、網にかかった魚というか、逮捕は時間の問題ですよ」

「ぜひ、そうなって欲しいのですが、網をしぼるということにも、なかなか呼吸がいりましてね。あんまり、功をあせりすぎると、得てして魚を大海に逃がすような結果にもなるのです」

第九場　悪魔の側のエチケット

定刻通りに、静岡駅についた恭介は、すぐに車をとばして県の警察部を訪ね、それから死体の運ばれた病院に立ちよって、解剖の所見をたしかめ、清水市のある病院に入院してうんうんうなっている研三を見舞い、そして止水荘へやって来たのは午後の七時ごろだった。

警視庁からかけつけて来て、県の警察部と協力し、事件の取調べにあたっていた高川警部は、百万の援軍を得たような喜びを顔に浮かべて、恭介を迎えた。

「神津さん。あなたが来て下さったんで、助かりましたよ。正直なところ、五里霧中で、全然つかみどころがなくって困っていたんです」

「僕が運転していたわけじゃないけれど、乗っていた列車が、佳子さんを轢いたんだし、松下君までたたきのめされたということになると、意地でも弔い合戦にのり出さなくっちゃいけないわけですからね」

口では冗談めいたことをいってはいるが、その眼は爛々と燃えている。その思いつめた眼の色は、日ごろから凶悪な犯罪者ばかりをあつかっている警部をもはっとさせるものがあった。この名探偵の澄んだ眼にも、今日は狂ったような光がある。まるで、大犯罪者、殺人犯人の眼のように、血に飢えたような感じさえみなぎっている。

僕には案外、大犯罪者となるような素質があったのかも知れませんよ。すべて、犯罪捜査の原則は、自分を犯人の立場において事件をながめて見ることですからね——といつか冗談のようにいっていた恭介の言葉を、警部はこの時、一種の畏怖の感じとともに思いおこした。

この名探偵は、俳優が舞台へ登場するときには、役の人物そのものになりきらねばならない——という心掛けと、同じ心掛けを持っているのだ。この名探偵は、自分がこれから殺人の罪を犯そうとする犯人と同じ気がまえで、この殺人の舞台へ登場したのだ……。

「事件の要点は一応御存じですね？　一足先においでになった沢村先生が、そんなことをおっしゃっていましたよ。私はあのお方とは初めてお目にかかるんですが、神津さんからの御紹介なので、とりあえず、お通ししておきましたが、よく御存じの仲なんですか？」

「深い仲ではありませんが、ちょっとこの綾小路家とは関係があるようです。往きも帰りも列車がいっしょになって——もっとも帰りはこの事件のことを聞いて、僕も顔を出しておかなきゃといわれたんで、まあ精神病の方面では大変熱心な学究でいらっしゃるし、犯人が一種の異常者だとすると、容疑者の群れの中を泳いでいるうちに、案外お手のものの精神分析か何かで、手がかりとなるようなヒントをつかんでくれるんじゃありませんかねえ」

とはいうものの、その実はあんまりあてにもしていないような調子だった。

「とにかく、東洋新聞の京都支局へかけつけて、静岡の支局へ電話で問いあわせてもらったんです。東京本社の土屋部長とは至って心やすいものですから、そちらの連絡で、京都の支局長と今晩、食事を一緒にすることになっていたのです。ところが、こんな突発事件でしょう。そんなわけで、恐れいりますが、もう一度初めからくりかえしていただけませんか？」

「承知しました」

といって、警部は事件のあらましを最初から順序を追って述べはじめた。

その中で、松下研三が、あわてて下駄をつっかけて飛び出したまでのことは、前に述べているから省略するとして、彼がいつまでも帰って来ないので、この止水荘の人々も、またもやさわぎ出したのである。

結局、青柳八段と河合誠哉とが、下駄をつっかけて見に来たのだが、二人とも裏山に運びこまれた研三には気がつかなかった。一応線路も調べて見たが、べつに血の流れたあともなかったので、狐につままれたような気持ちになって帰って来たというのである。もちろん、夜のことだから、何かの拍子で、線路のそばの草むらにたたきつけられていた、この人形のバラバラ死体に、この二人が気づかなかったのも、それほどむりのないことであった。

結局、柄にもない風流心を起こして、三保の松原あたりをそぞろ歩きでもしているんじゃないか――というような結論におちついて、一同はめいめいの部屋へひきとったのだが、午前二時すぎ、興津警察署の署員がこの家に訪ねて来て、

「いま、この下の線路で女が轢き殺されております。といって、自殺かも知れませんのですが、どうもお顔が、こちらのお嬢さまと思われますので……」

といい出したことから事は重大化した。女中が震えあがって、佳子の部屋を探しまわったところ人気もなく、蒲団はもぬけの殻なので、あわてて悲鳴をあげて、家中の人々をたたき起こしてまわり、二手にわかれて飛び出した捜索隊の一隊が、裏山で倒れている研三の姿を発見したというわけなのだ。

「何しろ、松下さんが、月光、神津さんと呼んでひっくりかえったきり、そのまま正気にならないんで苦労したらしいんですよ。みんな逆上しているもんだから、その『月光』にあなたが乗っているということまでは気がつかなかったんですね。医者をよんで来て、松下さんが何か麻酔剤の注射をされていることがわかって、それから自動車で清水の病院へ運んで、東京のおたくへ電話をかけて、あなたがあの列車に乗っておられることがわかったので、それからやっと電報を打ったというわけなんです」

これで、事件の全貌は、やっと恭介にものみこめた。といっても、それはつぎはぎだらけの、空白や、破れの多いものではあったが、とにかく、ごく大ざっぱな事件全体の概念をつかむには十分のものだった。

「それでは、夜になると、この前の道というのは、ほとんど人通りがないのですね？」

テーブルの上にひろげてある見取図をながめながら恭介はたずねた。

「そうです。清見寺の門は夜になると閉めてしまいますから、踏切をわたって、そっちから上って来るわけには行きませんね。陸橋の下の門もやはり同様です。だから、夜この別荘へ来るとすれば、どうしても清水側のだらだら坂を線路に沿って上って来るしかないわけですね。その下には、交番がありますが、ここにいた巡査は、犯行の時刻まで、怪しい人物は一人も通らなかったと証言しているんですよ」

「それじゃあ、やっぱりこの犯人は、この別荘を出て、松下君のあとを追いかけた。その途中で変装したと、こう見るよりほかはないわけですね？」

　この結論に到達することは、恭介にとっても不本意であるかのように思われた。別の言葉でいうならば、網をひいても、魚が中にいるかいないかわからないという顔をしながら、彼は苦々しい調子で、この質問を投げ出したのだ。

「神津さん、何をそんなに妙な顔をなさるんです？　当然至極のことじゃありませんか。何もあなたが第一の事件で、どんなことを主張されたとしても、そんなことは今さら、だれもとやかくいいやしませんよ」

「別に、自分自身の前の言葉にこだわっているわけではないんです。君子は豹変す――ともいいますからね。ただ、僕に腑におちないことは、犯人がなぜ、自縄自縛の窮地へ自分を追いこんでいるかということなんですよ。これだけ稀代の大魔術師が、どうしてまた、自分がこの別荘に来ているという結論を、早急に出させたがっているか、そこのところが知りたいのですよ。ねえ、高川さん、松下君にもいいましたが、魔術を見やぶる公理の第一条は、

『魔術師が右手を出したら左手を見よ』

　ということです。そして公理の第二条は、

『あるといわれたらないと思え。ないといわれたらあると思え』

　ということなんです。この二つの条項を一口にまとめると、結局、

『魔術師の暗示にはかかるな』

　ということなんです。僕が今度の事件に関するかぎり、いつもとは全く反対な慎重な態度をとっている理由がそれなんですよ。あまり早急に結論を急ぐと、相手の待ちかまえている罠に、こっちからとびこんで行く結果になりはしないかと、そのことを心配しているんです」

　高川警部は、高尚深遠、抽象的で何等現実に即していない哲学上の議論でも聞くような顔をしていた。

「お説はまことに御もっともですが」

　という程度の儀礼的な前置きさえつけ加えずに、

「要するに、神津さん、あなたのいわんとなさるところは、いったいどんなことなのでしょう？　いま少し、簡単明瞭にいっていただかないと、私のような第一線部隊長には、どうにもわかりかねますが……」

　恭介は言葉につまったように黙ってしまった。それも無理のないことなのだ。この名探偵は自身でさえ、自分の投げ出した大きな疑惑がいったい何を意味するのか、その時

には自分でも見当がつかなかったのである。

「とにかく、第一幕では、犯人は人形の首を盗んでおいて、人間の首を斬ってかくしてしまったんです。第二幕では、人形を盗み出してバラバラにして、列車の力をためしておいて、それから人間をバラバラにしたんです。幸いに、松下さんが、犯人の顔を目撃していてくれたから、第一幕と第二幕の犯人は同一人物であることがわかりました。いかに、犯人が稀代の大魔術師であったとしても、あの楽屋へ一歩もふみこまないで、首を盗むわけにはいかんでしょうから、彼はあの楽屋へ出入りしていたにちがいない。そして、それだけの人物の中で、この第二幕に登場したのは十名、まあ、松下さんは遠慮して数から省きましたが――この家から、人形を盗み出すにはまずこの家へ入らなきゃいけないでしょう。ところが、今のところでは、絶対に外部から侵入した形跡はありませんから、犯人はこの十人の中にいるはずです。ここまではよろしいですな？」

「理論としては、まことに完璧で、一点非の打ちどころもありません」

恭介はかるく頭を下げた。

「この十人の中で、初めて、この家にやって来た人間をのぞきます。何しろ、あの地下室の入口は、刺客よけの特製品だから、最初来たばかりの人間が、ひとの家を、二時間や三時間歩きまわったところで、見つかるまいということは、常識的にいえますね。となると、後に残るのは、水谷良平、その秘書布施哲夫、中谷譲次、画商の今秀治、映画女優の小月マリ——犯人はこの五人の中にいるということになりますね」

「そこまで網がせばまったら、後は大した面倒はないじゃありませんか？　手鉤か何かひっかけて、魚を舟にひきあげるだけの手間じゃありませんか？」

恭介は、すこぶる物憂げな声を出した。

「それが出来れば、五里霧中だとは申しあげないんですよ。この五人について、第一幕のアリバイを検討して見ると、この中の一人も絶対にギロチン殺人の方はやれないという結論が出て来るんです。水谷良平と布施哲夫は当日の夜は十二時ごろまで、自宅で何かの会議をしていた。小月マリは女で、しかも当日は京都の撮影所で夜遅くまで撮影をしていた。今秀治は徹夜で麻雀をしていた——東京の自分の家でですが、麻雀というやつは一人では出来ないので、ほかの三人の信頼すべき証言があるからたしかでしょう。家族のものは別としてもね。中谷譲次は大阪にいた。これではいったいどうなります？」

「五マイナス五イコールゼロ、鼠をおさえたつもりで、ますをあけて見たら、中は空っぽ——たしか『元禄忠臣蔵』か何かの中に、そんなせりふがありました」

「からかっちゃいけませんよ。御相談というのはそこのところですが……」

「僕が、網をしぼるのを早まってはいけないと申しあげたのもそこのところです」

恭介はやわらかな調子でしかも辛辣に、

「だから、犯人は稀代の大魔術師だと申し上げたんですよ。そんな簡単な消去法で、捕まるような相手なら、第一幕でも第二幕でも、あんなに大胆に、人の注意をひきつけるような行動はしなかったはずです。犯人は、高川さん、あなたがいまおやりになったような、平凡な消去法なんかでは、絶対に捕まらないという自信があった。そういう自信があったからこそ、堂々と自分のカードをさらけ出して見せたんですよ。そんな常套手段ではいけない。人形はなぜ殺された？　その疑問から解決してかからないことには、この事件はいつになったところで解決するものですか。永久にどうどうめぐりをつづけて、迷宮入りになるのが関の山ですよ。だが、そうはさせない。必ず……必ず、僕はこの人形殺しの謎を解いて見せます。犯人は、決して伊達や酔狂で、人形の首を盗んだり、人形をバラバラにして見せたりしているんじゃありません。この犯人にとっては、人形を殺すことの方に、人間を殺す以上の重点がおかれているんですよ。それなのに、あなた方は人間の方ばかり重く見て、人形の方は、そのおそえものぐらいに思っておられる。それが大変な誤りなんです。犯人は、そのことを、初めから、ちゃんと算盤に入れているのです」

いつもなら、水ももらさぬ論理の綾を織りつづけて、論敵を何の仮借もなくたたきのめしてしまう恭介の言葉として見れば、珍しく独断的な、神がかりのような言葉だった。

しかし、警部は何ともいえぬ思いで、恭介の眼を見つめていた。その眼には、天才だけが持っている、一つの狂熱的な光が見える。最後の最後の結論を、本能的、直感的に悟入して、そこから逆に出発点へ帰って来ようとする努力、一つの仮説を最初に立てて、その仮説によって、全体の事件の流れを解釈しようという努力——そうした精神活動の片鱗を、警部はこの時、恭介の眼の中に読みとることが出来たのだ。

「高川さん、僕がこの第二幕の事件で、疑問に思う点を幾つか申しあげましょうか?」

「おっしゃって下さい。何でも、御遠慮なく」

「第一は、人形殺しと本当の殺人との間に、なぜ一時間四十五分という時間をおく必要があったかということです。その一時間四十五分——犯人にとっては、実に貴重な時間でしょうね。人形を殺すということは、ある意味では殺人の予告と同じなんだし、現に三階の展望台から、その現場を見られているじゃありませんか? それなのに、犯人は悠々二時間近くを待ちつづけた。家中の人々が、みなおびえ、何かの不吉な事件の突発を、おぼろげながらでも予想しているときに——被害者を松下君同様仮死状態にして、線路のそばまで運んで行く。並みたいていの神経では出来ることではありませんね」

警部はかるく頭を下げて、同感の意を表せざるを得なかった。

「第二には、松下君からお聞きになったでしょうが、松下君をここへさそい出した密告状、あの無名の手紙はどこからか発見されましたか？」

「それが見つからないのです。もちろん、私は今度の事件では単なるアドバイザーで、直接の捜査は、こちらの警察に任せています。しかし、それはどこにも見つかりませんでした。被害者の身のまわりは、ずいぶん細かく調べあげたのですが……」

「その手紙がどうなったかということは、大いに注目する必要がありますね。あれは、恐らく、犯人自身の工作でしょう。ただ、犯人としては、あの手紙は一応所期の目的を達したのですし、それ以上、被害者の手もとに残しておいて、警察側に証拠を与えたくはなかったのですね。そして第三の問題は、犯人がどうして手錠を入手出来たかということです」

「それは……何しろ、魔術師仲間のことだから……ちょっと、こういうことも考えて見ましたが、この間、東京で現職の警官が、不良か何かの仲間に刺し殺された事件があって、その時、警察手帳や何かといっしょに、手錠も盗まれてしまったことがありまして、そのこともちょっと……」

「ほかに、手錠を公然とあつかえるようなところはありませんか？」

「刑務所……刑務所ならば備品ですね。それから映画の撮影所の小道具にも、きっといくつかあるでしょう」

神津恭介は眼をとじて、しばらく考えこんでいた。

「それから、第四の問題は、これは第一幕にかえりますが、犯人はなぜ、あの時、人間の首を持って逃げる必要があったか。そして、その首をどう処分してしまったかということなんです」

「それは、犯人を捕まえて見ないことには、どうにもわかりかねますね。埋めたか、河か溝にでも捨てたか、それとも石膏か何かで塗りつぶして、普通の彫刻のように見せかけようとしたか——私には何とも想像出来ません」

「それから、第五の問題は、犯人が変装に使ったと思われる、付け髯、ベレー、上着など、これは犯行を終わってから、どう処分したかということです。事件が発見されてから、この犯人は、まずこの家の中に缶詰のようになっていたわけですね。たとえ外出するとしても、そんなに遠くへ行くわけは……」

といいかけて、恭介はちょっと言葉をのんだ。廊下に、だだだと高い足音が聞こえ、そして一人の警部補が、ノックもせずに扉を開いて、中をのぞきこんだ。

「高川さん、犯人の変装道具が見つかりましたよ。ほら、これです」

二人は思わず椅子を蹴たてて立ち上がった。付け髯、ベレー、ルパシカ風の上着の三品、それはたしかに、この犯人が、第一幕から第二幕にかけての舞台衣裳として使ったものにちがいなかった。

「これは……これは、いったいどこにあったんだ？」

高川警部は気色(けしき)ばんでたずねた。

「松下さんのお部屋の押入れ、その押入れの中にかくしてあったのを、いまおつきになった先生――ほら、沢村先生とかおっしゃるお医者の先生が、ひっぱり出してくれたんですよ」

「あの部屋は、最初調べたはずだったな。松下さんが、昨夜使わなかったから、今日まですっとあいていた……」

「そうです。牡丹の間――とかいう部屋で、押入れの襖(ふすま)の間から、何かはみ出しているようなんで、先生が不思議に思って開けて見たら、蒲団の間に、これが……」

「ずいぶん、親切な犯人ですねえ。まるで、こっちの話がのこらず、むこうに聞こえているみたいだ」

恭介も呆(あき)れたような声を出した。

「しかし、これでは、僕だって、この犯人がこの別荘の客人の一人だということを認めずにはおられませんねえ。僕が来たので、身辺の危険を感じたのか、それとも一度調べたあとだから、かえって安全だと思ったのか、どちらにせよ、この犯人は、探偵というものに対するエチケットをちゃんと心得ているようですね。敵は手袋を投げつけて来た。よし、今度こそ、僕もこの決闘に応じましょう」

恭介の言葉にも態度にも、烈々焔（ほのお）のような闘志があふれていた。

第十場　人形の足跡

部屋を出て、沢村博士の部屋を訪れようとしていた恭介は、何かを思い出したように立ちどまった。

「高川さん、正直なところ、沢村さんのお部屋を見たところで、今さら仕方がないと思いますし、それより先に、地下道の、その人形の立っていたという場所を見ておきたいんです。こっちの方を一分でも早く——よろしいでしょうか？」

「かまいませんとも。あなたから、そうおっしゃられなくても、こっちから御案内しようと思っていたところです」

そういって、高川警部は階段の下に立っていた一人の警官に合図をし、地下道の入口を開いてもらうと、自分が先に立って、階段をおりた。

「ここ……このあたりに、その人形がおいてあったという話なんですが」

ごたごたとした道具の中に、ぽかりと開いた空間を、恭介は瞬（まばた）きもせずじっと見つめて立っていた。

「しかし、普通の家に、そんなマネキン人形があるなどということがそもそもおかしいですね。いったい、そのいわれというのは？」

「それが、いかにも要領を得ないんです。いま精神病院に入っている滋子さんが、まだ正気だったころ、女学生の時分ですが、洋裁にひどく凝ったことがあるらしいんですね。もともと、体が弱いので、たいていこっちの別荘で暮らしていたらしいんですが、その時こんなものまで買ったらしいんですね。そのうちに、何ともいえない、妙ちきりんな洋服を作りはじめて——それが病気とわかった、直接の契機らしいんです」

恭介はいたましそうにうなずいた。そしてこの部屋の一隅から、一直線にのびている、暗くせまい通路をじっと見つめていた。

「この地下室は、この建物の建った当時からあったもの、こっちの地下道は、二・二六事件のころに、あわてて作ったものだといいましたね？」

「そうです。いまのわれわれの常識からいえば、西園寺公爵自身ならばともかく、そのとりまきの子爵まで、こんな用心をしなくっても——と思うんですが、それは無責任な事後の批判で、何しろあの時代の政治家だったら、誰だって、一応このくらいの用心は考えて見たかも知れませんよ。実行するとしないとは別の話ですが——何しろ、武装した軍隊が機関銃まで持って首相官邸を襲ったような事件があったんですからね。子爵も、こんなものを作って、それで自分が大物になったという自己満足を起こしていたのかも知れませんねえ」

「よくある例です。政治家というやつは、誰でも一応以上の自惚れの持ち主だから」

恭介は警部と肩をならべて、地下道を歩きはじめた。途中から、短い横道がこれと直角に交わり、そのつきあたりは、せまい階段になっている。

「ここは？」

「ここから、離れの、子爵の居間の近くに出られるんですね。何しろ、いまの実彦氏も、年に何度、ここへ来られるかというくらいなのに、この離れは絶対、人には使わせないんですね」

「それでは、昨夜もここへは誰も足をふみこまなかったんですね」

何か、意味ありげにいいながら、恭介はじっとその横の階段を見つめていた。

地下道は、そこから先もしばらく走って、つきあたりはまた上り階段になっていた。

「この上は？」

「裏門の近くの物置になっています……吉良上野の屋敷のようですが、万一討ち入りがあったら、ここで変装をして、使用人か何かと見せかけて、逃げ出すつもりだったのかも知れませんね」

「少し度を越した話だとは思いますが、本人の身になって見たら、やはり真剣だったんでしょうね」

恭介は、笑うにも笑えないという顔で、

「まあ、そんなむかしの話を今さら、くりかえして見たところで仕方がないけれど、その人形は、どうしてあそこから逃げ出して、鉄道自殺をしたんですかねえ。その足どりを探るのが、まず何よりの急務ですね」

「それでは?」

「何といってもかさばるものだし、みなさんのいる洋館の方へ持ち出すことはむりだったと思いますよ。だから、この人形を盗んだ犯人は、まず洋館の方から地下道へ入って来て人形に手をかけた……ところが、まだ宵の口で、しかも大勢お客が来ているとなると、それを外まではこび出すというのはかなり難しいことですね。物置の鍵は?」

「小さな南京錠ですが、もちろん外からかけてあります」

「その程度なら、この犯人は何とも思っちゃいないでしょうね。ただ、中からはずせるかどうかは問題だし、一旦どこかへ人形をかくしておいて、真夜中近くなってから、外から物置の鍵をはずし、そこから持ち出して、線路まではこんで行ったというのが、常識的な見方でしょうね。ただ、その間、人形のなくなったのが発見された夕食後から『銀河』のここを通過するまでの何時間か、この人形が、どこにかくされていたかということが、一つの問題ですね？」

「やっぱり、あそこの離れですか？」

「ああして、人形がなくなってから、みんなが一応真剣に、家中を探しまわったとなると……考えられるのはあそこだけということになりそうですね。すると、少なくともこの人形を盗んだ犯人は、この家の事情に深く通じている人物だということになりますね」

警部もちょっと眼をとじて、あれこれと、客人たちの顔を瞼に浮かび上がらせているようだった。

「ところで、神津さん。殺された佳子さんは松下さんに、犯人は昨夜一晩のうちにわかるかも知れない。自分が罠をかけておいたから——といっていたそうですね。その罠というのは何でしょう？」

「僕もさっきからそのことは疑問に思っていたんです。罠……罠……犯人ならば必ずかかる罠……何を考えたのか知れませんが、相手の方が、恐らく一まわりか二まわりか、頭がよすぎたんでしょうね。その罠にかからないどころか、逆に大きく反撃の態勢に出て来た……その逆襲をうけそんじて、佳子さんもまた人形と同じ運命をたどることになったのですね」

恭介は、しみじみとした哀愁をたたえた言葉をぽつりと吐き、もう一度眼をあげてこの地下道を見まわすと、

「高川さん、参りましょうか。沢村先生がお待ちかねでしょう」

と先に立った。

第三幕　悪魔会議の夜の夢

第一場　世にも不思議な大魔術

私は第二幕の直後に幕を開いたこの連続殺人事件の第三幕を、ある意味では、犯人の側から見ても、神津恭介の側から見ても、一つの失敗だったと断ぜざるを得ない。

もちろん、事後の批判というものは、すべての場合に於(お)いて、実に容易なものなのだ。まして、この事件のように、魔術の原則を極度まで応用しぬいた犯罪の場合には、そのトリックを説明されてしまってから、なぜ、そのようなことに、その時、神津恭介ともあろう天才が気づかなかったのか、などと非難めいた言葉を発することは、コロンブスの卵のたとえのように、心あるものの憫笑(びんしょう)をまねくにすぎないことであろう。

神津恭介がよくいう言葉だが、

「数学の定理なり問題なりは、高等数学になればなるほど、実に難しいものなんだ。ところが、ある場合には、問題を作ることよりも、その解答を出す方が、徹底的な証明を与える方が、何倍も難しいことがあるんでねえ」

ということは、そのまま、この事件にぴったりあてはまるのではないだろうか？　犯罪は――ことにこの「人形殺人事件」のように、犯人の計画そのものが、実に精妙緻密（ちみつ）をきわめ、そして一分一厘の狂いもなく遂行された場合には、高等数学の課題のように、問題を提出する犯人の側にも、天才的な頭脳が必要であり、またその問題を解決しようとする探偵の側にも、犯人に倍する天才と、脳漿（のうしょう）を絞りつくすような努力とが必要とされるものだ。犯人が、第一幕と第二幕における自分の成功を過信して、この第三幕では、思わず自分の仮面の下の素顔を暴露して見せそうな誤りをおかしたのも、あるいはやむを得ないことであり、そして同時に、その犯人の失敗を、正反対の意味にうけとったところに、神津恭介の誤りがあったのだ。

それというのも……。

いや、このような註釈を、事件全体の半（なか）ばを終わったにすぎない途中でさしはさむことは、一つにはこの物語の性質上、あまりに先走りしすぎることにもなるだろうし、一つには読者諸君の思考に混乱を生じ、その興味をそぐような恐れもある。

ただ、私はここでは一つのヒントを提出するにとどめよう。

この事件は、この第三幕で――第二幕と同じ舞台の興津止水荘で、解決され得るはずだったのだ。それが、神津恭介のついおかした一つの過失から、その解決はふたたび東京へ持ち越され、実に隠微な殺人と、劇的なあの終曲がこの後につづく結果となったのである。

私は敢えて諸君に挑戦する。もし諸君が、神津恭介以上に、鋭敏な頭脳を働かせられるなら、この第三幕が終わると同時に、この事件の真相を、少なくとも、犯人の正体を見やぶることは、決して不可能ではあるまいと思う。その犯人の名を指摘するに必要かつ十分な材料は、この第三幕の終了までに、すべて提出されるのだ……。

「神津さん、大変なものを見つけたでしょう。少しはお役にたちましたか？　探偵という仕事もなかなか面白いもんですねえ」

神津恭介と高川警部が、この犯人の変装道具の発見された、沢村博士の部屋を訪ねると博士は不謹慎と思われるくらい、にこにこしていた。その手柄顔を見たときには、警部も苦笑をおさえることは出来なかった。

——素人というものは、すべてこういうものなのだ。この博士だって、専門の精神病の分野でなら、少しぐらい業績をあげたところで、こんなににこにこしないだろう。素人というものは、たとえば碁や将棋で初段の免状でももらったら、まるで鬼の首でもとったような顔をする。自分の実力が、専門家なら十何級の程度だということも忘れてしまって……。

この博士は、今度の事件が解決したら、得々と周囲の人たちに、鼻を高くして吹聴してまわるだろう。

――どうだい。あの事件が解決出来たのは、僕の発見が、大いに与って力があるんだぜ。もし僕があの時、自分の部屋の押入れにかくしてあった、あの三つの品物を発見しなかったら高川さんも神津さんも、青息吐息の状態だったろうよ。

そんな相手のせりふまで考えているうちに、警部は何となくおかしくなった。横をむいて、こみあげて来る笑いを嚙みつぶさずにはおられなかった。

神津恭介も、同じようなことを考えているのか、心持ち口もとをゆるめて、

「おかげさまで大変助かりましたよ。何しろ、この犯人は実に騎士道精神に燃え、実にエチケットを心得ているらしいので……僕のような探偵がやって来ると、ちゃんと今までかくしていた証拠物件を持ち出して、歓迎の微意を表してくれる……でも、いかに何でも、自分自身で僕のところまで、それを持って来てくれるわけには行かんでしょうから、全然局外者というべき先生の目につくようなところへちゃんとかくしておく……全く、この犯人は人物が出来ていますねえ」

その言葉には、かるく博士のにこにこ顔をたしなめているような調子もあり、また同

時に、自分自身を嘲るような調子もこもっていた。そんな言葉を投げ出しながら、じっと恭介は部屋の中を見まわして、

「警部さん、今日のお昼ごろには、この家の家宅捜索が行なわれたんでしたね。お客はめいめい、自発的に、自分の持ち物を提出して検査をうけた——そうでしたね？」

と念をおした。

「そうです。もちろん、その時には、この三つの品物は、どこからも発見されなかったんですが、その間、これはいったいどこにかくしてあったんでしょう？」

「それは、いくつかの方法が考えられますが、たとえばこんなことだって、あり得る方法かも知れませんね。松下君はノックアウトされて病院へかつぎこまれて、ここにボストンだけが残っている。鍵はかかっているようですが、魔術師だったら、こんな程度の鍵ぐらい、細工するのは何でもない。このボストンの中に一旦かくしておいて、また、あらためてとり出したら……」

「なるほど……」

警部もかるく溜息をもらしていた。

「そういえば、松下さんの荷物だと思ったからこちらも安心したし、それに御本人が病院へ行っていたものだから……でも、その中へかくしたのなら、少なくともここ二、三

日は、そのままにしておいた方が安全じゃありませんか。何だって、一旦そのボストンの中にかくしておいたものをまたとり出して——二重に手間をかけ、二重に危険をおかすのでしょう？」

「僕だって、何も、ボストン説に固執するわけじゃありません。これは、ほんの一つの仮説なんです。でも、最初の事件の首盗み——人形の首盗みの事件の方でもおわかりのように、この犯人はちっとも手間を惜しんではいないんですよ。ちっとも、発見されるかも知れないという危険を恐れているところが見えないんです。そこが、この事件のおかしなところですよ」

もう、この部屋には、手がかりも残されていないと見たのか、恭介はかるく博士に会釈をして部屋を出た。その時、

「警部さん、お客さんも大分、ぶつぶついっておられるようですが、いつまでも、ここへ缶詰にしておくわけには行きますまい。いったいどうして下さるのです？」

と詰るようにいう声があった。

恭介は、はっと顔をあげた。年のころ、五十四、五、人を食ったような、腹の出た小柄な男が、眼の前にかるい怒りの表情を浮かべて立っている。背広の襟に光っている黄金色のバッジは、国会議員の徽章だろう。佳子の父、綾小路実彦だな——と、恭介は

一瞬に感じていた。

「あ、綾小路さん、いつお帰りになりましたので？」

「仙台の方へ、ちょっと公務で行っていたので——それからすぐにむこうを発って、いまこちらへついたのですが、このお方は？」

「東大助教授の、神津恭介先生です」

「神津さん？　あの有名な探偵さん？」

実彦の眼が、猫のようにちょっと光ったようだった。

「まあ、こんなところで立ち話も何ですから、そちらで……」

と、二人を近くの洋間へひきずりこんで、

「あなたがたのお骨折りは、大いに多といたしますが、この事件は、あなたがたにお出ましいただく必要があるのでしょうか？　ほんとうに他殺なんでしょうか？　ひょっとしたら、自殺ではありますまいか？」

「自殺——などいうことは恐らくありますまいね。東京のギロチン事件の犯人と同一人と思われる人物を、このあたりで目撃しているものがありますし、それに……佳子さんが轢死なさる二時間ほど前に、この家にあった人形が、やっぱり同じところで轢かれていました……もちろん、法医学的には、どちらともまだはっきりとはきめられませんが、もし自殺だとおっしゃるなら、こういったことを、いったいどう解釈なさるのです？」

「解釈は……そうですね。何とでもつけられるんじゃありませんか？　たとえば、佳子が突然気が変になって、人形を持ち出し、自分もその後からとびこんだとか……その怪人物を目撃したというのも、何かの錯覚だったとか……世の中というものは、あんまり純理ばかり尊ぶということも考えものなので、まあ、政治的にこうだという結論を、一応先に出してかかれば、解釈はどのようにでもつけられるものですよ」

政治家としては一応もっともな態度だが、恭介はぎくりとしたようだった。一つには純理を尊ぶ自然科学者、医学者としてこうした妥協的な態度に反発を感じたためであろうし、また一つには、犯罪捜査の立場からいって、なぜ彼が、血を分けた自分の娘の変死を自殺という結論に持って行きたいか、納得が出来なかったためでもあろう。

「正直なところ、私どもでも家名というものがありますし……まあ、自殺だったら、家名が傷つけられないというわけではありませんが、ここに集まっておいでのお客さんたちは、どなたも一応社会的な地位名声をお持ちのお方ばかりですし、あなたがたが一日中お調べになっても、はっきりした容疑者の線は出ておらないのでしょう。それに、解剖の結果も、まだ自殺か他殺か、決定できないようなことだとすると……」

「殺されたのよ。もちろん、お姉さまは殺されたのにきまっているわ！」

突然、後ろの方から、甲高い女の声が聞こえて来た。

黒い喪服を着た娘、佳子より二つ三つ年下と思われる美しい娘が、眼を真っ赤に泣きはらして立っていた。恭介は、はっとして椅子をひいて立ち上がろうとしたが、娘は泳ぐようにその前をすりぬけ、実彦の胸にとりすがるようにして、

「お父さま、それじゃあ、あんまりお姉さまがおかわいそうよ。誰に……誰が手を下したのか知れないけれど、その犯人も捕まえずに、うやむやに自殺だなんてかたづけてしまったら……お姉さまも、あの世で……あの世で迷っていらっしゃるわ……」

だまっていても、ひとりでに涙がこみあげて来てたまらないのだろう。彼女はまた、手に握りしめていたハンケチに顔を埋めてしゃくりあげた。

「たとえ、殺さなければならない理由があったとしても……どうして、あんなむごたらしい目に……憎い。わたしは、その犯人が憎らしい。この手で捕まえて八つざきにしてやりたいくらい……」

この娘が、三女の典子(のりこ)であることは、紹介されるまでもなく、いっぺんに恭介にはのみこめた。帰りの列車の中で、沢村博士から聞いた話では、妾腹(しょうふく)の子は別として、綾小路家には三人の子供があるということだったが、その長女は神経を病んで精神病院へ収容され、次女はああして無惨な最期をとげた。いや、その妾腹の娘にまで、すでに魔

の手がのびたことまであわせて考えると、この典子も決して安閑と、枕を高くして寝られぬはずだ。もちろん、この殺人鬼のねらっている犠牲者が、次にはこの娘だ——とは断言も出来ないが、恭介はこの美しい娘の背後にも、黒い死神（しにがみ）の影が宿っているような気がして、眼を見はらずにはおられなかったのである。

実彦は、ちょっと返答に困ったようだった。父親ゆずりの濃い眉毛をぴくりとひそめて、何か口の中で、わけのわからぬ文句をつぶやいていたが、典子は次に、今度は恭介の方へ眼をむけて、

「神津先生——神津先生でいらっしゃいますわね。お願いでございます。どうか、姉の仇をとって下さいまし」

「仇討ちというと古風になりますが、僕たちはお姉さんは絶対に他殺だとにらんでいます。それしか考えようがないのですが、お父さんが、事件をもみ消したいような御意向なので、実は困っていたところです」

「お父さま！」

典子はまるで肺のちぎれるような声を出した。

「お父さまは、そんなにまでして、あの人に、水谷さんに、義理をおたてになる必要がありますの？」

「何をいう？　義理を立てるとか立てないとか、そんな問題ではないはずだ。もちろん、水谷さんが、佳子を殺すはずはない。それに長い間借金の抵当に入っていたこの別荘も、東京の屋敷もわれわれの手にもどったのは誰のおかげだ。少しは、そのことも考えて見ろ」

「でも、お姉さまのところへとどいた、あの手紙は？」

「差出人の住所も名前も書いてない無名の手紙を、信用するような阿呆の気が知れない」

まるで恭介と警部が、この場にいるのを忘れてしまったように、二人は声高に争っていた。不慮の死をとげた佳子の棺の釘も打たれぬうちに——不謹慎なことにはちがいないが、恭介はこの時、事件の底を流れている冷たい底流にふれたような気がして、心がひやりとして来た。こうした二人の争いも、いつやむとも知れないので、そっと警部に眼くばせして部屋を出ようとした。

実彦は、初めてわれに返ったように、

「警部さん、神津さん、お待ち下さい。何しろ、典子もこの通り、大変興奮してとり乱しておりますので……つい、よけいなプライベイトなことまでもらしてしまいましたが、いまのことは、そのままお聞き流し願えますでしょうね？」

「殺人に直接の関係がなかったら——殺人というものには、公的な殺人も私的な殺人も、この非武装国家の日本では、許されることではないように思われますので」

恭介は、胸の中の鬱憤(うっぷん)を一つにまとめてたたきつけるように激しい語気で答えると、そのまま部屋を後にした。

「高川さん、綾小路家の人々は、あとには二人——あの二人しか残されていないのですか?」

「まあ、法的にいいますと——ということは、百合子さんのような御落胤(ごらくいん)が、いつ何時(なんどき)、あらわれて来ないともかぎらないという意味ですが——この別荘を建てた先代の晴彦元子爵は、七十八という高齢で、三、四年前脳溢血の発作で倒れてなくなられました……あの実彦氏の方も、奥さん——佳子さんたち三人のお母さんをなくされてからは、おひとりで、もちろん、事実上の奥さんはいるのですが、正妻という関係ではないようです」

「その点、もう一度、戸籍をおたしかめ願えますか?」

「承知しました。でも、神津さん、あなたはいったい……」

「僕はちょっと妙なことを考えたのですよ。こうして、綾小路家の人々が、もし、あの二人まで殺されるようなことがあったら、ここの家の財産というものは、はたして誰の手に入るのか——と、妙なことを考えて見たのです」

「綾小路家の財産？」

警部は、ちょっと妙な顔をした。

「そう、おっしゃるけれども、恐らくこの家には、大した財産は残っていないでしょう。あの実彦氏が、代議士に立候補するとき、相当無理をして、東京の本宅も、こちらの別荘も残らず抵当に入れて、まとまった金を作ったということを、何かのおりに聞きましたが」

「ところが、残念なことにはね……」

恭介は情けなさそうに溜息をついた。

「政治というものに関係するなら、身代をつぶす覚悟がいるといわれていたのは、どうも一むかし以前の常識らしいですねえ。このごろでは、政治家という商売は、結構三日やったらやめられなくなったんじゃありませんか……もちろん、これは僕一個人の憤慨ではなくて、国民の一人としての義憤ですよ。それは、綾小路さんだって、代議士に当選するまでは相当の無理もしているか知れないけれど、当選した後では結構それだけのものはとり返したんじゃありませんか？　何しろ、綾小路家といえば、日本の政治家では毛並みのいい方だし、あれだけ金使いのあらい福徳経済会の顧問におさまっているのだから、そちらからの収入だって相当なものでしょう。現にいまも、この別荘や、東京の本宅の抵当権が解除になったのも、みんな水谷氏のおかげじゃないか——とそんなことをいっていたじゃありませんか？」

「そのことは私も聞いていました。結局、福徳経済会という団体は、ほかにもいくつかそんなようなのはありますが、法律の盲点をついて生じた匿名組合というやつで、法律的には何等の取締まりをうけないのですね。一般の大衆は、まるで銀行のように、安全確実な投資機関だと思いこんで、大事な虎の子を預けているでしょう。ところが、実際には、何等、法律によって取締まりもうけていなければ、また法律の保護もうけられないので……まあ事業がうまく行っている間はいいとして、これが一朝つまずいた日にはどういうことになるか。全国の無知な大衆が、その時はどんなにさわぎたてるか——そんなことまで考えると、私たちも恐くなりますよ。まあ、水谷氏の方としては、そんな事態の発生することを恐れて、綾小路さんを通じて政府なり政党の方へ必死に働きかけているようですが……匿名組合というものを合法化して、いざという場合には、政府の救済融資をうけられるようにしようとする政治運動ですね。でも、そんなに問屋がうまくおろすかどうか……まあ、いまのところは、あの理事長、どうせロボットにはちがいありませんが、その理事長の手腕なり力量なりというものを、全会員が信頼して、大事な金の運用を任せた形になりますね。だから、会が利益をあげた場合は、その利益は理事長個人のものになり、損失を生じた場合には、下手をすると、出資者である会員の方へは、利息はおろか、元金も一銭もかえって来ない仕組みになっているのですよ」

「人の褌で相撲をとる——という話はよくあるけれど、それはまた、世にも奇怪な大魔術ですねえ。まあ、僕は経済学の知識など、これっぽっちの持ちあわせもありませんけれど、これで少なくとも、この殺人の動機と思われるものが、二つは明らかになって来たわけですね」

「二つとおっしゃると？」

「まず、第一に、そのように無責任に集めた他人の金だから、一旦自分の懐ろに入ったら、誰のものやらわからなくなって来ますね。たえず、新しい加入者があれば、事業の方からは少しも収入が上がらなくなっても、結構やって行けますね。とすると、福徳経済会の幹部連中は、一夜にして大変な大富豪になったつもりでいるでしょう。ところが、人間一代に金を残すと、今度は地位なり名声が欲しくなって来る。これは洋の東西、時の古今を問わず、人間性というものにたえずつきまとっている永遠不滅の真理のようですが——水谷氏としても、その例外ではなかったようですね。まず目をつけたのが、綾小路子爵の御令嬢——佳子さんが、殺される前に、僕をつかまえてしきりに、人身御供ではない、金で買われて行くのではないと弁解していた理由がそれなのですよ。まあ、悪党というやつは、案外女をひきつけるような魅力を持っているものらしいから、御本人は本当に、彼を愛していたかも知れないけれど、世間の見る目は別だったでしょうね。いや、少なくとも、実彦氏の方には、ある種の思惑があったでしょう」

「それは大いにあったでしょうな」

「その場合、本当に水谷氏を愛している悪魔のような女がいたら、その恋仇をかたっぱしから殺して行っても不思議はない。ただ、その二人が偶然、綾小路家の血をひいた姉妹だった——という見方です」

警部はぐっと膝をのり出した。

「なるほど、しかし女では、この犯罪は出来ますまいな？」

「必ずしも、出来ないことはありませんよ。もっとも男の共犯を必要としますが……この場合には、女が本当に水谷氏を愛していたというより、まあいい金づるだから離すまいとそのくらいの心境なのでしょうが……」

恭介は自分でそういいながら、同時に自分でその言葉をうち消すように首をふった。

「まあ、いまお話しした動機の方は、こういう考え方もあり得るが——という程度で、ちょっと殺人の動機としては弱いのですが、第二の動機はかなり有力ですよ。このあいだ、東洋新聞の土屋社会部長から聞いたのですが、新聞社の方では、福徳経済会から政界へ流れた金を約三億とにらんでいるようですね。もっとも、こうした種類の金というものは、どこへどんな流れ方をするかは、誰にもわかりはしませんが、土屋さんの話では、綾小路代議士が、自分の懐ろへねじこんだ金は、一億ぐらいありはしないかということでした」

「一億……」

「そうです。それだけのものが、どういう形で温存されているかは別として、これだけの金が目あてなら、なるほど、犯人の側としても一か八かの大博奕をやって見る気になったところで、それほど不思議もありますまい。まあ、仮に話半分としても五千万円——これだけの金が目的だったら、なるほど百万ぐらいの資本を投下して、家を一軒買ってぽんと捨てたにしたところで、結構算盤にのるわけです」

警部は額口のあたりに、珠のような脂汗を浮かばしていた。

「でも、それだったら、何も、百合子さんの方まで殺す必要はなかったじゃありませんか。それなのに……」

「そうなのですよ」

恭介も痛いところをつかれたというように眉をひそめた。

「すべて、こういう仮説というものは、最初は事実と矛盾し、無理があるように思われるのですね。第一の殺人、綾小路家の財産というものに対する請求権を持ちあわせていない百合子さんの殺害は、いましばらく、考慮をはらわずにおくとして、佳子さんのなくなった今日では、もし万一、実彦氏が第三の犠牲者となったような場合に、その財産はいったい誰にわたるのです？」

警部は電流にうたれたように身をふるわせ、しばらく言葉も出せずにいた。

「長女の滋子さんが、精神病者だとしたら、そして実彦氏に正式の夫人がないとしたら、僕たちがいま会って来た典子さん――あの人がこの家の全財産を、少し古風な言い方をすれば、かまどの下の灰までもうけつぐことになりますね。その未来の配偶者は、徒手空拳、巨万の富を手に入れることが可能なはずですね」

第二場　刺されたトーテム

ここで一言おことわりしておきたいことは、神津恭介がこうして高川警部と事件の核心に迫るような、それでいて、直接事件の解決には大して役にたちそうにもないような会話をつづけている間にも、直接の定石的な捜査の方は一応進行していたということである。

もちろん、それは静岡県の警察部の手によって行なわれていたものであり、この事件では高川警部は、単なるオブザーバーであり、アドバイザーであったから、こうして神津恭介と語りつづけているような時間の余裕もあったのだった。

しかし、こうした会話も、佳境に入って来たところで中断された。一人の警部補が扉をノックして部屋に入って来ると、

「これで一応、各人の調書は作り終わりましたが、この後はどうしましょう。犯人が、この中にまじっているということはともかくとして、ほかのお方は、みなさん一応地位

も名前もおありのお方だし、それにこの家が綾小路家の別荘だということを考えると、いつまでもこのままにはしておけないのですが……」

と至極もっともな相談を持ちかけて来た。

「なるほど、それでみなさんは何といっておられる？」

「どうせ、今日一日は初めからつぶれるつもりで覚悟して来たからいいとして、明日はいろいろ予定があるとおっしゃるんですね。青柳八段は静岡の将棋の会に審判長として出席しなければならないとおっしゃるし、小月さんは新しい映画の打ちあわせがあるというし、そのほかいろいろ——まあ、私の考えでは明日は日曜なんだから、その方の都合は何とかなるとしても、内心はおっかなびっくりで、一刻も早く、この家から逃げ出したいんじゃありませんか？」

「なるほど、もっともな話ですね」

恭介もそばからかるく口をはさんだ。

「正直なところ、僕だって、あんまりいい気持ちはしないんですから、ほかのお方はもちろんそうでしょうね。正体もつかめない殺人鬼と同じ屋根の下に泊まることになって、それでも枕を高くして寝られるというのは、並みたいていの神経じゃありませんよ」

「まあ、そういったわけですが、それでいて、みなさん、そんな弱味は表に出したくないのですね。まあ、明日は明日のことにして、今晩一晩はここでお通夜をすることにしたら――と中谷さんがいい出したら、そうだ、そうだ――と、みんなが一致してしまって、群集心理というものは面白いものですね」

高川警部は、恭介と眼を見あわせた。

「神津さん、今晩一晩、みなさんがここに残っておられるとすると、これは絶好の機会ですね。いかがです？　一つ、あなたのこれだと思われる四、五人にでも、会っておいていただけますか？」

「結構ですとも。それはこちらからお願いしようかと思っていたところです。ただ、捜査も順調に進んでいるようだったら、僕のような局外者が口を入れるまでのことはあるまいと思って、それで黙って、ここでおしゃべりしていたんですよ」

「それでは、第一にお会いになりたいお方はどなたです？」

「ガラスの塔の御主人、中谷譲次さん……」

恭介は口もとに、かるい笑いを浮かべていった。

中谷譲次はすぐに入って来た。銀のように輝く白髪も、今日は何となく光と艶を失ったよう、その口もとの筋肉も凍ったようにこわばっていた。

「中谷さん、この間はどうもお邪魔しました」

恭介が声をかけると、相手は何となくおびえたような声で、

「先生、この犯人は実に恐ろしいやつですね。私のようなプロの魔術師でも、今度という今度は完全に度胆をぬかれてしまいましたよ」

といいながら、恭介の前の椅子に腰をおろした。

「犯人が大魔術師だということは、二人とも期せずして意見が一致していたようですね。ところで、中谷さん、あなたは今度の事件の始まる前に、もしそんな大魔術師が犯罪をおかす気になったら、いまの日本の警察の力では絶対に捕まるまいといっておられたようですが、なるほどたしかに、それに似た事態となって来ましたね。こうなると、あなたはすこぶる先見の明がおありになったということになりますし、お鼻も高いことでしょう？」

「いや、とんでもない……まあ、松下さんには何の気なしに、あのようなことを申しあげましたが、あれはちょっとした座興から……あの時は、こんな事件が起こるなどということは思ってもいませんでしたし……それに、そうそう、松下さんはあの時、ずいぶんいきりたっておられましたよ。なに、そんな事件があったところで、神津さん、あなたがのり出されたなら、朝飯前に、赤ん坊の手をひねるようにわけもなくかたづくだろうと——そんなことをおっしゃっておられましたっけ」

「それは、ひいきのひき倒しで——残念ながら、朝飯前にはかたづきそうにもありません」

高川警部は戦前派だから、空中戦というと、戦闘機と戦闘機が、たがいに高等飛行の秘術をつくして、横転、反転、宙がえりに木の葉おとしなど、相手の死角へ入ろう、相手の上へ出ようなどとするはなばなしい戦いの方がぴんと来て、一瞬超音速ですれちがいながら、自動照準で無線誘導弾を発射し、そして敵も味方も、たちまち双方木っ端微塵になってしまうなどという現代の空中戦はぴんと来ない方なのだが、この時は、このむかしなつかしの空中戦を地上から観測しているような気持ちで思わず掌に汗をにぎりしめた。たしかに恭介と譲次の会話には、たくみに敵の攻撃をかわしながら、まわりこんで有利な地位をしめようとする、そんな感覚が、何となく感じられるのだった。

「それはそうと、中谷さん、あなたは殺された佳子さんとは、特に親しくしておいでだったのですか?」

「特に親しいなどというと、男女の仲では、誤解を生ずるようなお言葉ですが……何しろ、水谷さんがあの通りの魔術マニアでおいでだから、その関係で二、三度店にもお見えになったことがあるんです。先生は恐らく、あの密告状、あの無名の手紙のことから連想をおはたらかせになったのでしょうが、私はその手紙を直接眼にしてはいなかったんです。ただその内容を一通り知らせてもらったので、それで松下先生のところへ上がったら——と知恵をつけてさしあげたのですが……」

「その御厚意は感謝いたしておりますが、あいにく御期待にはそえませんでしたねえ。ところで、あなたはタネも仕掛けもない人形を歩かして見せるとおっしゃったそうですね。それが、あの人形のなくなっていることを発見するに至った直接の動機になったようですが、その人形を歩かせる——というのは、いったいどういう仕掛けなんです？」

中谷譲次の唇のあたりに、かすかな笑いが帰って来た。

「私はいつか、松下さんに『ガラスの塔』のお話をしたことがあります。四面ガラスの板ではった塔の中から、気体のようになって脱出するという大魔術ですが、松下さんにはどうしてもおわかりにならなかった。しかし、それも無理のないことなんです。およそ純正魔術に属する種類の魔術は、その道の素養のないお方に、どんなにお話しして見たところで、理解の出来るものではありません。『ガラスの塔』もそれなら、またこの人形を歩かせる魔術もその一つなのです」

「お話はごもっとものようですが、一度拝見しないことには、何とも申しあげられませんね。その人形を歩かせる方でも、一度やって見ていただけますか？」

「結構ですが……何しろ、こんな事件のあった後ですから、気持ちもおちつきませんし、その方は、またいずれ、東京へ帰ってからでも――ということにしていただけませんか？」

「本当に見せて下さいますね」

恭介は、しつこいと思われるほど、強くだめをおした。

「失礼なことを申しあげるようですが、松下君などは、あなたが人形のなくなったことをとうに御存じで、そんな魔術をやって見せると豪語されたのだろうなどと、妙にかんぐっていましたよ。松下君は、そんな点では割合に勘の鈍い方なんですが、それでもそんなことを考えたくらいだから、ほかにもそう思っていた人間は、何人かあったかも知れませんね」

神津恭介はこの時、ある意味で、ふれてはならない話題にふれてしまったのだ。誰でも、すべての人間の持ちあわせている自尊心、それをこうした専門家は、極度に尊び重んじている。その実力を、魔術師としての能力をここまで疑ってかかられたのでは、中谷譲次がむきになって怒り出したのも無理はない。そばで見ている警部はこの時、怒髪天をつくという形容も決して嘘ではないと思った。やわらかになでつけてある白い頭髪が、この時一本のこらず逆だってしまったのだ。

「神津さん、あなたはなにをおっしゃるんです。あなたは、御自分がいったいどんなおつもりで、そんなことをおっしゃったか——御存じはないのでしょうね。その言葉は、私に対する侮辱ですぞ。むかしなら、早速手袋を投げつけて、決闘を申しこむところですが——私を、いやしくも、大フーディニエの再来といわれたこの私を！」

「あいにく、今の日本では、決闘というのは犯罪と認められておりますので、申しこまれるあなたの方も、もしその申しこみを受けたとすれば、僕の方も、二人とも罪になるというわけです。侮辱するつもりはなかったので、そのことはおわびを申してもよろしいのですが、しかし、あなたの魔術の腕は、一度見せていただかないことには、どうにも信用出来ませんね」

中谷譲次は、がまんが出来ないというように立ち上がった。

「そんなことをおっしゃるなら、僕だっていいたいことがありますよ。神津さん、あなたの探偵としての腕前も大したことはありませんな。ここで坐って、むだ話を何時間もしておいでになるひまがあったなら、なぜ犯人を捕まえてしまわないのです？」

「僕は大シャーロック・ホームズの再来だなどと、自分でいったおぼえがありませんので、残念ながら、僕にはいまのところ、その犯人が何者なのか、てんで見当がつきませんね」

「それでは教えてさしあげましょうか？」

「あなたが、それを御存じなら、ぜひ教えていただきたいものですね」

じっと、恭介と相手の態度を観察していた高川警部は奇妙なことに気がついた。中谷譲次の方は、恭介の言葉に対して、いくらか間をおいて、思考をまとめ、尻尾（しっぽ）をおさえられないような態度で次の言葉を投げ出すのだが、恭介は即座に、相手を最も興奮させるような言葉ばかり投げかえす。こうした戦法にひきこまれたのか、中谷譲次の返事の間合いも、次第にちぢまり、そしてのっぴきならない窮地に追いこまれてしまったのだ。

「犯人は……その名前は、殺された二人の女が知っています」

恭介は、驚いたように相手の眼を見つめ、そして一瞬後には、腹をかかえて笑い出していた。

「はははははは、ははははは、大フーディニエの再来と自らおっしゃる中谷さんが……そんなたわいもないことをおっしゃるとは、さすがに僕も思いませんでしたね。当然のことです。何もあなたにうかがうまでもなく、そのくらいのことなら、小学校に行っている子供をつかまえて聞いてもわかることですよ」

「神津さん、あなたはそうおっしゃるが、もし死者の霊魂が声をあげて、その犯人を指摘したとしたらどうなります？　それなら、小学校の子供でも出来ることとはお考えにならないでしょう」

「死者の霊魂が口をきく？　あなたの夢枕にたってですか？」

「みなさんのおられるところで……私がよび出せば」

「面白いですね。さすが、大フーディニエの再来と自称されるだけのことはおありですよ。まあ、犯人の名前さえ教えていただければ――あとの証拠固めの方は、高川さんにでもやっていただきましょうよ」

「結構です。それでは今夜の十一時から、殺された二人の女性の霊魂を、もう一度、この地上へよびもどしてお目にかけましょう」

中谷譲次は、憤然と扉を後ろ手でたたきつけるように閉めて出て行ったが、恭介は静かに眼をあげて、その後ろ姿を見送ったきり、べつにひきとめようともしなかった。

「奴（やっこ）さん、大分怒っていたようでしたな」

警部は心配そうにいったが、恭介は大して屈託もなさそうに、

「どうですかねえ？　それはこちらもその目的で、相手の怒ってくれるようなことをならべたてたことはたしかですが、それがはたして効果があったか、僕には多分に疑問があるんですよ。考えようによっては、相手も海千山千の魔術師だし、一切を承知で、わざとこちらの誘いの手にのって来たとも思われますね」

「何のためです？」

「彼は、犯人の名前を——そこまで行かないとしても、何かの秘密を知っているんですよ。それを話したくて仕方がないのだが、そこはプロの魔術家という矜持があって、すこぶるもったいぶっているのですね。品物を出来るだけ、高く売りつけようとする掛け引きとでもいいましょうか——まあ、たとえば彼が、あの変装道具を発見したと考えてごらんなさい。沢村先生みたいにわあわあさわぎ出すもんですか。きっともったいぶって、水晶の珠か何かを持ち出し、

——牡丹の間の押入れを探るがよい。汝はそこに、何らかの手がかりを発見するであろう。

とか何とかやり出しますよ。そこが、素人と玄人の相違なんです」

高川警部もうなずいた。

「でも、神津さん……」

といいかけて、彼は突然おどりあがった。

突然、けたたましい女の悲鳴が、この宏壮な屋敷のどこからか、ひびきわたって来たのだった。

「どうしたんだ？　どうしたんだ？」

警部は廊下へとび出すと、あちらこちらを見まわしていた。

「二階です」

その後につづいた恭介が間髪をいれずにいった。音に対してはまるで、専門の音楽家のように鋭い感覚を持っている彼のことだから、一瞬にその声が、どの方向から流れて来たか、聞きわけてしまったのだろう。

警部は階段を上りながら、拳銃をとり出し、カチリと音をさせて、安全装置をはずした。

「誰か！　誰か！　誰か来て！」

警部はいきなり足を早め、大股に二、三段ずつ、絨毯（じゅうたん）の敷かれた階段をかけ上った。二階の階段の降り口まで来たとき、一人の女をかこんで、四、五人の人々が、わめき散らしている姿が見えた。

「どうしたんです？　いったいどうしたんです？」

警部はぐっと人々をおしのけて、その中央に倒れている女を見つめた。声優の桑田珠枝だった。青ざめた顔をあげて、警部の姿を見つめると、喉がはりさけるような声を出して、

「警部さん、また……獅子（しし）が殺されているんです！」

「シシが？」

警部にも、ちょっとの間、その言葉の意味はわからなかった。

「シシ……シシ……ああ、獅子ですね。ライオンが？」

「違います！　ライオンじゃありません。親獅子に子獅子がじゃれついて……」

「わかりませんね。どなたか、桑田さんに、水を持って来てあげてくれませんか。そう、そこの洗面所にコップがあるはずです……さあ、水、桑田さん、さあこれを飲んで、ゆっくりおちついて下さいよ。この家は、いかに何でも、動物園じゃないんだから、本物の獅子なんかがいるわけはなし……いったい、どうしたというんです？」

「それ、そこに！　獅子が、唐獅子が刺されて殺されているじゃありませんか？」

珠枝の指さした方角を見つめて、警部はまたしても、慄然たる思いにおそわれた。

廊下の奥のアルコーブの中には、石を刻んで作られた唐獅子の置物が転がっていた。親獅子の体のまわりに五、六匹の子獅子がじゃれついている重い置物だが、それは誰かが倒したように横に転がり、その腹の下の隙間のあたりには、白柄の短刀が刺しこまれて、まるで一見したところ、この獅子が刺し殺されたような印象を、与えていたのだった……。

第三場　偽悪者詩人

「神津さん、いよいよ出でて、いよいよ気味悪いことになって来ましたね。この犯人はいったい何を考えているやら、私にはさっぱり見当がつきません」

もとの部屋へ帰って来るなり、警部は憂鬱（ゆううつ）そうに口を開いた。

「これが、第三幕の前奏曲なんですか？　まあ、こんな事件が重なって、桑田さんなんかが興奮しているわけはよくわかるけれども――獅子が殺されているというのは、文学的表現としてはよくわかるけれども――別に殺されていたわけじゃありませんやね。短刀はただ刺しこまれただけだった……」

「石で作った置物だから、突き刺すわけには行かなかったんですよ。刃がこぼれて、それでも効果がありませんからね」

「でも、何のため、そんな酔狂な真似をするんです？　今度は相手が人形でもないのに」

「ある意味では、人形と同じもの、ある意味では、人形以上の効果があるかも知れませんね……原始民族の信仰の中には、トーテムというものがありますね。アメリカ・インディアンなどに、よく見られる風習ですが、ある特定の動物を種族の守護神としてあがめるという習俗です。その動物は種族によって異なっていて、たとえば山猫をあがめる種族もあり、豹をあがめる種族もあり、牛をあがめる種族もあって、集落の入口などにはよく、その動物を象徴化した彫刻を柱のように立てて飾っている……これをトーテム・ポールと呼んでいますが……」

「フランス革命史が終わったら、今度はマネキン人形で、第三幕はアメリカ・インディアンですか……」

警部は世にも情けなさそうな声を出した。

「神津さん、私はこの犯人を絞首刑にする自信をいよいよ以てなくして来ましたよ。私がそいつを捕まえて手錠をかけたと思ったときには、そいつめゲラゲラ笑い出して、

――オフェリア殿、尼寺へお行きやれ

とか何とかいい出したあげく、病院行きというのがおちじゃありませんか？」

「その前に、こっちが参ってしまわなければいいですがね。僕だって、こんな思いをしたことは、今度の事件が初めてですよ」

恭介も同様、憂鬱きわまる声で警部に和した。

「相手の神経に、どこか異常があるということは遺憾ながら、僕も認めざるを得ませんのでね。その異常な考え方の真似をして、犯人の立場になってこの事件を追って行くと、こっちが本物の異常者になって、東大の神経科へ――ということになりそうですよ。でも、いつまでも民族学のゼミナールをやっていたってらちがあきませんから、二人目の会見にとりかかりましょうか。次に会いたいのは、杉浦雅男氏なんですが」

警部は扉を開けて、廊下に立っていた警官に合図をした。間もなく、この詩人はひひひひと、またあの奇妙な笑い声をたてながら入って来た。

とはいうものの、たしかに、心の中から笑っているのではないのだろう。その顔は、何ともいえないほど醜く歪みきっている。今にも大声をあげて泣き出しそうな顔つきなのだ。大きな眼球をぎょろりとむいて、最初に警部を、つづいて恭介の顔を見つめ、それからちょこなんと椅子に腰をおろしたが、警部はその時、この男は泣く時にもひひひひひと声をあげて泣くのではないかと、妙な考えを抱いたのである。

「杉浦さん、べつに僕たちは、あなたに嫌疑を抱いたりして、それで来ていただいたんではないんです」

相手の気持ちをいたわるように、恭介はやさしく口を開いた。

「ただ、何か、この事件の解決の参考になるようなことを、何彼となく、おうかがいしたいと思うのですが……」

「お話しすることは、何もありません」

子供がすねて見せるように、この詩人はそっぽをむいた。

これは、恭介の全く予想もしていない態度だった。研三から聞いた言葉では、この詩人はもっと毒舌家のはずだった。自分の罪でもないのに、こうして障害のある者に生まれたというきびしい現実に、いわゆる劣等コンプレックスを感じて、歪んだ眼で世界を見つめ、胸の中の捌け口のない鬱憤を、毒を含んだ言葉に託して、ところきらわずいつでもぶちまける——と思っていたのに。

「詩人というお仕事も大変でしょうね。僕の友人に、詩の雑誌を出している、出版社の社長がいましてね。ある投稿者の履歴を読んで、こんなことをいっていましたよ。

——ねえ、神津さん、ここには妙なことが書いてあるでしょう。昭和何年、詩人たらんと志して、昭和何年、詩人となると。この先生には、全然詩的感覚というものがありませんねえ。ほかの国、ほかの時代ならいざ知らず、少なくともいまの日本では、詩人というものは、志したり、なったりするもんじゃないんです。これが、代議士たらんと志して、代議士となる——とでもいうのならともかく、大家の大先生となればともかく、うちの雑誌では、詩一編に対して五百円しか払わないんですからね。詩人というものは、生まれつき詩人か、そうでないかのどちらかで、志したりなったりするもんじゃありませんよ。

そんなことをいっていましたっけ」

「それは、僕に対する皮肉ですか？」

杉浦雅男はふりかえった。その眼には、恐怖の影を破って閃く、電光のような怒りの光があった。

「それは、あなたのおっしゃるように、詩人には、いや、詩人と称する人物には、いろいろのタイプがありますよ。ひひひひひ、現に僕の知っている男にはこんなのがある。五人の女を恋人にして、その女たちから小遣いをもらって生きている。女を口説く時には、妙な声で、詩などを朗読して見せると、女というやつは馬鹿だから、結構惚れてくれるそうです。でも、あいにく僕には、そんな奇特な女の子の知りあいがありませんのでね。ひひひひひ」

恭介もいたましそうな表情だった。それも無理のないことだった。明らかに、彼はこの詩人に対する質問は、初めから不本意だったのだ。必要以上に、相手の気持ちを傷つけることを恐れてはいたものの、しかし、たとえば一の衝撃を与えるような質問を投げ出した場合、相手が二にも三にも、時としては十にもうけとってしまうことは、どうにも仕方のないことなのだ。

「こんなことは、あまりおたずねしたくはないのですが……あの、妙な童謡の替え歌ですね。あれは、やっぱりあなたがお作りになったものですか？」

突然、杉浦雅男は、何か思いついたように眼を輝かせた。何かしら暗い影におおわれていた顔に、雲間を日光が破ったように、明るい光がさして来たのだ。

「そうです。あの歌は、僕が作りました」

「何のため……いや、何から、どんなヒントをうけて？」

「何のため……はっきり申しあげましょうか。殺人の予告のために」

「何ですって！」

「ひひひひひ、あの二人を殺したのは、僕ですからね。だから、あらかじめ、あの歌を歌って、被害者に警告を与えておいたのですよ」

恭介も警部も、呆然として顔を見あわした。この詩人が、偽悪者ともいうべき性格であることは知っていたが、こうも直截に自分を犯人だといい出すとは、予想もしていなかったのである。

「警部さん、たしかに僕が犯人なんです！　捕まえて下さい。さあ、いますぐここから、この場から……」

杉浦雅男は、椅子をはなれて床の上にひざまずき、警部の顔を見あげて哀願した。警部もそっと顔をそむけて、

「信じられない。そんなことは、到底不可能なのに……」

「信じられない？　どうしてです？　本人がこの通り自白しているんだから、これほどたしかなことはないじゃありませんか」

「杉浦さん、からかうのはよして下さい。それでなくても、こちらはいい加減、頭がおかしくなりかけているんだから」

嚙みつくように、警部はどなった。

「新憲法では、容疑者の自白だけでは、有罪の判決は出来ないんですよ。直接きめ手となる証拠がないと――第一、あなたなんか捕まえてごらんなさい。こっちは物笑いのたねになる」

「どうしてなんです？　どうして？」

「そこまでいわせるつもりですか。よござんす。あなたは気をわるくなさるか知れないけれど、そっちから口火をつけたんだから申しましょうか？　たとえば、第一の事件では、犯人は、少し男としては小柄だったけれども、少なくとも、普通の男の背丈はある

ということが、ちゃんと確認されています。それなのにあなたはいったい、何寸とは申しません。何尺、身長がおありなんです？」

「それはもちろん……助手を使ったのです。ある人間にたのんで、家を借りてもらい、僕がギロチンの刃を落としたんです」

「共犯があるとおっしゃるんですね。よろしい。それでは、その共犯は誰なんです？」

「ある場所で――いや、はっきり申すと『ガラスの塔』で出会った男です。名前も住居も知りませんが、不良じみた男で……とにかくそいつにたのんだんです。金をやって」

「それはまた、都合よく、都合のいい相手にめぐりあったものですな。まあ、何にしろ、見ず知らずの人間がおちあって、とたんに気があって、強盗なり殺人なりを実行しようということになるのは、実際問題としても間々あることだから、敢えて出鱈目だとも申しませんが……」

警部はますます不愉快そうに、皮肉たっぷりな調子で、

「それじゃあ、せっかくあなたがそうおっしゃるんだから、第一の事件に関するかぎりは、あなたのおっしゃることを認めるとして、今度の事件はどうしたんです。昨夜、その男はどうしてこの別荘へやって来ることが出来たんです？」

「裏山から……口笛を吹いて、私を呼び出すと、人形を盗み出すようにいったんです。それから、また夜中になって、私を呼び出して、人形がすんだから、今度は人間の番だといって……」

「やめたまえ！」

警部は、拳（こぶし）をかためて、テーブルをどんとたたいた。

「そんな出鱈目はもう聞きたくない。その男にしたところで、君にしたところで、いったい何だって、そんなに人を殺さなくっちゃいけない動機がある？」

「警部さん、あなたは『毒薬と老嬢』という映画をごらんになったことがありますか？　あの一家は、殺人狂でしょう？　何という、べつに大した理由もないのに、おめぐみだと称して、誰彼（だれかれ）の差別もなく人を殺す。表むき、虫も殺さぬような二人の善良な老婦人が――そのまた弟か何とか、自分を先代のルーズベルト大統領と思いこんでいる人間が、パナマ運河を掘るといっちゃ、地下室に穴を掘ってその死体を埋葬する。殺人狂をつかまえて、動機は何だといったって、無茶ですよ。僕も殺人狂なんだし、その男も殺人狂だったんで、偶然二人の殺人狂がおちあって……」

警部はもはや、怒るにも怒れないような顔をしていた。

「神津さん、このお方は、到底、われわれの手にはおえないお方ですなあ。それ、ちょうどよいことには、精神病の専門家の、沢村先生とかいうお方がお見えでしたね。あの先生にお願いして……」

この時までは、黙って杉浦雅男の譫言に近い言葉に耳を傾けていた恭介は、言葉も鋭くいい出した。

「杉浦さん、あなたはなぜ、そんな馬鹿な真似をはじめたんです？」

「………」

「僕はこれでも医者の端くれ、たとえ精神病は専門でなくっても、相手が本物の精神異常者か偽ものか、そんなことは一目でわかるんですよ」

「………」

「何だって、あなたは見えすいた、真似なんか始めたんです？　何だって、自分自身というものを、そんなにいじめつけたいんです」

「………」

「あなたは、何かを知っているはずなんだ。何かの事実――この事件の根底に横たわっている何かの秘密、少なくともそれがわかれば、この奇怪な事件もたちどころに解決されようという何かの鍵を握っているはずなんだ。それをいつもは、はっきりと口に出さずに、思わせぶりな、遠まわしな表現をして見せて、それで最後に、僕たちに問いつめられて、その泥を吐かなくっちゃいけないのが恐ろしくなったんだ。それで、機先を制して、佯狂をよそおって……違いますか？」

杉浦雅男は、何とも答えなかった。ただ、両眼がいまにも飛び出すかと思われるほど、眼をむいて、恭介の顔を見つめていた。またしても、あの気味わるい笑い声が、ひくひくひくと波をうって、彼の喉からとび出した。

「偽悪者結構、佯狂も結構です。しかし、僕たちは、そんなお芝居じゃだまされませんよ。いったい、あなたは何をかくしておいでなのです。そのカードをさらしてごらんなさい」

「だから……だから、僕が犯人だといっているんです」

恭介は立ち上がって扉を開いた。

「今日はこのぐらいにしておきましょう。まあ、一晩ゆっくりお考えになったらいかがです。もう少し気持ちがおちついたら……明日の朝にでも、ゆっくりお話をうかがいましょう」

「どうしても、僕を捕まえてくれないのですか。それでは、何とかして、別の方法で、今晩中に捕まるようにいたしましょう」

妙な捨てぜりふを残して、杉浦雅男は出て行った。廊下からはまた、例の奇妙な笑い声が流れ、そしてひくくかすんで消えて行った。恭介は席にもどると、ハンケチで額の汗をふきながら、二、三度大きく溜息をついた。

「全くうんざりさせられますなあ。こんなお方たちの御相手ばかりしていると……でも、神津さん、私はあなたのお話を聞いているうちに、よっぽどあいつを捕まえて、一度留置場へたたきこんでやろうかと思いましたよ。何かを知っているんだったら、徹底的に絞めあげて、泥を吐かせてやろうかと考えたんですが、むこうに催促されてから、また思い直したんです」

「その方が賢明だったんじゃありませんか。ああいう人間をあつかう場合には、逆手逆手と出て行った方がかえって効果的なんです。彼は絶対に、今度の事件の犯人ではない――そのことは、肉体的に不可能なんです。それを承知で、あの男は、あの時何を思いついたか、ああいった馬鹿げたことをいい出した。あなたが犯人として捕まえることも、僕が精神病者と認めることもあり得ないと、ちゃんと知っているはずですのに……なぜでしょう？　なぜでしょう？」

恭介にも理解出来ないこの疑問は、もちろん高川警部にも解釈出来るはずはなかった。

「とにかく、あらゆる事柄が、すべてピントが狂っていますね。私はまるで、自分が精神病院の中にいるような気持ちになって来ましたよ」

「僕も全く同感です」

恭介も吐き出すような調子で答えた。

第四場　魔法使いの弟子

しばらくして、ようやく今のしこりも胸からとれたのか、警部は吸いかけの煙草を灰皿にもみ消しながらたずねた。

「神津さん、次のゲストは？」

「水谷良平氏――でも、本人に会うことは後まわしにして、まずその秘書の布施哲夫氏に会って見たいのです」

「そろそろ、神津さんの御調査も、本筋に入って来たようですな」

警部は心持ち、顔を紅潮させると、すぐ部屋の外に立っている警官に、布施哲夫をつれて来るようにいいつけた。

高川警部は、この事件の第一幕の後で、彼とは一、二度顔をあわせている。若いのに似あわず、ぬらりくらりと、たくみに急所をはずした答弁ばかりつづけて、やはり怪物の秘書ともなれば、ただの大学出のインテリには見られない、ずぶとさがあると思ったものだった。その印象は、今でも頭からぬけてはいない。体の割りに大きな頭のてっぺんが、年にも似あわず、ずっとうすく禿げ上がっていて、まるで河童のような印象を与えていた。

「布施さん、どうもとんだことになりましたね。水谷さんも、さだめてがっかりしておいででしょう」

紹介が終わると、恭介は単刀直入に切り出した。率直すぎるくらい率直な態度だった。

「はあ、専務さんばかりでなく、私までがっかりしてしまって……どうしてよいやら、見当もつかないような始末です」

「まことにお気の毒なお話ですが、かといって、なげいてばかりいたところで、今さら死んだ佳子さんが生き返って来るわけでもありますまい。逆縁ながら、その仇を——とむかしなら、こう来るところでしょうが、まあ実際自分が手を下して仇討ちをするなどということは、いまの法律では認められていないとしても、何か犯人の正体をおさえるのに役立つ手がかりを提供していただけば、それが間接の意味で、仇討ちということにもなるわけですね。ねえ、そうじゃありませんか？」

「それは——出来るだけのお手伝いはしたいと思っています。ただ、どんなことを申しあげたら、お役にたつかわかりませんので、ひとつ、そちらの方から、御質問願えませんでしょうか？　それに対して、ひとつずつ、順序を追ってお答えいたしましょう」

官僚的な、出来るだけ余計なことは口から出すまい、尻尾はつかまれまいとする態度がはっきり見えていたが、恭介はべつに気にもとめないような調子で、

「あなたは、水谷さんとはずっと前からのお知りあいでしたか？」

「いいえ……三年ほど前までは、三福商会という小さな会社につとめていましたが、その会社がつぶれてから、ある人の紹介で」

「三福商会――というと、たしか百合子さんのつとめていた会社でしたね。百合子さんがその社長と婚約なさっていて、社長が自動車事故で死んだので……」

「そうです。よく御存じですね。いいお方でしたが、惜しいことをしました。百合子さんという人には、古風な貞女のようなところがあったのですね。その時は、身も世もあらぬほど悲しんで……自分でも後を追って死にたいんだけれど、自殺というのは、どうしても自分には出来ないから、誰かが殺してくれないだろうかなどと、しょっちゅう口走っていましたが……」

「なるほど、そんなことがあったのですか。殉教者的な信念なんですね。聖女のような宗教的精神の持ち主だったんですね。だから誰だっていやがるような、断頭台の女王の役を、進んでひきうけたというわけなんですね」

「たしかに、そういうところはありましたね。だから、後で死体が解剖されて、処女だとわかった時には、かえってなるほどと思ったんです」

「それから、福徳経済会にお入りになって？」

「一年ほどしてから、専務さん付きの秘書に抜擢されまして、それからずっと……」

「ところで、おたくの専務さんには、いろいろと、とかくの噂もあるようですが、いったいどんなお方です？」

「どんなお方――と申されても、一口に申しあげようはありませんが、まあ、その私生活に関するかぎりは、一点非のうちどころもありますまい。酒は一滴ものまず、煙草も絶対に『新生』だけ、道楽といっても、月に一回、青柳さんを呼んで将棋の稽古をするのと、こうした魔術の会に顔を出すだけ――それは、高級車をのり廻しているとか、宏壮な邸宅をかまえているとか、そこまで贅沢だときめつけられては仕方ありませんが、そんなことは、仕事の関係でやむを得ず――まるで、修道院の坊さんのような生活なんです」

「それで、女の関係は？」

「終戦間際に、奥さんとお子さんを爆撃でなくされてから、がっかりなすって、おれは生涯、二度と女房をもらわないといいきっておられたんですが、心境の変化――とでもいうんでしょうね。佳子さんと婚約のまとまったのはこの夏、来年の一月には、式をあげる予定になっていました」

「それは、正式な御関係として、そのほかには？」

「無責任なことをいいふらす連中がありますが、そのほかには絶対に……世間の人たちは面白半分、余計な噂をまきちらすので、こっちもいい加減迷惑しているんです。たとえば、ここへも来ている小月マリさん、あの人にいろいろと宣伝の関係で動いてもらったら、もうすぐ根のない花が咲いて……岡焼きというのは恐ろしいものですね」

この言葉は、警部にも、苦しい遁辞のように思われた。だから、当然恭介としても、何か突っこんで行くものと思っていたが、恭介は、だまってそれを見のがした。

「あなたはここの別荘へ、前にもいらしったことがありますね」

「はあ、何度か……」

「いったい、魔術協会の人たちは、どうしてここへ旅行することになったんです？」

「それも、佳子さんの思いついたことなんです。あのお方は、先生のところへも上がったそうですね。その二週間ほど前に、専務さんと相談して、魔術協会の主だったメンバーを、ここへ招待することに話がきまったんですが」

「二週間前――というと、逆に、百合子さんが殺された二週間後になりますね？」

恭介は、ほんの一、二分、ひろい額に手をあてて何か考えこんでいた。

「それで、その招待のきまった時には、水谷さんもあなたも、別に不審には思わなかったわけですね？」

「別に……こうした事件が起ころうなどとは夢にも思って見ませんでしたから……」

「それで、あなたは、あの地下道のことは知っておいでだったんですね？」

「話にだけは聞いていました。ただ……どうしたら、あそこへ入れるのか、どこからどこへ続いているのか――そこまでは、別に聞いてもいなかったんです。抜け穴だの、秘密の通路だのという、探偵小説じみたことには、全然興味を持っていなかったものですから」

「どうですかねえ」

恭介は鋭く皮肉たっぷりに、

「あなたは、みなさんといっしょに夕食をとられなかったし、みなさんが到着するまでにあった人形が、夕食をすました後になくなったとすると……あなたが一番、嫌疑をかけられたとしても、別に不思議はありませんねえ。あなたが、地下道の入口を知らなかったという証拠はどこにありますか？」

「神津さん、むかしの歌舞伎には、よくこんなせりふが出て来ますよ。わけのわからぬ殿様が、家来と腰元をつかまえて、不義を働いているだろうと責めるんです。

『それとも不義を致しおらぬという、何ぞたしかな証拠があるか』

こんな馬鹿なせりふは、今の世の中では通用しませんね。不義をいたしているという、はっきりした証拠を見せられなかったら、どんな人間だって、恐れいりました——とはいわないでしょう」

「なるほど、ごもっともな話ですが、あなたがあの時、離れの方から出て来たのを目撃したという証人があったらどうします？」

「私は、離れの方へなど行ったおぼえはありませんし、そんな見えすいた嘘をつく人間があったら、その人間が犯人だとお考えになってもよろしいでしょうね」

神津恭介の誘いの罠にも、彼は全然のって来なかった。

「ところで、布施さん、話はちょっともどりますが、第一の殺人が行なわれた成城の家ですね。あなたはあの家のことを事件の前に御存じでしたか？」

「何といっても、私どもの会は、大変な組織を持っていますし……何十億という金を動かしておりますので、その投資物件の一つ一つは、係の者でなければおぼえておりません。もちろん、事件が起こった後では、私どもの会のものだと聞いてびっくりしたのですが」

「それから、あの時、魔術の会で使った道具、たとえばギロチンとか、人形の首とか、衣裳などは、あなたがおあつらえになったのだそうですね？」

「専務さんが、いちいちそんなことをなさるおひまもありませんでしたから」

「それでは、ギロチンは当日、あなたの方で会場へ運んだわけですね」

「そうです。形ばかりのものですから、分解して運んで、組み立てさせました」

「それではなぜ、衣裳や首箱も、その時いっしょに運ばなかったのです？」

「別に理由もありませんでした……衣裳や鬘（かつら）や首の出来上がって来たのは会の二日ほど前でしたが、百合子さんが家へ持って帰って練習したいというので、専務さんにうかがったら、それももっともだといわれたので、私が新宿の支店へとどけたんです」

「その時、人形の顔は、特に百合子さんの顔に、似せて作ってあったんですか？」

布施哲夫の顔には、かすかな疑惑の影が閃（ひらめ）いた。

「別に、そういうわけではありません……というのは、あの首は下をむけたまま、上から落ちて来る刃と直角につき出すのですから、お客にはその顔は、はっきり見えないわけです……だから、眼鼻だちまでは似せる必要がないわけです」

この言葉を聞いた時に、恭介の薄い唇の端のあたりには、あるかなきかの、かすかな微笑が浮かんだように、高川警部には感じられた。この名探偵は、事件の裏にかくされた、何か大きな秘密の鍵にふれたのではないかと、その時警部は思ったのだ。

「それから、布施さん、最後におたずねしたいことは、あなた方と、杉浦雅男氏の関係なんです。あのお方は、最近強力なスポンサーがついたと、自分でも公言しているし、第三者も認めているんですが、そのスポンサーというのは、もちろんおたくでしょうね」

警部は初めて、相手の顔に、はっきりした動揺の色が浮かぶのを見てとった。

「そのところは、御想像に……おまかせしますが……」

「僕はこのごろ、想像力がえらくとぼしくなりましてねえ。もう少し、はっきりいっていただいた方がありがたいのですが、そうした物質的な援助関係がある——と解釈してよろしいのですな」

「まあ……」

「それはどういう理由からです？　正直なところ、あなた方の動かしておられるのは、たとえ何十億あったところで、所詮は人のお金でしょう。もちろん、出資者に月二分の配当をして、それ以上の利益が上がるなら、その利益を何にお使いになろうが、そこまでは第三者の嘴をいれるところでもありますまいが、まあ、あなた方の道徳的な責任として、むだな費用はたとえ一銭でもお使いにならないというお心がけが必要でしょうね。その点、水谷さんの生活信条は大いに多としますが——これが、ラジオのスポンサーになったり、政治関係の資金として、何億という金をばらまかれたのはともかく、杉浦氏のようなお方にまで、なぜ金を握らせる必要があるのです？」

布施哲夫は、額の汗をふきながら、

「神津さん……純理論的な立場からいうと、なるほどあなたのおっしゃることはごもっともですが、実際問題となると、なかなか、そういうわけにも行かないものです。たとえば、世の中には総会屋という妙な商売で食っている男もあります。株式会社となって来ると、どういう会社でも、商法の規定によって、年何回か株主総会を開かなくっちゃなりません。もちろん、いざという場合には、投票権は株数に比例するのですが……たとえ、わずかの株しか持たない株主でも、総会で発言してかき廻すことは出来ます。これを商売にしている人間もあるので、そういう場合には、金一封を包んで発言を封じてしまう……これはどんな会社でもあることで、いわゆる公然の秘密ですが……」

「その御説明は顧みて他をいう例にすぎませんね。なるほど、株式会社だったら、株主総会というものもあるでしょう。でも、おたくのような匿名組合で、出資者総会というようなものが開催されたという話も聞いたことはなし、杉浦さんが、おたくの経営に、何かの発言権を持っている――ということも聞いてはいませんが、それではいったい何のため、彼の口を封じなければならない必要があるのです？」

「…………」

「あなた方は、恐らく彼に、何かの弱味を握られているのですね。何か、表に出してはもらいたくない秘密をおさえられて、その口を封じようとしておいでなんでしょうね。というのに、水谷さんは、彼に対しては、いつでも強気だというし、あなたがたえず、水谷さんに対して、彼をかばうような立場に廻っているというのは、それはあなたの個人的な理由からなんですか？　あなた自身に、何か彼の口を封じなければならないような秘密がおありなんですか？」

「別に、私自身としては……人に知られて困るようなことをしているわけではありません。ただ……会のためだけを思って……何といっても、こういう組織は、まだ日本では歴史も浅く、基礎も十分かたまってはいませんから、たとえ毛ほどの隙でも人に見せたくはないと思いますので……いくら根も葉もないことでも、あんまりいいふらされたくはないと、それだけの気持ちからなのです」

「なるほど、結構なお心がけです」

恭介はかるく頭を下げて、この質問を打ちきった。

「それでは、もうこれ以上、おたずねすることもありませんが、お帰りになったら、すぐ水谷さんに、こちらへおいで願うようお伝え下さいませんか」

「承知しました」

布施哲夫が、上気した額をハンケチで拭いながら出て行くと、警部は恭介の方を見つめ、

「神津さん、何か収穫は?」

恭介は苦笑しながら、ほかのことをいい出した。

「デューカという人の作曲した音楽に『魔法使いの弟子』という曲がありますよ。魔法の初歩を習いおぼえた魔法使いの弟子が、その術をやってみたくて仕方がないのですね。師匠の留守に、箒に水を出すよういいつけた。ところが、水はうまく出たけれども、止め方を知らなかったんですね。水はとめどもなく流れ出てどうにもならない。仕方なく、箒を二本に折ったところが、水の量は前の二倍になった……何とも仕方がなくなったところへ、師匠の魔法使いが帰って来て一喝したら、やっとのことで、水が出るのはやんだという、そんな音楽なんですよ」

「音楽評論は、またの機会にうかがうとして、その心は?」

「主が主なら家来も家来——それじゃあ、むこうの真似をして、歌舞伎もどきに、こういいますかね。何といっても、人を食った男で——ぬらりくらりと、全くつかみどころのない先生ですね。そこが、水谷良平という怪物の弟子たる所以(ゆえん)なんでしょう。ただ、

弟子は到底師匠には及ばない。それが、あの詩人との関係でしょうね」

「つまり……」

「つまり、水谷良平氏の方は、杉浦先生の方をちっとも恐れてはいない。魔術協会から除名しろというほど強気な態度に出ているのに、彼の方はすこぶる弱気で、まあまあと、それをおさえている。金を出していることも認めたものの、どうもそれは公式の出費じゃなさそうだ。とすると、どういうことになります？」

「彼が、個人的に、何かの秘密を、あの詩人さんに握られて、会の金でその口止めをしているということになりますか？」

「そんなところじゃないかと思いますが――綾小路さんを通じて、政治資金に巨額のものをつぎこんだり、秘書が個人的な口止め料をばらまいたり、あの会の経理も相当に乱脈をきわめているようですね。この殺人事件の方は別としても、これは大変な事件に発展しそうですね……」

音もなく静かに扉が開いた。その入口に立っていた水谷良平は、嘲りに似た笑いを浮かべながら、じっと恭介と警部の顔を見つめ、よれよれの「新生」をくわえて火をつけた。

第五場　日本巌窟王

すすめられるままに、水谷良平は二人の前の椅子に腰をおろした。だが、その顔をじっと見つめて、警部は意外といいたいほどの驚きを感じた。相手の二つの眼は真っ赤に血ばしってしまっている。人知れず、男泣きに泣きつづけて、眼をはらしてしまったような——こんな剛腹(ごうふく)な男にも、こんな女性的な感情がひそんでいたのかと、警部は一瞬惑い、一瞬後には、いやこれも一つの演技なのかも知れぬ。美しい恋人に先だたれて、身も世もあらぬほど嘆き悲しんでいる恋人の役に扮しているつもりなのかも知れぬと、戦闘意識に身をかたくひきしめた。

「水谷さん、お気の毒なことになりましたね」

「あなたが神津さん……いや、神津先生？」

救いを求めるような悲痛な声が、たちまち激情に爆発した。

「お願いです。この通り、水谷良平が頭を下げてお願いします……どうか、一日、いや一時間でも早く犯人を捕まえて、あの人の仇をとって下さい」

恭介はだまって答えなかった。その黒い眼は、相手の頭の、心の中の動きを見すかそうというように、何度か上に下に走った。

「お願いです……お礼の方はおいくらでも、小切手をいまさしあげましょう。わたくしのサインした小切手なら、現金と全く同じに考えていただいて結構です。百万……それとも、二百万？」

「金の問題ではありません」

恭介は静かに首をふった。

「そのくらいのお金は、あなたにとって、まるで塵紙のようなものかも知れませんが、そんなむだづかいをなさるのは、出資者に対してもすこぶる無責任なことですね。まあ、頭を働かすだけだったら、別に資本が入用だというわけでもないし、費用は一銭もいりません。僕の求めているものは、金よりもまず事実なのです」

「事実……先生の推理を組み立てておいでになる材料ですね？　この事件に関係のあることで、私の知っているかぎりのことは何なりと」

「とおっしゃると、会の内容についてはノーコメントというわけですね。よござんす。焦点をこの殺人事件だけに絞ってお話ししましょう。ただ、その前提としておうかがいしたいことがあります。それは、あなたの御経歴、それと福徳経済会をお始めになる前の、綾小路家とあなたとの関係ですが」

「むかしむかしの物語ですね」

水谷良平は古傷にさわられたように憮然として、

「人間は、ことに実業家というものは、過去のことはとやかくくりかえすものではない。未来を頭に、今日に生きよ——といわれますが、ことに私は、今まで過去のない男だといわれていました。戦争からの十年は、日本の経済界にとっては、一つの新しい戦国時代、貧農の息子が、ただの草履とりから、天下をうかがうことも出来た時代、そして、今の東亜の情勢からいって、こんな動乱はまだまだ続くことでしょう。あと数年——恐らく二、三年もすれば、私の望みも、ほぼ達せられるとは思いますが、それまでは、私も自分の過去というものを、誰にも打ち明けたくはなかったのです。秀吉だって、天下を自分の手に完全におさめるまでは、草履とり時代のことを、あんまり人に話したくはなかったことでしょう」

彼は一旦、ここで言葉を切り、二人の顔を右から左、左から右へと見まわして続けた。

「十五年前——私は綾小路家の書生のような仕事をしていました。その時、先代の晴彦子爵のお怒りにふれて、家から放逐されたのです」

もちろん、第一の殺人では、被害者と綾小路家の関係はそれほど密接ではなかったのだし、良平もここまで打ち明けることはなかったのだろう。高川警部も、この事実はいま初めて耳にしたというように気色ばんでいた。

「それは僕にも初耳でしたが、その理由は？」

「若気のあやまちといいますかね……ある女、お屋敷につとめていた女中と間違いを起こしまして……男と女の間というものは、鐘が鳴ったか撞木が鳴ったか、どちらに責任があるともいいきれないはずですが、何しろ恋愛の自由など、口に出しても忌まわしく思われるような御時世のことでしたから、不義はお家の御法度で、私たちとしては、何とも反駁が出来なかったのです」

「その相手のお方というのは、ただの女中さんではなく、御愛妾とでもいうような人ではなかったのですか？」

「まあ、そういったところでした……それが子爵を怒らせたのですね。むかしなら、重ねておいて四つにされたところでしょうが、まさかそうした私刑もならないし、そのかわりに、根も葉もない事実をでっちあげて、私を共産党の党員で、子爵を通じて国家機密を手に入れ、第三国に提供しようとしていたのだと、憲兵隊へ密告したのですね」

恭介は警部と顔を見あわせた。いわゆる大東亜戦争開始当時の緊迫した空気まで考えれば、なるほどこれは最も陰険、最も巧妙な作戦なのだ。貴族院議員で、西園寺公爵の逝去後は、軍部にも体よく接近して、隠然たる勢力を養いつつあった人物の言葉ならば、軍部もこれを重要視したにちがいない。少なくとも、これを無根の事実として、一笑に附することは出来なかったはずなのだ。

「それで、どういうことになりました？」

「憲兵隊というところは、全くこの世の地獄でしたね……ありとあらゆる拷問に責めさいなまれて、私の左の薬指はいまでも、こんなに曲がったきり、真っ直ぐにはのびないのです。これが、その当時の名残りなのですが……もともと、根拠のないことですから、私も頑張って頑張って頑張りぬいて、結局釈放されましたが、そのまま無事にすましては、軍の面子にもかかわると思ったのでしょうね。その翌日には召集令状がやって来て——それから入営しても危険人物というレッテルがはられているでしょう。ただでも理屈の通用しない真空地帯で、初めから白い眼でにらまれてごらんなさい。こちらの苦労も、なみたいていのものではありませんよ」

言葉は短く簡潔だが、その言外の含みを考えれば、その心中は察するにもあまりあることだった。恭介も高川警部も、いま問題になっているこの殺人事件のことも忘れてしまったように、相手の言葉に耳を傾けていた。

「それから、私たちの部隊は中国へ、それからさらに南方へ、また舞いもどって北満へ——軍隊生活をしていて、戦争中だったら、人を合法的に死刑に処する方法はいくらでもあるのですね。危険な第一線へ、第一線へと、たえず廻されて、よく命があったと思うような眼に何十度となくあわされて、われながら今死ぬか、これが最期かと何度か観念しながら、たえずむこうの弾丸が横へ横へとそれて行く——奇蹟、奇蹟の連続を身にしみて感じているうちには、自分は選ばれた者ではないか、まだこの世で、やりとげなければならない仕事があるために、ここでも死にきれないのではないか——と、そういう気持ちになってくるのですね。終戦後にシベリヤへつれて行かれてからも、八寒地獄の底の生活にたえられたのも、そんな信念のおかげでしょうね。どうにか、日本へ帰って来て、今の仕事を考えついたときには、初めて、これが天命だ。この仕事をやりとげるために自分はこの世に生まれて来たのだとそんな気がしてならなかったのです」

「御苦労はお察しします。僕にもわかるような気がします」

恭介も同情に満ちた調子で、

「いま、お話をうかがっているうちに、僕はふと、モンテ・クリスト伯爵という名前を思い出したのですが、シャトーディフの牢獄に無実の罪で十数年幽閉され、親を殺され恋人をうばわれ、人間として考えられるありとあらゆる苦悩をなめながら、モンテ・クリスト島にかくされた莫大な秘宝を手に入れて、神意にかわって復讐を実現した巌窟王――もちろん、立場は違いますが、その心境には一脈何か通ずるものがあるのではないでしょうか？」

　恭介の言葉も次第に方向を転じて、事件の核心に近づいて来たが、相手はかるくこれをそらして、

「客観的にごらんになれば、なるほど、そういう見方も成立するか知れませんね。ことに今度のような事件が起こって見れば、そういうお考えをなさったとしても、無理のないところです。ただ、そのような苦しみを、恨みとうけるか、それとも山中鹿助の歌にあるように、

　――憂きことのなおこの上につもれかし　かぎりある身の力ためさん

　天の与えた試練としてうけとるか、これは人によってどちらともいえないことですね。むかしの小さな恨みなど、いまでは私の心の中には何も影も残してはいませんね。むしろ、あの当時のなまだった私を、ここまで鍛えあげてくれた再生の恩人だと、感謝にたえない気持ちです。綾小路さんの御一家に、出来るだけのことをしてあげて、御恩がえしをしたいという、私の気持ちはただその一言につきるのです」

　まことにりっぱな言葉だが、それを額面通りにうけとっていいかどうかは、恭介にも

高川警部にもわからなかった。

「なるほど、あなたは恨みに報ゆるに恩義を以てされた。仇に対するに情けを以てされた。そのおかげで、久しい間苦境にあえいでおられた綾小路さんも、ほかの条件もすべて手伝ったにせよ、悠々と政界へカムバックなさることが出来た……綾小路家が、あなたを徳となさるのも、これは当然のことですね。ただ問題は、あなたが佳子さんと結婚なさるのを快からず思っておられたお方が、どこかにいないかということなのです」

「ちょっとおことわりしておきますが、私の立場が誤解されやすいということはよくわかります。ただ、私として見れば、あの人を金で買うとか、この結婚を何かの交換条件にもち出すとか、そういった気持ちは全然なかったのです。おたがいの気持ちが自然に一致して、話も全然無理がなく、すっと進行したのですから、どこからも、こうした邪魔が入るなどとは思ってもみたことがありませんでした」

「水谷さん、これはいまあなたがおっしゃったことと大同小異な言い方ですが、一つの行為に対する反応は、それを感ずる人の心によって、どんなにでも変わる余地のあるものです。たとえば、あなたがむかし綾小路子爵からうけた仕打ちを、恨みに思って復讐を企てたとしても、あるいはそれを願ってもない試練だったと感じて、その恩義に報いようとなさるのも、要はあなたのお考え一つで、第三者が外部からどんなに想像したところで理解の出来るものではありません。それと同様、この結婚は、あなたの眼からは、誰にもはばかるところのない、公明正大なものと思われたとしても、第三者には、それがどうしてもがまんの出来ない、たとえ殺人の罪を犯しても、妨げなければならないと思われるものだったのではありますまいか？」

「そういわれても、別に心あたりはありませんが……」

「あなたはさっき、事実を提供されるというお約束をなさいましたね。直接この事件に関係のあることは何彼の差別なく——佳子さんの方には、どなたか恋愛の相手というものはいなかったのでしょうか？　たとえ、それが片思いだったとしても、かなわぬ恋の逆恨みに——というような考えをおこしそうな人は」

「いなかったろうと思います。恐らく——前にも申しあげたように、私は無理に、この話をおしつけたわけではありません。金で花嫁を買いとろうなど、そんな大それた野望などおこしたこともありません。だから、あの人もほかに好きな相手がいたとしたら、何も私に遠慮する必要はなかったでしょうし、また、あの人に恋を打ち明けたような男がいたとしたら、その名前ぐらいは私の耳に入っていたはずです」

「それでは、あなたの側には？　あなたが佳子さんと結婚なさるのを、快からず思っておられたお方はありませんか？」

「水谷さん。ここのところが、まことに重大なしかも微妙な点なのです。僕たちは、何も個人のスキャンダルをあばこうとしているのではありません。たとえ、あなたがどういう女性と、どんな交渉をお持ちになっているとしても、それをとりあげて、とやかくいおうとしているのではありません。ただ、今度の殺人事件にからんで、それが問題となる以上は……これもいたし方ない質問ですが、いまこの家に来ておいでのお方だけに、範囲を限定して……その中に、あなたと御関係のあったお方はいないのですか？」

水谷良平は不機嫌そうに黙りこんだ。口もとまでこみあげて来る言葉を、生唾といっしょに飲みこむように、何度かひくひく咽仏を動かしながら考えこんでいたが、

「おります。二人……」

「それは？」

「名前をいえとおっしゃるのですね？　それは申しあげないこともありませんが……ただ、このことはこの場かぎり……殺人事件そのものに直接の関係がないとしたら、ほかにはもらさないとお約束願えますか？　高川さんも、捜査一課のお仲間のお方にも、口外しないでいただけますか？」

恭介と高川警部は顔を見あわせ、一瞬に相手の心の中の動きまで読みきってしまった

ように口をそろえて、

「お約束いたしましょう」

といいきった。

「それでは申しあげましょう。一人は女優の小月マリ、一人は中谷ゆみ子です」

二人とも、予想出来ない名前ではなかった。だが、女優の方はともかくとして、人妻との世をはばかる関係を、たとえほかにもらさぬ約束をさせたとはいえ、これほど率直に告白するというのも、そこが怪物の怪物たる所以なのだろうか。恭介も一本うちこまれたように、ちょっと言葉をのんでいた。

「むかしなら、姦通罪が成立するところでしょうが……もっとも、あの罪は親告罪だったから、夫が訴えて出なければ、それまでというものでしたがね。まあ、どっちにしても、それほど深刻な、死ぬの殺すのというものではありません。大人の遊び――単なる浮気とお考え下さい」

「僕はあいにく独身で、男女関係の機微に関するかぎり、口をはさむ資格も何もありませんが……」

恭介にとっては、こんな話は苦手中の苦手なのだ。自分でも気の進まない感じを、顔にも言葉にもはっきりとあらわしながら、

「それで、中谷さんの奥さんとのあいびきは一、二へんのものだったのですか？」

「そうでもありませんね。月に一度は必ず」

「それを、中谷さんはまだ気がついていないのですか？」

「どうでしょうね？　これが、かたぎのサラリーマンや何かならともかく、大魔術師を以て自任する中谷君が、そんな自分の足もとの事件に気がつかないと思うのは、少しおめでたすぎますね。恐らく、気がついているでしょう。ただ、知って知らないふりをして、強いて眼をつぶっているというわけなのでしょう」

「それにしても、よくがまんが出来るものですね……」

「中谷君は、あの奥さんに首ったけに惚れぬいているのですね。奥さんの方も気性が強いから、下手にばらしてどなりつけたりしたら、じゃあ別れましょうよぐらいのことはすぐにもいい出しかねない。そんな事態が恐ろしいので、胸をさすって、阿呆な亭主の役まわりをだまって続けているわけでしょう」

「水谷さん、前にもお約束しましたが、個人的な、愛情や感情のもつれなどは、僕たちも問題にしようというのではありません。ただ、中谷さんの奥さんが、本当にあなたを愛しているような場合なら、どんなことをしても、あなたの結婚に、水を入れようとすることは理論上考えられないことでもありますまいね？」

「理論と実際の間には、自ら区別もありますし――あの人にしたところで、私と結婚出来ないことは初めから知りぬいていますよ。この話が起こったときにも、別に何ともいわなかったし、何も今さら逆上して、人殺しなどを始めはしないでしょう」

「水谷さん、あなたは豪放なお方だから、そこまではお考えにならないかも知れませんが、人間の忍耐力というものは、無限に続くようでいて、やっぱり限度があるのですね。もしも中谷さんの方の、いままでこらえにこらえていた鬱憤が爆発したとしたら……ふだん、必死におさえつけ、血を吐くようながまんを続けていただけに……これは案外、凶暴な血なまぐさい惨劇を展開するような結果になって来るかも知れませんね」

「私だって、そんな可能性は考えなかったわけでもないんです。ただ、いざとなったら、金で解決出来る程度の問題だとは思っていましたし、それに私なり奥さんなりを殺すというならともかく、直接この問題とは関係のない第三者から殺してかかるというのでは、少しつじつまがあわなすぎるじゃありませんか。そんな小細工を弄して見ても、まさか私が犯人だなどとは、誰も思うはずがありますまいし……そんな廻り道をするだけの余裕は、殺人犯人にはありますまいね」

怪物の所以はやはり、言葉の端にもあらわれていた。何の遠慮も会釈もなく、まるで大上段にかまえた剛刀をふりおろすように、ずばずば物をいいきるあたり、何一つ秘密を持たないようでいて、さらにその一枚下には誰のうかがい知ることをも許さぬ大きな秘密を抱いているような、そんな妖気を感じさせる。その告白が大胆率直であればあるほど、一筋縄でも二筋縄でも行く相手ではないという印象が、いよいよ強くなって来るのだ。

「ある方面から聞いたのですが、一つの政治工作費として、あなたの会から、綾小路さんには相当の資金がわたったようですね。これもここだけの話として、その概算だけでもお話し下さいませんか？」

この質問に、良平は強く反発して来た。

「どなたから、そういう無責任なデマが伝わったかは知れませんが……そんな事実はありません。会の顧問としての報酬は当然さしあげておりますし、また、利益の私の取り分の中から個人的に、選挙費用なり何なりの御援助はしたこともありますが、全部あわせても精々二、三百万の程度――巨額の政治資金などとはとんでもないお話です」

「でも一説によりますと、その額は三億円に上るということですが……」

「ほほう、そんな莫大な金額を？」

水谷良平は呆れたというように眼をむいて、

「いかに、話というものには尾鰭がつくとしても、それはあんまり度がすぎますね。これが何かに投資するような場合なら、そのぐらいの資金は動かさないこともありませんが、日本の政治家のように、世界中で一番信用の出来ない人種に、それだけの金を投げ出すほど私は甘くありません。こんな仕事をしていると、公私の別だけは、特に厳然としておかなければならないんです。それに、この事件に直接関係のないことは、申しあげないという最初からのお約束でしたが……」

「事件に絶対関係がないとは、必ずしもいいきれないのです」

恭介はまるで噛んで含めるような調子で、

「あなたが否定なさった以上、これはどうでもいいことですが、僕たちは最初こういう考えを持っていたのですよ。もしも噂が本当だとして、巨億の金が福徳経済会から綾小路さんを通じて政界へ流れたとしたなら、その幾分かは綾小路さんの手もとに温存されているだろう。べつに、綾小路さんが、それを私するという気持ちがなかったとしても、どんな時機にどんな資金が必要になってくるかは、政界のようなところでは、誰にも想像は出来ますまいからね。ただ、その資金がまだ綾小路さんの手もとにあるうちに、綾小路さんに万一のことがあったら、それだけのものは完全に宙に浮くわけですね……一番上の滋子さんはああいう精神病者だから、財産ということにかけては何の問題もない。佳子さんが生きていて、あなたと結婚したならば、これはカイゼルのものがカイゼルへ帰るので、これにも問題はなかったはずですが、いまとなっては綾小路さんに万一のことがあったら……」

「それを予想しておられるのですか」

「そうです」

「それはどうして？」

「置物の獅子が刺されたからです。あなたには申しあげるまでもありますまいが、先代の故綾小路子爵は、その風貌と雄弁から、貴族院ではライオンと異名をとっていたそうですね。獅子の子の子獅子という早口の駄洒落をこの犯人はまともにとって、綾小路家のトーテム、種族の象徴というべき獅子の石像に短刀を刺しこんで、綾小路実彦氏が、第三の犠牲者であることを、暗黙のうちに予告しているのかも知れませんね」

「殺人の……第三の殺人の予告？」

「そうです。この犯人は、実際の殺人を行なう前に、必ず人形をいじってかかるという、奇妙な癖があるようで……はたから見れば、常軌を逸した真似ですが、むこうから見れば恐らく必死なんでしょう。何か、深い秘密の意図をいだいて、こんな冒険をするのでしょう。人形はなぜ殺される？　この理由さえわかれば、この事件の秘密は一息に完全に解けてしまうんですがねえ」

恭介の言葉には、いま一歩というところまで事件の核心に接近していながら、その究極の真相を容易に把握出来ないもどかしさが、自嘲のような声音となってあらわれていた。

「だから、第三の殺人が万一成功すれば——もちろん、僕たちとしても、そうやすやすと今度も犯人に名をなさせるつもりはありませんから、これは最悪の場合の仮定ですが、そんな事態が発生したら、あなたの義理の妹さんになるはずだった典子さんが、巨額の遺産をうけつぐことになるわけですね。その配偶者は濡れ手で粟のような幸運をつかむことになるわけですが、あなたも綾小路家とは、いまではほとんど内輪同士のおつきあいだったのでしょうから、もしもそういう話があったら、その相手の名前ぐらいは、もうお聞きになっているでしょう。それはいったい誰なのです」

水谷良平はかるく眉をひそめた。怒りとも嘲りとも悲しみとも、一言では何とも表現出来ないような激しい感情の起伏が、かすかな影をその顔に落としたかと思われたのもわずかに一瞬、

「そんな話は、まだ正式にはきまっていないと思います。それに、もしもそういう事態が起これば、綾小路さんまで犯人の魔手に倒れるようなことがあったとすれば、そこでこの事件が終幕をつげるということも考えられないでしょうね。もう一つの人形が殺さ

れて――典子さんも命を落とさずにおさまりそうにもありませんね」

この言葉は、聞きずてにならないような恐ろしい意味を含んでいた。捜査当局の無能を嘲笑するような、犯人の豪語にもふさわしいような響きが感じられた。恭介も思わずぐっと長身をのり出して、

「どうしてそんなことをお考えになったのです？　どうして綾小路家の人々が、正腹妾腹の区別もなく……」

「ちょっとお待ち下さい。いまのお話の中には、あなたがたの見のがしておられる点が一つあります。綾小路家は家憲のように、代々正室というものを持たないしきたりだということを御存じですか？」

「とおっしゃると、百合子さんばかりではなく……」

「そうですとも。先代の綾小路子爵にも、そのまた祖先の誰にでも、奇妙な生活信条というものがあったのですね。上流階級の人間は、家柄とか、格式とか、そういうものばかり重んじて、自分等の仲間同士で結婚をしているでしょう。その結果、当然考えられる現象は生物学的な意味で、種族そのものの生命力が弱って行くことですね……それを防止するためには、別の階級の人間と結婚して、異質の野性的な血を子孫に伝えて行けばよい……ところが、むかしの華族というものは、いろいろな有形無形の法律に縛られ

て、そういう真似は自由に出来なかった……従って、自分の子供だとわかっていても、庶子としてそれを認知するか、あるいは私生児という形のまま、養子として入籍して行くか、二つに一つの方法しかなかったわけなのです。だから、綾小路家にひきとられていたかいないかだけの差別はあっても、百合子さんとほかの三人姉妹の間には、それほどの差別待遇はなかったはずなのですよ」

「なるほど、上流階級には、いろいろとその体面を保つための小細工があるものですね。結局、滋子さんはじめ三人の姉妹も、みな庶子か養子としての取りあつかいしかうけなかったというわけですね。しかし、三人がそろってお嬢さんだとすれば、綾小路家の相続はいったいどうなるはずだったのです？　佳子さんの結婚のお話が持ちあがる前に、このことは当然、綾小路さんとあなたとの間で議論されていなければならなかったはずですね」

「新憲法では、結婚というものは、個人と個人の結びつきが、主体として考えられるので、家という概念は第二義的な取りあつかいしかうけていません。妻が夫の姓を称してもかまわなければ、夫が妻の家の姓を名のったとしてもかまわないわけですね。私が綾小路の姓を名のって、どこからか苦情が出るのですか」

いかに何でも、この結婚にこれだけの含みがあろうとは、恭介も高川警部も思ってはいなかった。これでは、綾小路家としても、白旗をかかげて無条件降伏したようなものなのだ。城下の盟をさせられたも同様の屈辱なのだ。

そして、水谷良平としても、このことはそれだけでも一つの痛烈な復讐という感じを持ったにはちがいあるまい。物質的に満たされた人間が、次の段階として名誉を求め、その究極の目標として、家柄を求めるといわれるような、普通の成上がり者の考えから、さらに一歩を進めた何かの感慨があったにちがいあるまい。

その計画も、九分九厘まで成就して、全く水泡に帰したのだ。この怪人の抱いた野望も成るになんなんとして砕け去った……これが最初から、この人物の胸に秘められた計画でなかったならば……。

「お話が、途中で妙な方角にそれてしまいましたが、第三幕の後にまた、第四幕が起こるだろうというのは、いったいどういうわけなのです?」

「さっきもお話ししたように、私の方から綾小路さんに御援助した金額は大したことがないからなのです。先代までは貧乏華族でうたわれた綾小路家――ことに戦後の激動に木の葉のように翻弄された後のこと、ありもしない財産をめあてに、これほどの大犯罪をやってのけるほど、この犯人は馬鹿な人間ですかねえ。それに典子さん自身が、犯人だというのならともかくも、その心を完全につかんでもいない第三者が、妙な自惚れを抱いた上で、殺人罪をおかすなど、私のような実際家には到底理解も出来ない空論ですがね」

水谷良平は、まるで挑戦でもするように、語気を強めて、

「この犯人は綾小路家の血をひいた人間を、一人のこらずこの世に生かしておくまいという、強固なしかも病的な信念を抱いているようですね。まあ、精神病院に入っている滋子さんだけは、相手にしないかも知れませんが、そのほかの人間は例外もなく、だから、男の実彦氏が、あなた方の警戒も及ばず血祭りにあげられるような場合には、恐らく典子さんも同様に……その惨劇をさえぎることは出来ないのでしょうね」

この言葉に、高川警部は何となく肌寒い空恐ろしさを感じていた。失望と空しいあきらめが、この怪物の心を激しくゆすぶって、こういう言葉を吐かせたのか、それとも彼が犯人で、絶対に尻尾はつかませぬという自信の下に、こうした豪語を敢えてしたのか、そのどちらかはいざ知らず、警部の耳の中には、かすかな声が「日本の巌窟王」という一言を、たえず山彦（やまびこ）のようにくりかえしていた。

第六場　オールド・ブラック・マジック

それからほとんど二時間あまり、恭介は水谷良平に右から左から、執拗(しつよう)な質問を続けて行った。しかし相手は老獪(ろうかい)そのもの、急所と思うと、するりと体をかわして、ぬらりくらりと不得要領の詭弁(きべん)を弄し、あるいは逆襲するような強弁を連発して、ドリルのような恭介の肉迫にも、食いいる隙を与えなかった。

もうこうなって来ると、頭脳と知恵の勝負というより、肉体と気力の勝負だった。もともと蒲柳(ほりゅう)の質(しつ)の恭介のことだし、まして東海道の長途の旅行に、疲労を感じていたために、この舌戦では恭介が珍しくおされぎみだったこともそれほど無理とはいえない。

見るに見かねた高川警部が横から口を出し、一旦この質問の打ち切りを申し出たが、水谷良平が部屋から去った後でも、恭介は深くソファーに身を埋めて、肩で大きく息をしていた。

「神津さん、全く御苦労さまでした……何といっても怪物ですなあ。助太刀の機会をずいぶん狙っていたのですが、その隙がなくて。でも今度だけはさすがの神津さんも、完全にむこうのペースにまきこまれましたねえ」

「いや、全く……」

「もうこうなっては今晩はどうしようもありませんね。むかしなら、やつをすぐ留置場へたたっこんで、十日もいじめあげるんですが、何といっても、何十億という金を預かって一人で切りまわしているような相手でしょう。下手にぶちこもうものなら、取付けさわぎが起こる……そうなったら、堅実無比なはずの銀行だって必ずつぶれてしまいますから、福徳経済会なんて一たまりもなくふっとびますね。その上で殺人が白だとわかった日には、これは大変なことですよ。大衆の恨みが警視庁へむかって集中した日には、えらい責任問題になります。ですから、よほどの確証をつかまないかぎり、われわれとしても手出しが出来ないんですが、この苦しい立場は察していただけましょうな」

「わかりますとも……官僚の責任回避だなどと非難するより、もっと重大な理由ですからね。それに第一、僕にしたところで、彼を真犯人だときめつける証拠は一つもつかんではいないんです」

「ところで神津さん、今日はもうお休みになったらいかがです。あなたは昨夜からの御旅行で疲れておいででしょうし……今晩は、もうこれ以上、することも残ってはいないと思いますが……」

いたわってくれるような警部の言葉を、恭介はかるく笑ってはねかえした。

「御好意はまことに感謝いたしますが、まだ今晩中にしておかなければいけない仕事が一つ残っていますよ」

「それは何です？」

「中谷さんが、大魔術で、死んだ二人の女の霊をよび出して、犯人の名前をいわせる約束でしょう。その場へ出席しなければ……」

「あんな話……」

警部は呆れたように、眼をまるくして、

「あんなインチキ魔術師の大はったりを信用なさるなんて、神津さんらしくもないじゃありませんか。どうせどこかにトリックのある、タネも仕掛けもある大手品にきまっていますよ」

「トリック結構、手品も大いに結構です。そのトリックが見やぶれれば、こちらとしても、どこかに突破口が出来ますからね」

恭介の眼の下には青黒い隈がはっきり浮かんでいる。明らかに、この一日激しく心身を酷使して、その疲労をかくしきれない様子だが、それでいて、その情熱と気魄は少しも衰えてはいない。近づくものを、誰彼の差別もなく焼きつくす、焔のような闘志ではないが、一度その堰(せき)を切り破れば、瀑布(ばくふ)となって奔(ほとばし)る碧湍(へきたん)のように冷たく、しかも恐るべき力を秘めた闘志なのだ。

その気力に押されたように、高川警部も眼をそらし、そのまま黙りこんでしまった。

階下の洋間が、中谷譲次の指定した、この大魔術の舞台になっていた。恭介が、その部屋の扉を開いたかと思ったとき、突然にぶい平手うちの音とともに、激しい罵声(ばせい)が耳にとびこんで来た。

「何をする！」

「またヒロポンか。僕があれほど忠告したのに、まだこの薬をやめないのか？」

杉浦雅男と沢村博士の二人だった。右手に注射器を握りながら、この詩人は醜く顔を歪めて、恭介たちの方をふりかえった。その前に跪(ひざまず)いた沢村博士は、床からアンプルをとりあげて、初めて恭介たちの入って来たのに気がついたのか、

「ああ、神津さん、あなたからも止めて下さいな。僕が何度も口を酸っぱくしていって聞かせたのに、この先生、相かわらず、ポンをうつのを止めないんです」

「いけませんね……あなたのようなお仕事なら、感興のために命をちぢめるということにも理屈はあるかも知れませんが、ヒロポンだけはおよしなさい。いったい、一日に何

本注射するのです？」

「たいしたことはありません。べつに、中毒するほど使ってるんじゃありません。ひひひひひ、こんな恐ろしい事件が続けて起こってるのに、あなた方が、何も出来ずにうろうろしているものだから、こっちも気持ちがめいってしまって……薬ぐらいうたなきゃ、やりきれないじゃありませんか」

さすがの毒舌家の言葉にも、今度は鋭さもなければ激しさもない。子供が悪戯の現場を親に見つけられて、すねているような恰好だった。

だが、恭介の注意は、そうしたこの世のものには止まっていなかった。テーブルの上にならべられた、十三本の黒い蠟燭を見出したとき、その顔には、何ともたとえようのない恐怖の影がかげったのだ。

「高川さん、今日はたしかに土曜日でしたね。それに間違いありませんね」

「曜日が何かの意味を持っているのですか。十三日の金曜日は不吉な日だという話は、私も聞いてはいますが、十四日の土曜日も何か不吉ないわれを持っているのですか？」

「そうです。今夜はサバトの夜」

「サバトという魔王の夜宴？」

そばに立ちすくんでいた沢村博士が声をふるわせながらたずねた。

「そうです。ファウスト第一部、ワルプルギスの夜の場面に絢爛と描き出された悪魔の集い——魔法使いが一人のこらず箒にのってかけつける——暗い夜空を流星のように、信者たちは何か眼に見えぬ力につかまれて、煙突から外へ運び出され、熊手や蛙や牡山羊の背にのせられて会場へむかうのです。魔法使いたちは悪魔の膏薬を体にぬりつけ、爬虫類の歯、蟇の皮、死刑囚の内臓、赤ん坊の脳味噌、梟の糞、牡山羊の胆汁、そのほかありとあらゆる奇々怪々なものをならべた祭壇にぬかずき、呪い、悪魔の六誡を実行する……」

恭介の声は憑かれたようだった。誰に説明するというより、自分自身の眼前に、その恐ろしい光景の幻影を描き出そうとしているようだった。

「悪魔の六誡とは何ですか？」

「淫猥な踊り、不潔な饗宴、悪魔的な同性愛、復讐、犠牲の殺害、そして神への冒瀆が、いわゆる悪魔の六誡です」

「神津さん、あなたは疲れていらっしゃる」

高川警部は、なだめるように声をやわらげて、首を何度かふりながら、

「それは西洋の中世紀には、そんな信仰もあったかも知れないし、ゲーテは文学的にその迷信をどれほど見事に表現して見せたか知れませんけれど、何しろ原子力時代に入っ

た今日……」

「高川さん、あなたが何とおっしゃっても、人間の心の奥底に眠っている神秘感なり、こうした迷信というものは、どんなに科学が進歩したところで、拭い去れるものではないんですよ。信仰、信念、そうしたものは、同じ人間の頭の中で作り出されたものでありながら、科学とは全く次元の異なる産物なのです。天動説、地動説の昔は敢えて問いません。ただ、現在のキリスト教関係の書物を少し読んで見ても、どんな矛盾が説かれているか。たとえば、マリヤが処女でありながら、しかもキリストを孕(はら)んだという科学的には割り切れない事実を、どれほど必死に弁解していることか。この一事をとりあげただけでも、僕のいわんとしていることは、恐らくおわかりになるでしょう」

この理論には、高川警部としても、うなずかずにはおられなかった。人が変わったように、妙に熱っぽく、狂わしいほど調子の激しい恭介の言葉にまきこまれまいと、心の中で必死の努力を続けながら、ずるずると底知れぬ泥沼へひきずりこまれて行くような気がした。

「それは……神津さん、狂信者というのはどんな時代にでも、どんな所にでも存在するものですから……そのサバトとか何とかいう儀式のことも否定はしませんが、でもまたどうして、そんなことを……まさか、死刑囚の内臓なり、頭蓋骨なりを、飾り立てるわけでもありますまいに……」

「まさか、今夜それほど凝った真似をしようというわけではありますまいが、この黒蠟で作られた蠟燭が何よりの証拠です。サバトすなわち悪魔会議の方は、もちろん幻想の産物だともいえるでしょうが、黒いミサの方は明らかに実際に行なわれているのですから……その時には必ずこうして、黒い蠟燭が使われる。キリストに仕える儀式が普通のミサなら、悪魔に仕える儀式が、黒いミサなのです」

「どういう儀式が行なわれるのですか。その黒いミサでは？」

「魔術師が、悪魔に帰依（きえ）するための修行方法は十一あるそうです。悪魔に仕える誓約——よく古い物語の中に出て来る、自分の血で羊皮紙の証書にサインするというやつですね。そのかわり、悪魔の方では、この世での富と快楽とを約束してくれるのですね。第二に神への信仰の放棄、第三にあらゆる者にこの悪魔教を宣伝する誓い、それに悪魔の印をひそかにいつでも持つということ、第四には月一度、殺人か、その他の魔法を行なう約束……」

「殺人？」

「そうです。そのほかに七つほど、細かな条項がありますが、それは僕もおぼえていませんから省くとしても、この黒いミサの席には殺人は絶対につきものなのですね。多くは子供……口もきけない生まれたての赤ん坊が使われるのです。外国の書物を読んで見ると、むかしは身分ある婦人が、秘密の恋に宿した子供とか、あるいは娼婦の子供とか、闇から闇へと葬られた、こうした赤子の中には、無数にこの黒いミサの祭壇の前の犠牲に供えられたものがあったのですね……」

高川警部も、沢村博士も、杉浦雅男も、この瞬間しめしあわせたように首をめぐらして、この部屋の中を見まわした。狂ったような恭介の言葉にさそわれて、この会場へ早くも眼に見えない悪魔が群れをなして到着したのではないかと、肌寒いまでの妄想に襲われたのだろう。

「その黒いミサの光景は――口にするのも恐ろしいほど血なまぐさいものですから、僕もこれ以上お話ししたくもありませんが……これに類した儀式は必ずしもキリスト教に対する叛逆だけではないのですね。たとえばラマ仏の肉身成仏の秘法にしても、釈迦の死んだ後に起こった秘密仏教、仏教と婆羅門教の結びついたような邪教にしても、こういった教えはすべて、黒いミサの信仰に期せずして一致するのですね」

「ひひひひひ、ひひひひひ」

突然、ぶきみな静けさを破って、杉浦雅男が笑い出した。この陰惨な笑いには耳なれているはずの高川警部が、とび上がりそうになったほど、奇怪きわまる笑い声だった。

「神津先生、いや聞きしに勝る先生の博学多識ぶりには、小生も舌をまいて感服仕りました。おかげで、僕も五つ六つ、詩の材料はいただきましたが、さて、われわれ日本アマチュア魔術協会の会員たちは、いずれも紳士淑女の集まりで、その演じます大魔術は、みなタネも仕掛けもあるものばかり。それは時にはギロチンとか、ひとりで歩く蠟人形とか、照る照る坊主の替え歌とか、いろいろな小道具も持ち出しますが、これらはいずれも、お客の注意をひきつけようといたします、こけおどしの小細工で――左様なものの一つである、この十三本の蠟燭におびえて、黒いミサなどの講義をなさるとは、いや天才神津先生にしては奇妙な疑心暗鬼にお捕われになったもの、抱腹絶倒ものですな。ひひひひひ、ひひひひひ」

まるで軽口か漫才のような、ぺらぺらとした言い方だが、この道化師のようなせりふは、かえって高川警部の心の中に、新たな恐怖を目ざめさせた。

しかし、恭介はかたくこわばった表情を、少しもゆるめようともせず、

「それは、あなた方、会員のみなさんがおやりになるのは、みなマジック――ただの魔術かも知れませんが、オールド・ブラック・マジックの存在を信用なさるお方も一人はいるはずですね」

「それは？」

「いうまでもなく中谷さん。あの人はあなた方のようなアマチュアのお道楽ではなく、以前は魔術というものに、一生を賭けようとなさったお方だから……松下君に、今度の事件の第一幕が始まる直前、はっきりと公言しているそうじゃありませんか。四方をガラスで囲まれた、いわゆるガラスの塔から脱出するという大魔術——世紀の大魔術師といわれたフーディニエにして、しかも成しとげられなかったこの難中の至難事を、自分は見事にやってのけたと。その秘密を体得するために、自分は悪魔に魂を売ったと。そしてまた、自分のような大魔術師が、もし犯罪をおかしたとしても、現在の日本の警察官には、その手がかりの片鱗（へんりん）も見やぶれまいと——これがいわゆる悪魔教、オールド・ブラック・マジックの教義でなくて何でしょう。僕がいま数えあげた悪魔に仕える十一の方法の中には、たしかに、あらゆる人々に、この教えを宣伝するという誓いが含まれているはずですから……」

「神津さん、あなたは第一幕から第二幕までの時間を、無為（むい）にお過ごしにはならなかったようですね」

いつの間にか、一同の背後の扉が開いて、白髪の魔術師、中谷譲次が立っていた。

「よくお調べになったものです。オールド・ブラック・マジックのことを……しかし、いまおっしゃった、悪魔に仕える戒律の十一番目のものは、いったいお忘れになったのですか。それともわざとおっしゃらなかったのですか？」

恭介は人形のように黙したまま、この問いには答えようともしなかった。

「よろしい。それでは私から申しあげましょうか。その戒律の最後のものは、――人形を尊ぶこと人間のごとくあれ。人形をさいなむこと人間のごとくあれ……」

まるで、ぶきみな呪文のように、この魔術師の声は、広い洋間に、こだまも残すことなく消えた。

第七場　黒いミサ

もしも、高川警部が職権を以て、この黒いミサの実行を妨げていたとすれば、たとえ第三の殺人は防止出来なかったとしても、この第三幕の様相は実際に起こったものとは、よほど異なった形になっていたことは疑う余地もない。

だが、この夜の状況から判断すれば、高川警部のとった処置も、それほど当を失したものとはいえないのだ。

たとえば、法医解剖が難航をきわめたために、まだ死体の残骸（ざんがい）引き渡しの手はずも整ってはいなかったし、葬儀は当然東京の本邸で行なわれるはずだったし、内輪（うちわ）の通夜といってもまだ、その準備さえ出来ていないような始末だった。

それに加えて、その殺人犯人が、いまこの別荘に集まっている十数人の人物の中に限定されることは絶対に確かな事実なのだし、一旦この一団が四方に散ってしまったら、またもう一度、一堂に集めることが出来るかどうかも、警部には全く目算がなかった。

名探偵神津恭介も、まだこれという最後のきめ手をおさえていない様子だし、出来るなら、犯人に第三の殺人を行なうような機会を与えたとしても、機に臨(のぞ)み変に応じて、しかるべき手段を講じながら、敵の手にのると見せてしかも間一髪のところで、殺人を防止し、犯人の逮捕という幕切れに持って行きたいと警部が考えたとしても、それほど不思議はないことだった。

それでも、内心はやはり心配でならなかったのか、警部は恭介を、この黒いミサの会場からさそい出し、ひくい声でたずねた。

「神津さん、われわれは、今度の殺人の動機をいままであまり現実的に割り切ろうとしていたようですね。表面にあらわれた奇怪な姿を、これは犯人の小手先の技巧だ。その裏の秘密の意図を包みかくそうとする一つの粉飾だときめこんで、その動機を復讐とか物欲とか、誰にも納得の行くようなものにだけ限ろうとしていたような嫌いがありますね。ところが、いま、あなたのお話を聞いたり、あの中谷氏の話を聞いたりしているうちに、私も何だか妙な気持ちになって来ましたよ。迷信、狂信——そんなものが、案外この殺人の根本的な動機じゃないかと思うんですが」

「全く、一口には何ともいえませんね。第一ここへ集まっておられる御歴々は、どなたのお顔を眺めても、みな一癖も二癖もあるようなお方ばかりだし、それにオールド・ブラック・マジックなどという、時代ばなれのした怪物までとび出して来るようじゃ」

恭介は強く下唇を噛みながら、

「今度の事件で、僕が一番苦労しているのは複雑な、複雑すぎるほどの色彩が、一面に交錯していることなんですよ。まるで新しい流派の絵のように、画面いっぱい、いろいろの原色がのたうち廻って、何が描かれてあるのかさっぱり見当がつかない。一つ一つの色を見ていると、なるほど動機が復讐とか、物欲とか、狂信とか書いてあるような気がするし、その動機に従って、それぞれの場合にふさわしい犯人の顔も浮かび上がって来るのですが、さて全体の構図から考えて見ると……」

抽象的な言い方だが、このたとえは珍しく高川警部にもよく理解が出来た。

「それで、神津さん、今後の方針はいったいどうすればいいのでしょう？」

「結局、こうした性格を持った事件は、表面の色彩には絶対に惑わされないという覚悟が必要なんですね。動機はいろいろ、殺意を持った人々も何人となく考えられるわけですし、そうした人々のいうことをすることを、いちいちとりあげていたんではきりがない。一切の先入主を捨てた上で、純理論的、数学的な計算をして見るより、ほかに解決の方法がなさそうですね」

「そうすると、やっぱりこのまま、事件を自然に進行させて、いましばらく、犯人の動きを注意していた方がいいということになりますね。あの黒いミサとかいう儀式も、そのままやらせておいて……」

「そう思います。たとえば剣道や何かの勝負でも、先手をとるにはいろいろの手段があるようですね。こちらからうちこむ、ただの先。こちらの隙を見せて、相手にうちこませ、それをかわしてこちらから切りかえす後の先。そしてまた、むこうが後の先の戦法に出ようとしていることを知りながら、その動きをさそうために、こちらから最初の攻撃をかけて行く先の後の先」

「それで今度は？」

「それはいうまでもないことです」

恭介は、ようやくかすかな笑いを浮かべるだけの余裕が出来たらしい。

「犯罪捜査というものはすべて、相手に先手を譲るものですよ。ただ、第一の事件では完全な後手、まあこれは仕方がないことですが、第二の事件でも、先手をとろうとしてやっぱり後手をひいたんです。第三の事件では、せめて後の先をと思うんですが、それはこっちの側からいうことで、むこうの立場からいったなら、たえず先の後の先をとっていることになるんですよ。実に見事な太刀さばきですね」

「たとえばどんな？」

「まず、第一に人形にちょっかいを出して先をとる。これが陽動作戦で……何しろ妙な事件だから、誰だって何かの反応は示して来るでしょう。犯人としては、一応ここで後手をひいたと見せて、第三の動作で見事殺人をやってのける。りっぱな先の後の先じゃありませんか？」

「なるほど、そういうことは、人形殺しを終わってむこうが後手に廻ったその隙に、いま一歩ふみこんで、止めを刺すべきだということですね」

「少なくとも、僕はそう思うんですが……その意味で昨夜この家にいあわせなかったということは、人形殺しから殺人までの一時間何十分かの時間を無為に過ごしたということは、僕にとっては最大のミスでしたね。犯人が後手にまわったその間に……」

恭介は口惜しそうに、肩を落として溜息をつきながら、

「まあ、すぎたことを今さらとやかくくりかえしても、死んだ子供の齢を数えるようなものですが、その失敗の貴重な経験を生かすなら、いまが最も大事な期間なんですよ。第三幕ではいまのところはまだ犯人が人形を殺して後手にまわっている……その間に先手をとらないと」

「その方法は？」

「黒いミサは結構、中谷さんが二人の犠牲者の霊魂をよび出して、犯人の名前を名のら

せるというなら、それも結構——ただ、今度狙われる番にあたっているのは、恐らく綾小路さんか典子さんでしょうし、そちらの警戒は厳重になさる必要がありますね」

「そちらの方は大丈夫です」

警部は自信満々と、

「綾小路さんは胃が痛いといって床についているようですし、典子さんは、その看病や何や彼やで、離れの方からは一歩も出られないようです。病間の隣りの部屋には、私服が一人ついていますし、離れだけでも、四、五人警官が見はっているでしょう。あの地下道の入口にも錠をおろしてしまいましたから、まあ、少なくとも今夜のところは、何の心配もないと思います」

「明日のことは、明日になってから考えよう——というのが、あなたの生活信条でしたね」

恭介はじっと腕時計を見つめて、

「そろそろ約束の時間でしたね。参りましょうか」

と、先に立った。

あの部屋には、この家に集まった魔術協会の会員たちが、一人のこらず顔を見せていた。恐らくは、これからここで行なわれるのが、話に聞いているばかりで、その実体を見たこともない、黒いミサだということを知りぬいて、一つには恐いもの見たさの好奇心から、一つには、この場に顔を出さなければ、自分に妙な嫌疑をかけられはしないかという、不安と虚勢のまじった気持ちから、重い足を運んで来たのだろう。

警部と恭介が入って行くと、中谷譲次は顔をあげて、

「これでみなさんおそろいですね。さあ、それではいよいよ始めましょうか」

と陰鬱な調子で口を開いた。

「ちょっと待って下さい」

警部は椅子に腰をおろしもせず、

「中谷さん、これからここでどんなことが始まろうと、それが犯罪でないかぎり、私には口を出す資格はないのですが、ただ、こうした事件の起こった後ですから、一言だけおたずねしておきます。この部屋の灯りはどうするのですか?」

「電灯は消していただきますが、この蠟燭を灯しますから」

「すると、全く暗闇になる――ということはないわけですね?」

「十三本の蠟燭が、全部消えないかぎりは」

高川警部はうなずいて、恭介と沢村博士の間の椅子、中谷譲次とは真正面にむきあった位置の椅子に腰をおろした。

彼は暗黒を恐れていたのだ。この部屋の中に、いま円卓を囲んでいる人々の中には必ず恐るべき殺人鬼が仮面をかぶってひそんでいるはず……その相手が、もしあらゆる灯(ひ)が消された時には、どういう動きをして来るか、それは彼にも全く予想が出来なかったのだ。

いや、警部はさっき恭介と二人でこの部屋へ入って来たときから、何とも説明出来ないような漠然とした不安を心に抱いたのだ。

理屈ではなく、五官に直接感じられるようなものではない。ただ長年の警察官の生活で鍛えに鍛えた第六感が、その耳に無言の暗示をささやいたのだ。

何か起こる！　今夜のうちにこの部屋で！

その感情は、恭介の説明を聞き、中谷譲次の昂然(こうぜん)たる様子を見て、いよいよ激しくなって来た。そして、いまこの椅子に腰をおろす前に、灯りのことについて、しつこくだめをおしたのも、その乱れた心を鎮めようとする一つの自己暗示にほかならなかったのだ。

電灯は消え、十三本の黒い蠟燭の光が、居ならぶ人々の顔を、ぶきみに、血の通わぬ人形のように照らし出した。たえず、ちらちらと動く焔が、その顔に、奇妙な陰影を浮かび上がらせ、サバトの夜に集まった魔法使いの群れのような印象を与えた。

中谷譲次の眼の前には、悪魔をかたどって作ったものか、奇妙な小さな木像が立っている。その前の香炉に彼は香を投げいれ、ひくく奇怪な呪文をとなえはじめた。

この香はいったいどんなものなのか——甘酸っぱい、頭を麻痺させるような香いが、やがて部屋いっぱいに漂いはじめた。ひくい羽虫のうなりのような呪文は絶え間もなくつづき、人々はまるで化石となったように、呼吸の音も聞こえない。

警部の左の手を強く、恭介の右手が握りしめて来た。その女のように華奢な手が、やはり冷たい汗に濡れている。琴線のようにぴりりとはりつめた恭介の神経が、直接に感じられるようだった。

恭介は警部の手を強く握り、ゆるめ、また力をいれ、ゆるめる動作を何度かくりかえして来た。

モールス信号！

警部はようやく気がついた。トンとツー、短い点と長い棒との組み合わせで、四十八字をあらわして行く、原始的だが確実な通信法で、恭介はいま無言のうちに、自分と意思の疎通をはかっている……。

「ワカルカ　ワカルカ」

恭介の手はたずねていた。

「ワカル　ツヅケヨ」

警部は掌に力を入れて答えかえした。

「カレハ　サイミンジュツヲ　ネラッテイル　シューダンサイミン　メズラシイホーホーダガ　デキナイコトハナイ」

「アノニオイトジュモンガソレカ」

「ソノトオリダ　キヲチラセ　ホカノコトヲカンガエテ　カレノアンジニマキコマレルナ」

「ナニヲカンガエタライイ」

「オクサンノカオデモ　コドモノコトデモ」

通信はちょっとの間とぎれた。

警部はぐっと臍下丹田に力をこめ、眼に見えぬ悪魔のような力をはらいのけようと首をふり、眼を見はって、あたりを見まわした。

集団催眠によって、その場に居あわせるすべての人々に、同一の幻影を認めさせる魔術――これは、純正魔術の中では最高峰に属するものといわれている。

たとえば、むかしからインドに伝わるという大魔術、白昼路上で魔術師が空へロープを投げ上げ、それを柱のように直立させて、それにすがって空高くよじ登って姿を消すという魔術は、この集団催眠の術が極致まで至りついたものといわれているが、これが話にだけ伝えられながら、それを目撃したという信頼の出来る人物があらわれたことのないのは、恐らく白昼、こうした公開の場所に集まった人々を一人残らず幻影の虜とすることが、難中の難事であるためなのだろう。しかし、こうした閉ざされた場所で、こういう暗い光の下で、恐怖におびえた人々の心を捕えることならば、自ら大フーディニエの再来と称するこの魔術師には、あるいは可能かも知れないのだ……。

そういえば、これも一つの幻聴なのか、中谷譲次のとなえる呪文の間隙を縫って、地の底からひびいて来たのは、たしかにすすり泣くような女の声だった。

「お前は誰だ？」

呪文をとどめて、たずねた中谷譲次の問いに答えて、

「わたくし、佳子……」

「いま一人は？」

「そこまで来ている……」

ふたたび短い呪文と、すすり泣くような声、そしてふたたび魔術師の声。

「いま一人、そこに来たのか？　さまよえる霊はこの場へあらわれたのか？」

「イエス、マジシアン……」

「一に一を加えて三、七に九を足して十三、眼に見えぬ力の名にかけて問う。汝等二人を殺した者の名は……」

「その男は二人、この中に、この部屋に……」

その答えとともに、ふたたび恭介の手が、警部の掌に伝えて来た。

「フクワジュツ！」

腹話術——唇を動かすこともなく、体内の膜や気管を振動させて、人間の言葉と同じ声を出す、この方法ならば、老練な魔術師には必ずしも不可能ではないはずだ。幽霊の正体見たり枯れ尾花——中谷譲次の豪語も結局はこんなこけおどしの芸当だったのかと、警部は声をあげて笑い出したくなった。

だが……。

「その名を告げよ」

中谷譲次の言葉に答えて、突然思わぬ方向から、別のぶきみな声が、おしつぶしたようなひくい息吹き（いぶき）とともに、

「それは二人……二人の男……」

中谷譲次の声がたえ、同時に恭介の掌が、

「ベツノコエ　オソラクハンニン！」

「それは？」

高川警部は、われを忘れて声をあげた。謎の声は、かすかに、

「中谷譲次と、杉浦雅男」

「あッ！」

思いもよらない二人の名前に、人々は無言の誓いも忘れて、かすかな呻きをたてた。

その動揺を嘲るように、

「獅子の座にこそ直りけれ、獅子の座にこそ直りけれ……」

「ひひひひひ、ひひひひひ、ひひひひひ」

狂ったような笑い声をたてて、杉浦雅男は立ち上がった――と思う間もなく、よろよろと椅子から床の上に崩折れて、そのまま気を失ってしまったらしい。

「電灯を！　電灯を！」

恭介は、突然立ち上がって叫んだ。扉の外に立っていた警官が、その声に応じて、スイッチをひねったのか、部屋中には、ふたたび光明が帰って来た。

「杉浦さん、杉浦さん……」

詩人の隣りの椅子に坐っていた小月マリが、床に倒れた杉浦雅男のそばにひざまずき、その体をゆすぶり、そして、何かにうたれたように、とび上がって鋭い悲鳴をあげた。

「どうしたのです。いったい……」

「死んでいる！　この人は……」

一瞬、誰も化石のように立ちすくみ、そしてその一瞬の後に、この部屋は形容も出来ない混乱の渦中にまきこまれた。

誰が、どういう動きをしたのか、さすがの高川警部にも、それは後でもどうしても思い出すことが出来なかった。

ただ、人々の間をかきわけ、この被害者のそばに近づき、その手首を握って脈をとり、それから胸をあけて心臓にさわって見る——という機械的な動作を、本能的にやってのけたのはおぼえていた。そしてまた、自分のそばへ近づいて来た神津恭介が、まるで血を吐くような声で、

「獅子！　獅子！　これが獅子！　これが黒いミサの犠（にえ）？　やっぱり悪魔がやって来たのか？」

とつぶやいた言葉が、鼓膜に刻みこまれたように残っていた。

第八場　獅子の座にこそ直りけれ

この第三幕の殺人は、警部にとっても、恭介にとっても、完全に意表をつかれた事件だったにちがいない。

先の後の先——犯人は一旦完全に後手に甘んじながら、恭介がまだ打ちこむ隙を見出せないでいるうちに、ふたたび主導権を奪還して、この名探偵の輝かしい経歴の中でも最大の失敗の一つと思われる致命的な一撃を与えて来たのだ。

死因はすぐに判明した。杉浦雅男の死骸のそばには、半ば空になった注射器と、空のアンプルが落ちていた。恐らく青酸系の毒物、一ccかそこらの量で完全に人の命を絶つような猛毒の溶液が、その腕に注射されたのだ。

恭介をうながして、別室に去った高川警部は、今度こそ完全にノックアウトされたように、ソファーに深く身を沈めている相手を激励するように、

「神津さん、今度もまたわれわれの負けでしたね。しかし、勝敗は兵家の常——局部的

な敗戦などに気を落とさないで、この禍を転じて福とする方法を考えて行こうじゃありませんか」

「やられましたね。いまから考えて見れば何でもないことを……あの獅子を見たとき、そこまで思いあたらなければならなかったはずなのに、僕ともあろう者が……」

恭介は口惜しそうに歯ぎしりしながら、

「犯人はさぞ、いまごろは僕たちの失敗を、心の中で大声をあげて笑っているでしょうね。あの獅子、刺された獅子の置物を、僕は全然、別の意味に解釈していたんですよ。あの獅子は――前の二つの人形殺しと同様、殺人の予告だったのです。ただ、さっきも申しあげたように、獅子は綾小路家の一家の象徴、そのトーテムのようなものだと思ったので……獅子、唐獅子、そして杉浦雅男、どことなく恰好が似ていますものね。杉浦さんが背中を曲げて、両手を前にたれたこういう感じが、犯人の狂った感覚には唐獅子が後足で立ちあがったような恰好に思われてしかたがなかったんですね。全くの狂人か悪魔でもなければ、こういう皮肉な冗談など思いつきもしないでしょうね」

「そのあたりは全く同感です。私もおかげで松沢行きのおともをしそうで……」

警部は、大きな拳をかためて、自分の首筋のあたりを何度もたたきつづけた。

「やはり、黒いミサという儀式は、たとえその形がいくらか変わっていたとしても、根本的には不変の法則があるのですね。悪魔は必ず人間の命を、その祭壇に捧げるよう要求するのでしょうね」

「たしかに、悪魔があの席に姿をあらわしたということは否定出来ませんね。あの時、突然、声の調子が変わったことはおぼえておいででしょう。あの後で、ささやいて来たのはたしかに犯人……中谷さんが、最初からそこまで計画して、あの黒いミサを始めて行なったのか、それとも彼としても、僕たちと同様に、犯人に裏をかかれたのか、そこまでは簡単にいいきれないでしょうが、中谷さんとしても、プロの魔術師であるという面子にかけて、あくまで意地をはり通すでしょうし……」

「自分が犯人だということを認めて？」

「そんなに簡単には行きませんよ。たとえ、仮に彼が悪魔を信じていたところで、現代の日本では、信仰の自由は認められているんだし、それだけの理由で宗教裁判のように、火あぶりだのはりつけにするわけには行かないじゃありませんか。そんな地に足を生やしていない空理空論はお預けにして、実際の犯罪を分析して見ましょう。今度の第三幕で問題になることは三つあると思います。

第一に、中谷さんはいったいどんな目的であの黒いミサを始めたか。

第二に、あの時の声はいったい誰の口からとび出したのか。

第三に、あの毒をどこから入手したか。どうして誰が、あのとき、彼に注射出来たかということです」

「その問題は三番からお答えして行った方が早そうですね。私も何となく妙な予感がしたものですから、あのミサが始まる前に、だめをおしておいたでしょう。電灯は消したといっても、あの蠟燭が十三本もついていたので、席を立つような人間があったら、必ず眼につくはずだった……だから、悪魔か透明人間でもあらわれなかったかぎり、あの右側に坐っていた小月マリか、それとも……」

「小月さんが、やったということは考えられないと思います。いくら、集団催眠で、気がぼーっとしていたとしても、人が自分の腕をおさえて、注射するのを知らないでいるということもあり得ないでしょう」

「すると、自分で自分の腕に注射したということになりますね？」

「いうまでもなく、それが唯一の可能性でしょう。ただそれが自殺か、それとも誰かが、毒の入ったアンプルを、彼に与えたか、そこまではっきりいえませんね。何しろ、杉浦さんの体をいまちょっと見ただけでも、相当に注射のたこが出来ていましたから、きっとヒロポン中毒もかなり昂じていたのでしょうね。だから、ああして、まともな人間でも気が変になりそうな雰囲気では、その圧迫感から逃れるために、薬の力を借りようとするのはあり得ることですよ。それを、あの儀式が始まる前に、沢村さんからアンプルをとりあげられているでしょう。だから、誰かが、これをヒロポンだといって、毒のアンプルを提供したか、それとも初めから、杉浦さんの持っているヒロポンのアンプルの中に、犯人が何本か、毒をまぜておいたのか、どっちにせよ、それを知らずに、自分で注射したのでしょうね」

「それが偶然、あの奇妙な儀式の席上で……それは、アンプルなら、先を切って、中身を入れ直し、またガスか何かで先を封じておくということは、少し器用な人間なら誰にでも出来ますからね。まあ、杉浦さんの荷物は全部おさえて、ビタミンの箱に入っていたアンプルを全部で二十五本、すぐ分析に送る手はずをすませましたし、沢村先生のとりあげたアンプルもこちらにいただいてあります」

恭介はかるくうなずいた。こういう定石的な手順なら、まかしておいても間違いないという顔で、

「そのほかに、何かこれというものは、荷物の中に入っていませんでしたか?」

「こういう手帳を見つけましたよ。いろんなことが細々(こまごま)と書きこんでありますから……これを調べて行けば、何か参考になるようなことが見つかるかも知れませんね」

警部はいくらか手ずれのした、黒いポケット日記ぐらいの小さな手帳を恭介の手にわ

たして、

「それから、小月さんが、最後に、妙な言葉を聞いているんだそうです……われわれの耳には入らなかったけれど、つぶやくようなひくい声で、黒い郵便——といっていたんだそうですよ」

「黒い郵便？」

恭介は不審そうに眼をあげて、

「妙なことをいっていたものですね。もっとも、いくらか毒が体に廻っていたとすると、どんなことをいっても、不思議はないけれども……黒い郵便という言葉から思いつくのは、黒枠の死亡通知ですね。もちろん、舌足らずで、何かいい足りないところはあったのでしょうが」

恭介は、ちょっと考えこむように眼をあげ、

「高川さん、この手帳を貸して下さいませんか。一時間か二時間ぐらい、この内容を研究して見たいんです」

「どうぞ、十分御研究下さい。何しろ、魚は残らず網の中に入っていますから、捕まえるのに、二時間や三時間はかかっても、ちっともかまいませんから」

「ありがとう」

といって立ち上がったものの、恭介の顔にはいつものような自信と生彩が見られなかった。一、二歩、歩き出しながらふりかえって、

「高川さん。あの時、最後の瞬間に、犯人は妙なことをいっていましたね、人をからかうような調子で、

——獅子の座にこそ直りけれ。

あれはたしかに、謡曲の『石橋(しゃっきょう)』の中の言葉だと思いますが、ほかに長唄(ながうた)にもあったようだし、そんな詮索は別としても、いったい犯人は何か深い意図があって、あんな言葉をもらしたのでしょうか。それとも、ピアノの装飾音のように、自分の演出した殺人に、奇妙な効果を添えようとした、悪戯にすぎなかったのでしょうかしら……」

何となく、悲痛な暗い影を後にひいているような感じで、この白面長身の名探偵は、よろめく足をふみしめて、この部屋から外へ出て行った。

第九場　黒い手帳の秘密

事件は全く意外な方向に進展し、意外なもつれ方をした。かげにかくされた秘密はどうか知れないが、綾小路家の血をうけついだ人々ばかりが、被害者としてねらわれているという前提から出発した一つの捜査方針が、完全に覆（くつがえ）されたのだ。

これが、ただ捜査陣を混乱におとしいれることだけをねらった、犯人の小作戦として見ても、この一撃は実にたくみな効果をおさめたものなのだし、もしも、何かそれ以上の大きなねらいを秘めたものだとすれば、それはあまりに重大すぎて、その企図は想像も及ばぬくらいだったのである。

恭介が、どこかに人目をさけて、この手帳に眼を通している間に、警部は気をとり直して沢村博士をよびよせた。

小月マリとは反対側だが、杉浦雅男の隣りの席に坐っていたことだし、それに精神病の専門家で、自分たち二人があの部屋から外していた時にも、そのまま座に残っていたのだから、何か役に立つような証言が得られるかもしれないと思ったのである。

沢村博士も、眼を血走らせ、青ざめきった顔色で入って来た。証拠物件を発見して意気揚々としていた時の、あの得意然たる様子はどこかへ消えてしまっていた。冷静なるべき医学者が、しかもこの事件には局外者として平静に事の動きを見守れるはずのこの博士までが、これほど興奮しているようでは、この黒いミサのぶきみな雰囲気と、あの隠微にして巧妙な殺人が、人々の心に、どれほど深刻な影響を与えたか、それは高川警部にも何となく見当がつくような気がした。

「警部さん、どうです？　今度の殺人は、神津さんに見当がつきましたか？」

部屋に入ってくるなり、それが博士の第一声だった。警部はかるく首をふって、

「やられましたね。今度は神津さんも私もノックアウトパンチを顎に食って、カウント・エイト――ロープにつかまって、ようやく立ち上がったというところ。眼の前がこう、ふらふらして、相手の顔も見えないような恰好ですよ」

警部は苦笑いして、眼の前の椅子を指さし、

「どうぞ、おかけになって下さい。もうこうなると、この事件は法医学の領域をはなれて、精神病理学の分野へふみこんで来たようですから、ここで先生の御意見をお聞かせ願いたいと思いまして」

「ピッチャー交替というところですか？　さっきのあなたのお顔を見ていると、いまにも私を捕まえて、お前が犯人だ——とどなりそうな感じでしたよ」

こんなことをいい出したところを見ると、沢村博士もいくらか落着きをとりもどして、気持ちがほぐれて来たのだろう。ゆっくりと警部の前の椅子に深く身を沈めて、

「さて、冗談はぬきにして——いったい、何をおたずねになりたいのです？」

「あれから、中谷氏が部屋に入って来てから、私たちはちょっと部屋をはずしましたね。それからどんなことが起こったか、まずそれからおたずねしたいんです」

「さあ、そこのところはちょっと一口では説明出来ませんね……私は階段をおりて来て、杉浦さんが人目をはばかるようにして、あの部屋へ入って行くのを見て、最初におやと思ったんです。何か悪戯でもするのではないかと思って、あとを追ってあの部屋へ行って見ると、ああしてヒロポンをうとうとしているでしょう。何度も前に忠告したことがあるんですが……そのたびに、もうやめます、もうやめますといったきり、口先だけは殊勝なことをいっているものの、焼け石に水だったんですね。そこを現場を見とどけたものだから、私もかっとなって——何しろ、この家へやって来てから、私も気がたっているものですから」

「いや、先生のようなお仕事をなすっておられるお方には御無理もないことです。私に

したところで商売柄、ポン中の人間はずいぶん見ていますが、自分の体をいためるだけならまだしも、実際、普通の人間には考えられないような凶暴な真似をやり出すのを見ていると、注射しているのを見た日には、横っ面ぐらいなぐりつけてやりたくなりますよ。それでその後は？」

「あなた方が部屋を出られてから、中谷さんはあの部屋から庭へ通ずるガラス戸がありますね。あの戸を開けて三、四分庭へ出ていました。きっと、空模様か星の運行か何かを調べる必要があったのでしょうね。その間、私たち二人はあの部屋に、二人きりでとり残されたわけですが、むこうも薬がきれていきりたっていたんでしょう。いろいろと、私に食ってかかりましたが、精神病患者のお相手は専門ですから、こっちもあたりさわりのない返事をしているうちに、青柳さんや、水谷さんが廊下から入って来る。中谷さんが庭の方から入って来る。あとは、みんな思い思いの席に坐って、あなた方のおいでを待っていたわけですが、べつにその場では、大した話も出なかったようですよ」

　科学者らしく、てきぱきした秩序整然たる話し方だった。

「それで薬は——彼が自分で注射したんでしょうね？」

「そうでしょう。それに違いはないでしょう。何しろ、ポン中の連中は薬がきれると一分一秒もがまん出来ない方だから、ろくに消毒もしやしません。私も変なことをしやしないかと思って、隣りに坐ったんですが、あのミサの方に気をとられてしまったものだから、アンプルを切る音も聞こえなかったんです。部屋全体——ことにテーブルの下は暗かったし、それに彼の右側に坐っていたものだから、左腕を裸にして注射していたことも気がつかなかったんです」

「御無理もありませんね。ことに彼は、ああいう姿勢だから、いっそう横からは見通しが悪いでしょうからね」

警部も博士の言葉には理屈があると認めないではおられなかった。

「それでは先生にとりあげられたアンプルのほかに、もう一本準備していたのですね？もし、それを二本いっしょに注射していたら、あの黒いミサの始まる前に、殺されていたというわけですね？」

「他殺か自殺か、それは私のような門外漢には何とも申せませんが、あなたなり神津さんなりが、他殺と断定なさるなら——恐らく、そういう場面が展開されたのでしょうね。あんまり劇的とはいえませんが……」

「まあ、それでも結構劇的な殺人だったんじゃありませんか。もちろん、実際に起こったあのクライマックスの方が、はでだったにはちがいないとしても、犯人としては、相手がいつその毒を注射するか——まさか、そこまでは計算も出来なかったでしょうしね。

まあ、先生があの時邪魔をいれて下さったおかげで、このはで好きな犯人には、思わぬ見せ場が出来たということになったんですね」

沢村博士は二、三度大きくうなずいて、

「結局時間の問題だったというわけですな。私があぁして癇癪を起こしたのも、結局一時間足らずの間、彼の命を長らえさせる以外の役には立ちませんでしたね」

「まあ、それは致し方のないことですよ。ところで、注射薬のアンプルの中身を入れ直すということは、そんなに難しいことではないとしても、この家へ来てから、そんな工作をするということは不可能な話ですね。だから犯人は最初から、その準備をして、こちらへやって来たというわけですが……こう考えて見ると、松下さんの方は、いよいよ幸運だったというほかはありませんね。麻酔剤のかわりにあの毒を注射されて、あの世へ送られたとしても、ちっとも文句のいいようはなかったでしょうから」

「私も、その点は全く同感ですよ。一度しかお目にかかっていませんが、竹を割ったようにさっぱりとした、いいお方だと思いましたし、それにくらべて、一方の詩人の先生と来た日には……」

「個人的には、私も先生の御意見には大いに賛成いたします。生きていたなら、つきあいたくない相手ですが、いざ殺されて死体になって来られると、職務上、おつきあいをしないわけには行きませんからな。ところで、問題は誰が彼に、毒のアンプルをつかませたかということです。恐らく、ほかのアンプルの中にも、同じような種類の毒物は発見されると思いますが、いったいここにおいでのお方で、彼がポン中だということを知っているのは誰と誰なんでしょう？」

博士はかすかに苦渋の色を浮かべて、

「それは一人一人におたずねになった方がよろしいんじゃありませんか。正直なところを申しますと、初めてお目にかかったお方が多いので……まあ、みなさん有名なお方ばかりですから、たいていお名前は存じあげておりますけれど……」

「ごもっともです。ただ、先生の御存じの範囲では、杉浦さんはそのことを秘密にしていたでしょうか。それとも……」

「前はそんなに悪い人ではなかったんですがね……戦争がすむまでは。体のこともあって、兵隊にも行かなかったし、工場で働くというわけにも行かなかったけれど、情報局や何かの役人と知り合いで、結構戦意昂揚とか何とかはりきっていたものですがね……それが、戦後になってがたがたと、心の支柱が崩れたんですね。詩人というのは名ばかりで、ずいぶんいかがわしいような読物まで書いて、その日その日のくらしを立てなければならないようなことになって……そのうちにポンをうち出して、それから、ああして性格がねじくれてしまったんですね。ただ、そのことは出来るだけ、人に知れないように気をくばっていました。誰かに見つかると、ビタミン剤とか、神経痛の治療だとか、ごまかしていたらしいんです。だから、恐らくここに集まっておいでのみなさんも一度や二度はその現場を目撃していると思いますね。ただ、その逃げ口上を真にうけたか、それともその言葉のかげにかくされた真相を見やぶったか、それは全然別の問題です」

「いやな性格だとは思いましたが、それは必ずしも先天的なものではなかったのですね？　後天的な、覚醒剤の濫用から来た異常性格だったのですね？」

「そうだろうと思います。もっとも、これは専門の精神病医の判定としてではなく、私の個人的な感想として聞いていただきたいのですが、薬の効力がきれて来ると、ああして腹にあることを残らず、毒舌の形でぶちまけたり、必要以上に卑屈になったり……その薬を買う金がなくなると、人をゆするような真似までしてその金を調達する……ある時、私はふと思ったことがありますよ。この男は、売れない詩などを書いているより、探偵にでもなった方が、あるいはもっと成功したのではないかと……あなたや、神津さんなどとは、全然タイプは違いますが、頭の鋭いことにかけては相当なものでしたよ。ただ、性格があまりに陰性にすぎたので……人の私行上の欠点なりスキャンダルなりを探りあてることにかけては、人なみはずれた才能に恵まれていたのですがね」

「先生、私はいまちょっと思いついたのですが……その才能が、結局その身を滅ぼしたのではないでしょうか。よく泳ぐものは溺れるというように、彼はこの事件の底に横たわっている何かの大きな秘密を探りあてた……ただそれを、普通の人間がするように、われわれの方へ無償で提供するという気にはならなかった。そのかわり、例の調子で、それを小出しに、ちくりちくりと痛いところを針で刺すような真似をして、相手をゆすっているうちに、犯人としては、もうこれ以上がまんが出来ないという最後の一線にまで追いつめられてしまったのではないでしょうか。経済的にはともかく、心理的には、これ以上相手のいうことも聞いてはおれない。これ以上、やつを生かしておいては自分の身の破滅だと覚悟をきめて——必殺の一撃を浴びせたのではないでしょうか？」

「あたらずといえども遠からず——といったところでしょうね」

沢村博士が、何か言葉を続けようとしたとき、扉が開いて神津恭介が入って来た。

「ああ、先生、こっちにおいででしたか？　よろしいんです。どうぞそのままで……杉浦さんのノートを調べているうちに、妙なことをいろいろと発見したのですが、何しろ暗号のような文句で、僕にも意味がわかりません。三人寄れば文殊の知恵ということもありますから、先生も一つお力を貸してはいただけませんか」

大急ぎでぬき書きして来たのか、何枚かの紙をテーブルの上におきながら、

「あの先生は何にでも、変わったことには興味を持つらしいんですね。おたくの病院へ訪ねたときでしょうが、シェリック・アンプラー法——患者の病室を薄暗くして、薬物で衝撃を与える方法、と書いてその後に括弧して『あのやぶ医者のことだから、新しい方法には何にでもとびつくのだろう』と悪口がならべてありましたよ」

「あの人なら、そのぐらいのことは、いったとしても書いたとしても、不思議はありませんよ。ほかに私の悪口は書いてありませんでしたか?」

「ほかには見あたらないようですね。ところで、問題というのはこの部分ですが、まず第一に、あの新作魔術発表会の日の記録です」

警部も博士も身をのり出して、恭介のきれいなペン字のあとを食いいるように見つめた。


「首盗み——表が裏で、裏が表か?

似すぎた。あまりに。

入らなければ出られない。

彼女は実に利口者。

命の金髪」

この五行を何度か読みかえして、警部は思わずかるくうなった。もちろん、これは心おぼえのために作った、単なるメモにちがいない。恐らく、この裏には、何か大きな底知れぬ秘密が、この詩人が命をかけて探り出した、犯人の死命を制するような大秘密がかくされているにはちがいないのだが……その表現は皮肉なくらいに詩的でつかみどころがなかったのだ。

「それから、この一枚は、第一幕の殺人が発見された後二、三日の記録の中から抜粋したものです。前と同じで、全く難物」

恭介の言葉通りだった。この数行も、前の五行の一文と同様、全くつかみどころのないものだった。

「日焼けどめクリーム？

顔に化粧が出来ぬなら、せめて着物でうさはらし……といって、囚人にはそれもかなわぬ。

首をどこかに飾ったら？　かくすよりそっちが安全さ。

フェルゼン？　ハザマ？

金色夜叉——犯人か？

似ないなら似せて見せようほととぎす」

「おわかりですか？　この意味が？」

警部も沢村博士も首をふった。

「それから、この最後の一枚は——昨日から今日にかけての記事の中から、恐らく彼の絶筆でしょうね」

恭介は、別の新しい紙の上を指さした。

「人形かついでえっさっさ
人を呪わば穴二つ
はかるつもりではかられる
人形はなぜ殺される？

月光―銀河＝？

トイレの前に立っている。

人形二人、こいつが死んでしまったら、秘密はどこからも、洩れっこないさ。

獅子？ 獅子？ 今度は誰の番だろう？

悪魔が来たのか？ たしかにそうだ。

前になかったものを足す。

最も安全なかくれ家は？

穴蔵の中——ここなら悪魔は入れっこない。三十六計、奥の手で——警察の留置場の中へ。

捕まるためには？　乱暴？　酒？　薬？」

最後の一字を指でおさえて、恭介は憮然たる様子で、

「この薬という一字を書き終わってから、何時間もたたないうちに、杉浦さんはその薬で命を落としたんですね。この最後の部分だけは、僕にもいくらか意味がわかるような気がしますよ。恐らくあの人は、刺された獅子を見たときに、次にやられるのは自分かも知れないという、漠然たる不安を抱いたのかも知れませんね……といって、それは確信というほど強固なものではなかった……だから、すべてを打ちあけて、危険から脱れようとするより、彼らしい方法を選んで、自ら留置場行きを志願して出たので……それを、僕たちは笑って相手にしなかったけれども、こういう事件が起こると知ったら、むこうの希望通りに留置場へ送ってやった方が、まだよかったかも知れませんね」

恭介の声はかすかに震えていた。この不幸な詩人の最期を悼んでか、それとも自分の失敗を痛恨してか——それは警部にも、どちらともいえないことだった。

第十場　ダンケルクの敗退

それから二日、捜査は混迷のうちに終始した。神津恭介も高川警部も、直接のきめ手となるような手がかりを発見出来ず、万事を静岡県の警察部に任せて、事態を傍観しなければならなくなったのだ。

その結果は、はてしない泥仕合のように局面はもつれ、結局、この十数名の中に必ず犯人がまじっているということがわかっていながら、中谷譲次一人を残して、ほかの人々は釈放しなければならなくなったのである。

静岡から、恭介は将棋大会の審判長の役をつとめて東京へ帰る青柳八段といっしょに湘南電車へのりこんだ。座席に腰をおろし、電車が走り出すと同時に、恭介は悲痛な調子で口を開いた。

「青柳さん、今度はおたがいに、えらい経験をしたものね。これから、僕は、興津という地名を聞くたびに、ダンケルク——といわれたような気がするだろうよ」

「神津さんにも似あわないことをおっしゃる」

青柳八段は、恭介の気をはげますように、むりに笑って見せた。

「ダンケルクならいいじゃありませんか。あの時、チャーチルはたしかこんなことをいっていましたっけね。

――今次ダンケルクの撤退は、なるほど戦術的に見れば、ヒットラー一味の勝利であろう。だが、われわれの立場からすれば、わが軍ならびに連合軍将士の英雄的奮戦によって、これだけの兵力を温存して、英本土に撤退出来たということは、測り知れざる成功である。戦略的にわれわれは偉大な勝利をおさめたのだ。われ等はこれより、英本土の海において、空において、陸において、戦いぬくであろう。英国の領土のいずこかにユニオンジャックがひらめくかぎり、われ等はヒットラー打倒のために戦いぬく。諺にもよくいう通り、夜明けの前が、闇は最も暗いのだ……。

何しろ十何年も前のことですから、一字一句まではよくおぼえていないけれど、たしかにこんな文句でしたよ。あのころ、私はまだ若かったから、ドイツが勝つとばっかり思いこんでいたけれど、結局チャーチルのいった通りになりましたものね。それから私は将棋をさしていて形勢が悪くなると、さあダンケルクだと自分自身にいって聞かせて、そこでチャーチルの言葉を思い出すんですよ。相手だって神様じゃないんですから、気がゆるむと緩手や悪手をさしますからね。負ける時には、一手でも負けをのばして——投げはなるたけ汚なくするんです」

「なるほど、それも一つの勝負哲学かも知れないけれど……僕はこのごろ、いくらか気が弱くなったのかね。それとも、頭が悪くなってものが考えられなくなって来たのかねえ」

「気のせいですとも。どんな人間にだって、一時的なスランプというものはあるんだし、そんなにくよくよすることはありませんよ。われわれの将棋にしたところで、ついている時には、どんな悪く出来た勝負でも拾うし、ついていない時には、どんなによく出来た勝負でも落とすんだから、じっと眼をつぶって隠忍自重《いんにんじちょう》していれば、いまにむこうが悪手をさして……そのうち自滅してくれますよ」

「わが田に水をひくということがあるけれど、あなたは何でも将棋にたとえてしまうんだね……もう、そろそろ、ダンケルクの海岸が見えだすよ」

清水、興津、あの忌《い》まわしい殺人の現場である止水荘の下の鉄路を通りすぎた時、恭介は痙攣《けいれん》のように身をふるわせた。ここで、自分の乗っていた急行列車が、美しい佳子の体を轢断して通りすぎたのだ——という追憶が、まざまざと心によみがえって来たためなのだろう。

「神津さん、このことは誰にも話しませんが、いったいこの事件の犯人は誰だとお考えなんです？　もちろん、はっきりとした証拠は挙がっていないんでしょうけれど……警察では、中谷さんを犯人だとにらんで、泥を吐かせようとしているらしいじゃありませんか？」

「この事件の動機が狂信だとしたら……彼のほかには犯人は考えられないはずだろうが、どうかしら。もし、仮に百歩を譲って、彼が犯人だと考えても……警察では、とても自白はさせられないだろうね。専門の魔術師というものは、肉体も精神も、鋼鉄のように鍛えあげているから、たとえむかしの警察みたいに、遠慮会釈もなく拷問をつづけたとしても、彼の口を割らせるということは至難の業（わざ）だろうね」

「それでは誰です？」

「すこぶる大胆、すこぶる怪しい想像だが」

恭介はしばらく躊躇（ちゅうちょ）しながら、ある一人の人物の名前を口からぽつりともらした……。

読者諸君への挑戦

さて、神津恭介は、この時、いかなる人物を、この「人形殺人事件」の犯人として指摘したのか？

車中、恭介と青柳八段との間につづけられた会話をこのまま書き綴って行くことは、筆者にとってはむしろ容易なことなのだ。

だが、しかるべきところにおいて、諸君に手袋を投げて挑戦するということは、この物語の巻頭において、私が諸君に約束したことである。

いまこそ、その機会は訪れたのではないかと思われる。すべての材料が提供され、この事件全体の謎を解くべき鍵が投げ出されたいまとなっては、これ以上物語の筆を進める前に、まず手袋を投げるのが、探偵作家として当然の義務であろう。

借問（しゃくもん）す。この事件の犯人は、はたして誰？

賢明なる諸君に、これ以上のヒントを与えることは、あるいは侮辱に似た行為かも知れないが、念のため、いくつかのヒントを次に書きしるそう。

第一に、この物語の奇妙な題名の意味をいま一度考え直していただきたい。ことに、第一幕第二幕における人形殺しの理由を、もう一度考え直していただきたいのだ。

第二に、杉浦雅男の書き残した、あの謎の言葉の一つ一つを、吟味し直していただきたい。あの覚え書は、単なる譫言をそのまま書きつらねたものではない。彼は恭介の解決以前に、最もこの犯人に肉迫した第一の人物だったのだ。その正体を、ほとんどつきとめ、その大魔術のトリックを、九分九厘まで見やぶりながら、この犯人を見くびりすぎて、彼は自ら墓穴へ急いで行ったのだ……。

なお、第三のヒントとして、杉浦雅男の殺害後に、静岡県の警察部の明らかにしたいくつかの事実を補足しておこう。

毒の種類は――ある種の猛毒。その名はちょっと憚るが、これは何か変わった事件が起こると、すぐに「探偵小説の影響で」などと新聞に書きたてられるので、その悪影響をさけるためだと思っていただきたい。普通の薬局で入手可能の工業薬品――ごくありふれたものなのだが、ただ不思議なことには残された二十数本のアンプルは、すべてヒロポン――この毒の入ったものはほかに一本も発見されなかったのだ。悪魔は最も劇的な瞬間に、この特別の一本を役だてたものである。彼の悪癖を知りぬいて、その常備薬の中にまぜておいたらいつかはこの毒入りのアンプルが効を奏することは当然期待出来たとしても……。

また、杉浦雅男が、ヒロポン中毒の患者であることを知っていると答えたものは、「ガラスの塔」のマダム、中谷ゆみ子一人であった。そのほかの人々は、まるで符節をあわせたように、そんなことは知らなかった——と申したてた。しかし、その中に、虚偽を語った者が一人もいなかったとは、筆者としても保証のかぎりではない。

そしてもし、この犯罪が、神津恭介の最初に考えたような物欲のための殺人だったなら、当然綾小路典子の心を征服した男がいなければならないはずだった。それだけの実績がないかぎり、二人を殺しておいて、その後で典子の心を惹きつけようと計画することは、どんな人物にでも考えられないことだろう。

だが少なくとも、この第三幕の終了まで、典子が愛情を感じた相手は一人もいなかった。そしてまた典子を恋した人間も、ここまでには一人もいなかったのだ。ただ悪戯好きのキューピッドは、思いがけない一本の矢をこの後で典子の心臓につきたて、第四幕ではその恋もほとんどその実を結びかけるのだが……。

そこにもまた一つの恐ろしい事件が待っていたのだった。第四幕の——そしてこの事件全体のクライマックスというべき恐ろしい一瞬が、あまりにも冷酷無情な悪魔の行なった実に悪魔的な大犯罪が……。

これ以上、筆者には中途で物語るべき何事もない。ふたたび舞台の裏にかくれて、第四幕の幕を上げる——それがいまの私にのこされた唯一の仕事なのである。

第四幕　人形死すべし

第一場　舞台裏の対話

打撲傷からようやく回復した松下研三は、恭介たちから三日遅れて、繃帯をしたまま東京へ帰って来た。

よくいえば活動的、悪くいえばおっちょこちょいの研三は、体が動けるようになると、そのまま家にじっとしておられなかった。早速痛む体をひきずって、恭介の家を訪ねたが、恭介は曇っていた顔に一脈の喜色を浮かべてこの傷ついた友を迎えた。

「よかった。本当によかったね。命拾いをして……君にまで、万一のことがあったら、僕はどんなに後悔しても追いつきはしなかった」

酒は嫌いなはずの恭介が、どこからかの貰いものか、コニャックの瓶をとり出して、まず何にせよ祝杯をあげようといい出したのは、よくよく嬉しかったにちがいないが、酒には眼のないはずの研三が、かえって逆にグラスをおさえて、

「神津さん、祝杯はこの事件が終わって、犯人が捕まってからにしようじゃありません

か。いうなれば、僕は戦争の途中で負傷して捕虜になったようなものだし、帰って来たって、べつにお祝いをしていただくほどのことはありませんよ」

「じゃあ、やけ酒だと思って飲みたまえ」

恭介にしては珍しく、勝負を投げてしまったような捨て鉢な言い方だった。研三はわれを忘れて、グラスに手をやると胸のつかえといっしょにその酒をのみ下し、

「実はいま、ここへ来る途中に、青柳さんの家へよって、いろいろ話を聞いて来たんですよ。おかげで、僕が寝ていた間に、事件がどんな風に進行したか、その概略だけは得られたんですが、青柳さんは口がかたいから、あなたが誰を犯人と思っておられるか、そのことから後は、どうしても話してくれないんです。約束だから、これ以上のことは神津さんの口から直接聞いてもらいたいというきりで……男同士の約束だからといわれると、僕も二の句がつげませんやね」

恭介の方も、またかすかな苦笑を浮かべて、

「青柳さんには、帰りの電車の中で、いろいろと苦言を呈されてね。その中で、一番こたえたことが二つある……将棋では、一局のうちに、勝負所というものが必ず二つや三つはあるものだ。有利な側に立っているなら、そのチャンスをつかんで一挙に敵を圧倒しきればいいし、不利な側なら、ここで強硬な勝負手を指せば一挙に棋勢を挽回出来る

ようなチャンス——犯罪捜査でも同じではないか。今度の事件では、僕はこの勝負所を逃がしたというのだね。至極御もっともな御意見で、何とも返事のしようはなかったよ」

恭介はかるい溜息をもらして、ひくく視線を落とし、ふたたび重々しい調子でつづけた。

「それからもう一つの忠告は——これもやっぱり将棋のたとえだが、何か一つのきめ手が見つかった時に、素人はすぐにその手を指してしまう。玄人はその手を含みにして、ほかの手を指して行くというんだね。たとえば王手飛車でも見つかると、素人はほかのことも考えずにその手を指すから、飛車をとって王様をとられるようなことになるけれど、玄人は逆に、これは敵のさそいの隙ではないか、いくらなんでも自分の方だけがこんなにうまくなりすぎるわけはないと考えすぎて、逆にチャンスを逃してしまうというんだね……そういわれると、僕には何より辛かった。たとえば今度の杉浦さん……あれほど深く、この事件の秘密を知っていたのだとすると、彼だけに重点をおいて何時間でもつっこんで行くのが本当だったんだよ。それを気が変わって、打ち惜しんで……殺されてしまった相手には、つっこみようがないからね。そこできめ手を逃したから、後はずるずる混戦へ……動きがとれなくなってしまったんだよ。だから、これから後の仕事は、また高川さんなり、ほかの人なりにお任せして、僕はひき下がるしか手がなかった。まあ、ダンケルクから命からがら英本国へ逃げかえった、陸上部隊の司令官みたいな暗澹たる気持ちでね……あとはしばらく、空軍なり海軍なりに戦争をまかせて、僕はベンチを温めていようと、まあこういった心境なんだがね」

「すみません。僕がもう少ししっかりしていたら……あそこで逆に犯人をたたきのめしたら、こんなことにはならなかったんでしょうがねえ……」

「仕方がないさ。おたがいに腕には自信がないからね。拳闘かレスリングの選手でもなかったら、暗いところで奇襲されては勝てってこないよ」

「二人とも、今度は貧乏くじをひきましたね。まあ、どんな強打者にしたところで、たまには三振することだってあるんだし、神津さんだって、そうそう腐ることはありませんって……ところで、犯人は誰なんです？　少なくとも、神津さんは、誰がこの凶悪な殺人鬼だと目星をつけておいでなんです？」

「僕も今度は、はっきりとした確信が持てないんだけれど——いろいろの事情から察するに、水谷良平のほかには、すべての条件を満たしてくれる人物はなさそうだね」

研三にとって、これは意外な名前ではなかった。あるいは——と、心の中で疑惑を抱いていた名であった。

だが、研三としては、この名前をはっきりと恭介の口から聞いたときには、やはり一種の冷たい戦慄(せんりつ)に襲われた。黄金の城廓に守られた世にも恐ろしい大魔術師——なるほど、彼が一念凝った復讐の魔剣をうちふるうとしたならば、神津恭介個人の力を以てしては、容易にその城壁をうち砕くことは出来ないとしても不思議はない。

まことに、黄金は不可能を可能にする……悪さかんなれば天に勝つ——というものの たとえも、研三にはよくうなずけた。最初、彼に出会ったときのぶきみな第一印象が、ボクサー崩れを見るような精悍(せいかん)無比なその顔が、悪魔のような角をはやした恐ろしい幻影となって、瞼(まぶた)の上に浮かび上がって来た。

「なるほど、奴(やっこ)さんならこの殺人はやれないことはないでしょうし、また、たしかに犯人だとにらみながらも、確証というものがなかったら、手は下せないわけですね。それで高川さんはどういう意見を持っているんです?」

「高川さんも結局は、僕と意見が一致したんだよ。ただ、確実なきめ手がないし、それに影響するところがあまりに大きすぎるから、しばらく泳がせておいて、様子を見るといっているんだ」

「いわゆる捜査の常道ですね。もちろん、彼が犯人だ——という説は、僕にもぴんと来るんです。動機にせよ、チャンスにせよ、方法にせよ、一応納得は出来るんですが……

そこのところをもう少しくわしく解釈して見て下さいませんか？」

恭介は、例のノートの抜粋をとり出して来てテーブルの上においた。

「この第三幕の殺人は、明らかに犯人の最初の計画にはなかった番外のプログラムだったと思うんだが……杉浦さんの口から、自分の秘密のもれることを恐れて、犯人は彼を殺しにかかったのだろう。そうすると、杉浦氏の方では、犯人の正体を、そのかくされた秘密を知りぬいていたということになる。そのあらわれがこのノートの記録だが……」

恭介は、フェルゼン？　ハザマ？　金色夜叉――犯人か？　と書かれた二行の文字を指さして、

「この記録はまるで象徴的な詩のように、難解至極な謎の文字の連続だけれども、ここのところは、一番よく理解出来るね。金色夜叉といえば今さらいうまでもなく、尾崎紅葉不朽の名作、その原作は名文すぎて、いまの読者には親しまれていないかも知れないけれど、貫一お宮の名前だけは、恐らく知らないものもあるまいね。許嫁をダイヤの威力にうばわれて、復讐の鬼となった間貫一、黄金の妄執に悪魔となった高利貸、それを現代化したものが、あの福徳経済会の組織じゃなかったのかしら？」

「なるほど、フェルゼンといえば、たしかにマリー・アントアネットの恋人……あの首盗みの一幕があった時には、杉浦さんが、そのフェルゼンを探せ、探せとわめき散らし

ていましたものね。なるほど、これでこの二行の意味はわかりましたが、後の文句は？」

「まず第一幕の真相を暗示したこの五行だが、

首盗み——表が裏で、裏が表か？

似すぎた。あまりに。

入らなければ出られない。

彼女は実に利口者。

命の金髪。


君だったら、この文句をどう解釈する？」

「サンスクリットのお経を原文で読めといわれたって、それは無理でしょう。同じことでこの暗号もチンプンカンプン、一行だってわかりませんとも」

「日本語だから、サンスクリットほど難しくはないんだが……まず最初の一行を解釈して見ると、こんな風にはならないだろうか。裏は楽屋、それから舞台裏、表というのはお客の方から見える舞台のこと」

「なるほど、芝居の用語ですね。それで？」

「これは、僕の最初の第六感とぴたりと一致しているんだよ。魔術師の目的なり本懐なりというものは、要するに人をだますということにつきるんだね。ところが、たとえば客席につめかけた素人のお客と、楽屋にひしめきあっている、アマといっても玄人に近いような仲間と、どっちがだますのに骨が折れ、どっちが成功したときに愉快だろう？」

「それはもちろん……」

「わかるだろう。あの断頭台の女王の魔術は、あの二人には最初から、舞台では上演する意志がなかったんだよ。物々しいギロチンを組み立てたのも、わざわざ衣裳をあつらえたのも、その目的は別なところにあったんだ。上演されない大魔術に、こんな手間をかけることはないと思わせておいて、楽屋で本当の大魔術をやって見せる……その主役は百合子さんの方、だから首を斬られる役が、ベテランでなければつとまらなかったんだ」

「なるほど、裏の楽屋の方が表――本当の大舞台だったというんですね。あの時、あの野郎がやたらにどなりたてたのも、百合子さんが心配そうなおろおろ顔をして見せたのも、みんなお芝居――われわれは一人のこらず、その見事な演技にひっかかってしまったというわけですね？」

「そうなんだ。首をあの箱の中からなくして見せるという方が、本当の魔術だったんだ。ギロチンの方には意味がなかったんだ。少なくともあの魔術の会の会場では……この魔術には、あの場に居あわせた会員たちが残らずひっかかったんだね。ただ一人の例外が杉浦氏──女王の見事な演技への讃辞がこの、『彼女は実に利口者』という一言でいい表わされているんじゃないだろうか？」

「それでは、首を消す方法は？」

「首は最初から、あの楽屋へは持ちこまれていなかったんだよ。ない首をどんなに探して見ても、見つかりっこないじゃないか」

犯人が水谷良平──といいきられた時より、今度の言葉を聞いた時の方が、研三の神経にはぎくりとこたえた。眼を見はり、はげしくあえぎながら、彼は、

「そんなはずは……そんなはずは、僕はちゃんと、あの時首を見ているのに……」

と口ごもっただけだった。

「見ている。たしかに見ているだろう。君だけじゃなくほかの人も、ガラスの板を通してね……だが、実際手にとってさわって見たわけじゃないのに、それが首だったとどうしていえる？」

恭介の声は鋭い調子を加えた。ドリルをつっこむように激しい気合いをこめて、

「僕は最初に、この首盗みのことを聞いたときに、なぜ犯人は鬘を盗むだけで満足しなかったのかといったろう。何だって、こんな手数をかけてまで、首を盗む気になったのかといったろう。

入らなければ出られない。

この一行がすべてを解決する鍵なんだ。鬘を中に入れなければ、首をとり出すわけには行かなかったんだ」

「まだわかりません、僕には……」

「結局、あの箱に入っていたものは、ギロチンの魔術に使われるような、重みのある小道具の首ではなかったんだよ。紙か、ゴムか、それともビニールのようなうすいもので、顔の形だけを作って、その上へ最初から鬘をかぶせておいたんだ。百合子さんは、みんなにそれを見せておいて、箱に手を入れ、その顔の部分を握りつぶしてしまった。圧縮すれば掌の中に入ってしまうような大きさのものだったら、それからどこへでもかくせるだろう。人形の首、人間の首、それだけの容積を持ったものを、いったいどこへかくしたのだろうと思って探して行ったら、絶対見つかりっこはない。ただ、顔の部分はごまかせても、鬘の部分は、どうしても握りつぶすようなものでは作れなかったのだね。

だから、鬘を逆に利用して……鬘を箱に入れなければ首は出せない。入らなければ出られないんだ」

「なるほど実に鮮やかな、実に思いきった大魔術ですね。問題はその金髪の鬘、人形にかぶせてある鬘がふさふさしていて本物そっくりなんで、下の首も本物の首だと思いこんでしまって……『命の金髪』というのはこのことだったんでしょうね」

「そうなんだよ。スカートの下にかくして持って出て、下をむかせてギロチンの刃の下へつき出す首だから、何も百合子さんそっくりに作る必要はなかったんだ。ところが、その首を見た人たちが、よく似ているとほめたのは、『似すぎた。あまりに』と杉浦さんが表現したように、楽屋での効果をねらっていたためだろうね……」

自ら敗軍の将とはいうものの、やはり恭介の推理はいつもに変わらず鋭かった。

「しかし、水谷良平は、復讐の一念にとりつかれていたんだね。たとえ時流に乗じたとはいっても、やはり徒手空拳からこれだけの組織を作り、これだけの資金を集めて、運営しているということはやはり平凡な人間に出来ることではないね。その点では、僕も彼の力なり頭脳の冴えなりは認めないわけには行かないんだが、恐らく頭が復讐という一言に捕われると、全然狂い出して来るんだ。いわゆる偏執狂という性格で……先代の綾小路子爵が世を去った今でも、その子供や孫を一人一人殺して行こうという妄執にとりつかれたんだろうね……綾小路家の血を分けた人間は、誰にもよらずこの世から抹殺してしまいたかったんだろうね」

「殺人狂というやつですね。たしかに、そんな人間をつかまえて、どんな理屈をいってきかせても仕方がありませんからね」

「とにかく、彼は百合子さんに対しては生殺与奪の権を握っていたようなものだから、一時どこかに身をかくさせ、それから麻酔剤か何かを注射してあのアトリエに運びこみ、首を斬り落として、舞台で上演出来なかった一幕を演じて見せる。前には主役を譲ったが、今度はそうさせないという意気ごみで……狂っている。何もかもがみんな狂っている……」

「たしかに、怪物といわれるような相手だから車は自由に使えるし、百合子さんに麻酔をかけてあの家へ運びこむのも難しいことではなかったでしょうね。車の運転ぐらいはどこかでおぼえたろうし……それで第一幕の殺人はどうにか説明がつくわけですね。ああして首を斬ったのも、一つには明治維新のころから綾小路家に伝わっていた伝説を利用して、事件全体に怪奇な雰囲気を漂わせようとしたんでしょうね。ただ……百合子さんの方が、首を斬られるかも知れないと、あれほどおびえていたわけはいったいどうしたんでしょう？　それから、普通の常識ではとても無理だと思えるような額をサラリーからさいて、あれほどの保険をかけていたのはどういうわけなんでしょう？」

「百合子さんは、ああして魔術に興味を持っていたくらいだから、いくらか先を見るような力があったのかも知れないね。間もなく、自分が非業の最期をとげなければならなくなるという予感が働いていたのかも知れないね。これは何ともいえないことだが……しかし保険金の五、六千円のことだったら、案外あの女外交員が思っていたほど、大した金じゃなかったかも知れないよ。君とは腹違いの妹と結婚するんだから、君とも結局兄妹になるわけだ。だから——といって、サラリーのほかに相当の金額を小遣いにといってわたしていたかも知れないさ。だから六千円の掛金も、僕たちが思っているほど、苦にならなかったんじゃなかったかい……」

「なるほど、世の中というものは一本調子では行きませんね。いろいろと裏街道もあれば横道もあって、僕みたいな馬鹿正直な人間には理解が出来ませんよ。月給プラスアルファで、アルファの方がサラリーの何倍もあるなら、保険金ぐらい何のこともなかったわけですね。あの家の売買の時と同じような高等数学だったんですね……でも、首はいったいどこへかくしたんでしょう？」

「それは、僕にもわからないんだが……首がなくなったと聞いたときには、最初は僕だってはっと思ったんだよ。これは『顔のない女』のトリックじゃないかとピンと来たんだが、一方でいなくなった女というのも見あたらないし、また百合子さんを殺す理由も、狂信的な復讐という以外にはあり得ないわけだ。第二の殺人にしたところで、犯人は人形と人間とを、同じ形で殺して行こうと苦労をつづけているんだし、前の女王処刑の一幕と符節をあわせるためなんだろうね」

「それで神津さん、この暗号の最初の五行はわかりましたが、それから後の部分はいったいどんな意味なんでしょう？」

「わからないね……僕にはまだ、この後の部分には、よく解釈出来ないところがあるんだ。でも、いつかは必ず……必ず」

恭介は必殺の気魄を眉間（みけん）にこめていいきった。

「もし、いま話して来た僕の推理に誤りがなかったら、この事件はまだ終わりをつげてはいないはずだね。綾小路氏も残っていれば典子さんも残っている……犯人は次にこの二人を狙って来るだろう。勝ちに乗じて一挙に目的を達しようとね。そうはさせない。そうは問屋がおろさない。第一幕から第三幕まではなるほど、敵に勝ち名乗りをあげさせたが、今度はむこうが、自分から墓穴を掘って来る番なのだ……」

第二場　そなたの首をちょいと斬るぞ

この第三幕の幕が降り、恭介がダンケルク撤退のような悲壮な思いを抱いて興津をひきあげてから、数カ月の間この事件は、表面には波紋一つ立てない平穏の中に終始していた。

ただそれは、人形殺しも殺人も行なわれないというだけのことだった。犯人の側からも、警視庁の側からも、神津恭介の側からも、積極的に仕掛けようとはせず、満を持(じ)して睨(にら)みあっていたというだけのことだった。戦いは激しい急戦から、気力で戦わねばならない持久戦に変わって、全く戦線が膠着(こうちゃく)しきってしまったのだ。

ただ、そのかげには、いろいろの大事件、小事件が踵(きびす)をついで起こっていた。

数年の長きにわたって、わが世の春を謳歌して来た吉田(よしだ)自由党内閣も、その末期的症状を呈しはじめ、経済界もまた、デフレ政策への転換と、記録的な凶作、その他の悪条件が積もり重なって、病的な症状を呈して来た。

そして十月二十四日の夜、来訪中の全米オールスターズの野球を見物に行っていた研三は、その帰りに恭介の家へ立ちよって、手ぶり足ぶりよろしく、戦況の報告をしていたが、突然耳にとびこんで来たニュースの声に顔色を変えて、その場におどり上がった。

「わが国最大の匿名組合、保全経済会は本日午後四時、突如として臨時休業を宣言、同組合の出資に対して支払い停止を強行致しました。保全経済会は中央区日本橋橘町に本社をおき、理事長は伊藤斗福氏、本年九月現在の出資者は全国あわせて十五万人、出資総額は四十四億九千五百万円に達するといわれておりますが、そのほかこれに類する全国の大衆利殖機関はあわせて約五百社、出資総額はあわせて数百億といわれ、今後の動きが注目されています……」

「やったな！」

日ごろは水のように冷静な恭介も、この時は激しい興奮を見せて、机をたたきつけ、

「僕の予想より一月ばかり早かったが、やったね。遂に！」

「でも、支払い停止ということは直接……」

「そうじゃない。信用を第一とする金融機関が、たとえ一時的にもせよ、支払い停止を発表したということは、全面的な崩壊の第一歩なんだよ。もうこう傾いた大勢は、個人の力で支えられるものではない。月曜日には、恐らく出資者の群れがおしよせて、どこ

の金融機関でも、営業不能の状態に追いこまれるだろう。これは一保全経済会の問題ではないんだ。全国の匿名組合が一軒残らず……」

「福徳経済会もですね？」

「もちろん、福徳経済会にしたところで、その例外的存在ではない。黄金の魔術はこれで破れたのだ。何も知らずに虎の子を預けた出資者には気の毒だけれど、これで警視庁でも水谷良平という人物を、徹底的にしめあげるチャンスをつかんだというわけだ」

「そして、神津さん、あなたにとっても、大陸侵攻作戦のチャンスですね。ドーバー海峡を横切って一挙フランス海岸へ……」

「うむ……」

恭介の瞳には、烈々焔のような闘志が燃えた。今こそこの凶悪な殺人狂に止めの一撃を刺してやろうという一念をかくしもせず、

「今だ。僕はこの機会をどれほど待っていたか知れないんだよ。高川さんに、電話をかけて来るからね」

と部屋を出ようとした時、入れちがいに入って来た女中が、

「あの、綾小路典子さんとおっしゃる、おきれいなお嬢さまがお見えになりました……」

「綾小路さんが？」

恭介は、思わず研三と顔を見あわせた。

「そうかも知れない……ただ、神通力を失ったあの男には、もう何もするだけの力はないと思うんだが、ともかくここへお通しして」

「第四幕？」

二人はもう一度椅子に坐り直して、この思いがけない客を迎えた。

「突然お邪魔をいたしまして、申しわけございませんでした。お電話を何度おかけいたしましても通じませんので……」

典子の顔には、緊張の色が濃く浮かんでいた。わずか数カ月見ない間に、まるで数年もすぎたように、娘々したおっとりとしたところがなくなって、一人の女性としての自覚と決意とが、はっきりとその表情に漲(みなぎ)っている。ただ、研三はその美しい顔にただよう一抹(いちまつ)の暗い淋しい影を見て、はっとしないではおられなかった。母は死に、姉の一人は精神病院に、いま一人の姉は謎の怪死をとげたという事実が、彼女の心の中に深い責任観念を自覚させているのか、それともほかに、いうにいわれぬ悩みがあるのだろうか。

「電話が故障？　そうでしたか？　べつに電話料を滞納しているわけじゃないんだけれど……まあ、無駄足をおかけしないで結構でした。その後おかわりはありませんか？」

「はい、一度おうかがいしていろいろとお礼を申しあげなければと思っておりましたんですけれど、つい忙しさにとりまぎれまして」

「いいえ、お礼なんかいっていただくことはありませんよ。僕はこの事件では失敗失敗の連続で、お姉さんのことを考えると、あなたにあわせる顔もないような始末です」

それから、ありふれた社交辞令的な会話がしばらく交換された後で、典子は突然、この訪問の目的を切り出して来た。

「実は……今日おうかがいしたのは、ほかでもございません。また人形が殺されたのでございます」

恭介と研三は、とたんにすばやく、電波のような視線を投げかわすと、

「また、人形が……いつ、どこで？」

「はい、ものはこれなのでございますが……」

手もとにおいた風呂敷包みをほどいて、典子は小さな木箱をとり出した。その中に横たわっているものは、一尺ぐらいの京人形——だがその首はどこにもついていなかった。

「首を斬られたのですね？　これは？」

「はい、書留小包で、わたくしのところへ送って来られたものです。住所も名前も、あるお方に調べていただきましたけれども、そんな人間は住んでいないということでござ

いました」

「これが普通の場合なら、人さわがせのつまらない悪戯をするものだと、笑ってすませられますけれど、あなたの場合は、そういうわけには行きませんね。これが第四の殺人の前奏曲だということは、当然考えられることです」

恭介は重々しい調子で、心配そうに、

「その小包がとどいたのは、いったいいつのことでした？」

「昨日の朝でございました。東京の本宅の方へ……」

「それからどなたに、このことをお話しになりました？　お父さんは何とおっしゃっておられました？」

「父は病気なのでございます……それで……このことはかくしておきましたが」

「お病気？　それはいけませんね。どこがお悪いのですか？」

「膀胱癌で……手遅れなのでございます。もう時間の問題だろうと、先生がたも……」

「膀胱癌？」

恭介は暗い視線を典子の顔に、それから研三の方へ投げた。現代の進歩した医学を以てしても、まだ難治の病といわれる癌――それも膀胱癌といわれれば、病人を診察しなくても、命にかかわる病であることは、恭介には一瞬にしてのみこめたのだ。

「そうでしたか……そういわれれば、なるほど興津でお目にかかった時も、お顔の色がお悪いように思いましたが……それで、どこかに御入院でも？」

「いいえ……いろいろと相談はいたしましたが、どうせ助からないものなら本宅で──ということになりまして……」

こういう処置は、恭介としても理解出来ないことではなかった。百に一つの見込みでもあれば、医者としては当然、入院でも手術でも勧告するはずなのだが、万に一つの見込みもなかったら、そこまでは誰しもすすめきれまい。病人乃至は周囲の人々の希望通りにさせておいて、一応自分たちに出来るだけの治療を加えて行こうというのも、それほどうなずけないことではなかった。

「そうでしたか？　それで、どなたかほかに御相談なさったお方は？」

「はい、幹一さんに相談いたしましたら、先生にお願いするのが何よりだろうと申しますので」

「沢村先生が？」

恭介はこの時の典子の語調のかすかな変化を聞きのがさなかった。

「沢村先生とあなたとは、よほどお近しい仲なのですか？」

「はい……まだお耳には入っていないかも知れませんが、わたくしたちは、この間婚約がまとまったのでございます……」

「そうでしたか？　それは全然知りませんでした……心からお喜び申しあげます、とはいうものの、いろいろの外部の条件を考えると、手ばなしでお祝いも申しあげられませんねえ」

「さようでございます……ここまでまいりますまでには、いろいろ問題もございました し、これからも起こると思いますが、二人の間の気持ちがぴったり一致しておりましたら、どんな障害が起こりましても、つっきって行けると思います」

「沢村先生とは、長い間のおつきあいだったのですか？　もちろん、ああしてお姉さんが、ずっと入院しておられるのですから、御存じだったでしょうけれども……ここまで話が進行していらしったわけではありませんでしょう」

「それはごく最近のことだったんでございます。ああして姉がなくなりますまでは、時々病院へおうかがいはしておりましたが、べつに、これという深い仲ではございませんでした。それが、ああいう事件が起こりましてから、神経がまいりまして、何度か病院へうかがって、精神分析と申しますか、ああいう治療をうけておりますうちに……」

「でも、よくお父さんが御承知なさったものですね？」

「父も最初は、かんかんになって反対いたしておったのでございます。ところが、病気が進行してまいりましたので、気がぐっと弱くなったのでございましょう。娘たちが一人のこらず、あんな目にあったのは、自分の不徳のいたすところだろう。この上は、せめて自分の眼の黒いうちにお前の花嫁姿が見たい。沢村君ならしっかりしている――などと申しまして」

「先代の綾小路さん――あなたのお祖父さんは、沢村先生のお父さんとよくお知りあいだったということでしたね。その縁故で、お姉さんもあの病院にお預けになったのでしょうが、それで戸籍の問題は、もう解決なさったのですね？」

「はい……幹一さんの弟さんが、むこうのお家をつぐことになりまして、もちろん戸籍上だけのやりくりですが……それで、わたくしどもの親類どもも、納得したのでございます」

「終戦以来の民主化で、そういうところは実に明るくなりましたね。以前だったら、そんなことは考えられもしなかったでしょうが……」

恭介は眼を落として、ちょっと考えこんでいたが、

「この人形は恐らくそれほど深い意味を持ってはいないでしょう。少なくとも、今度の事件に関するかぎりは……蠟燭が消えようとする時には、焰がパッとその明るさを増すというように、ほんの一時的な現象で、たとえ人形は殺されても、犯人の力はもう尽き

たのも同様です。これが殺人事件にまで進展して行くということは、まずあり得ないと思います」

と躊躇もなく、きっぱりといい切った。

「本当に大丈夫でございましょうか？」

「大丈夫ですとも。それはもちろん用心なさるに越したことはありませんが、いまのラジオでも放送されたように、保全経済会は今日の四時に、支払い停止、臨時休業を発表しました。こうなれば、伊藤斗福氏がどんな怪物でも、事業を再建して軌道にのせ直すということはとても至難の業でしょうし、それと同様に福徳経済会が壊滅することも、もはや時間の問題でしょう」

「それではやはり、犯人は水谷良平だったのですね？　あの男がお姉さんたちを……」

「十中八、九までは恐らくそうだと思います。高川さんも僕もそうだと確信していながら、それに手がつけられなかったのは、その決め手となるような証拠が挙がらなかったせいでした。いま匿名組合という脱法的な組織は、全国で数百億という大資金を運営している。それもみな、基礎の脆弱なものだけだから、一つが倒れれば、ばたばたと総崩れになる危険がある……そのきっかけを作るような責任は、なかなか普通の人間にはとれるものではありませんからね。高川さんは、大分いきりたっていたようですが、確証というものはないんだし、上層部からも、いま少し様子を待つように――と、おさえられていたんです」

「それでは間もなく、この事件も解決しますのね？」

「警視庁の捜査二課では捜査一課と協力して福徳経済会の内容に、根本的なメスをいれていたようです。だから逮捕の名目は、とりこみ詐欺となるか背任罪となるか、一応そういう形で拘留処分にしておいて、それから今度の殺人の方の証拠固めもするのでしょう。本当ならば、僕にしたところでそんな姑息な方法はどうかと思いますし、高川さんだって、いやにはちがいないでしょうが、この場合には万止むを得ず――という事情があったものですから」

「そういった御事情はよくわかりますわ。幹一さんも、先生はとっくにこの事件を解決していらっしゃるにちがいない。それが、犯人をおさえきれないでおられるのは、いろいろとほかの事情に行動を制限されていらっしゃるせいだろうと申しておりましたから」

「でも、御油断はなさらない方がいいですね。人間というものは、死に物狂いになって来ると、奇蹟的な力を発揮するもので……破れかぶれに何をやり出すか、これは簡単に想像も出来ませんからね。ことに、むこうが復讐という一念に凝りかたまっているとすると、相手になるだけ無駄なことですし……お帰りの途中は大丈夫ですね」

「はい、うちの車に、うちの運転手がついていますから」

「それなら結構です。まさか、お帰りの途中あなたの車に機関銃を射ちこむような、アメリカのギャング映画ばりの真似もしないでしょう」

それから十五分ぐらいの間、補足的な会話を続けると、典子は立って暇を告げたが、玄関まで見送って帰って来た恭介の顔には、何となくつかみどころのない影がにじみ出ていた。

「神津さん、今度という今度は大丈夫でしょうね……僕はあの首のない人形を見たとき、とび上がりそうになったんですよ」

「僕もたしかにぎくっとしたよ。もしも今度の事件の始まる以前から、あのお二人の間に婚約があったというなら、僕だって一応は沢村先生まで容疑者の中に加えていたかも知れないんだが……事後に起こった関係なら問題とするには足りないよ。しかし、僕が最初にちょっと持ち出した物欲説も、全然根拠のない空想ではなかったんだ。警視庁の捜査二課と東洋新聞の政治部記者が調べたところでは、福徳経済会から綾小路さんの手にわたった金は、やはり一億から二億ぐらいはあるだろうということだったね。ところが、そのうち相当な額を投じて、綾小路氏は宝石や貴金属を買っていた形跡がある……

彼にとっては、水谷良平という人間は、やはり一種の人形のようなもの、その利用価値は認めていたとしても、内心では成上がり者だというような意識が完全にぬけてはいなかったかも知れないね……娘は犠牲にくれてやったとしても、彼にたのまれた政治的な工作より、自分の懐ろをあたためる方が先だったかも知れないね……」

第三場　黄金の城の崩壊

福徳経済会が休業を宣言したのはその一週間後、そしてその翌日の早朝には、警視庁捜査二課の課員が、水谷良平の自宅を急襲して逮捕状をつきつけた。

その中に、非公式ながら捜査一課の高川警部と神津恭介がまじっていたのは、この直後にひきつづいて行なわれる家宅捜査に立ちあって、何かの証拠が手に入れられるならおさえようとする、いわばだめおしの行動だったが、豪壮な自宅の応接間で、この一行を迎えた水谷良平は恭介と警部の顔を見て、さすがにはっとしたようだった。

「お二人とも、やっぱりおいでになりましたね？　それでは、あなた方はやはりあの事件と私とを結びつけておいでになったんですね？」

高川警部は冷然と、

「この令状にも書いてありますように、逮捕の理由は、詐欺と背任の容疑です。ただ取調べ中に、ほかの余罪が出て来るかどうかは保証の限りではありません。詳しい事情は、警視庁で御説明願うこととして、至急御同行願います」

「参りましょう。ただ、洋服に着かえるまでちょっとお待ち下さい」

憤然としたように、水谷良平は二人の刑事に伴われて部屋を出て行こうとしたが、扉の前で立ちどまると、

「神津さん、日本屈指の名探偵といわれるあなたにしては、今度はえらく、焼きが廻ったものですね」

すてぜりふに似た一言を後に残して、彼の姿は間もなく部屋の外に消えた。

家宅捜査はすでに始まっていた。大掃除(おおそうじ)のように埃(ほこり)っぽい空気が、無数の蜂の狂いまわる羽音のような響きとともに、一行の待っているこの応接室へも流れこんで来た。

落城の瞬間を思わせるぶきみな数分間……いや、水谷良平の心魂を傾けつくして築きあげた黄金の城も、いま落城の悲運にさらされているのだ……。

かすかなひくい騒音の中から、きゃーっと鋭い女の悲鳴が、一声遠くどこからか響いて来た。それとともに、廊下を走る足音が、次第に近く、次第に高く聞こえて来た。そして、

「警部殿！　警部殿！　高川警部殿！」

悲鳴のような叫びをあげて、一人の刑事がこの部屋へかけこんで来た。たったいま、

水谷良平を伴って、ここから出て行った刑事の一人だった。

「大変、大変です。警部殿。水谷良平が……」

「逃げたのか?」

「いいえ……死にました。自殺……自殺しました。洋服に着かえて、煙草(たばこ)に火をつけたとき、どこかにかくしていた毒を飲んだのだと思われます……」

警部も恭介も顔を見あわせ、われを忘れて部屋をとび出し、廊下を走り出していた。

廊下まで出て来て待っていた刑事の指さす六畳の和室へとびこむと、そこには洋服に着かえ終わった良平が、うつぶせに畳の上に倒れていた。その体を抱きおこした恭介は、一眼その顔をのぞきこみ、ちょっと脈をとってみて、ゆっくりと首をふった。

「だめですか? 神津さん……」

「だめです。覚悟の自殺ですからね……恐らく、青酸系の毒物、青酸カリか青酸ソーダか、そういう猛毒を飲んだのでしょうが、もうこうなっては、どんな名医がやって来ても、どんな魔法使いがあらわれても、手の打ちようはありませんね……」

恭介の眼尻(めじり)には、かすかな涙が光っていた。警部はその涙を見たときに、不思議な気持ちに襲われたのだ。

この名探偵は、自分の犯罪捜査史上、ほとんど比類を見ないほどの極悪人、大犯罪者の死に直面しては、やはり一抹の涙をおさえきれないのだろうか？　ちょうど、好敵手を失った英雄のように……。

それともまた、恭介はこの水谷良平の思いがけない自殺によって、人形殺人事件の秘密が大半、未解決のままに埋もれて、その謎を解くべき機会がふたたび訪れて来ないことを痛恨しているのだろうか？　犯罪の猟人、法医学者として……。

それともまた、そこにはほかの人物の誰もが想像出来ないような、何かの動揺があったのだろうか？　神津恭介自身でさえ、何とも説明出来ないような、心の奥底の激情が、この涙となって外にあらわれたのだろうか？

警部にはそれは何とも説明出来ないことであった。

保全経済会の休業声明、つづいて福徳経済会の休業声明と、その中心人物たる水谷良平の自殺が、各方面に異常な衝撃を与えたことは今さらいうまでもない。

大小五百を数える街の利殖機関、匿名組合は、将棋倒しにばたばたと倒壊して行った。あわせて数百億といわれる出資金は、文字通り霧消雲散した。

その中にあって、死を以てその責任をとった者は、ただ水谷良平一人だけだった。その死後、発見された遺書の中に、

「スターリンの死、馬鹿野郎解散、と相次ぐ不慮の突発事件のため、手持ちの株式も暴落し、金融引締め、農作不良のため、新規契約もまた激減し、政治的運動もまたその効をおさめず、ために出資者に対しその責を果たし得ざるに至りたるは、偏に水谷良平一個人の罪にほかならず。この上は、死を以てこの償いとせざるを得ず……」

と書き連ねられた言葉が、人々の注意をひいた。死ぬだけが責任をとる道ではない。なぜ生き長らえて、たとえ再建は不可能だとしても、残りの財産を有利に処分して、出資金の幾分でも出資者の手元にもどるように万全の努力を傾けないのか、自分だけ命を捨てて責任を回避しようとするのは、あまりにも安易な道だ——と非難する者もあり、ほかの匿名組合の責任者たちが、これだけの社会的罪悪を犯して、何等反省の色も見せないのに、一死以てその罪を贖おうとしたのは、人間として尊ぶべきことだ——と、その立場を是認する者もあり、彼の言葉に対する賛否両論は、当時の世論を賑わせたが、さらに事情を深く知っている人々は、なぜ彼だけが、死を以て警視庁への出頭を拒否したか、その点に疑問を抱いたのだ……遺言状には、この人形殺人事件のことに関しては、一言も触れるところはなかったが、それだけに、彼はかえってこの事件の方の追及を恐れていたのではないか。どうせ、死刑が逃れられない運命なら、せめてこの事業的な失敗だけを表面に出しておいて、死に際をいくらかでもきれいに飾ろうとしたのではないかと、そこまで推測せずにはおられなかったのだ……。

しかし、それとは別にして、福徳経済会の内部が乱脈を極めていたことだけはたしかだった。布施哲夫は何日間かの取調べの後に、数百万円に上る使いこみを告白した……このことの尻尾をおさえられていたために、彼は杉浦雅男に対して、強い態度もとれなかったのだが、この殺人事件に関しては、彼は何等の積極的な証言を与えることもしなかった。

死の床についている綾小路実彦の口からは、何の情報も得られなかった。検察当局としても、警視庁としても、この病人の顔を一目見ただけで、臨床尋問を強行するという方針を捨てずにはおられなかったのだ。

その間にも、綾小路実彦の病状は日を追って悪化し、それに伴って、沢村幹一と典子の結婚の日どりも早められて行った。本来ならば、その姉佳子の喪も明けないうちに、こうした婚儀をとり行なうということは、常識に外れた行為だったかも知れないが、実彦が自分の眼の黒いうちに——と主張する以上、それはどうしてもやむを得ない、異例の措置だったのである……。

このようにして、この事件の第四幕は、ただ小包で送りとどけられた首のない人形という、子供の悪戯じみた小事件で終わりを告げるように見えた。この事件の秘密の大半は、水谷良平の胸の中に秘めかくされたまま、あの世へ葬り去られたように思われた。しかし、この事件の第四幕は、神津恭介でさえ、その最後の瞬間まで予測出来なかったほどのクライマックスを、この後に秘めていたのである。

筆者はふたたび、この場において、読者諸君に挑戦しよう。

この事件の真犯人は、はたして誰か？

そして、その問題を解く鍵は、杉浦雅男の黒い手帳の中にひそみ、

人形はなぜ殺される？

という一語に要約されるのだ。

第四場　入らなければ出られない

大魔術師フーディニエの生涯を描いたある映画が封切られたのはその直後のことであった。

何といっても、この事件以来、魔術と聞くと、とたんに神経過敏になる松下研三は、この映画を見のがすわけはなかった。早速、神津恭介をさそって、その試写会に出かけて行ったが、その帰りがけに、ばったりと中谷譲次に出くわしたのである。

「神津先生、松下先生」

という声にふりかえって、この白髪の魔術師の顔を見たときには、研三は思わず全身が鳥肌だって、がたがたと寒気がして来た。

考えてみれば、自分たちのような作家や法医学者までが招待されるこの試写会に、専門の魔術師がやって来たとしても、何の不思議もないことだが、研三として見れば、彼が今まで後ろの暗闇の中から、じっと眼を光らせ、自分たち二人の行動を観察していたのではないかという、妙な気持ちに襲われたのである。

「中谷さん、あなたも来てらっしゃったんですか？」

恭介の言葉には、何の動揺も感じられなかったが、帽子を持つその指先が、わなわなとかすかに震えていることを、研三はさすがに見のがさなかった。

「商売柄ですよ。そういえば、ずいぶんお目にかかりませんでしたね。そのへんで、お茶を一杯いかがです？」

「おともしましょう。一度おうかがいしようと思っていたんですが、なかなか暇がなかったので」

三人はすぐ近くの喫茶店へ入ると、静かな片隅のボックスに腰をおろした。

「神津先生、先生はあの映画を御覧になってどうお考えになりました？」

何かを探り出そうとするような相手の質問にも、恭介は別に動ずる色も見せずに、

「大変感心しましたが、しかし映画のことですから、いろいろトリック撮影もありましょうし、実際にはなかなか、ああうまくは行きますまいね」

「いや、そういうわけではないんですよ。魔術そのものにはもちろんトリックが使われているんですが、あの映画はその魔術の実演をそのまま正直に写しとった——というところが、あの映画の製作者の味噌なんです」

「そうですかねえ……それでは、あの映画で使われている魔術のトリックは、のこらず御存じだというわけですね……最後に、フーディニエは、あなたのいつかおっしゃったガラスの塔の中に入って命を落としますね。舞台の真ん中におかれた、四面ガラスの塔の中に、逆さに吊るされ、水をつぎこまれてしかも脱出することが出来ずに……あそこまで？」

「いつかも申しあげたように、あのガラスの塔の魔術は、純正魔術とオールド・ブラック・マジックの限界なんです。彼の最期の場面だけは、あの映画でも相当劇的に脚色していますが、大フーディニエの力を以てしても、純正魔術の領域では、あの限界を越せなかったということは万止むを得ないことでしょうね。ちょうど、飛行機というものが、プロペラにたよっているかぎり、音速を突破出来なかったのと、同じような現象じゃありませんか？　ですから、あれ以外の魔術なら、あの映画に出て来るぐらいのものは、どれでもトリックを説明出来るんですけれど、あれだけは何ともお話のしようがないんです。さあ、ちょうど徳川時代の人間に、ラジオとはどういうものか説明しようと思うようなもので、キリシタンバテレンの魔法だとか何とか一口にかたづけられてしまうのがおちですね……」

「全く、僕のような科学者には、オールド・ブラック・マジックといわれると、もうお話が出来なくなりますね。違った世界の出来事のようなものだから、理解の糸口がつかめないというわけなんです」

「まあ、先生の御専門で申すなら、完全犯罪というようなものですね。犯罪者ならば誰でも見はてぬ夢として、完全犯罪というものを頭の中に考えているでしょう。それと同様、専門の魔術師ならば誰でも、あのガラスの塔の魔術をやって見たいと、頭では思っているのですね」

「それでは、ガラスの塔を脱出出来るくらいなら、完全犯罪も出来るとおっしゃる？」

「たとえば今度の事件のように……」

　この魔術師はまたしても、挑発的な態度に出て来たのだ。人を底知れぬ深淵にさそいこむような、催眠術師に似たその眼からは、突如奇妙な光がひらめき、その視線をうけとめる恭介の視線と交錯して、火花を散らすかと思われたほど、激しい気合いに満ちた一言だったのだ。

「今度の事件を、完全犯罪だ——とそうおっしゃるのですね？」

「そうですとも……名探偵、神津恭介先生ともあろうお方が、今度の事件に関するかぎりは歯がゆくって見ていられない……たえず後手後手とまわって、犯人を喜ばしているだけだから」

「でも、この事件は第三幕で終わりを告げましたから……これ以上は、人形も殺されることもなければ、殺人も行なわれはしないでしょう。明らかに僕のしたことは失敗に終わりましたけれども……」

「そうでしょうか？　この事件が完全に終わりを告げた——と、本当に先生は思っておいでなのですか？」

恭介はうたれたように身をふるわせた。研三も今まで一度も見たことのないほどの激しい苦悩を顔に浮かべて、

「それではまだ、この事件は完全に終わっていないとおっしゃるのですね？」

「そうですとも。先生には、まだその失われた名誉を回復なさるチャンスは残されているはずです……綾小路典子さんの結婚式は、たしか明日の二時からでしたね。それまであますところ二十時間ほど……これが最後の余裕です」

「それでは、結婚式までに、それともその席上で、何かの事件が起こるとおっしゃる？」

「起こらなくってどうしましょう。神津先生、私だって自ら魔術師と称する手前、一日たらずの未来ぐらいは見やぶる力は持っていますよ……二十時間ぐらいの未来なら……」

中谷譲次は何か曰くありげに笑った。と思うと、突然意外な方向に話題を転じた。

「先生、今の映画の中から、二つほど、御参考になるような魔術の場面をお話ししておきましょうか？　この事件に直接関係のあるなしは別として、先生が魔術的な犯罪を解決なさる時の御参考にはなるでしょう」

「その二つの場面とは？」

「第一は、フーディニエがロンドンにあらわれた時、詐欺罪に問われて法廷にひきずり出されますね。検事は法廷に大きな金庫を持ち出して、お前が広告に出ているような大魔術師だというなら、この金庫の錠をこの場で開けて見ろといいますね……大フーディニエは笑って、それでは自分をこの中へとじこめてくれ。外から開けたのでは芸がないから、中から開いて外へ出て来て見せようと豪語するでしょう。窒息しそうな金庫の中へ入って、一分もたたないうちに、彼は悠々姿をあらわして来た。検事も判事も、呆れかえって開いた口がふさがらないという恰好だったが、私どもの眼から見れば、あれはあたりまえなことなんです……金庫の錠というものは、中からの方がずっと開けやすいものなんですよ。おわかりですか。このたとえが？」

恭介が何とも返事しないでいるうちに、中谷譲次は次の言葉を続けて来た。

「それから第二の場面は、あの中のショーの場面です。これは大した魔術ではないから、日本でも時々上演されますがね……錠をおろしたトランクの中に、袋に入れられた助手、フーディニエの奥さんがつめこまれる。フーディニエはそのトランクの上に立ち、四、五人の人物がそのまわりをかこんでいる。ぱっとフーディニエがその人々のかげに姿を消したと思うと、十も数えないうちに、奥さんの方がぱっとそのかわりにあらわれる。トランクの錠を開けて見ると、袋の中にはフーディニエがちゃんと入っている……結び目もたしかに前の通りだったというあの場面ですが、これは何でもないことなんですよ。トランクのお客に見えない裏側には、秘密の出入口がついている……中の人間は袋を破ってこの出入口から脱出する。外の人間は、逆に中へ入って、この袋を中から縫いあわせるんです。入らなければ出られない――魔術の原理というものは、実に簡単なものですね」

中谷譲次は、笑いながら、腕時計の針を見つめて、

「それでは、私は約束がありますから、これで失礼いたします。先生の御成功を心からお祈りしていますよ」

と嘲るような言葉を吐きながら席を立った。

恭介は、悲痛なくらい顔を歪め、まるで人形に変わったように微動もしなかった。

「神津さん、神津さん」

　といくら研三が声をかけても返事もしない。

「入らなければ出られない……入らなければ出られない……入らなければ出られない……」

　とまるで呪文のように、やや間をおいて、この言葉をくりかえすだけだった。

「松下君！」

　恭介が顔をあげて、まわりの人々がびっくりして、こっちをふりむいたほどの鋭い声で呼びかけたのは、一時間ほどすぎてからのことだった。

「中谷譲次という人は、実に恐ろしい人物だね」

「それで？」

「たしかに、今度の事件はまだ、完全に幕をおろしちゃいないんだよ。人形が殺された以上は誰か……誰か、人間が死ななければならないはずだ」

「それでは誰です？　今度の犠牲者は？」

「そこまではまだ読みきれない……おぼろげに、彼のいわんとするところは、どうにかつかめたような気もするが……それをこの事件全体に、どうあてはめたらいいものか……恐ろしい話だ。僕のいま、ひょいと考えついたこの真相はあまりに常識から飛躍しすぎるんだ……」

恭介は、よろよろとよろめきながら、席を立ち上がった。

「明日の朝まで、僕を一人にしておいてくれたまえ。今夜一晩、考えて見る……脳細胞を総動員して……たしかに、明日の結婚式までには、何かの事件が起こるだろう。恐らく結婚式そのものも無事にはすむまい。絶対、絶対、絶対に……」

その一瞬、恭介の全身には、めらめらと燐光が燃え上がるように、青白い鬼気が漂った。

第五場　その杯をほすなかれ

その翌朝十時、研三が恭介の家を訪ねると恭介は髪を両手でかきむしりながら、大股の足どりで書斎の中をぐるぐると歩きまわっていた。

両眼は真っ赤に充血しきっている。顔色は血の気が見られないほど青く、一晩に体重が一貫目は減ったのではないかと思われるくらい、憔悴の影がくっきりきわだっていた。

「昨夜は？」

「徹夜だ、完全に一睡もしない……ぐるぐる廻りをして、すぐもとの場所へ帰って来る。まるで迷路の中を歩き廻っているようなものだ。一つ……もう一つの謎が解ければいいんだが……最後の一つがわからない」

恭介はピアノの前に坐ると、気が狂ったようにキーをたたいて『熱情奏鳴曲』の一小節を弾いてまた立ち上がり、机の上の紙の上にいくつかの数字を書き散らした。

「やって見ようか？　一か八かのはなれわざだが……」

研三も、恭介のこの苦悩を見るに見かねて、

「神津さん、少しお休みになったらどうです。もう誰が殺されたっていいじゃありませんか。あなたの体にはかえられませんよ」

とよけいなことまで口ばしった。

「冗談じゃない。九分九厘までおしつめて、結婚式まではあと四時間……どうしても、それまでには……」

「僕で出来ることならどんなことでもするんですがね。銀座を裸で歩いて見ろといわれたってやりますが……ただ、そんな馬鹿なことをしたところで、あなたのお役にたつわけじゃないんだし……」

「銀座を裸で歩いてくれる？」

何を思ったか、恭介は鋭く、この言葉を聞きとがめた。

「むかしの小説家の何とかいう大家が、そんなことをいっているんですよ。小説を書くということは、真っ昼間日本橋の真ん中に素っ裸でひっくりかえるだけの勇気がいるものだとね。それと同じことで、僕だっていざとなったら、狂人の真似でも何でも、しないことはありませんよ」

「狂人の真似をしてくれる？」

恭介の顔には一瞬、何かの光明が閃いたようだった。天啓というか、霊感といおうか、底知れぬ暗黒の中に一筋の光明を見出したような表情を浮かべながら、

「じゃあたのむ。狂人の真似をしてくれないか？」

大きな口はたたいたものの、さすがに研三もたじたじとした。しかし、男子の一言として、今さら後にもひききれなかった。

「君は世間の評判では、あわてもので、おっちょこちょいということになっているから、仮に何かあったとしても、世間じゃ、ああ始まったかと納得してくれる。そしてもしこの芝居が図にあたったら、君は一躍大変な英雄になれるんだが……」

「英雄なんかになる必要はありませんよ。あわてものでも、おっちょこちょいでも、もちろん結構ですけれど、いったい何をするんです？」

「これから綾小路家へとんで行って、何かの口実を作って、結婚式に参列する。そして、狂人の真似をして、その式に邪魔をいれてもらいたいんだ……」

「結婚式の邪魔をする？」

さすがの研三も、この役目には面くらった。

「やりますよ。いざとなったら……どんな恥をかいても、三三九度の杯をひっくりかえ

して、この女は二世を契ったおれの女房だ。おれがこうしてのりこんだからには、さあ、誰にもこの女はわたせねえ――と、歌舞伎もどきの啖呵だって切らないことはありませんがね。考えて見れば、そんなことをして見たって、多勢に無勢で、そんなに長くは続きませんよ。手とり足とり表へかつぎ出されて、犬ころみたいにほうり出される。精々十分か二十分、式をのばすぐらいが関の山じゃありませんか？」

「その十分か二十分が、いまとなっては貴重なんだ。いまとなっては一分でも……」

身もだえせんばかりに叫ぶ恭介の真剣な態度におされて、研三はようやく決心を固めた。

「やりましょう。あなたがそういうのなら、僕だって、喜んでドン・キホーテをつとめます。ただ、そのわけを一つ教えてくれませんか？」

「そのわけは一口や二口ではいえないんだ。それはまたあとでゆっくり……ただどうしても、僕があそこを急襲して、動かぬ証拠をおさえるまで……」

とぎれとぎれな恭介の言葉を聞いているうちに、研三は奇妙な妄想に心をうばわれた。この天才も、あまり頭脳を酷使して、その精神に異常を来してしまったのではないかとさえ疑わずにはおられなかったのだ。

しかし、恭介の言葉は、彼にとっては、ほとんど絶対的なものだった。その真意まで

は推察も出来なかったが、研三は唇をかたく結んで、

「やりましょう。たとえ世間から何といわれようと、僕はこの際狂人になりましょう」

と答えた。

厳かな『越天楽（えてんらく）』の楽の音（ね）を聞きながら、研三は感慨無量だった。

彼は自分を、人生の道化役者だと思っている。彼の育った時代はすべて、黒を黒、白を白といっては通らぬ時代だったのだ。満州事変が始まったのは、彼がまだ小学生のころだったが、彼が成長するにともなって、戦いの規模も次第に大きくなり、彼自身もまた最後には、フィリピンの山奥で、九死に一生を得るような戦禍の中にまきこまれたのだ。

彼の心の中に築かれた偶像は、終戦と同時に木っ端微塵にうち砕かれ、しかも彼は、それにかわるべき信念のよりどころを見出すことが出来なかった。

殺された詩人、杉浦雅男が、ああしてたえず毒舌を吐きながら、誰にも嫌われさげすまれて、不運な一生を送らなければならなかったのも、彼には何となく理解出来るような気がした……。

彼が皮肉な毒舌家なら、自分は阿呆な道化役、心の中の空しさが、自分でも気づかな

いうちに、他愛もないような軽口や、漫才のような駄洒落（だじゃれ）となってあらわれる。人に笑われるたびに、彼は自分の心の中をのぞきこんではっとするのだが、今日これからつとめようとする道化役は、心の底から思いつめての大芝居……彼としても初めての経験だった。

綾小路家の一室、実彦の病間の隣りの洋間に仮の祭壇をしつらえ、壁代（かべしろ）をはりめぐらし、ごく内輪の人々だけが列席して、形ばかりの結婚式だった……だが、実彦の病気と、佳子の怪死後、まだ日もあさいことまで考えあわせると、これは当然の措置だった。

第一、研三がこの席へ連なるということは、大変な努力の結果なのだった。モーニングを着こんで綾小路家にのりこんだ彼は、一世一代の熱弁をふるって、仲人（なこうど）の元子爵、安原源基（やすはらげんき）をくどきおとしたのだ。

昨日の魔術師、中谷譲次の話を何倍かに尾鰭（おひれ）をつけて誇張し、兄の元捜査一課長松下英一郎（えいいちろう）や、高川警部や、神津恭介や、そのほかむこうの信用してくれそうな名前を全部ならべあげ、大胆にも中谷譲次が犯人だとさえ断定して、フーディニエの再来と自称するこの大魔術師は、どんな警戒をも突破してこの席にあらわれ、最後の殺人をやってのけるかも知れない。その時、せめて自分が席に連なっておれば——と虹のような大法螺（おおぼら）をふきまくったのだ。

　これが普通の場合なら、安原元子爵も鄭重にしかも断乎として、研三の申し出を謝絶してしまったにちがいない。ただ、相次いで突発したいくつかの怪事件が、安原元子爵の心にも、何かぶきみな影を投げかけていたのだろう。彼は花婿花嫁にもはかった上で、特に研三の列席を認めてくれたのである……。

　その安原源基が、いま祭壇の前にすすみ出て、祭文を読みあげている。

「今日申しあげます。神様のお恵みによりまして、綾小路家、沢村家、両家の……」

　自分が仮に犯人なら、どういう非常手段によって、この殺人をやってのけるだろう――と研三は考えた。

　屋根から壁を伝って窓からこの部屋の中へとびこみ、拳銃を乱射するか？
供物のどこか、榊を盛った井筒のかげか、二尾の鯛を盛った白木の台の中にでも、時限爆弾をかくしておくか……まさか！

　それとも神酒に毒を入れる？　一挙にして花婿花嫁二人の命を奪えるが……これは？

　この第三の方法が、最も可能性がありそうに思われた……そう考えただけでも、背筋が冷たくなって来た。瞼の上に、ちらちらと、止水荘のそばに現われた、怪人の姿が、黒い死刑執行人の服をまとった悪魔の幻影となってにじみ出て来た。

「千早ぶる神代のむかし、伊邪那岐伊邪那美二柱の大神の事始めたまいおきてたまいし妹背(いもせ)ののりのままに……」

神主の荘重な祝詞(のりと)が始まったが、それと同時に研三の心の中には、また新たな鬼気がはい上(のぼ)って来た。

この部屋の空気の中には、何かしら理解の出来ない、怪奇陰惨な雰囲気が、冷たく底流してただよっている……それがいま、重く床の上をはいまわったあげくに、胸のあたりまで、毒ガスのようにのび上がって来ているのだ。

「右左たがうことなく後先あやまりなく、明き清き直き正しき誠の心をもちて、相そむかじ相たがわじとちぎりあわせ結びあわせて……」

祝詞の言葉は続いている。淡々と何のよどみもなく続く……。

だが、研三の胸はいまにも破れそうだった。何かある。たしかに何か起こるのだ。人一倍鈍感なはずの彼にさえ、ひたひたと胸に迫って来る、この恐怖は、はたして何に原因するのだろう？

それは、隣りの部屋の寝台の上に、付き添いの者に助けおこされ、袴(はかま)を膝(ひざ)に、羽織を肩にかけて坐ってこちらを見つめている綾小路実彦の朽ち木のような顔色から来るものか？

それもあろう。だがそれだけが理由ではない。

それは、神津恭介の言葉を守って、これからこの厳粛な式典をかき乱そうとしている、研三自身の邪念が、自らの心に反映して来るためか？

いや、それだけが理由ではない。

それともまた、もろもろの邪神をはらおうとした神官の努力も何のかいもなく、眼に見えぬ悪魔は、幾人かの犠牲（いけにえ）の霊魂をその背後に従えながら、いまこの式場へ足音もてずにしのびよって来たのだろうか？

いや、それだけが理由ではなかった。

「家門高く広くうみの八十（やそ）続きに至るまで、いかしやくはえのごとくたちさかえしめたまえとこいのみたてまつることのよしを、平らけく安らけく聞こしめしたまいて……」

祝詞の言葉は続いている。神聖なるべきこの祭詞は、まるで地獄の底から、異形（いぎょう）の悪霊（あくりょう）の群れをこの世へ呼び出す怪しい呪文のように、狂わしい感じで研三の耳を圧した。

はてしなく続くかと思われた祝詞もようやく終わりを告げて、花婿花嫁は、白木の机をはさんでむきあい、雄蝶雌蝶は、静々とその前に歩み出た。

早鐘（はやがね）のような恐怖が、研三の胸に重く鈍くひびきわたった。彼は今こそ、その恐怖の本体に思いあたったのだ。

彼がこの家を訪ねて、洗面所へ入っていたとき、彼はこの家の親類らしい二人の人物の会話を聞くともなしに聞いていたのだ。

「一昨日か昨日か、滋子さんが病院でなくなられたそうじゃないか。普通ならお葬式に来なければならないはずなのに、結婚式に参列するとはね……」

「もともと、精神障害のある娘だから、この家の娘であって娘でないようなものだし、それに、綾小路さんの耳に、そんな話を聞かせた日には、それこそがたっとまいってしまうよ。まあ、何といっても、特別中の特別な例だ。そんなことは、知っていても知らない顔をしていなくっちゃ……」

これだったのだ！　忘れるともなく忘れていたこの会話が、研三の心をこれほど悩ました恐怖の根源だったのだ。

思わずはっと眼をあげると、『越天楽』の楽の音とともに、沢村幹一が、いま三三九度の杯を飲みほし、その杯は典子の前におかれて、瓶子(へいし)の冷酒が中へ……。

「待った！」

研三は、狂気のように叫んでその場にとび上がった。

「その杯は、しばらく待っていただきましょう」

満座の人々の視線はいっせいに、研三の身に集中された。怒りを孕んだ花婿、沢村幹一の眼も、おびえたような花嫁、典子の眼も。

「松下さん、あなたはいったい、どうなさったのですか？　ここは神前、ことに神聖な結婚式の式場ですぞ」

安原元子爵の叱りつけるような言葉をものともせず、

「神聖なるべき場所だと思えばこそ、こう申すのです。この結婚は呪われている！　あまりにも神を冒瀆するものだ！」

「何ですって！」

「どんなに体を清めたとしても、血の臭いからは逃れるわけに行きますまい。佳子さんのことはしばらくぬきにしましょう。ただ、典子さん、あなたは実のお姉さんにあたる滋子さんが昨日か一昨日、病院でなくなられたことを知っていて、それで今日、この式をおあげになるのですか？」

杯が、ぽたりと典子の手からはなれ、白木の台にかすかな音をたてた。

「松下さん、まず別室へ……あなたのおっしゃることはよくわかりますが、われわれとしても、いろいろ事情を考えた上のことで……あなたのおっしゃることも、十分頭に入れて今日のこの式を挙げているのですし……」

安原源基は、今度は下手に出て、研三を懐柔しようとした。

「いや、断じてこの場はのきません……何が何でものけません。この不正なる結婚を妨げるのは神の意志です」

安原源基は満面に朱を注いでいた。

「黙れ！　黙らんか！」

「黙らない！」

向かい側の末席に連なっていた、二人の青年が立ち上がって、研三に走りよって来た。と思う間もなく、柔道か何かで研三は逆手をとられ、そのまま ずるずる床をひきずられた。

「そいつを庭へほうり出せ！」

扉が開いた。そして、つきとばされた研三は床から起き上がろうとして、自分の眼の前に立っている神津恭介の姿を見つめてあっと叫んだ。

「神津さん！」

「松下君、三三九度の杯はすんだか？」

「まだ……まだです」

「よかった。本当によかったな」

恭介は、あたりも顧みず、部屋の中にふみこむと、つかつかと安原元子爵の前に進んだ。

自信と力に満ちた声で、

「あなたが媒酌人のお方ですね。僕は神津恭介と申す者ですが、この結婚式はこれで中止していただきます」

「何をおっしゃる！　あなた方お二人はどうかなさったのですか？」

「僕も松下君も、決してどうかしたわけではありません。ただ、この結婚式自体が、あまりにも常識はずれだからです……綾小路家の血をひいた三人の女性の命をうばった殺人鬼と、その後に残された綾小路家の最後のお嬢さんとの結婚を、見て見ぬふりでいられますか？」

沢村幹一は、血相変えてその場に立ち上がった。

「神津さん、奇妙ないいがかりはよして下さい。僕が殺人犯人などと、そんなたわけた、そんな阿呆な……証拠を見せていただきましょう、証拠を！」

「証拠は火葬場の中にあった。精神病院から運び出された棺の中に……綾小路滋子さんの死体と思われたものは、実は君の共犯、京野百合子……その友達だった保険の女外交員が確認してくれた。りっぱな毒殺死体だということは、僕がいつでも証明しよう」

式場には、いつの間にか、高川警部をはじめとして、何人かの警官が入りこんでいた。

沢村幹一が一歩でも動けば、さっと飛びついて組み伏せようという構えを見せて……。

「金庫の錠は中から開ける方がやさしい――ある魔術師の言葉だが、なるほど福徳経済会から流れた綾小路家の財産は、その娘と結婚するのが、一番たやすく手に入れられよう。そのためには、相手は誰でもよかった。ここにおられる典子さんでも、精神病が治って退院出来たら滋子さんでも。精神病を治すよりは、何でもない百合子を病院に入れ、病人を外へつれ出して首を斬る。こちらの方が早いわけだ……入らなければ出られない。これが魔術の真理なんだよ」

沢村幹一は、唇のあたりにかすかな笑いを浮かべた。悪魔の笑いというよりほか、何とも表現出来ないような、不敵なぶきみな笑いだった。

「神津君、君は僕の思っていたほどの馬鹿ではなかったんだね。たしかにこの幕は僕の負け、メイファーズ！」

がちゃりと、手錠がその両腕の手首に食いこんだ。この殺人鬼は、別に恥じらう色もなく、典子に、綾小路実彦に、神津恭介と松下研三に、そして一座の人々に氷のように冷たい視線を投げながら、悠然と大股で歩いて部屋を出て行った。

「あ、あ、あ……」

苦悶（くもん）の声が実彦の口からもれた。常人でさえ、耐えきれないようなこの精神的打撃には、気力だけで生き長らえている病人には、到底耐えられるものではなかったろう。海老のように身をくねらせて、そのまま寝台の上に崩れ落ちた。

恭介はすぐそばへ歩みよって、脈をとった。そして、暗澹たる面持ちで首をふった。

「お父さま！」

いま眼の前に起こった一場の光景は、悪夢としか思われなかったのか、それともあまりの激情に涙さえ出て来なかったのか、だまって人形のように、定めの座に坐ったままだった典子は花嫁衣裳のまま、父の寝台に走りよった。そしてその上に顔を埋めて、声をかぎりにしゃくりあげた。

恭介は、複雑な感情をたたえた眼で、しばらくその姿を見つめていた。それから静かに研三の方をふりかえると、

「松下君、ありがとう。君のおかげで、僕も最後の罪だけは作らないですんだ。へたに慰めてあげるより、さあ行こう」

とひくい声でうながした。

どこに、どうして毒薬をかくしていたのか、警視庁の監房の中で沢村幹一が服毒自殺をとげたのは、その晩おそくのことであった。

第六場　魔術破れたり

松下研三はいつか青柳八段に、自分の仕事を将棋や碁の観戦記者にたとえたことがあった。

その道にかけては、日本でも最高峰といわれるような、名人達人同士の勝負は、たとえ専門家が盤側についていたとしても、なかなか一手一手の善悪や、大局の帰趨を読み切れるものではない。まして、棋力に雲泥の差がある素人においてをや、自分に出来る最善の努力は、盤の側になるだけいっしょについていて、対局者はどこで苦悩の色を濃くしたとか、どこで勝利を確信したらしいとか、その表情を読みとることと、終局後に指し手の検討を克明にノートして、なるほどあの時、ああした強手をさしたのはこういう意図からだったのか、と自分が納得した上で、それを読者にわかりやすく説明して行くことだというのである。

その終局後の感想戦の機会が、いま訪れて来たのだった。この恐るべき終幕の幕がおろされたその夜、研三はいつものように恭介の書斎でノートをひろげながら、彼の説明を待っていた。

　いつもに似あわず、恭介はかすかな苦悩の色を浮かべながら、なかなか口を開こうともしない。勝負には辛うじて勝利をおさめたというものの、途中再三の失敗を続けたということが、眼に見えない傷跡となって心を痛めるのか、それともまた、あまりにも劇的だったあの幕切れが、第三者には想像も出来ぬ何かの感慨を彼の胸深く刻みこんだのであろうか。

「神津さん、何を考えておいでなんです？」

　研三の質問に、恭介は物憂げに顔をあげ、

「もし、僕があそこでこの事件の秘密を見やぶらなかったら、いまごろ二人はどうしていたろうと思ってね……湯河原(ゆがわら)の山々にかこまれて、罪深い新婚の夢を結んでいたろうと思うと、どんなに木石といわれる僕でも、いくらか妙な気持ちになってね……」

「あんまり罪が深すぎるから、夢だって、ちっとも楽しいはずはありませんとも。特に花婿様にとっては、まるで悪魔におどかされているような、寝汗びっしょりの一晩だったでしょう。まあ、あの瞬間が過ぎたなら、もうとりかえしはつかないんだし、間一髪というところで間にあって、本当によかったと思いますよ」

「本当に君はそう思うかい？」

恭介は深い瞑想に耽っているような顔で、

「典子さんには気の毒だったと僕は思う。女として、一生忘れられない悩み、一生回復しない傷……僕が、第三の殺人の後で、もう一度深くつっこんで考えれば、こんなことにはならなかったんだがね。今となっては、若さというものの力が、青春に特有な精神の弾力が、この打撃をはね返して、傷を一刻も早く回復させてくれるように祈るしか方法はなさそうだね……」

「でも、実際的な問題として、彼が犯人だということは読みとれなかったはずでしょう？　神津さんにいくら洞察力があっても、千里眼ではないんだし……」

「違う。あの手帳に書いてあったんだ。ただ僕の解釈が誤っただけ――フェルゼン、ハザマ、犯人、金色夜叉という四つの言葉から、間貫一、と沢村幹一、とこの二つの『カンイチ』という共通点に思いつくべきだったんだ……杉浦さんの表現は、いかにも皮肉たっぷりで、それをそのまま額面通りにうけとった罪はこちらにあったんだよ」

「やんぬるかな……　上手の手から水がもる。人間としては、仕方がない失敗ですよ。エス・イルト・デア・メンシ・ヴェン・エル・ストレープト――たしか一高のドイツ語で習った『ファウスト』の中にありましたっけ。人間というものは努力しているかぎり、過ちはさけられないと、ゲーテがいってるじゃありませんか」

恭介はさびしそうな笑いを浮かべた。このなぐさめの言葉を素直にうけとるには、あまりに今度の失敗が、心に深い打撃を与えていたのだろう。

「何といっても、僕が今まで相手にした殺人犯人の中では彼が最も手ごわい敵だったね。たいていの犯罪者だったら、一度立てた計画をがむしゃらに強行して来るものだけれども、この犯人には、恐ろしいほど作戦に柔軟性があったんだよ。危ない橋をわたりながら、急所と見ればするりするりと身をかわし、第四幕では最初に立てた計画を見事に別の殺人の計画に切りかえて来たんだからね」

「全くですね。病院の……それも精神病院の中で患者が一人ぐらい死んだところで、誰も怪しいとは思いませんからね。ことに、十何年も入院していた患者が途中でいれかわっているなんていう大芝居が、そんなにたやすく局外者に見やぶられるもんじゃありませんからね……」

「そうなんだ。だから、この事件とは全然何の関係もないはずだ——と考えたとしても無理ではないだろう。僕は犯人が滋子さんをねらうことさえあり得ないと考えていたんだよ。精神病院の病舎の中、いわば密室の中へ侵入して、毒にも薬にもならない長女を殺すほど、犯人は酔狂じゃないと思っていた。ただ、この精神病者が全快したら——という可能性までは全然思ってても見なかったよ。しかし、大胆不敵なトリックだ。奇想天外の大魔術、しかもそれだけの計画を完全に捨てて実行しなかったところに、この犯人の悪魔的な大きさがあったんだね」

「そこのところを最初から、もう一度説明し直して下さいませんかね。僕にしたところで、わからないところだらけですし……」

「いいとも。もし理解の出来ないところがあったら質問してくれたまえ。何といっても、これだけ大きな犯罪の構想は、後を追いかけて行くだけでも大変なことだから、僕にしたところで、どこかに説明の隙が出来るかも知れないから……」

恭介は気息を整えると、いつもの学者らしい淡々たる調子にかえった。

「沢村幹一、京野百合子、この二人の関係がいつごろから始まったか、それはいずれわかることだろうが……とにかく、百合子という女は、自分の育ったみじめな境遇から、綾小路一家というものに、鬼のような憎悪の念をいだいていたんだね。肉親の間に、こんな感情が生まれたら、これは他人の間に起こった不和より恐ろしく、一層深刻なものなんだし、まして血を分けた――というのは名ばかり、他人同様の仲だったのだから、自分のつとめている福徳経済会の力で、一旦没落に瀕していた綾小路家が息を吹き返して、また新しく繁栄の道をたどり出す。自分の腹違いの妹が、まるでモンテ・クリストのような金持ち、水谷良平氏と結婚するなどという話がまとまったら、かっとなるのもむりはない。激しい嫉妬に心をうばわれて……ひょっとしたら、水谷氏との間に肉体的な関係があったのかも知れないし……」

「それは当然考えられることですね。何しろ獅子鼻というのは、女性に対しては何ともたとえようのない性的魅力を与えるものだと、たしか人相学の、物の本に書いてありましたっけ」

「しかし、恐らくそれだけで犯罪が起こったのなら、硫酸をぶっかけるとか何とかいう、女性的なごくありふれた小さな犯罪ですんだはずなんだ……その女が、先天的な犯罪者、天才的な殺人鬼、あの医者と結びついたというところに、この大犯罪の根源があったのだ……二人とも脳細胞のどこかに異常があったのだ。その異常が二人の結びつきから、加速度的に大きくなって……普通の人間には思いもよらないようなこの魔術の犯罪が生まれたのだね……沢村幹一にとっても、福徳経済会から綾小路家に流れた巨額の金というものは、大きな魅力だったんだよ。それに、自分の手もとには十数年前から、綾小路滋子という切り札を握っていることだし、腹違いの姉妹で年ごろも似ているし、滋子を殺してそのかわり百合子にしばらく精神障害者の代役をつとめさせ、人の噂も七十五日で、事件のほとぼりがさめたころ、精神病は全快した。これが滋子だ――といって百合子を表へ出してくれれば、入院してから十何年という年月が過ぎていることだし、この入れ替えは恐らく誰にも見やぶれまいと思ったんだね。実に驚くべき構想なんだ。入らなければ出られない――杉浦さんの一言が、ここをついていたというのなら、その鋭さには敬服しないではおられないな。精神病の患者なら、なるほど笑ってギロチンの下へも首をつっこむだろう。しかし、その女を病院から外へつれ出すためには、誰かがかわって中へ入らないと……」

「そうすると、結局、断頭台の一幕は、顔のない死体のトリックだったんですね。それが不発に終わっただけで……」

「そうなんだ。そしてあの新作魔術発表会に女王処刑の一幕を上演するよう入れ知恵したのは恐らく百合子のさしがねだろう。水谷さんは何にも知らなかったのだ……ただ、百合子としては、当然女王の役が自分に転がりこんで来ることは予想したろう。そして、その上を越し、裏をかくために、あの首盗みの大魔術を見事にやってのけたんだ」

「でも、そこまでは必要がなかったんじゃありませんか？　あのトリックはこの間うかがって、なるほどとは思ったんですが……」

「違う。あれは単なる小細工じゃない。顔のない女のトリックを行なうために、百合子の方も大変な苦心をしたんだよ。杉浦さんの手帳の中には何と書いてあったと思う？

――似ないなら似せて見せようほととぎす、『鳴かぬなら鳴かして見しょうほととぎす』、という有名な句の替え歌だね。滋子さんが盲腸を切った痕があるので自分も盲腸を切り、自分の体にあるのと同じようなあざを、刺青か何かと似たような方法でむこうの体にも作らせ、日焼けどめのクリームを愛用して、日焼けのあとを体に作らないように、必死に努力していたんだ。指紋の偽造ということは、このごろではそんなに難しくはないから、滋子さんの指紋をゴムか何かに複製して、自分の身のまわりの品におしまわり……ほとんど完全無欠なくらい、周到に自分の役をはたしたんだ。このトリックが、まんまと成功したものだから、成城の事件とたがいに結びついて、犯人はあの時楽屋に出入りした人間の中にいる。その中の男だ――という結論が生まれて来たんだよ。あの時、公楽会館に顔など出さなかった沢村幹一を疑う人間はありっこない」

「なるほど。それで神津さんが、第一幕では悠然と腰をすえたきり、動かなかったわけですね。警視庁の捜査が完全に空地を走らされたのは、そういうところからなのですね」

「そうなんだ……沢村幹一は巧妙に、魔術協会の会員の中に犯人がひそんでいるという暗示を与えて来たんだよ。右手を出されたら左手を見よ。あるといわれたらないと思え。ないといわれたらあると思え――そういう魔術の公理を知りぬいていた僕でも、しまいにはいつの間にか、この暗示の虜となりはてて、水谷さんが犯人だという結論を出してしまったくらいだから、実に恐るべき大魔術だったね。第一幕の説明はこれくらいでいいだろうか？」

「しかし、むこうにして見れば、僕たち二人があの病院を訪ねて行った時にはぎくりとしたでしょうね。神津さんだって、そこまで知りぬいていたわけはなし、怪我の功名といったらいいか、犬も歩けば棒にあたるといったらいいか、まあそんなところだったにしても、むこう側から考えたら……定めて恐ろしかったでしょうね。いつかはどうせ、あなたと対決しなければなるまいと、覚悟はきめていたとしても」

「それはたしかにそうだろう。自惚れじゃなくって僕もそう思う。ただ、僕たちはうかつだったね。今にして思えば、あの病院では、もっともっと、大きな発見をして来なければならなかったんだ。たとえば京王線の烏山と小田急線の成城と、この間は電車では大変な時間がかかるが、実は電車は四角形の三辺を走っているようなものだから、自動車でその一辺をつっ切ればわけはないと、あの小型の車庫を見たとき、思いつくべきだったんだよ。それに……僕が口惜しくてたまらないのは、あの時、僕たちはなくなった首に直面していたんだよ。それを見ていながら、見えなかったんだ」

「首？　首が、いったいどこにあったんですって？」

「首をどこかに飾ったら――かくすよりそれが安全さ、杉浦さんはずばりと急所をついていた、標本棚の中の標本、あの眼球とか、脳髄とか頭蓋骨とか、あれが綾小路滋子さんのギロチンで切り落とされた首の残骸――君はそうだと思わないかい？」

「ああ……」

研三は血を吐くような声で呻いた。この恐ろしい事件の中でも、これが恐怖の最高潮、これ以上悪魔的なしわざは、この世に存在しないだろうとさえ思われてならなかった。

「首を飾っていたのですね。自分の殺した相手の首を、解剖して標本に作りあげ、ああして部屋に飾って、僕たちにも見せつけて、それで平気でいたのですね？」

「全く恐ろしい神経なんだ。あまりに常識からかけ離れて、普通の人間の感覚にはぴんと響いて来なかったんだ……それに、あの時窓からのぞいた女……僕たちはあそこで、犯人二人に顔をあわせて、それで手を空しくして帰って来たんだよ」

「それじゃあ、第一幕については、もうお聞きすることもないようですから、第二幕にうつりましょう。まず、問題はあの無名の手紙からですが……」

「あれはもちろん、犯人の巧妙な陽動作戦だったんだ。理論的には、水谷さんと佳子さんとが結婚してからの方が、収穫は大きいかも知れないけれども、それでは疑似犯人がなくなってしまう恐れがある……これだけの大犯罪なんだから、迷宮入りですませられるとはもちろん考えなかったろう。そうなると、犯人と思いこませる人間、悪魔の祭壇にささげる身がわりの犠牲を一人、どうしても作っておかなくっちゃいけないだろう。それには前歴からいっても、ほかの条件からいっても、水谷さんが、最もふさわしい人物にちがいない。それをまず佳子さんに疑わせてかかるためには、あの中傷の手紙が実に有効な手段だったんだ。ただ、あの家の売買の高等数学はある程度、真相に近かったかも知れないよ。水谷さん自身の私行はともかくとして、あの会そのものは腐り切っていたんだね。何十億という金を動かしていることだから、そのやりくりの方法如何では、百万ぐらいの金をごまかすということは、女事務員にだって出来ないことはなかったろう。ことに毒を喰らわば皿までで、それ以上の罪をおかす覚悟はきめていたんだから……とにかく、あの手紙は犯人が予想した通りの効果を発揮した。思いあまってあの人は、僕たちに救いを求めて来たろう。ただ、僕は気が進まなかったんだ。犯人はあの会の会員にいるはずがない。ただの消去法などでは捕まる相手ではないと、十分警戒していたから……そこで佳子さんは、自分で信用出来ると思った別の相手、沢村幹一、事もあろうに、犯人自身に相談を持ちかけて行ったんだよ」

「なるほど……考えて見れば、それほど奇妙な話だというわけでもありませんね。第一幕での暗示があれほど強烈だったものだから、魔術協会の会員には、誰一人信頼がおけなかったろうし、毎月一度、あの病院を訪ねて行って、奴さんとは顔なじみにもなっているでしょうし……」

「そうなんだ。その間隙に、悪魔が乗じて行ったんだよ。何とかもっともらしい理由をつけて、まず証拠となるはずの手紙をとりあげる。自分の友達に専門家がいるから、筆蹟鑑定をさせましょうとか何とかいって――もっともやつのことだから、仮にその手紙が発見されたところで、そっちから尻尾を出すような手ぬかりはしていなかったろうけれどね。それから第二幕の大魔術――これはたしかに、天才的といおうか、悪魔的といおうか、言語に絶するトリックだった。これに匹敵する大トリックは、僕はまだ二つしかおぼえがない。僕の犯罪捜査の乏しい経験では、『刺青殺人事件』の心理の密室と、『甲冑殺人事件』の第一幕のほかにはくらべるものもない……」

「たしかに、あの二つに匹敵しますね……でも僕には、興津へ行けるはずのなかったあの男が、どうして興津で殺人を犯せたのか、まだわけがわからないんです」

「人形はなぜ殺される？　これだった。これがこの大魔術の謎を解くただ一つの鍵だった。僕は東京駅で一度、『銀河』の発車する前に、彼に顔をあわせている。それから京都で『月光』をおりて、また彼とぶつかったんだ。これでは彼を疑う余地はなかったね。まんまと彼にだまされたのも仕方はないが、この『銀河』と『月光』の間の一時間四十五分、この僅かの時間を、彼は実に有効に使ってのけたんだよ、東京を出発したのは人形を轢き殺した『銀河』で、京都に到着したのは人間を轢き殺した方の『月光』で……

杉浦さんのノートの中に、

月光－銀河＝？

とあるのは、このことをいっていたんだよ」

「でも、急行はどっちも最寄りの駅といったら静岡にしか停まらないでしょう？　静岡から興津へ往復したんじゃ……」

「静岡で乗りかえたんじゃ間にあわない。文字通り一か八かのはなれわざだが、彼は興津で途中下車して汽車をのりかえたんだ。急行列車をとめるため、止水荘の前の線路で、人形と人間とを轢き殺したのだ。電気機関車の運転手には、一瞬の間に、その区別などつくはずがない」

「ああ！」

研三は身をふるわせて叫びをあげた。

人形はなぜ殺される？　今こそ、この解答は得られたのだ。あまりにも奇怪な、あまりにも恐ろしい解答が……言語に絶する大魔術の真相に、彼が全身鳥肌だつような思いにおそわれたのも、当然至極のことだった。

「彼は佳子さんをそそのかして、一つの罠をかけたのだ。義理の姉さんを殺した犯人は、必ず別荘を訪ねて来るお客の中にまじっているはずだ。だからその眼の前で、人形に奇怪な最期をとげさせれば、相手は必ずその事件に刺激されて何か変わった反応を示してくる。何だったら、僕が騎士の役をつとめて、あなたの身を護ってあげてもいい。誰にも気づかれないように、あの別荘へあらわれるには——といって『銀河』に人形を轢かせることを指示したんじゃないだろうか？」

「その魔術に、あの人は見事にひっかかったんですね？　自分で人形を盗み出し、線路まで運んで行って『銀河』を停め、自分を殺す犯人を……」

「そうなんだ。君がノックアウトされたのはその直後、佳子さんが殺されたのは、さらにそれから一時間足らずの後だったろう。あの男は君という人間を、よくよく見くびっていたのだろう。通いの婆さんなり、不動産業者なりと同じ程度の観察力、注意力しか持っていないと思いこんでいたのだろう。犯人は、警察力というもの、あるいは僕たちの力というものを嘲笑したくって仕方がなかった。精神異常の犯罪者にはよくある独特の虚栄心……だが、そのおかげで、君も幸い命びろいが出来た。全く奇蹟的な幸運だったというほかはないよ。もしあの時、彼が変装していなかったら、君が素顔を見ていたら、杉浦さんより一足早く、君はあの世へ送られていたろうね」

「全く……杉浦メモの中に書いてある、

人形かついでえっさっさ
人を呪わば穴二つ
はかるつもりではかられる

という三行は、この時の佳子さんの立場を諷刺していたんですね。なるほど、これであの時、別荘に来ていなかった人間が、殺人を犯すことが出来た方法はわかりましたが……もし、汽車があの時停まらなかったらどうしたのでしょう？　犯人としては、大変な冒険をやっていたんじゃありませんか、一か八かの大博奕を」

「もちろん冒険にちがいないが、実に緻密な計算なんだ。九割九分まで安全と、そこまで読みきっていたにちがいないさ。まず、彼は特別二等の切符を買わずに、座席指定のない普通二等へのりこんだ。『銀河』にも『月光』にも普通二等は一輛しか連結されていない。その位置もちゃんときまっている。興津と静岡の間は急行でわずか十分、もし彼が荷物をさげて席を立つのを誰かが見ても、ああこのお客は静岡で下車するつもりだろう。それにしちゃ、少し気が早いな――と思うのが関の山だろう。もし『銀河』が停まらなかったら、この計画はしばらく見送りだ。彼には何の危険もない」

「もし『月光』が停まらなかったら……」

「その時は少し冒険だが、陸橋の上から貨物列車の無蓋車の上にでもとびおりれば、少なくとも殺人の現場からは、遠く離れることが出来るね。夜が明けるまでには、またその列車からとびおりる機会も見つかったろうし……問題はこの一時間何十分か、犯人にとっては命を刻むような一秒一秒だったろうが……、幸い、今度も『月光』は停まってくれたので、無事に乗りうつることが出来た。すぐに車室へ入っては怪しまれる危険もないではないから、荷物をおいて、

『トイレの前に立っている』

静岡へ着いたら、いま乗りこんで来たような顔をして、車室へ入り、座席へ腰をおろして、それから京都までは気楽な旅だ。京都で僕を捕まえて話しかけるということは、最初から彼の予定の中にあったんだね」

「全く超人的なアリバイ作りですね。これではいかに神津さんでも、こいつが犯人だと見やぶれるはずはありませんね。たとえ、その殺人鬼と顔をつきあわせて、東海道線を何時間か東へ逆行して来たとしても……」

「考えて見れば冷や汗ものなんだが、それでもおやと思ったことはないでもなかったんだ。それは手錠の話が出たとき……手錠というやつはたしかに普通の家では必要がないものだ。これを犯人はどうして手に入れたのだろうという話になって、警察、刑務所、

撮影所、魔術師までは話に出たが、ここで一つ、重大なポイントが話には出ないで終わったんだ。彼の立場では真っ先に気がつかなければならないところ、手錠を常備しておるべき場所が」

「どこです、それは？」

「精神病院……」

恭介は短い溜息をつきながら、

「精神病院には、拘束衣や手錠はそなえているはずだ。それを専門家として気がつかないはずは――と妙に思ったんだが、まあ灯台下暗しで、自分の足もとのことには案外気がつかないもんだな、と考えて、かるく見のがしてしまったんだよ。それに、正直なところ、あの食欲には、誰だって恐れをなすよ。

――僕は一仕事すませると、猛烈に食欲が出る方でして。

とか何とかいってガツガツとまるで欠食児童みたいな食い方で、いやはや、大変な一仕事の後だったとは、お釈迦様でも気がつかないよ。まして僕たち凡夫においてをや……」

「胃と良心とは、全然別のところについているものですからね。もっとも、良心なんていうものが、これっぽっちでもあったら、こんな大それたことはやってのけはしなかったでしょうけれど……」

「まあ、とにかく、彼は僕と前後して止水荘へ帰って来た。自分は安全地帯にいるんだという自信が、ああした悪戯となって……自分が京都から持って帰った変装道具を、これこの通りでございます——と、僕たちの鼻先につきつけて見せる。こちらだって自惚れがないじゃないから、この犯人は僕が到着したので、こんなものをわざと発見されるような場所にかくして、こっちを挑発するんだな——とかっとなってしまって、警戒していながらずるずると、魔術師の暗示にさそいこまれていったのだ……犯人がやって来たから、あの品物が発見されたんで、探偵がやって来たから見つかったわけじゃない。こんな簡単なことに気がつかないというのも、よくよく思い上がっていたせいだろうね」

自嘲のような恭介の言葉にも、研三はなぐさめるすべを知らなかった。悪魔の知恵には限界がない……この犯人の動作の一つ一つは、専門の大魔術師をさらに上回るほどの鮮やかさで、人の盲点盲点とたえず狙って、勝負を進めていたのだった。

「だが、第三の殺人は、犯人としても恐らく興津へ帰って来るまでは予定表にはなかったんだろうね。ただ、あの家で杉浦さんはついいつもの調子が出てしまって、皮肉たっぷりな毒舌をあびせたんじゃないかしら……恐らく、彼に独特のぎくりとするような、事件の核心に鋭く肉迫した悪口を……それが、犯人に破れかぶれの、捨て身の殺人を行なわせる直接の動機となったんじゃないだろうか。ただ、杉浦さんの性格から、自分の身に迫っている死の恐怖をまともな形で表現することが出来なかったのだ。もっとも、杉浦さんの方にして見れば、いくらか犯人の決意というものを甘く見たところもあったのだろう。ある意味では、はったりぐらいは噛ましていたかも知れないし、まさかあの場で——と、そのぐらいは思っていたのだろう。ところが、犯人は僕の眼の前でヒロポンのアンプルをうばいとり、僕が座をはずしている隙に、アンプルを返してやると見せかけて、別の毒のアンプルをわたしてやったのだ……」

「それが、あの黒いミサの席上で……実に見事な効果をあげたというわけですね。舞台装置は完璧だったし、一点の瑕瑾も見出せないような鮮やかな演出だったし、前の事件のこともあったし、神津さんが煙にまかれたのも、ちっとも無理はありませんね。ただ、僕に理解が出来ないのは、中谷さんの腹なんです。何のため、どんな目的で、黒いミサを司会しようといい出したのか、腹話術でか何でか知らないけれども、誰を犯人として指摘するつもりだったのか？」

「そこまでは僕にもわからない。あの人物の正体だけは、未だに僕にもつかめないんだ。ただ、昨日のあの話から判断しても、彼は杉浦さんと同様、この事件の真相をつかんでいたことはたしかだね。ただ、彼はそれを発表して犯人を逮捕させようとするためには、指一本動かさなかったことは事実だ。これは、僕の大胆な想像だが、彼は自分でも再三豪語したように、何かの大犯罪を考えているのかも知れないね。ただ、それを実行に移す前にこんな怪事件が起こったので、しばらく事態を静観して、警視庁なり僕等なりのお手並み拝見と出たのかも知れないね……あの時も、実際に犯人の名前をばらすつもりだったか、それとも水谷さんの名前でも持ち出して、不義を働いている奥さんをおどしつけるつもりだったか。あるいはそれ以上深刻な計画がなかったともいいきれないんだが……とにかく、あの第三幕の直後には杉浦メモを発見して、真相をつかむ機会に恵まれたのに……流星光底、見事に長蛇を逸したんだ」

「何しろ、不死身の怪物だから……それにやっぱり運というものがありますし、むこうによっぽどついていたんですよ。周到きわまる作戦計画と、勇猛果敢な実行力と、それに悪運が伴っていた日には……誰だって、とどめを刺せないのはあたりまえでしょう」

「それから最後の第四幕……これはこの連続殺人事件の中でも、一番恐ろしい一番悪魔的な事件だったね。表面には、何の波乱も起こさない、殺人とさえ思われないこの事件に、彼はすべてを賭けたのだ。もちろん、彼の心の中には満々たる自信が溢れてはいただろう。犯人と目された水谷良平が死んでしまった今となっては、第四幕は未完で終わるのが当然だ。人形が殺されただけで、人間の方は助かったのだと、誰しも一応思うだろう……」

「そこがいわゆる作戦の柔軟性なのですね。彼は第四幕の犠牲として、典子さんを選んでいた。その機会を得ようと、接触をはかっているうちに、不思議な運命の悪戯で、典子さんが彼に愛情を感じて来るなど、予想もしていなかったんですね」

「不思議な運命、皮肉な恐ろしい運命だね。この縁談が持ち上がったときには、彼だって愕然(がくぜん)とはしたろうね。突然、彼の眼の前で、道が二つに分かれたのだ。その究極の終末は、もちろん同じところに行きつくわけなのだが、第一の道は既定の方針をまっしぐらに貫いて、典子さんを殺し、病院にかくしておいた百合子を病気の回復した滋子さんとしてつれ出して来る方法、そして第二の道は作戦を切りかえて、百合子を殺し、典子さんと結婚する方法だ。このどちらが安全確実か、これは火を見るより明らかなことだろう」

「彼はその安全な道を選んで、第四幕では実に渋い地道な芝居をしたんですね。自分の共犯を裏切って……眼に見えぬ殺人の罪をおかして」

「裏切りという感覚は、彼にはなかったかも知れないよ。百合子は彼にとっては、巨億の金を手に入れるための単なる道具、人形のような存在だったのだろう。

人形死すべし、人形死すべし——とつぶやきながら、彼は平然と、百合子の命をうばって行ったのかも知れないね……ああして、首のない人形を送りとどけたのも、犯人にとっては、痛烈この上もない皮肉な洒落だったかも知れないよ。用事のすんだ人形は首を斬る……もう、何の役にも立ちはしないのだと……」

恭介は、漆黒（しっこく）の瞳に深い憂愁をたたえ、無限の彼方（かなた）を、じっと見つめているような表情でいうのだった。

「魔術は破れた。夢は去った。人間は何も存在しない空間に、五彩の色をあやなして、華麗な大殿堂を築くことも、悪夢のような怪奇な地獄図をくりひろげることも出来るもの、ただ想像力一つの作用で……だがその夢は続かない。人々の心をうばう魔術が破れれば、金殿玉楼と見えたのもただの淋しい廃墟だし、完全犯罪と思ったものも、ただ犯人の思い上がりにすぎないんだ……」

松下研三は、それからも福徳経済会の本店となるはずだった建物の前を通るたびに、必ず恭介のこの言葉を思い出した。

工事半ばに中絶した、福徳ビルの建築は、裸のコンクリートの素肌をそのまま、六階建てがらんどうの醜い姿を、繁華な街の真ん中に曝（さら）しつづけている。

空襲の惨禍に廃墟と化したあとのような、この巨大な建物の残骸は、大野心家水谷良平の心血を傾けつくした大魔術の幻影が破れたあとの空しい実体、そして松下研三の眼には、この黄金の悪夢の犠牲となって、この世を去った幾人かの亡霊の住み家のように思われるのであった。

私の近況

高木彬光

もともと飽きっぽい方だから、いろいろの趣味を持ってどれも物にはならなかったが、最近はまた音楽などをやり始めた。神津恭介が素人ばなれのしたピアニストなのに、その友人として、音楽のハ調とヘ調の区別もつかなくては——と思ってはじめたのだが、おかげで、小説の中にもちょくちょく、音楽の話などもはさめるように進歩した。あと三十年もこの道に精進すれば、野村あらえびす先生の足もとに追いつけるかも知れないが、さて一年に十二冊ずつぐらい出て行く本の第何百冊目が、音楽に関するものとなるかは、全く見当がつかない。

罪なき罪人

一

ただでも、くすんだ獄舎だった。

近くの河のあたりから、ただよってくる、臭(にお)いを含んだ水蒸気が、つめたい冬の夕靄(ゆうもや)にまじりあって、陰鬱(いんうつ)な灰色の建物を包み、時代のついた石版画のような印象をあたえていた。

油のきれた鉄鎖の音が、鉄の重い扉のきしむ音といっしょに、ザラザラと、どこからか聞えてくるようだった。田沼(たぬま)弁護士は、いつでもこの建物を訪れるたびに、そのような幻想におそわれるのだった。

新憲法の公布以来、被告と弁護士の面会は原則として自由になった。しかし、このうすら寒い面会室にそなえられているものは、白木の机、三脚の椅子、小さな窓には灰色の空を縦横に小さく区切る、赤錆(あかさび)の出た鉄格子、その一切は旧憲法時代と何等異るところもなかった。

重い扉がぎーっと開いた。これは弁護士の幻想ではなかった。法律を代表している、という表情しか持たない、つめたい面構えの看守につれられて、一人の被告が、打ちひしがれた姿を見せた。

「青山正春君ですね」

「はい」

まるで、魂がどこかへさまよい出たあとのぬけがらのように、気力もなく答える被告の姿を見て弁護士は看守の方へ顎をしゃくった。義務的にあらわれたこの男が、また義務的に姿を消すのを見て、弁護士はこわばった顔の筋肉をちょっとやわらげた。

「さあ、もう我々二人きりです。何なりとお話をうかがいましょう」

赤革の鞄からとり出した、書類の表紙には朱で「殺人容疑事件」としるしてあった。

何気なくその書類に眼をやった、若い被告はかすかに震えたようだった。

「申しあげること——といっても、別にないんです」

「かくしだてをしちゃいけませんよ。ここは法廷じゃないんです。黙否権を行使するのは早すぎます」

「でも……何と申しあげていいのか……僕にはわかりません」

弁護士は大きく溜息をついて、老眼鏡をかけ直すと、調書の控えをめくり始めた。

「あなたは、奥さんを殺したという嫌疑で起訴されています。その事実を、あなたは否認なさるのですね」

「神かけて……僕は澄子を殺したおぼえはありません」

「否認なさる――?」

「はい」

弁護士はするどく被告の眼を見つめた。何十年という法律家生活をつづけ、何万人という人に接している中に、彼は人物に対するするどいかんを身につけたつもりだった。その先天的な本能は、彼の耳にこの時何かをささやいた。この被告は決して嘘をいってはいない。決して妻を殺したのではないと、あらゆる心内の声が、そういっているのだった。

「そうですか……本当ですか」

いま一度弁護士はだめをおした。

「私も敵だと思っちゃいけませんよ。私は決して裁判官じゃない。仮にあなたが罪をおかしたとしても、それを責めようとはいわないのです。どうせ、犯罪というものは、かくしおおせるものじゃなし、あなたの立場にたって、色々と事情も考え、出来るだけ罪をかるくして上げようと、骨を折るつもりですが」

「私は妻を殺したおぼえはありません」

もう一度、被告はおうむ返しのように答えた。ひくいすすり泣きのような声が、せまい部屋の中に余韻をひいて、山彦のように、いつまでも弁護士の耳に残っていた。

「よろしい。あなたがそれまでおっしゃるなら、私としても、あなたの言葉を信用するより、ほかに仕方もありませんが……それでは九月二十五日の晩、あなたはどこにいたのです」

「調書に書いてある通りです」

「調書に――？　こんなことが信用出来るとあなたは思っているんですか」

弁護士は、どんと拳で机の上の書類をたたいた。

「まるで譫言だ。こんな申し立てが法廷で通用するはずはない。これでも私は法律で、何十年飯を食っているんですよ。その私が、何とも解釈の出来ない、こんなあいまいな申し開きを、百戦練磨の判検事が、信用すると思っているんですか」

「信用してくれる人があってもなくても、私の言葉はかわりません」

被告の言葉は、まるで幽霊のように、力なく聞えた。

「午後八時ごろ、あなたは家をとび出して、終電車間際に家へ帰って来た。八時から、十二時までの四時間を、あなたはどこの誰とも知れない女と、どこの何とも知れない家で過したとおっしゃる……こまかなことは、何にもおぼえていないという……でも、私は無理をいうんじゃありません。何町何番地まではおぼえていなくとも、新宿だったか、浅草近くか、小岩だったとか、池袋とか、そのぐらいの大ざっぱなことは、記憶のどこかの片隅に、残っていそうなもんじゃありませんか」

「それが……少しもわかりません。僕には、何も思い出せません」

「女の名前も」

「名前も」

「女の顔も」

「顔も」

「年ごろも」

「年ごろも」

弁護士は、ただ溜息をつくしかなかった。ずいぶん、いろいろの事件の弁護にたったことはあるが、こんな被告にあったのは、これが最初の経験だった。

「まあ、酔っているあなたを介抱して、自分の家につれて行って、寝かせたというところを見ると、もちろん素人ではありますまいが、そんな前後不覚だったあなたが、夜中にまた、その家をとび出して、一人で自分の家へ帰って来たというのも妙じゃありませんか。往きはわからなかったとしても、帰りの道すじぐらいは、わかっていそうなものじゃありませんか」

「先生は、酒のみの心理――というものを、知っておられませんね。私はよく、何時間も、前後不覚になったことがあります。それでも、何かの拍子で、その間の十分か五分ぐらい、ぽかりと正気にかえることがあるんです。今度もそれだったと思います。気がついたときには、何となく胸さわぎがしていました。家と澄子のことが気になって、僕は、金を払って、その家をとび出したんです。でも、家を出て、外の空気にあたったかと思うと、急にまた意識がなくなって……」

「それじゃあ、少くとも、その何分間かの意識はあるんですね。そこはどんな部屋でした」

「バラック建の二階でした。小さなチャブ台の上に、ウイスキーがのっていました。トリスだったと思います。壁には、グレゴリー・ペックの写真がはってあって、窓には、ネオンの灯がうつっていました。女はその時、畳の上に、むこうをむいて坐っていました。黒い中国服を着たままで……その膝から、猫がはい出しました。女の精がのりうつったような、真黒な、白毛一本ない烏猫でした……。それだけです。私の頭の中には、それしかのこっていないんです」

「どうして家へ帰って来たかも、おぼえていない。自動車か、電車か、それも……」

「それも……」

「結局、あなたには、全然アリバイというものが成立しないわけですね。アリバイのない四時間意識を失いつくした、空白の四時間、その間に、お宅では奥さんが殺されていた。胃の中には多量の催眠剤の痕跡があり、首には細紐が、蛇のようにくいこんでいた。強盗、強姦、そういう事件の可能性は、全然考えられなかった……机の中の鍵のかかった引出の中には、あなたの指紋のついた、アドルムの壜があった。そのアドルムが、洋酒のグラスの中にも検出された。壜にもグラスにもあなたの指紋と奥さんの指紋のほかは残っていない……死亡推定時刻は夜の九時前後、あなたが家をとび出したとおっしゃる時間から一時間の後……」

「ああ！」

あわれな被告は、ひくく呻いて、油のきれた頭の毛を、長い、筋ばった指でかきむしった。

「あなたを救うものは、あなた自身のアリバイですよ。たとえば九時に、あなたが渋谷で飲んでいても、浅草あたりのホテルに行っていても、どこかの商売女といっしょに寝ていても、それであなたの命は救われるのです。その女に、名前と家があれば……」

「ああ……」

「何か、思い出すことはありませんか。附近にどんな建物があったか、電車がどんな色だったか、近くの商店の広告が」

「何も……何も……何も……」

弁護士は、ふたたび溜息をついた。

「あなたがそんなにおっしゃるなら、私としても、とるべき方法は二つしかありません」

「二つ――？」

「第一は、あなたの精神鑑定です。精神分析なり、そのほかの方法で、あなたの心底に埋れている記憶をよみがえらせることが出来るかどうか」

「だめです。とても、そんなことは……」

「第二の手段は、神津恭介という人物です。その智謀、神のごとしといわれている、日本犯罪捜査史上、不世出の名探偵、神津恭介氏――これが最後の切札です。神津さんが、人間業とは思えぬほどの智力をふるって、その女、あなたといっしょにいた女を、何かの方法で探し出すことさえ出来たなら……」

「神津恭介……」

死灰のように、どんよりと暗く曇った青年の眼に、何となく生色がよみがえって来た。だが、この陰鬱な部屋の中ではそれは希望の光というより、恐怖の影のように見えた。

「そうです。私はある事件の調査中に、偶然神津さんと知合になる機会がありました。まるで雲をつかむように、あてのない探し物ですが、もし、この賭が成功したら……」

弁護士自身にとっても、それは何等、確信のあることではなかった。宝くじを買って、四百万円あてるぐらいの可能性しかあるまいと思われた。しかし、あらゆる希望を失って、何のあてもなく、獄舎に呻吟している、このあわれな青年の命を救うために、せめて藁の一本ぐらいは投げてやるのが、自分のつとめではないかと思ったのだった。

二

相かわらず、大時計の中におさめられた、無数の歯車を持つ機械のように、一分、いや一秒の時刻を争って、喧騒と咆哮をつづける朝刊第三版の締切間際、東洋新聞社三階の編集局に、ぶらりとあらわれた青年がある。

どこかの映画俳優かと思われるほど、彫の深い、あかぬけのした美貌だった。若く、憂いをたたえた瞳に、深い叡智が瞬いていた。男の美貌というものには、どこかに厭味のような印象を感じさせるような印象がつきまとっているものだが、この青年の漆黒な眼は、そのような軽薄な印象など、どこかへ吹きとばしてしまう、強烈な印象に輝いていた。

「神津さん、いらっしゃい」

旧友の土屋社会部長は、椅子を蹴って立ちあがると、豊かな頬をほころばせて、この名探偵神津恭介を迎えた。

「今度は何です。事件ですか」

「また、お宅に、特ダネをスクープさせてあげようと思いましてね」

文化部の机の前で、口角泡をとばしてまくしたてている社会部の遊軍記者、真鍋雄吉をチラリと横目でにらむと、

「真鍋さん、おかりしてかまいませんか」

「どうぞ、どうぞ、あなたが特ダネを下さるなら、彼は犬馬の労を辞しませんよ。たとえ火の中、水の中でも……真鍋！　おい、お前の恋人がやって来たぜ」

真鍋は、こちらをふりむくと、山羊のような眼をして、ニコリと笑った。

神津恭介は、すぐに真鍋を編集局からつれ出した。そして近くの喫茶店「アゼリア」の二階の隅のテーブルに腰をおろした。

「今度はどんな事件です」

相かわらず忙しそうに、ガチャガチャと、コーヒー茶碗をかき廻しながら、真鍋がきいた。

「四カ月ほど前、下高井戸(しもたかいど)で、青山正春という、若い会社員が、奥さんを殺したという事件がありましたね」

「さあ……」

それほど、一世をさわがせたという事件でもなかったし、たえず前しか見つめていない真鍋には、もうそんな事件のことなど、片鱗(へんりん)も残ってはいなかった。

「その青年は、翌朝奥さんの死体のそばで発見されました。彼がしどろもどろに申したてたところによると、昨夜八時ごろ、夫婦喧嘩をしてカッとなって家からとび出した。それから十二時ごろ戻って来て、死体を発見したというのです」

「なるほど、そういえば、そんな事件もありましたっけ」

傍若無人に、コーヒーの中に、頭のふけをかき落しながら、真鍋が答えた。

「警視庁の方では、てんでこの男のいうことを信用しませんでした。それはもちろん、そうでしょう。まともな人間ならば、なぜすぐ警察へとどけなかったか、どうして七時間も馬鹿のように、だまって死体のそばに坐っていたか——といわれても、ぐーの音(ね)も出ないでしょう」

「たしか、酔っていたからという、申し立てでしたね」

「そうです。それから第二の疑問というのは彼のアリバイです。彼は八時から四時間のあいだ、どこでどうして過していたか、てんでおぼえがないんです。ただある女の家に呼びこまれて、飲みながら、そこで何時間かをいっしょに過した。そして突然里心がついて、その家からとび出すと、どこかわからぬ道をたどって、自分の家へ帰って来たといってるんです」

「ある女——とね。いや、酔ってると、そういうことも、全然ないともいえませんよ。この間も、松下研三(まつしたけんぞう)先生といっしょに飲んでいたんですがね。先生ときたら、探偵作家の中でも、一、二といわれる酒豪でしょう。ぐでんぐでんに酔ったあげくが、新宿の赤線区域へ行くんだといってきかないんです。処置なしで、結局三人がかりでかついでゆきましたがね。先生その時はもうグデングデンで、我々を靴で蹴るやらつきとばすやら、あげくのはては、どこかの与太者に喧嘩を売りつけるという始末——あれじゃあどんな女の子でも、てんで相手にゃしませんよ。結局僕が自動車にのっけて、家まで送って行きましたが、あとできいたら何のことはない。あんなに酔ってても、ちゃんと一人で帰って来た。えらいもんだろうといばっていました」

「松下君がね。へえ、そうですか。彼なら、そのぐらいのことはやりかねますまいよ。

何しろ、結婚したら、必ず隣りに寝ている奥さんをつかまえて、君名前は何ていうんだいと聞くにちがいないと、自分でもちゃんと認めているほどだから」

神津恭介も、友人の乱行の話をきいて、苦笑せずにはおられなかったが、すぐ本題に返ってたずねた。

「真鍋さん、僕はそういう色街の空気には、至ってうといんですが、それほど酔っている男じゃ、大抵相手にされないんでしょうね」

「まず十中の八、九まで……上げてもおよそ処置なしですからね」

「それじゃあ、今度の事件でも、青山正春君を呼びとめた女というのは、よほど酔狂だったということになりますね」

「社交喫茶や、カフェーの店員だったら知りませんよ。すわよき鴨こそござんなれと、ひっぱりこんで、体の毛を一本のこらずむきかねない」

「そんな女ではなかったようです。鍵のかかった引出に、ちょうどその午後もらって来た月給袋が、封も切らずに、ちゃんと残っていたそうです。サラリーマンの彼が、月給日に月給に手をつけなかったとしたら、そんな余裕はとてもなかったでしょう」

恭介は、眼をとじてしばらく考えこんだ。その広い端正な額の上にちょっとかげった青白い凄気を眼にしたとき、真鍋は何となく肌寒い恐怖に襲われた。

「真鍋さん、僕はこの事件の調査を、田沼という弁護士にたのまれたとき、すぐ警視庁へ行って、行方不明者の名簿を見せて貰いました」

「それが……」

「殺された奥さん、澄子さんというのは、山梨県のY村の出身です。年は二十三でしたが、青山君と結婚するまでは、どこか待合の女中をつとめていたようで、全然素人娘とはいえなかったようです。ところが、やはり本籍が同じY村の出身で、世田谷のあたりに住んでいる、佐野俊治という男が、その兇行の晩いらい、姿を消してしまったんです」

真鍋はかすかに戦慄した。

「じゃあ、彼が……」

「先走っちゃあいけません。彼が直接、この事件に関係をもっているかいないかは、はっきり断言できません。ただ僕に言えることは、この二つの事件を今まで誰も一つに結びつけた者はなかったということと、戦争がすんで七年もした今日では、食糧事情もよほど楽にはなったし、何かの犯罪をおかして、身をかくそうと思ったら、配給通帳など持って逃げる必要はなかろうということです」

「わかりました。これはとびきりの特ダネです」

真鍋はどんとテーブルの上をたたいた。

「まだですよ。僕はただごく一般的な事実を述べてみただけです。行方不明になった青年佐野俊治が、この事件の真犯人だなどとはいっていません」

「やましいところがなければ、ドロンはきめんでしょう。逆にこの被告は、やましいところがなかったからこそ、死体のそばに何時間も坐って呆然としていたんです」

「真鍋さん。あなたは少し正直すぎる」

神津恭介は、かすかに笑った。

「あなたのような推論では、法廷の役には立ちませんよ。佐野俊治が逮捕されて一切の泥を吐くか、青山君のアリバイを証明する、謎の女が発見されない限り……」

「で……」

「僕からこれとは指図出来ません。あとはあなたの判断に任せます」

神津恭介は、うすい唇のあたりに、スフィンクスのような、謎の微笑を浮かべていた。

三

その日から、すぐに真鍋は、猟犬のような活動を開始した。執拗な新聞記者独得のねばりに物をいわせて、東京中をかけずり廻った。佐野俊治という者は一時浅草の何とか組でも、羽振りをきかした兄貴分だった。ただ、結核で胸をおかされ、その組が解散を命ぜられてから、尾羽うちからして、世田谷の外れにひっこもっていたのである。その愛人が吉屋京子という女で、新宿で飲屋を開いていることまでさぐりあてた。

　このような男に惚れこむだけあって、京子も根っからの堅気ではなさそうだった。男の気をそらさぬだけの如才なさと同時に、何となく、胸に一物抱いていそうな、凄みが、その瞳にも、鋼鉄を鋳こんだように、贅肉のない顔の表情からも感じられた。

　最初、真鍋がその家を訪ねたとき、女は何も語らなかった。だが、何となく、いわくありげなその態度に心をひかれて、真鍋はいま一度その家に足をはこんだ。

「ここじゃ何ですから、お二階へお上りなさいまし」

　謎の微笑をたたえて、女はいった。真鍋にも理解の出来ない笑いだった。恐らく、佐野俊治といっしょになっていたとき、彼女は新橋の松田組か何かの出入りに、白い腹巻をまき、拳銃を持って助太刀に飛び出したというその愛人を、こんな微笑を浮かべて送り出したのかも知れないと真鍋は思った。

　急な階段を踏みしめ踏みしめ、真鍋は二階へ上って行った。六畳と四畳半との二部屋、その六畳の部屋の襖を開いたとき、真鍋は思わずアッと叫んだ。黒い猫が、三寸ほど開いた襖の隙間から、音もなくすべり出したかと思うと、階段を足早にかけおりて行った。白い毛一本見えない、その体は、真鍋には、悪魔の化身のように見えた。

「びっくりなすって、ロロ、ロロ……」

下から女の声が聞えた。

「そちらのお部屋でお待ちになって」

真鍋は、六畳の部屋へ入って足を投げ出すと、煙草に火をつけた。ふだん、お客のために使っているとも思えない部屋だったが、壁には、何か映画雑誌の口絵を切りぬいた、グレゴリー・ペックの写真がはってあった。真鍋は何となく、ギクリとした。

窓を開くと、灰色の冬空を縦に区切って、ネオンの柱がいくつもならんでいた。せまい小路の向うだった。

「お待ち遠さま」

静かに階段を上って、女は襖をさっと開いた。朱と緑で竜をあしらった黒絹の中国服を身につけ、黒猫を腕に抱いたその姿は、邪悪な女神のようにみえた。

「あなたは……」

「似合いますかしら。この服——？」

「あなたは……」

「この間、あなたがここへいらっしゃってから、わたくしは田沼先生にも、神津先生にもお目にかかりました。九月二十五日は、この店はお休みで、店の女の子には、ひまをやりましたけれど、わたしはこんな恰好で、やっぱりこの部屋におりましたわ」

四

殺人罪で起訴された、青山正春の公判は、その劈頭(へきとう)から荒れに荒れた。

朝早くから、日比谷の裁判所にかけつけた真鍋は、自信満々だった。手錠をはめられ、列をなしてひかれて行く、囹圄(れいぎょ)の人の姿を見ても、いつもほど心はいたまなかった。

(おれはいま、この中の一人の鎖を解いてやる！　罪なき罪人を、断頭台から救ってやる)

彼は何度も、口の中でひくくつぶやいていた。新聞記者としての職責をはなれて、一人の個人としての、公憤の叫びなのだった。

新聞記者のたまりでは、各社の記者ともチラリと真鍋の方を横目でにらんだきりだった。誰一人として、今日の公判に、彼等をあっといわせるような大事件が起ろうとも、この青年が、毎日ここへつめかけている、彼等の活動を尻眼にかけて、横から特ダネをさらって行こうとも、想像していない様子だった。

（ざまあ見ろ、いまに吠面かくなってんだ）

新聞記者としての職責が今度は心の中で、そうさけんでいた。

二十三号法廷には、傍聴人も少なかった。殺人――といっても、それほど珍しいことでもなかった。少なくともこの法廷では、それも毎日のようにくりかえされる、刑事事件の一つに過ぎなかった。

裁判は型の通りに進行した。その途中で、やおら立ち上った、田沼弁護士は、突如として、爆弾のような動議を提出した。

「本弁護士は、吉屋京子を証人として、本法廷に召喚されるよう申請いたします」

「吉屋京子――？」

裁判長の眼が光った。

「左様であります。およそこの種の殺人容疑事件に於て、中途半端の判決というものはあり得ません。有罪もしくは無罪、有罪ならば被告の罪は憎んでもなおあまりあり、当然厳刑に処せられてしかるべきもの、もし無罪なら、被告は当然罪なき人として、青天白日の身となるべきものであります。黒か白か、その決定は、一にかかって、被告の当夜のアリバイにあることは論を待ちません。一見漠として、捕えようもない、謎の女ではありましたが、本弁護人は、犯罪捜査の面に於ては日本屈指の名探偵といわれる神津恭介氏、ならびに某新聞社の協力を得て、その女を探し出すことが出来ました。それが証人吉屋京子であります」

この動議は、雷霆(らいてい)のような衝撃を、裁判官達に与えたようだった。休憩の後に、この提議は認められ、吉屋京子は証人台に立ちあがった。

「証人はこの男を知っているかね」

裁判長の質問に、京子は静かな、凛(りん)とした声で答えた。

「おります」

「どこであった――?」

「九月二十五日の晩、私の家へやって参りました」

「その日に、間違いはないだろうね」

「ございません。その日は、店は休みでした。わたくしは一人で家におりましたが、八時半ごろ用事があって、家を出ましたら、お店の前で、ひっくりかえって、ウンウンうなっている男の人がありました。グデングデンに酔っぱらって、身動きも出来ないくらいでした。いつもならほっておくんですけれど、あんまり苦しそうなんで、家へつれこんで介抱してあげました。ガブガブと、おやかん一ぱい水をのんで、いくらか酔もさめたようでしたが、また酒を飲ませろといってきかないんです。ポケットから、千円札を出して、これだけ金は持っている。これだけ飲ませろといって、どうしてもきかないんです。いくらお休みだといっても、そこはやっぱり商売ですし……」

「それが、この男だったんだね」

「はい」

三人の判事は顔を見あわせていた。

「では証人にたずねるが、証人はなぜその事実を今まで誰にも話さなかった。これが犯行の数日後、警察へとどけて出たというなら話もわかるが」

「私は、そのことを、最近まで知らずにおりました」

「それでは、どうして、今日の法廷に出頭した」

「つい最近、家へ新聞社の方が見えて、初めてこの事件の話をきいたんです。びっくりしてそれから神津先生や、弁護士さんのところへうかがって参りました。たしかにちがいございません。このお方にちがいありません」

被告の顔は真鍋には見えなかった。しかし激しい歓喜と興奮とを、おさえきることが出来ないのか、その肩が大波のように、動くのだけが眼に映った。

京子への追加質問が終ったとき、息つぐひまもなく立ち上った田沼弁護士は、猛然たる追撃を開始した。

「裁判長殿、本公判における、被告への容疑は、本証人の証言により、雲散霧消いたしました。本弁護人は、更に新たなる事実について、裁判所側の御一考をわずらわしたいのであります。被害者の本籍地は山梨県のY村でありますが、その同じY村の出身者で、被害者より三つ年長の青年、佐野俊治なる男が、兇行当夜、世田谷の自宅から姿を消して、行方不明になったという事実があります。この事実は、これまで警視庁、検察庁のいずれもが、見のがしてしまったことでありますが、私はここでこの事実を御再考願いたいと思うのであります……」

勝負はあったようなものだった。しかし、この弁護士の言葉に対して、被告は大きく身震いした。吉屋京子の瞼にも、涙が光っているようだった。

裁判長が閉廷を宣すると同時に、真鍋はおどり上って、矢のように法廷からとび出した。

「田沼さん、この公判はどうなるんです」

呆気にとられた他社の記者が、弁護士席にかけよってたずねた。

「検事が公訴をとり下げるか、無罪の判決が下るでしょう」

それが弁護士の答であった。

五

それからしばらくしたある夜、神津恭介はまた電話で真鍋をさそい出した。

「新宿三丁目の角で、夜の八時ごろ――」

という、恭介にしては珍しい指定だったが、その行先も今夜は少しかわっていた。

肩をならべて、大通りから右に折れ、裏街を幾曲りかして、ちょっとしたにぎやかな通りへ出たとき、真鍋は足をとめて、恭介の顔を見つめた。

「あすこへ行くんですね。真砂(まさご)へ、吉屋京子の家へ」

「そうです。あなたの特ダネをぬいたお祝いをするには、あれ以上の場所はないでしょう」

恭介は、静かに事もなげに答えた。しかしこの名探偵のこれまでの行動の一つ一つを、知りぬいている真鍋には、その言葉も、額面通りにうけとれなかった。

「今晩、何かあるんですか。あの事件は、もうかたづいたんではありませんか」

「かたづいた――？　とんでもない。この事件は、今晩から始まるようなものですよ」

真鍋の心は、新たな戦慄に震えた。彼には予想も出来なかった、事の進展だった。

京子は静かに、二人を迎えた。恭介も冷静、京子も冷静、ただ真鍋の顔が火のように熱し切っていた。

あの六畳の部屋の隣りの四畳半に入ると、恭介は相かわらず静かな調子でたずねた。

「真鍋さんは何を上ります。お酒――？　それともビールがいい……」

「飲むどころじゃありません」

真鍋はどなった。

「いったいここで、我々は何をしようというんです。何がこれから始まるんです……」

「お客を一人待つのです」

「誰を？」

「無罪となった、青山正春君が、この隣りの部屋へやって来るのを」

「彼がいったい、ここへ何をしに……」

「あなたもわからないんですね。彼が無罪となったのは誰の力だと思います。もちろん、田沼弁護士や、あなたの力もあるでしょう。しかし、ここのマダムが、あの証言をしなかったら、彼は少なくとも十年は刑務所に入っていなくっちゃいけなかったでしょう。その恩を忘れて、お礼にも来ないほどの、彼は非常識な人間でしょうかね」

真鍋には、また恐しさがよみがえって来た。階段に足音が聞えるのと同時に、立ち上った恭介は、電灯のスイッチをひねった。暗闇の中に、だまって坐っている真鍋は、全身がつめたい汗でしっとり濡れているのを感じた。

「その節は、いろいろお世話になりました」

「何も、あなたからお礼をいっていただくことはありませんのよ。あたりまえのことをしただけですわ」

隣りの部屋から、男と女の会話が聞えて来た。

女の声は、真鍋にもよく聞きおぼえのある、京子の声だった。男は——これは、青山正春に疑いない。

だが、最初のほんの二言三言、儀礼的な挨拶がすんだかと思うと、二人の会話は急ピッチで、真鍋が愕然としたような、きわどい話題にふれはじめた。

「この部屋だったのかい。僕があの晩、君につれこまれたのは……」

「そうよ。もう、お忘れになったの」

「そうかね。ハハハ、ハハハハハ」

青山正春は、痙攣しているように笑った。

「何がそんなにおかしいの」

「なるほど、黒い猫もいる。たしかに、君は黒い中国服、壁にはグレゴリー・ペックの写真、窓にはネオンが映っている。間違いないよ。僕の記憶に、申したてに、ハッハッハ、ハハハ、ハッハッハ」

「酒を飲んでいても、酔っていてもね」

「君は、おぼえがないかしら。どこか、全然いままで来たこともない所へやって来て、いつか夢の中で、たしかにここへ来たこともあると思う気持――あんな気持だ、僕はいま。この部屋を、何度も僕は夢に見た。いつか、この部屋に来たことがあると想像している中に、嘘から真がとび出した」

「あなたの想像はすばらしい」

「それとも君の創作力か」

「何ですって」

「よく、これだけの舞台装置を作り上げたということさ。僕はあの晩、この部屋へやって来たおぼえはない」

今度は、女が冷く笑った。

「おぼえがあったら、それこそどうかしているわ。わたしもあの晩、あなたみたいな男の人を、ここへつれこんだおぼえはないもの」

「面白い。よくもそこまで、まじめな顔で嘘がつけた。だが何のために嘘などつこうという気になった」

「わたしの前の男が、テキヤの仲間だったんで、黒いものを白いといいくるめるぐらい、わたしも手に入ったものよ。それにね……どうしても、あなたを刑務所から、一度は助け出したかったの。きっと、あなたに一目惚れでもしたんでしょう」

「何だって！」

「自惚れるなあ、いい加減におし！」

しばらく、ぶきみな沈黙がつづいた。

「変な女だ。君という女は……」

「ちっとも変なことなんかないわ。でも仮に変だとしたところで、あなたなんか、そんなことをいう資格はないわ」

「だからお礼をいっているよ。命を助けてもらったお礼は何でもする……僕はあの晩、正気をなくしたわけじゃない、酒に酔っていたわけでもない。ただあの時間に、どこへ行って、何をしていたか、それだけは口がさけても口外出来なかった。帰って来てみて、澄子の死体を見たとき、おれはびっくりした。どうしていいかわからなかった。しかし、たとえ無実の殺人罪に問われても、その秘密だけは……僕はしょうことなしに、飲みもしない酒など飲み、あいもしない女にあったといわないわけにはゆかなかった」

「知っていますわ……あなたは、そんなでたらめをいってれば精神異常者あつかいをされて、命が助かるかも知れないと思ったんでしょう。そうはさせない。そうは問屋がおろしはしないわ」

「何だと……」

「あなたを、娑婆（しゃば）へひきずり出したのも、あなたに楽をさせるためじゃないのよ。あなたを苦しめ、この世の地獄へつき落すため……」

「馬鹿な女だ。僕をつれ出すためには、君だって偽証の罪を犯しているんだぜ。事がばれれば君だって、刑務所へ入らなくちゃいけないんだぜ」

「もともと、あんな男といっしょになったときは、馬鹿は承知——わたしみたいな女なら一度や二度は、刑務所へ行って来た方が、箔（はく）がつくわ」

「あんな男——？」

「あなたは、この写真が誰だか知っているでしょう」

幽鬼のすすり泣くような、悲痛な男の叫びが流れた。

「佐野……俊治……」

「そうよ。三千世界に、星の数ほどある男の中で、わたしにはたった一人の男なのよ。浮気な、薄情者だけど、わたしには、道楽息子を持った母親みたいなもの……」

女は、するどく言葉をついだ。

「これが、わたしの復讐よ」

「復讐――？」

「そうよ。殺しもしない奥さんを殺したという罪で、死刑になるあなたを、だまってぽかんと見のがしていちゃ、わたしの女がすたってしまう。いや、あの人の男もすたってしまうといっていましたわ。もう一度娑婆へよびかえして、自分の手で、なぶり殺しにしてやらなけりゃ気がすまぬって」

「嘘だ！」

「何が嘘……わたしがあの晩、どこにいたと思っているの。あの晩、この部屋でたしかにあっていやしなかった。しかしあそこじゃたしかにあなたにあってるわ」

「嘘だ！」

「一度自殺を決心して、やり損った人間は、二度と死ねないというじゃない。無実の罪で刑務所へたたきこまれたあなたは、二度とあそこへ帰りたくないでしょう。地獄の入口をのぞいて来れば、地獄というものの恐しさに、身の毛もよだって来るでしょう。ホホ……、あの晩、わたしは彼のあとをつけていった。結核で、長くもないだろうという男のことですもの。誰だって、一人歩かせられはしないわ」

「いったい、君は……僕を、どうしようというんだ……」

「あの人が、もとの体になるまでは、あなたのそばについてやる。昼も夜も、影のように、あなたのそばを離れないで……あなたを苦しめぬいてやるのよ。わたしがあの場を見たことを、そのまま申し立ててやれば、あなたを罪におとすぐらいは何でもなかった。でも裁判官の手にかけて、あなたを殺してしまったんじゃ、あの人と、わたしの気持がおさまらない……」

男の息づかいは荒かった。真鍋には、野獣のような眼を光らせ、白い歯をかみならして女におどりかかろうとする、青年の姿が襖のむこうに見えるような気がした。

ガタンと立ち上る音がした。次の瞬間、ドタドタと、階段をふみならして、下へかけおりて行く足音があった。

「真鍋さん」

神津恭介は真鍋の肩をたたいていった。

「ここを出ましょう。あの男のあとを追うんです」

二人が階段を降りたとき、上から女の嗚咽（おえつ）の声が聞えていた。いつまでも、いつまでもその泣き声は、二人の身にまつわりつくようにひびいていた。

六

新宿駅の光に照らし出された、青山正春の顔は、もうこの世の人と思えなかった。血走った眼はあらぬ方を見つめ、だらんと力なくゆるんだ唇の中で、黄色い歯がガタガタと鳴っていた。

「どうしたんです。神津さん」

「あの男のあとをつけるんです」

相手は京王線の電車にのった。二人がたえず、その身辺に注意を払っているのにも、全然気がつかない様子だった。

M駅で、電車を降りると、彼は蹌踉と、月に照らされた田舎道をたどって行った。

「どこへ行くんです。あの男は」

「僕の想像に誤りがなければ……佐野俊治のところでしょう」

「佐野俊治……行方不明になったあの男の居場所を、彼が知っている……」

「そうです。僕の想像に狂いがなければ、彼の奥さんを殺したのは、佐野俊治なんですからね」

それは、あらゆる事情から、真鍋にもうなずけることだった。だが、自由の身となった青山正春が、いまごろどうして、妻を殺した、犯人のところを訪ねて行くのか――彼には理解も出来なかった。

二人の二十メートルほど前を歩いて行く男の足どりは、鉛のように重く、泥の中を歩むように遅かった。二人が、こうして後をつけて来るのにも、気づいているかどうかも分らないようだった。

「もしかしたら……」

恭介は、かすかな声でつぶやいた。

青山正春は、荒れた古寺の境内に入って行った。枯草の間をかきわけると、かがんで地上をのぞきこんだ。

「真鍋さん」

恭介の叫びに、真鍋はおどり上って青山正春の肩を捕えた。力を入れてふみしめた靴の裏が、赤土の上にズルリとすべった。すぐ眼の前の地上には、ポッカリと大きな古井戸が口を開いていた。縁もなく、さえぎるものもない、この井戸の中へ、危く真鍋はのみこまれそうになった。

「もう完全に正気を失っているんですね」

懐中電灯で男の顔を照らし、散乱してしまった二つの瞳を見て、恭介は静かにいうのだった。

「神津さん、ここには……」

「多分佐野俊治の死体がかくされているんでしょうね」

「死体が……」

「僕はこの事件の真相が、こうではないかと思っていますよ。佐野俊治と、殺された彼の奥さんとの間には、恐らくただならぬ関係があった。それも決して、普通の程度のものではなく、変態的な、ただれきった、いつ愛情から、憎悪にあるいは殺意にまで進展して行きかねないものだったと仮定してみましょう。それを知った、この青年は佐野俊治を殺そうとした。何かの口実を設けて、彼をこの境内へおびき出した」

「……」

「しかし、相手の佐野俊治の方も、それを知っていた。結核で余命幾何(いくばく)もないといわれていただけに、たとえ正当な決闘であったとしても、彼には勝てる自信はなかったのでしょう。しかしここで尻込みすることは、彼のこれまで身につけた、人生観が許さなかった。どうせ自分が殺されるなら惚れた女、も道づれに――と、無理心中の形をとったとしたところで、満更うなずけないことではありますまい」

「で……」

「青山正春の方は、奥さんに酒をのませ、その酒の中にアドルムを入れておいて、家を出ました。いざという場合、アリバイを作るためですが、その留守に、彼の家へしのびこんだ佐野俊治は、昏睡状態の奥さんを絞殺し、平然としてこの場へあらわれました。殺されてこの古井戸へ投げこまれた彼は、案外心の中では勝利の快感に酔っていたかも知れませんよ」

「………」

「殺人を終えて、家に帰って来た、この青年が愕然としたことは想像に難くありません。帰ってみると、家では妻が死んでいる。そのアリバイをたてるためには、いま一つの殺人を告白せねばならないのです。自分の計画して実行した殺人には大胆不敵だった犯人も、計画も実行もしなかった殺人には、この上もなく臆病になったのですね。本当に犯した殺人の罪が逃れられるものなら、何の関係もないこの殺人の罪からは、もちろん逃れたかったでしょう。進むもならず、退くもならず、死体のそばで呆然としている中に朝が来ました。のっぴきならぬ場所で発見された彼は、心ならずもああいった、架空のアリバイをたてねばならなくなってしまった。はっきりと形をもったアリバイなら、たちまちたたきこわされる。しかし、ああいう煙のようなアリバイなら、積極的に立証もされないかわり、消極的に否定も出来ないのです」

真鍋はうつむいて、地上に力なく横たわっている、青年の顔をのぞきこんだ。無表情な顔と、腐った魚のようにどんよりした眼とが、一層無気味に思われた。

「吉屋京子――あの女も、佐野俊治には何かいいふくめられていたのでしょうね。この事件に、ああいう謎の女が登場して来るときいた彼女は、早速僕のところへやって来て、彼の申し立ての内容を、細かくきいてゆきましたよ。それが、あの証言となったのですね。自分の愛している男の存否をたしかめるためには、あれだけの大芝居もうたねばならなかった――はげしい、気性の女だったんですね」

恭介は静かに言葉をおさめ、あたりを見まわしながらいった。

「真鍋さん、あなたは社へ連絡をとらなくっちゃいけないでしょう。僕は警察へこのことを通知しなくちゃいけません」

「では、この男はどうします」

「いったん、どこかへ縛りつけておきましょう」

二人は青山正春の体を、近くの松の木にしばりつけると、急ぎ足にその場を去った。

だが、三十分ほどして、二人が帰って来たときには、青山正春の姿はなかった。

ただ、バラバラに切りすてられた、縄の断片が、松の木の根元に落ちていただけだ。

た。

「神津さん！」

真鍋は色を失った。

「いったいどうしたんでしょう。俗に馬鹿力といいますが、彼がこの縄を切って、ひとりで逃げ出したんでしょうか」

「まさか……」

恭介は、縄の切れはしをとり上げて、懐中電灯の光の中で調べていた。

「するどい刃物で切ってありますよ。プツリと切ってあるんです」

「じゃあ……」

「真鍋さん、われわれは、この男のあとをつけることにあんまり気をとられて、自分たちのあとを、また誰かがつけていないか、ということには、少しも思いが及びませんでしたね」

「じゃあ……」

「彼女のさっきのお芝居は、あまりにも真に迫っていましたね。僕たちは、あれをいますこし真剣に考えるべきだった。相手の心を動揺させるための心理的な作戦としてではなく、一人の女の心の底からの叫びとして、あの言葉を解釈すべきだったのです」

（京子！　京子！）

妄執（もうしゅう）に狂った、復讐の女神の名を、真鍋は何度も心に叫んだ。

彼は地上にひざまずくと、も一度、あの古井戸をのぞきこんだ。

水面は見えなかったが、はるか下でパチャリと魚のはねるような音がした。

「いるか、中に！」

答はなかった。ただぶきみに返すこだまにまじって、かすかに、狂ったような笑いが聞えてきたように、真鍋には感じられた。

（「読物」一九五三・四）

蛇の環

一

「神津さん、あなたの一番恐いものは何ですか」

と問いかけられて、神津恭介はちょっとどぎまぎした。

「そうですねえ……」

と間をおいて、ちょっと考えこんでいると、相手役の東亜医大助教授、早川平四郎博士が話をひきとって、

「神津君には恐いものなどなかろうな。奥さんがいないから恐妻病の患者でもなし、落語の田能久みたいに金が恐いわけもなし、いやこれがテレビでないのが残念なくらいの美男子だから、女の子に追いまわされるのが恐いかな」

とその間をつないでくれた。

「いや、僕だって恐いものはありますとも。蛇の環が一番恐いと思いますねえ」

「蛇の環！」

なぜか、司会役の怪奇作家、水町幻一（みずまちげんいち）がマイクの震えるような声で問い返した。

「そうです。妙な話ですけれど、人は七人七色ですからね。たとえば、ある人は鶏のとさかを見ると全身鳥肌だつというし、僕の友達には昆虫の拡大写真を見ると気が遠くなるのもいるし、医者仲間でも、頭の解剖は平気なくせに、指の先を切らねばならない時には貧血を起すというのがいるし、こういう恐怖は第三者にわかるわからないはともかくとして、本人にとっては絶対なんですねえ」

「それで、蛇の環といいますと？」

スタジオの中は冷房がよくきいて、初秋のころのような気候なのに、水町幻一は額に汗を浮かべていた。

「何でもないんですよ。よくクイズの問題にあるでしょう、二匹の蛇が、おたがいに相手の尻尾から呑みあったらどうなるかという問題ですよ。これを蛇の環というんです」

「その結果はいったいどうなります？」

「実際には、どこかでどっちも精魂がつきはてて倒れてしまうでしょうけれど、論理だけを進めて行くといろんな結果が考えられるんです。第一は、だんだん環が小さくなって、最後には二匹とも完全に消えてなくなるという考え方、そこまで行かなくても、二つの頭だけが残るという考え方——これを第二の回答とすると、第三の最もふるっている回答は、蛇が一匹ずつ入った胃袋が二つ残るというやつですよ。なるほど甲の蛇は乙の蛇の胃袋におさまっているわけだけれども、乙の胃袋は胴体もろとも甲の蛇の胃袋におさまっているはずだから、甲の胃袋が外なのか乙の胃袋が外なのか、こういう論理を考えていると、僕は体中がぞくぞくして恐しくなってたまらないんです」

「ははははは、論理恐怖症というやつだよ。神津君は頭が切れすぎるもんだから、時々そんな観念的妄想にとりつかれるんだ。あんまりそんなことを考えていると、今に自分が頭だけ残って胴体が消えてしまったような妄想を起して東大の精神科へ入院するということになるぜ。そんな空論を闘わせるより、いっそ蛇を二匹つれて来て嚙みあわした方がいいだろうな。蛇頭無尾というところがおちだろう」

早川博士が妙な半畳を入れたので、恭介も思わず声をあげて笑い出していた。

『怪奇と幻想を語る』という題の放送座談会の録音中の出来事だった。

どうして自分がこんな所にひっぱり出されるようになったか、神津恭介にはよくわからなかった。

東大医学部法医学科の助教授で、名探偵としても広く世間に知られているから、第二者から見ればこうした座談会にはうってつけのメンバーかも知れないが、徹底的な合理主義者で、専門外の数学でも理学博士の学位をとっているくらいだから、怪奇と幻想を語るためには、自分でも適任者だとは思えなかった。よほど辞退しようかと考えたが、相手役の早川博士とは医学生時代からの知合だし、この所しばらく顔をあわせていないので、なつかしくなって承知したのだった。

恭介と早川博士の笑いがおさまってから、しばらく不思議な間があった。

聴き役であり司会役の水町幻一が、突然絶句してしまったのだ。真青な顔をして、たらたらと脂汗（あぶらあせ）を流している。

恭介も心の中でぎくりとした。蛇の嫌いな人間は案外世の中に多いものだ。彼もまたその一人ではないか、自分の話が思わぬうちに急所をついて、その繊細な神経をいためつけてしまったのかと心配したのだった。

しばらく何ともいえない沈黙が続き、そして額の汗をハンケチでふいた水町幻一は、声をふるわせていい出した。

「早川さん、あなたは刺青（いれずみ）研究の大家だから、それでおたずねいたしますが、今の話で思いついたんですけれど、蛇が胴体をまく図を彫ったら間もなく死ぬというのは本当でしょうか？」

刺青博士と異名のある早川平四郎は、わが意を得たりという顔で、

「たしかにむかしからそういう言い伝えがあるよ。だから刺青師はそういう図柄をたの

まれると、腋の下かどこか気のつかない場所をちょっとぐらいあけておくんだ。ところが、僕の知っている鳶職で、そんな迷信など何だというすこぶる気の強い男があってね……」

早川博士がお得意の刺青怪談を展開している間に、恭介はじっと水町幻一の顔を見つめていた。

機械的、事務的にうんうんと相槌は入れているが、その顔は決して話に聴きいっている顔ではなかった。何か一つの考えにすっかりとりつかれてしまって、その結論を頭の中で出すまでは、何でも勝手にしゃべらせておけというような表情だった。

恭介はこの録音が終ったら、一つこの原因をたずねてみようと決心した。

二

早川博士は先約があるといって、放送局から先に帰ってしまったが、お茶でもいっしょに——と誘うと、水町幻一は、

「そうですね。実はこっちからお誘いしようかと思っていたところです」

といって、恭介といっしょに近くの喫茶店へ入った。

「コーヒーを二つ」

と注文して恭介はじっと相手の顔を見つめた。年は四十二、三になるのだろう。怪奇小説、幻想小説の方面ではかなり有名な作家だが、恭介が顔をあわせたのはこれが最初だった。放送局で初めに紹介された時にも、そのやせきった顔と、繊細きわまる指の震えと、皮膚の表面に神経の露出しているような感じにびっくりして、なるほどこれでなければ怪奇幻想小説は書けないものかと思ったくらいだった……。

「さっきは失礼しましたね。よっぽど蛇がお嫌いなんですか？」

コーヒーをかき廻しながら恭介がたずねると、相手はかすかに苦笑して、

「いいえ、別に私が蛇嫌いというわけじゃないんです。ただ、お話の間に妙な事を思い出したんで……少しとちってしまいましたけれど、ぶっつけ本番じゃありませんから、テープをうまく編集してくれれば何とかなるでしょうね」

「その妙な事といいますと？　もし、おさしつかえなかったら話していただけませんか」

何か躊躇(ちゅうちょ)の色を見せて、水町幻一はちょっと黙っていた。よほど強度のニコチン中毒なのかも知れない。さっきからのべつ幕なしに煙草を吸いつづけているのだが、左の指がぶるぶる痙攣(けいれん)のように震えて、今にもコーヒーの中に灰をぽたりと落しそうだっ

た。

「私の知っているある女性に、あなたのいわゆる蛇の環の腕環をしているのがいましてねえ。二匹の蛇がおたがいの尻尾をのみあっている恰好でしょう。そんな気味のわるいアクセサリーはよしたらどうだといったこともあるんですが、これは愛情と幸運とを持って来てくれるお守りだから——といってうけつけませんでした。それが気になっていたところへ偶然あんなお話でしょう。それでぎくりとしてしまったんです」

「その程度のことだったんですか？　いやあれは論理学の方の一つの詭弁で——ことに腕環のデザインだったら、まさか蛇の環がぐんぐん小さくなって、腕を切ってしまうわけでもないでしょうから御心配はいりますまい。むしろそのお方のおっしゃるように、幸運のおまもりかも知れませんよ」

「そうとは思えないんです。彼女はこのごろ、猛烈な神経衰弱にかかっていましてね。神経衰弱の理由については、いろいろ考えられるでしょうが、僕はいま、あの腕環が原因ではなかったろうか——とふいと思いついて、それからぎくしゃくしてしまったんですよ。人の顔を見れば、死にたい、死にたい——とこぼしているような工合なんです。早川さんもいっておられたように、蛇が胴体をまく図を刺青すると、体中がしめつけられるような感じで夜もろくに眠れずやせおとろえて死んでしまうというようなことがあるから、あの腕環も実際に小さくならないにしろ、毎日ぴりぴりと神経をいためつけているんじゃないかと思いましてね」

「そうなると、たしかに怪奇幻想の世界の物語ですね。それほどお気になるなら、いまのお話にいろいろ肉をおつけになって、そんな腕環をしていたら、今に殺されてしまうぞ——ぐらいのことをおっしゃったら。そのあたりのテクニックはお手のものでしょう」

「何も私がそこまでいわなくっても、本人の方からちゃんというんですよ。私は間もなく殺される。それとも人を殺すかだと、はっきりいっているんですから」

「それはまた、おだやかならない話ですねえ。それで殺したり殺されたりするような、何かの根拠があるんですか？」

「私の見たところでは、何もそんな深刻な事態とは思われませんがねえ。ただ、何しろ近ごろの犯罪を見ていると、私たちには想像も出来ないような馬鹿な動機で人殺しが起っているでしょう。それで……」

恭介はもうこの話に対する興味をなくしかけていた。人間の心の神秘というものは理解も出来るのだが、呪いとか執念とかいう怪異談にはどうしても共鳴出来かねた。早川博士の言葉を借りれば蛇頭無尾、この作家が自分の頭で作り出した幻想怪奇の物語としか思われなかったのである。

「まあ、僕は商売が商売ですから、ごく一般的な御忠告しか出来ませんが、そのお方にはお医者の診察をうけるようにおすすめなさったら……もし何でしたら大学へいらっしゃれば、僕がしかるべき先生に御紹介いたしますよ」

恭介はこれでこの話を一応打ち切りたかった。しかし、水町幻一はさも恐しそうに肩をすくめ、声をふるわせて言葉をつづけた。

「神津さん、こんなことをいったら、笑われるかも知れませんが、私にはこの蛇の環をめぐってもっと恐しいこと――たとえば殺人が行われるような気がしてしかたがないんですよ。もちろん、何の根拠もありません。一種の異常感覚とでもいいますか、漠然たる予感とでもいいましょうか……怪奇作家の悪夢と思われればそれまでの話ですが……」

三

その録音の放送は、それから二週間後に行われたが、スポンサーもつかない自主番組でしかも深夜の十一時すぎなので、どうせ誰も聞いてはいないだろうと、恭介はラジオの前で苦笑していた。

ところが、その反響は間もなく、思いがけない方向から起って来た。それから二日すぎた日の午後、警視庁の松隈（まつくま）警部補が電話をかけてよこして、からかうような声で、

「先生、一昨日の放送をうかがいましたよ。先生のお声は生よりマイクを通した方が、ずっと深みがあって感じがいいですねえ」

「まさか、僕に転業して声優にでもなれというんじゃないでしょうな？」

「とんでもない。そんなことをされたら、警視庁でも青くなる人間が何人いるか知れませんよ。ところで一つ妙なおしらせがあるんです。あの放送に出て来た蛇の環――その腕環をした女が変死したという報告があったんですが……」

「蛇の環の腕環をした女？　それはいったい他殺ですか？」

録音の日の水町幻一との妙な会話を思い出して、恭介は肌がささくれだつような思いだった。

「他殺とも自殺とも――そこの所は、はっきりしないんです。毒で死んでいることはたしかですが……」

「いつ、どこで？」

「代々木（よよぎ）近くのいわゆる温泉マークです。月海荘という宿屋の――この名前はくらげを

逆さにした所が味噌ですね。そこの一室に、女が一人で入ったきり、中から錠をおろして死んでいたんです」

「温泉マークといえば当然密室になるわけだし、これが毒でもなかったら、完全犯罪の見本が出来るところですね」

　こんなことをいいながらも、恭介は頭を発電機のように廻転させていた。あの時の水町幻一の言葉がふしぎにどこかにこびりついて離れなかった。あまり個人的な問題に深入りしても悪いと思って、あの時は女の名前も幻一との関係もたずねなかったが、この瞬間、激しい興味が恭介の心に湧き上った。

「いかがです？　これから実地検証にまいるのですが、もしお手空きだったらいらっしゃいませんか」

「まいりましょう」

　幸いに、その日の午後は予定もなかった。恭介はすぐに大学の研究室を出ると、車を拾って代々木へ急いだ。

　月海荘はすぐに分った。このあたり一帯に群居している、典型的な温泉旅館の一つだった。その奥の『湯河原』の間というのが、この女の死んでいる現場だった。

　本業のかたわら、警視庁の嘱託もつとめているから、恭介は顔見知りの人々に挨拶してその現場にふみこんだ。

六畳、二畳、それに洗面所、湯殿のついた一角だったが、その六畳の間にまだ帯もとかず和服の女がテーブルの上につっぷしていたのである。

恭介はだまってその顔を起してみた。三十二、三の面長な凄艶(せいえん)な感じのする美人だった。口のあたりを嗅(か)いでみると、かすかに青酸の臭気が来た。

「青酸カリか、何か？」

「だと思います」

鑑識課員が、わが意を得たりとうなずいた。恭介はそれからぐっと袖をたくりあげてみた。青白く血の気の失(う)せたなめらかな二の腕に、金色の細い蛇が二匹、ぶきみな蛇の環を作っていた……。

「先生、むこうへ参りましょう」

松隈警部補は恭介をうながして、隣りの『熱海』と名札のかかった部屋へ入ると、

「いかがです？　先生のお見こみは？」

「見こみも何も……青酸中毒、死後約三時間というほかには何も分りませんよ。ただ、こういう場所の性格として、男はどこへ行ったんです？」

「それが、男はやって来なかったんです。女が一人でやって来て、そのまま死んでしま

ったんです」

恭介が納得出来ないような顔をしたためか警部補はわざと鹿爪らしい表情を装って、

「ここが法律の盲点ですな。こういう場所は赤線でもなし青線でもなし、表面は旅館業という鑑札を持って、男女の自由な恋愛遊戯の場を提供する所だから、取りしまりようもないんです。だから、法律的に相思相愛の男女がつれだって来るのが原則ですが、場合によって、男が一人でやって来て、旅館の側に仲介をたのみ、見ず知らずの女を呼びよせて、それから一眼で相思相愛になるということも考えられるのです」

「そのぐらいのことは、いかに木石の僕でも分りますがね。ただ、いまのお話の反対に、女が一人でやって来て、見ず知らずの男を呼びよせて相思相愛になることがあるんですか」

「そういうわけではありませんが……ただ、何かの拍子に二人のどっちかが先にやって来て、後から一方が追いかけて来るというのは間々あります。だから女が先にやって来て、相手は間もなく来るから——といっても、べつにふしぎだとは思わなかったんですね。ただいくらたっても男は来ないし、室内電話をかけても返事がないんで、網戸の窓から中をのぞいてみたら女が倒れている。あわてて合鍵で、部屋へ乱入という段取りになったんですね」

恭介はちょっと不審そうな顔をして、

「すると被害者の身元は全然わからないというわけですね?」

「あいにく宿泊の場合以外は、宿帳に名前を書く必要がありませんので……ただ、本田という名前で予約があったのだそうですが、あの部屋——と特に指定してです。相手の男はしょっちゅう同一人だったようですし、何かの拍子で、『湯河原』の間がえらく気にいったんじゃありませんか。まあ、そういう感覚は、相思相愛の当人以外、なかなか分るもんじゃありませんけど……」

「恋愛論は後まわしにして、いま当面の問題は青酸カリを何に入れて持って来たか——ということですね。現場があのままだったとすると、空の茶碗がテーブルの上においてあったから、あの中のお茶で飲み下したということもうなずけますが……」

「死体のそばに薬包紙らしい紙が落ちていました。それを鑑識へ廻しているんですが、もしその紙から青酸の反応があらわれたら、自殺と断定してよろしいでしょうか?」

「法律的に、その断定には何一つ隙がなさそうですね。ただ僕はこの間放送に出てから、妙な怪奇的幻想にとりつかれてしまいましてね。あの蛇の環を見たとき、ぎくりと来たのです。これは他殺——自殺を装わせた巧妙きわまる殺人でなければいいがと思いますよ」

四

女の身元はハンドバッグの中や手廻品を調べてみても分らなかった。恭介はしかたがないと思って、水町幻一を電話でここへ呼びよせた。死体の顔を見せつけられた彼は、いまにも嘔吐しそうな青い顔でつぶやいた。

「やりましたね……神津さん、これが例の蛇の環の女ですよ」

「あの時はおうかがいしなかったけれど、住所と名前は？」

「家の方は私も知らないんです……ただ、銀座二丁目のシャコンヌというバーのマダムで、たしか、名前は小宮みどり……」

恭介と警部補は、顔を見あわせてうなずいた。粋な大柄模様の和服や、髪のかたちや、顔だちからいって、かたぎの奥さんなどではなく、水商売の関係だろうということには、ほぼ意見が一致したのだが、こうしてはっきりその人物が確認されると、捜査もよほど楽になるのだった。

警部補も明らかに肩の荷がいくらか軽くなったという顔で、

「どうも先生、わざわざ有難うございました。おかげで手間が省けます。細かなことは、こちらで調べさせますが、ほかに参考となるようなことがありましたら教えて下さいませんか」

「さあ、私は単なるお客ですから、酒を飲んでからかうぐらいしかつきあいはないんですがね。何でも本田商事という小さな会社の社長とは、相当に深い関係があるようですよ」

本田――という名前が出て来たので、恭介と警部補はまた顔を見あわせた。

「水町さん、ところであなたはこの間、何か事件が起るかも知れない。それもあるいは殺人、というようなことをいっておいででしたね。こうなってみると、あなたの先見の明には敬意を表せざるを得ませんが、それには何か根拠がおありだったんですか？」

恭介がそうたずねると、水町幻一は、苦笑いして、

「僕はあんまり他人のスキャンダルをあばきたくはないんですが……この話には、人から聞いた噂も大分まじっていますし、まあ多少は事実と違っていてもお許し下さい。みどりさんの御主人は小宮隆夫とかいって、どこかの映画会社の企画か何かをやっていたと思います。ところが一時、胸を悪くして寝ていた当時に、みどりさんが家計を助けるため、どこかのバーへ働きに出たんですね。そこを本田社長に見そめられた。三十女が孤閨を守るのはつらいことだし、そこで何かの間違いが起ったところで、べつに本人た

ちをとがめることもないでしょうが、とにかく男の尽力でそのバーのやとわれマダムにおちついて、生活も安定するようになったわけです。ところが亭主の方だって、いつまでも馬鹿じゃありませんよ。とうとうこの関係に気がついて大さわぎをやらかした結果、みどりさんはとうとう家を飛び出すようになったわけですね。そんなわけで、円満な離婚というのは到底望めない。一応別居ということになって、いま家庭裁判所かどこかで争っているらしいんですが、さて世の中は妙なもので、男女の仲は追いつ、追われつ、今度は本田社長の方が、ほかの女の子と出来てしまったんです。みどりさんという人は案外やきもちやきだから、自分の浮気の前科の方は棚にあげて、死ぬの相手を殺してやるのとわめいたんです」

「男と女の蛇の環ですね。人生というものはなるほどそんなものでしょうなあ」

人間愛欲の世界には無縁の存在のような恭介は、哲学者のように割り切った口調でいった。

五

この事件の第二幕は、その同じ夜のうちに起った。

翌朝、大学へ出かけようとしていた恭介は、電話の呼鈴の音を聞いて、なぜか漠然たる不安を感じた。

松隈警部補からだった。よほどあわてているらしく、いつもの彼とは思われぬほど、声もかすれてあえいでいた。

「先生！　先生！　例の事件の続きです！」

「今度は誰が？」

息つぐひまもなく恭介は問い返した。

「小宮隆夫——昨夜殺されたみどりさんの旦那です！」

「どうして？　どこで？」

「自宅でやはり青酸系の毒物——昨夜、真夜中ごろの出来事らしいんです」

恭介はぐっと固唾(かたず)をのんだ。こういう風に事件が発展して来ようとは、彼も全然予想していなかったのだ。といって、別居している夫婦が二人とも、相ついで青酸系の毒物で別々に自殺するというのは、偶然といいきるには度を越していた。

「場所はどこです？　今度の現場は？」

「××区××町三一八番地——いらっしゃいますか？」

間髪をいれずに恭介は答え、すぐに現場へかけつけて行った。

都心から電車で一時間ぐらいの住宅地は、この頃ではぎっしり人家が立てこんでいるのが普通だけれども、京王線に近いこのあたりには、まだ田園牧歌的風景がどことなく残っていた。

小宮隆夫の家はせまい通りの角地に建っている。二十坪ぐらいの平家だった。

玄関を入ったとたんに松隈警部補が顔をあらわし、

「先生、とんだ所に飛火しましたね」

と深刻な表情でいった。

「全く——今度は自殺の疑いはありませんか」

松隈警部補は首をふった。

「現場はそっちですが、犯人は女のようですね？」

「女、どうして？」

「昨夜、交番の警官が出頭命令書をとどけにやって来たとき、玄関で女の靴を見たそうですから」

恭介はちょっと首をかしげ、黙ってつきあたりの八畳に入った。

誰かとこれから飲み始めようというところだったらしい。テーブルの上にはまだ手のついていないウイスキーの罎(びん)と水さしと、チーズの皿が用意してあった。

それから、グラスの中に琥珀色のカクテルらしい飲物がそれも手つかず、いま一つのグラスは畳の上に転って、そのまま空になっていた。

テーブルからななめ後にひっくりかえり、小宮隆夫は激しい苦悶の表情を浮べて冷たくなっていた。別れた妻の死顔と一脈通ずるような表情だった。

「おかしい……少し」

「何がです？」

「この被害者は何だって、洋服を着たまま飲みはじめようとしたんでしょう？　自分の家へ帰って来て、酒を飲もうというのなら、着物でも着てくつろいで——というのがあたりまえじゃありませんかね」

恭介は死体のポケットに手をつっこんで、空の眼薬の瓶をとり出した。

「ねえ、松隈さん、おかしなものがありますね。これはいったい何に使ったものでしょう」

「眼薬は眼にさすときまっているじゃないですか？　撮影所の中はライトが強くて眼をいためますから……」

恭介は何ともいえない表情で考えこんだ。その眼はこの死体のことも自分の仕事のことも忘れて、遠い無限の空間を見つめているように思われた。

もう一度、ポケットの中を探って、恭介は二つの鍵をとり出した。

「これは自動車の鍵でしょうけれど、こっちは素人細工のようですね。玄関の鍵なんでしょうか？」

そのほかには、恭介の注意をひくものはないようだった。松隈警部補といっしょに隣りの部屋に入ると、恭介は静かに眼をとじて、

「松隈さん、さあ、お話をうかがいましょうか？」

「被害者は新映映画の企画課にいますが、昨日は一日欠勤していたようです。それはあして、女の身元が知れると同時に、映画会社の方へ照会してみてわかったのですが、家にも一日中いなかったようなのです。誰も留守番がいなかったので、警官が何度かむだ足をふんだあげく、やっと午後十時ごろ、召喚状を渡したんですね」

警部補の顔には明らかに後悔の色が見えた。だがそれも無理のないことなのだ。最初の月海荘の事件は諸般の状況からいって、九割九分まで自殺と推定されるのだし、一応死体を解剖にまわし、定石的な捜査手続はとっていたのだが、この線を深く掘り下げて来なかったのは、こうなって見ると、大きな失敗だといえるのだった。

「それで、その時の彼の反応は？」

「大分酔っていたらしいんですね。何度もしつこく警官に、何だっておれが警察へ行か

なくちゃいけないんだ——とからんでいたようなんですよ。奥さんがこれこれという所で死にましたといっても、平気な顔で、あいつはおれの女房じゃねえや。目下離婚の訴訟中で、あと一回もすれば判決はまとまるんだ。あんな姦婦(かんぷ)は死のうが生きようが勝手にしやがれ。おれが殺してやりたかった——とさんざんいきまいていたようですよ」

「酔っぱらいというものは、口が悪くなるもんだし、それにあの部屋に誰か女が来ていたとすれば、そっちに聞かせようとする芝居もいくらか手伝っていたでしょうね」

「まあ、あの事件もわれわれは自殺ときめこんでいましたからね。こんな事を申すと、先生には恐縮ですが、ですからこちらにも任意出頭のような形でいい、単に自殺説の裏づけになるような事実が分ればいいと、甘く考えていたんですよ。でも、この仇(かたき)はきっと討ってみせます」

いかにも口惜しそうに、松隈警部補はばりばりと歯ぎしりした。

「とにかくその警官は、ひっぱって行っても手数がかかりそうだし、こっちはあまり急いでいないし、朝にでも出直そうと思ってひっ返したんですね。その時、家のそばに自動車が停っていたのを見ておやと思ったというんですが」

「その自動車は？」

「新宿のMドライヴクラブの車です。今でももとの場所にありますが、クラブの方へ問いあわせたら、昨日の朝、彼がやって来て自分で運転して出たっきりになっているんだそうですよ。その時は、一人だったというんですがね」

「会社へも出ないで一日車を乗り廻して、彼はいったい何をしていたんでしょうね？」

「さあ、そこのところは本人でなければ恐らく分りますまいな。いろいろ調べさせてみますが、何しろこれだけの自動車が東京中を飛び廻っていることですから、まず彼の足どりを探るのは不可能でしょう」

恭介も一応はうなずかないではおられなかった。ただ、不可能という三字が大嫌いな彼はまた不屈の負けじ魂を発揮して、

「松隈さん、足で追いかけられない相手でも頭でなら追いつけますからね。こういうことがいえるんじゃありませんか。彼が洋服を着たまま酒を飲もうとしたのは、もう一度この車で出かけるつもりだったということになりませんかね」

「あれほど飲んでいてですか？」

「松隈さん、あなたは彼にあった警官の報告をそのままくりかえしているだけでしょう。彼がどれだけ飲んでいたかは、その警官にだってよく分ってはいないんです。こんなことをあなたに申しあげるのは、お釈迦様に説法みたいなものですが、僕はパトロール中の警官だとか工場の守衛だとか、一方に別な義務を負わされている人間の証言はあんま

り重視出来ないのですよ。わが身かわいさに、事実を曲げる恐れがありますからね」

警部補は痛いところをつかれたというように苦笑して、

「先生はたしかに犯罪心理学ではベテランそのものですな」

「犯罪とかぎらず心理学は大分研究しましたからね……結局僕の考えでは、彼はそんなに酔ってはいなかったと思いますよ。一日車を運転して来て、一旦わが家へ引返し、女と酒を飲んだ後で、それからまたどこかへ出かけるつもりだったんですよ。それからどこへ——それが分れば、彼が一日何をしていたかというのも、ほぼ想像がつくでしょうがね」

六

一応の調査をすませてひきあげた恭介は、夕方になってからまた警視庁をたずね、松限警部補からその後の捜査状況を聞いてみた。

「まだ勝負は始まったばかりですよ。これからが、われわれの力の見せどころですとも」

彼は本当に自信満々たる態度だった。

「まず会社の方を調べたところ、彼は数日前に十万円ぐらいの使いこみがばれて、所長からお目玉を食ったそうです。もっとも、映画一本つくるためには、何千万という金を動かすことだから、そういうことは往々にしてあるんですねえ。まあ、そのぐらいの金額だったら、会社でも温情主義を発揮して、小言一つでそのままにしてしまうようですがねえ」

「その金を、彼は何に使ったといってるんです」

「おきまりの酒、女、まあ、ああして奥さんにも逃げられたことですし、その反動が来たんでしょうな」

恭介はまた首をふって、

「松隈さん、借金の秘訣をあなたは御存じですか？　明日の米を買う金がないから——という借金はなかなか出来ないけれども、これから悪所へ出かける軍資金をという借金は、案外やさしいものなんだそうです」

「その借金哲学は、私も貧乏時代に身にしみて経験しましたがね。それが今度の事件とどういう関係がありますか？」

「つかいこみをした場合でも、酒や女につぎこんだといえば案外同情をひくものでしてね。これが切羽（せっぱ）つまった特別の事情のためにとか、なかなかいえないものなんですよ。

こうした事件が起ってみると、その金は彼にとってはやむにやまれぬ特別な用途があったような気がしますが……それで、眼薬のことは聞いて下さいましたか？」

「先生があれほどおっしゃるものですから、一応だめはおしましたが、彼が眼薬をさしているのを見た人間はないようです」

「死体の眼をちょっと見たとき、そう思いました。眼の病気はなかったらしいですね」

恭介は割合に淡々としていた。

「それから鍵はどうなりました？」

「一つはたしかに家のそばに置いてあった自動車の鍵でしたが、あとの一つは分りません。会社にもそういう鍵の必要なところはないんです。ただ、私個人の考えでは、彼には誰か恋人がいたんじゃないかと思うんですよ。どこかのアパートに住んでいて、鍵が一つしかないもんだから、合鍵を作らせて、彼に渡したんじゃないかと思うんです」

「大いにありそうな話ですね。まあ、その考えが正しいかどうかはいずれ分るでしょう。ところで、家に残っていた何かに青酸反応を呈したものがありますか？」

「ありません。彼が飲んだはずのカクテルのグラスにねばりついていた液体だけが、かすかに反応を呈しました。ただ、テーブルの上においてあった方のグラスのカクテルには、全然毒が入っていなかったんです」

「人を毒殺しようとするには、まあ、自分のグラスに毒はいれますまいからね。グラスの指紋は？」

「本人のしかありません。何しろ、犯人はよほど慎重にふるまっていたらしいですね」

「どうですかしら。僕はあなたと反対に、第二の殺人の方は、突発的な、予想もしていなかった殺人のような気がするんですがね」

「どうしてそんな……」

「犯人が奥の部屋にいたことには間違いありませんね。玄関に女の靴が出ていたから女だときめるのは早計すぎますが、とにかくこの犯人には当然、警官と小宮隆夫の会話が耳に入ったはずですね。ところが、第一の殺人の舞台装置からいって、小宮みどりの正体がこんなに早くばれるとは、犯人には思われなかったに違いないんです。少なくとも、被害者の名前が判明するまでには、常識的に数日の余裕があると考えていたでしょうね。ところがそれが数時間のうちにそこまで追いこまれてしまった。偶然といえば偶然の結果なんですが、犯人はそうとは思わなかったでしょう。明日、彼が警察へ出頭するまでに——と、襖のむこうで青白い殺意を燃やしたんじゃありませんか。もっともこれは二つの殺人が同一人の犯行だという仮定を前提としての話ですが、ちょっとその光景を想像しただけでも、恐しくなるじゃありませんか。玄関で自動車を運転して帰れたぐらい正気だった被害者が酔っぱらいのふりをして警官とおし問答をやっている。その道化芝居を襖一枚へだてて聞いている殺人鬼の顔……水町さんならこれだけの材料で怪奇幻想小説を二本ぐらいは書きあげるでしょうがね」

恭介の言葉の調子は淡々としていたが、それがかえってぶきみな実感をともなって、警部補の胸に迫った。彼が思わずハンケチで額の汗をぬぐった時、恭介はがらりと話題を変えて、

「それで被害者は、毎日家をがらあきにして会社へ出勤していたんですか？」

「いいえ、通いの婆さんが留守を預っていたようですが、昨日は来なくてもよいといわれたらしいですね」

「それで、本田商事の社長の方は？」

「今商用で大阪の方へ行っています。そちらへも警察電話で問いあわせましたが、絶対確実なアリバイがあります。たとえ飛行機を使ったとしても、東京とは往復出来ません」

「それで、彼の恋人というのは？」

「やはり銀座のプロイセンというバーにつとめている色川ゆかりという子だそうです。女好きにも、いろんなタイプがありますが、本田社長という男は、そういう風の女ばか

りさかんに食い散らすらしいですなあ」

七

警視庁を出た恭介は、もう一度水町幻一にあいたくなった。早速彼の家へ電話をかけて銀座へさそうと、彼は二つ返事でとび出して来た。

「いかがです？　蛇の環事件の進展は？」

両眼が妙に熱っぽく光っていたところを見ると、彼もまたこの事件には、異常な興味を感じていたのだろう。恭介が第二の殺人の話をして聞かせると、彼はすっかり興奮して、

「神津さん、おかげで大変結構な小説の材料がいただけましたよ。いいですなあ。そののぞきの場は……お礼にこれからいい所へ御案内しましょう」

「酒ですか？」

ビールをコップに半杯が最大酒量という恭介は世にもあわれな声を出した。

「酒、女——それがなくて、何でこの世に生きる甲斐があります。銀座までわざわざ出て来てしらふで帰れますか」

恭介は一瞬に腹をきめて答えた。

「それじゃあ、プロイセンというバーへ」

水町幻一はちょっと妙な顔をしたが、べつに逆らおうともしなかった。

酒場の雰囲気は恭介には珍しいものだった。死体と顕微鏡と原書とそして音楽と、それしか人生には存在しないような彼にとっては、ごく稀にしか足をふみ入れることのないこういう場所は、アラビアンナイトの中の光景のような異常な感動さえおぼえた。

「どうだい。こちらさんにうんとついで上げてくれたまえ。独身で、美男子で、天才で、天から二物も三物も与えられて生れた珍しい存在だ。僕みたいな人間とは全然わけが違うのさ」

もういくらか酔いが廻って来たのか、水町幻一は何となくとげのある調子でいった。

初めから恭介にいくらか嫉妬のようなものを感じていたのか、それとも女たちが商売気をはなれて恭介にばかりサービスしているのが気にさわったのか、それはどっちとも分らなかったが……。

「ああ……」

突然、恭介はうたれたように身をふるわせた。自分の眼さえ疑った。

煙草の煙と、仄暗い照明にさえぎられて、顔ははっきり見えなかったが、向う側に立っている女の裸の腕にきらめく黄金色の蛇を認めたからだった。

「君、あの人をちょっと呼んで来てもらえませんか？」

女は静かに近づいて来た。幽霊か、能楽師のようにゆっくりとした足どりだった。眼に見えない重い鎖をひきずるように、彼女はうつむき、よろめき、そして恭介の前の椅子に腰をおろすと、

「先生、まあお一つ」

とビールの罎をとりあげた。

「ゆかりさん？」

「まあ、よくわたくしの名前を御存じでいらっしゃいますこと」

「その腕環を見て間違いないと思ったのさ。それは誰のプレゼント？」

ゆかりは何とも答えなかった。横から、水町幻一がからかうように、

「ゆかりちゃん、まだそんなものをしているのかい。よせ、よせ、いかに本田財閥提供のアクセサリーにしたところで、そんな不吉な腕環をしてると、いまに自動車か何かにひかれて、片手を切断――というようなことが起るぜ」

「これがそんなに不吉ですの？」

「まだ知らないのか。月海荘という宿屋で、君の恋仇のみどりさんが殺されたのを」

「知っています……本当にお気の毒な、恐しい事件でしたのね」

美しい顔が底知れぬ恐怖に歪んだ。黄金の腕環をぱちんとはずして、テーブルの上におくと、

「これがそんなに不吉ですの？」

「僕たちの放送を聞かなかったね？　神津さんはこの世の中で、これほど恐いものがないんだってさ。ねえ、神津さんそうでしょう」

恭介がうるさくなって黙っていると、相手はますますからんで来た。

「しかし、本田社長という男はやっぱり変っているね。自分の好きな女には、こうして同じプレゼントをして……自分で禍の種子をまいているのにも気がつかない」

「これがそんなに不吉ですの？」

「不吉だともさ。神津さんには怒られるかも知れないけれど、この腕環には死の呪いが、悪魔の息吹きがこもっているんだ。ほら、この通り、蛇が鎌首をあげて動きはじめたじゃないか」

「先生、おどかしちゃあいやよ！」

女たちに黄色い喚声をあげられて、やっと気分が直ったのだろう。水町幻一は、また一つハイボールのコップを空にして、

「神津さん、あなたは自分で想像力がないと卑下していらっしゃるが、とんでもない。今日のあののぞきの幻想などは、どうしてどうして大したものですよ」

「のぞきの幻想って何ですの？」

はたからたずねた女の手を強く握って、幻一は、

「たとえば温泉マークへ行って、このあたりから、そろそろ本筋へかかろうとしたら気をつけたまえ。部屋をぐるりと見まわして、壁にはめこみ鏡があるかないかを確かめるんだ。そんな鏡があったなら、まずその隣りの部屋からのぞかれていると思えば間違いない」

「まあ、ほんとうかしら？　それ、先生のお作りになった小説の幻想じゃありません？」

「とんでもない。嘘だと思ったら、神津さんに聞いてみたまえ。警視庁にだって鏡の部屋というやつがあるんだ。容疑者の側から見れば普通の鏡と何のかわりもないが、隣りの部屋から見るとすき通しのガラス窓と同じで、容疑者の顔がそのままはっきり見える。そういう鏡を使っている部屋も方々にあるはずだ。僕の知っている月海荘という宿屋にも、そういう部屋が一つあるが……」

恭介はその時胸を激しく絞めつけられるような思いがした。どうして彼は、この宿の

名をここへ持ち出したのだろう？　どうして……どうして？

「まあ、君たちも、鏡がないといって、安心していちゃいけないよ。テープレコーダーという文明の利器もあることだし、マイクロフォンはこの頃小型になってどこへでもかくせるからね。彼氏と二人きりだと思って、あまり喋々喃々としていると、どこかでそれが録音されて、誰かがにやにやしながら聴いているということにもなって来るぜ。どうだい、今度月海荘で、僕の録音したきわめつきのテープを聞かしてやろうか？」

またしても、月海荘——という名前が飛び出して来た。決して酔ったあげくに、話がくどくなっているのではない。彼もまた酔態を装って、何かの芝居をしているのだ。何かの狙いを秘めてこの名をくりかえしているのだと、神津恭介は直感した。

「先生、わたくし失礼いたします……」

ゆかりはかるく会釈して立ち上った。二、三歩、ふみ出したかと思うと、突然顔を両手でおさえ、崩れるように床に倒れた。

「どうしたんです？　どうしました？」

医者としての本能が何より先にほとばしり出た。あわてふためく女たちをかきわけて、恭介はゆかりのそばに近づき、額をおさえ、脈をとった。

「何でも、何でもないんです……ちょっと目まいがしただけなんです」

恭介にすがりつくようにして、ゆかりはようやく立ち上った。むりに笑おうとしているのか、その顔の筋肉はこわばってしまって動かなかった。

「このごろ、時々、こうして貧血を起しますのよ。体が、どこか、悪いのかも知れませんのね……」

「腕環のたたりさ。この蛇の環でしめつけられるからなんだよ」

テーブルの上の腕環をとりあげて、幻一は冷たくうそぶいた。恭介は二、三歩後もどりしてその腕環をひったくるようにしてポケットに入れ、マダムにむかって、

「マダム、このお方をお送りしますよ」

「ええ、先生、どうぞお願いいたします。ゆかりちゃん、お大事にね」

ゆかりの体をかかえるように、恭介はバーの外へ出た。さわやかな夜の空気が胸を洗ってくれるような気がした。

「さあ、その車におのんなさい」

自動車をとめて、ゆかりを乗せた時、後から恭介の名前を呼んだ声があった。幻一だった。恭介は入口のあたりまでひっかえして、

「何の用です？」

「神津さん、あなたは案外フェミニストなんですね」

「僕はただ、人間でありたいと思うだけです」

「僕はそれとは反対に、きれいな女の子が苦しむのを見ていると、何ともいえない快感をおぼえるんですよ」

幻一はにたりと、悪魔的な微笑を浮べた。

「あなたの用事はそれだけですか？」

「人間の神津さんに対してはそれだけ、後は名探偵神津恭介先生にこの上もない材料を提供いたしましょう」

幻一は声をぐっとひそめて、

「あの女は、月海荘という名前を二度聞いてがまんが出来なくなって倒れましたね。いいですか。その理由をたずねてごらんなさい」

「………」

「あの女のもう一人の恋人というのを知っていますか。まさか、先生でもそこまではね。小宮隆夫、この事件の第二の犠牲者ですが……彼女は彼といっしょに、月海荘へも何べんか足をふみ入れたはずですよ」

呆然とした恭介が、言葉に迷っているうちに、幻一の姿は彼のそばから離れ、横の小路へ消えてしまった。

八

その翌日の午前中に、恭介は松隈警部補と月海荘の前でおちあった。

「先生、謎は解けたんですね」

「ええ、理論的には十分に……ただ第一の事件だけですよ」

警部補の顔にはぱっと喜色がただよい、それに反して恭介の顔は悲愁の影に包まれていた。

女将に案内させて『熱海』『湯河原』のある離れの一角に来ると、恭介は立ち止って、

「この各部屋の鍵はいちいち違いますね？」

「それはもちろんでございますわ」

「それでお客同士が顔をあわせる機会は？」

「お手洗もお風呂もついてございますし、御出入りの時には女中が御案内いたしますから、お客様同士が顔をおあわせなさいますことは、わたくしどもではございません。べつにお知りあいでなくても、そんなことがございましては気まずうございましょう」

恭介は松隈警部補から、小宮隆夫の持っていた鍵をうけとり、『湯河原』の間の扉の

鍵穴につっこんだ。何の抵抗もなく扉は開いた。呆然と顔を見あわせた二人にむかって、

「これじゃあ、この部屋は密室とはいえないわけですね？」

「でも、そのほかに、中から掛金もかけられますが……」

「最初はかかっていたかも知れませんね。ただ、待人来る(まちびときた)と思ったら喜んで掛金を外したでしょう。僕はただ、この扉を閉められる可能性を実験してお目にかけたのです」

恭介は女将の方にむかって匕首(あいくち)をひらめかすような調子で、

「『湯河原』の間がふさがっていた間、こっちの部屋――『熱海』の方に予約のお客が来ていませんでしたか？」

「はい、お二人おそろいで」

「その男の方は、こんな人物ではありませんでしたか」

恭介は女将に小宮隆夫の写真をわたした。ちょっとためらっている彼女に、

「かかりの女中に聞いてみて下さい。何度かこの家へ来ているお客なはずです」

女将は黙って姿を消した。松隈警部補は声をふるわせて、

「先生、いったい……」

「こういう種類の宿だから、女中は大いに気をきかして、呼ばれなければ来ないでしょう。見ず知らずのお客同士が原則でも、二部屋別々に予約しておけば、不貞の妻を隣り

の部屋へさそいこむことも出来ますね」

「……」

「本田さんから電話でこの家へ何時に——といわれて、みどりは喜んだのですね。自分の気持が通じて、やっと男の心がとりもどせたかと思っていそいそとここへやって来た。自分を憎み呪っている夫が、べつの女といっしょに、隣りの部屋にかくれていると気づかずに。待つことしばし、ノックの音。扉を開けて立っていた男が夫と知った時にはおどろいたでしょう。呆然と声も立てられずにいるうちに、男は部屋に入って後手に扉をしめた。パントマイムか、どんなせりふのやりとりがあったか知れませんけれど、とにかく男は女をおし倒し、眼薬の瓶に入れた青酸カリの溶液を上向きになっている女の口にたらしこんだ……後は薬包紙を残し、自殺のように見せかけて、この鍵で扉を閉めて『熱海』の部屋へもどって行けばいいのです。何食わぬ顔で勘定をすまして女といっしょに出て行けば、この二人に疑惑のかかる理由はありませんね。どこまでも、隣り同士のお客は赤の他人のはずですから」

警部補は額にびっしょり脂汗を浮べて、

「でも、どうしてこの部屋の鍵を？」

「恐らく僕の想像では、十万円の金は女の尾行のために使われていますよ。何度か二人でこの家へやって来るのを見とどけて、自分も別に再三足を運んで舞台を選定した。恐らくこの離れの各室の鍵は、全部型をとった上で偽造しておいたんでしょうね。あとは適当な機会を待つばかり……」

「でも、どうして女は、誰かを呼ぼうとしなかったんでしょう？」

「そこが微妙なところですが、あるいは哀願懇願して、もう一度よりをもどしてくれとたのんだのか、電話でよび出したのは自分だと説明して、女を納得させたのか……もと、もと、女の方としても嫌いで夫婦になったわけではないでしょうし、自分にも過失はあるのだから、いくらかでもむかしの気持がもどって来たか、それともこの場だけごまかせば後は何とかなると思ったのか……とにかく大した抵抗もせずに、男に抱かれたことはたしかでしょうね、唇を求めるように、上をむいて、眼をとじ、唇をゆるめた時に——瞬時に殺人が行われた」

恭介は自分が青酸カリを口にしたように身をふるわせて、

「青酸系の毒物は愚者の毒ですよ。普通の神経の持主なら、お茶やコーヒーやウイスキーにまぜても気がつくはずですよ。それを知らないで飲むというのは、よっぽどどうかしているのです」

女将が女中をつれてもどって来た。見るもあわれな顔をして、

「このお方に間違いございません……たしかに、お名前は存じませんが、何度かうちへいらっしゃったことがございます」

九

その日のお昼に、恭介はゆかりと銀座のあるレストランでおちあった。

「お体はもう何ともありませんか？」

「ええ、おかげさまで……」

ゆかりはいかにも淋しげに笑った。

「お大事になさらないといけませんね」

「ええ、こんなものをしょっちゅうのんでいるんです」

ゆかりはハンドバッグの中から、錠剤の瓶を出して恭介に見せた。

「ビタミンですね……注射の方がきくんですけれど面倒ですからね」

恭介はちょっと口ごもった。だがいつまでもこんなことはしておられないと思ったのか、緊張した態度をはっきり顔にあらわして、

「ところで、ゆかりさん、あなたと小宮隆夫さんとの仲は？　ある人から、それとなく

聞いたのですが、本当に結婚しようというところまで進んでおったのですか？」

ゆかりの眼には、断崖の上に立って底知れぬ深淵をのぞきこんでいるような虚無的な色が浮んだ。べつに涙も浮べもせず、

「わたくしはそういうつもりでしたけれど、むこうにはそこまでの気持はなかったんですのね。わたくしはただ、便利な道具につかわれただけでした」

「それを怒って殺人を？」

ゆかりは黙って首をふった。恭介は大きく溜息をつきながら、

「ゆかりさん。僕はいま、いわゆる探偵としてではなく、一人の裸の人間として、あなたの本当の心の声を聞かせていただきたいと思っているんですが、わかってくれませんか」

「わかります……でも……」

「僕は今日、松隈さんといっしょに月海荘へ行って来ましたよ。あなたのことにはふれなかったし、この事件の第二幕の解決は、わざと数時間見送ったんですが、あなたはあの時、彼といっしょにあの宿へ――『熱海』の間に行っていたんでしょう？」

ゆかりは、まるで子供のようにこくりこくりしてみせた。

「彼の目的を知っていてですか？」

「いいえ。先生は何とお考えか知りませんけれど、あの人の家へ行くまで、おまわりさんが知らせに来るまで――月海荘でどんな事件が起ったのか、全然知らなかったんです。ただ帰る間際に、服に着かえてから、あの人がちょっとといって、部屋を出たんで、何をするつもりなのかしら――と思ったんですが」

「部屋の中で一応の用事ははたせるはずですからね……ただ人間というものは、自分以外の人間の心の底までは、なかなか悟れないものなんです。ことに自分の愛している相手だと、すべて善意に善意にと解釈したがるものですから。それでどうして、あなたは彼を殺す気になったのですか？」

「恐しかったから――とでも申しあげるほかはございません。おまわりさんが帰ってから、わたくしたちは白茶けた気持でむきあっておりました。そのうちに、あの人はすごい眼をしていいました。

――いいか。お前も共犯だぞ。

わたくしはぞっとしてしまいました。どうして殺したのか、細かな所までは分りませんでしたが、この人といっしょに地獄へおちるならしかたがないとあきらめたんです。わたくしが本田さんのことでみどりさんと仲たがいをしていることは誰でも知っておりますし、二度ほどわたくしの下宿へたずねて来て、二度目には、わたくしの留守の間に部屋へ上りこんで女だてらに大喧嘩をはじめたことは証人がいくらでもおりますもの……いま考えて見れば、あの人はみどりさんと本田さんに復讐するつもりで、わたくしを口説いたのでしょうが、そこまで読みきれないのが女というもののあわれなところでございましょうね」

ゆかりの眼には初めて涙の滴が浮んだ。非情な男に憤るというより、自分をあわれみ軽蔑しているような顔で、

「カクテルでも作ってやろうといって、あの人は自分で台所へ行きました。何となく虫が知らせたのでしょうか。わたくしはそっとのぞいてみましたが、あの人は一つのグラスに何かの粉を落したんです。部屋へ帰って来た時、わたくしはただ恐しくてたまりませんでした。玄関に誰か来たんじゃない――といって、あの人を立たせ、そのすきにグラスをそっとすりかえました。そうしたら、そうしたら、ああいうことになったんです。

先生、これでも殺人罪は成立するものでしょうか？」

「裁判官の判断一つでしょうがね……僕の推理に誤りがなければ、彼はその時、あなたを殺して死体を車でどこかへ運ぶつもりだったんでしょうがね。事件の進展があまり早かったものだから、あわててしまって、自分の気持がおさえきれなくなったんですね。あなたを信じきれなくなって、あなたの口から秘密がもれることを恐れて、毒を食わば

皿までという気持になったとしたところで、ちっともふしぎはありますまいね」

「先生、わたくし、これからどうしたらようございましょう？」

「だから僕は今日探偵としてではなく、人間としてあなたにおあいしたのですよ。僕はこのことについては何もいいませんから、これから自首して出なさい。むごいようですけれども、それが現在のあなたにとっては、最善の方法だと思います。無罪、執行猶予は望めないとしても、刑はごく軽いんじゃないかと思います」

「どんなに重くてもかまいませんわ」

すべてをあきらめきったのか、ゆかりは空ろな声で答えた。恭介はなおもやさしく、

「そのお薬をお上んなさいよ。人間というものは最後の瞬間まで、自分を大事にしなくちゃいけないものですよ。自殺などということはまだやさしい逃避行なんです。すべてにたえて生きぬく方が何倍か難しく、何倍か勇気のいることなんです」

ゆかりはだまって機械的にビタミン剤を何粒かのみこんだ。恭介は静かにその肩をたいて沈痛な声でいった。

「参りましょうか」

会計を終ると二人は足どりも重く階段をおりた。だが、まだ店を出ないうちに、ゆかりはふらふらとよろめき、ひくい呻きをもらし、そのままばったり倒れてしまった。

「どうしたんです？　貧血ですか？」

昨夜のことがあっただけに、恭介も最初はそれほど事を重大に思わなかった。ひざまずいて、その体を抱き起して、初めて愕然（がくぜん）としたのだった。

青酸中毒！

応急処置の暇もなかった。電撃的なこの毒に特有のショック死が、一瞬ゆかりを倒してしまったのだ。

恭介は店全体の視線が自分の一身に浴びせられるのを全身の皮膚に感じながら、電話で松隈警部補をよび出した。

十

「先生、これは自殺でしょうね？　先生にそれだけ鋭くつっこまれて、もう逃げられないと観念して……」

警部補は恭介の話を聞き終ると、助け舟を出すようにやんわりとたずねたが、恭介は逆に首をふった。

「そんなはずはありませんよ。僕が始終その後から眼をはなさないでいたんですから、何かふしぎな行動があったら、必ず僕の眼にとまるはずです」

「でも……」

「おかしいこともあるものですね。彼女はこの店へ来てから、水にしか口をつけなかったんですよ。あのビタミン剤のほかには……」

恭介は初めて恐しい事実に気がついた。

「その薬に、青酸カリが入っていたはずですよ。糖衣が胃の中で溶解して、青酸中毒が始まるまでには十分か十五分かかりますから。ちょうど時間がぴったりあいます」

「ビタミン剤に……まさか！」

恭介は残りの粒を机の上にあけ、その中からただ一錠を拾い出した。

「もちろん製造元とは何のかかわりもないことですよ。でもこの粒はほかのとは少し違っているでしょう。誰かが真中から安全剃刀か何かでこれを二つに割って、中のビタミン剤をくり出し、最中みたいにして、かわりに青酸カリをつめ、カゼインか何かでもと通りにくっつけておいたんじゃないかと思います。警視庁で、これを試験させてみて下さい。恐らく僕の想像にはあやまりはありますまい」

松隈警部補は、何ともいえない恐怖に満ちた眼で恭介を見つめていた。

「でも……誰が、こんな手のかかるまねをして……」

「手のかかるかわりに絶対確実な、安全度の高い方法なんですよ。前にも申しあげたように、青酸カリを口からのませるのは、相手がよほどどうかしていないと出来ないことなんですし、これなら飲んだ瞬間には、何の苦痛も伴わない。百錠入りの瓶の中に一つか二つまぜておけば、いつかは必ず目的が達せられるでしょうし、この人が僕の面前で、この薬を飲んだのでなかったら、僕だってその秘密には気がつかなかったかも知れませんよ」

相手は掌の上の真赤な錠剤と恭介の顔をしきりに見くらべながら、

「ただ残された問題は、誰がこんな細工をしたかということですが……」

「これも大胆な想像ですが……」

恭介も暗澹たる思いで顔を伏せながら、

「小宮みどりがその犯人だったかも知れませんよ。みどりは二度もこの下宿を訪ねていっています。最初どこかにおいてあったビタミン剤の瓶を見て、この計画を思いついたのかも知れません。次に訪ねて行った時には部屋で待たされたそうだし、その時瓶ごとすりかえたか、もとの瓶の中に幾錠かまぜておいたか、どっちかは分りませんけれど……」

「先生、先生のおっしゃる通りだとすると、これは恐しい事件でしたね。三人の人物が、たがいに一人の人間を殺して、ほかの相手に殺されて、三人でぐるぐる廻りをしていたんですね」

恭介はなぜか一滴の涙を浮べ、骨を嚙むような悲痛な調子でつぶやいた。

「蛇の環が閉じた。後に三人の骨が残った」

（「オール讀物」一九五六・一一）

彬光とカー

二階堂黎人（作　家）

本格推理小説の熱烈なファンであり、しかも、ガチガチの本格推理小説を書いている私なので——読書体験として——面白い本格推理小説に出会えることが何より嬉しい。その上、その作品で使われているトリックやプロットが画期的に優れていたら——そんな作品に出会えた時には、「これを書いたのが自分だったら良かったのに！」と、切実に思ってしまう。願望と嫉妬と悔しさが入り混じった複雑な気持ちで。

そして、高木彬光の書いた最高傑作『人形はなぜ殺される』が、まさにそんな本だった。

私はこれまで、『人形はなぜ殺される』を四度、熟読している。その度に感動し、嘆息し、新たな発見があって瞠目した。今回、このエッセイを書くために五度目の読書を楽しんだわけだが、やはり感動し、嘆息し、新たな発見を得た。それほど、私はこの作品が好きだし、この作品が達成したジャンル的な高みを思うと、敬意でいっぱいになる。

そもそも、『人形はなぜ殺される』という題名が魅力的だ。ジョン・ディクスン・カーの（カーター・ディクスン名義の）『読者よ欺かるるなかれ』同様、この題名によって、読者への挑戦意識が明確化されている。「序詞」と記されたプロローグ部分でも、作者自らが読者に対して、知恵の決闘を訴える白手袋を投げつけている。それほど高木彬光は、この『人形はなぜ殺される』という作品に自信があったのだろう。

それもそのはず。全編を覆う怪奇性、首切り人形の魔術、列車による人形轢断、異様な連続殺人、鉄壁のアリバイ、そして、類い希なトリック——と、開幕から、名探偵・神津恭介の名推理に至るまで、この作品は驚きの連続である。事件の説明以外にいっさいの無駄がないのに、次々に繰り出される奇怪な事件と不気味な雰囲気が本物の恐怖を生み、深まる謎が我々を混迷へと導く。重大な手がかりや証拠もしっかりと提示してあるのだが、我々はまったくそれに気づかない。何しろ、題名や冒頭の「序詞」さえ、実は、読者を誤った推理に導く、巧妙なミスディレクションだったのだから。

結局、どんなに頭の良い読者でも、この事件の真相を看破することはできないだろう。すっかり降参して、悪魔的な叡智を誇る作者の前に跪（ひざまず）くしかないのである。

＊

『人形はなぜ殺される』を読み返すついでに、本棚を調べてみたら、高木彬光の本が七十冊以上も出てきた。江戸川乱歩、横溝正史、鮎川哲也についでたくさんの本を持っていることが確認できた。そのほとんどが、山吹色（金色？）の背をした角川文庫版であり、欠けている巻はほんの少しだった。これらの本は、ある時期、私が高木彬光作品に耽溺していたことを示す明白な証拠である。

いったい、私は、高木彬光作品のどこに惹かれたのか。

推理小説の歴史を繙（ひもと）くと、戦後の日本の推理小説界は、ジョン・ディクスン・カーの作品——不可能犯罪と豊かなドラマ性——を模範として復興を果たした。乱歩は盛んにカーの作品を紹介する随筆を書き、正史はカーの作品にならって『本陣殺人事件』や『獄門島』などの傑作を書いた。高木彬光もカーを愛読し（カーの『帽子蒐集狂事件』の翻訳さえ行なっている）、密室トリックを中心に据えた『刺青殺人事件』や『能面殺人事件』『呪縛の家』『死を開く扉』「わが一高時代の犯罪」「妖婦の宿」「影なき女」などの本格作品を続々と発表した。

当然のことながら、カーを師事し、不可能犯罪ものが——読むのも書くのも——大好きな私は、それらの高木彬光作品を夢中になって読んだ。そして、多くのものを学んだのである。

どれほど、私が高木彬光から影響を受けたかというと、『人形はなぜ殺される』の中で、『刺青殺人事件』などと一緒に大事件として名が挙がっている『甲冑殺人事件』という本を、実在すると思ってあちこち捜し回ったほどだ。それが存在しないと解ると、「よし。高木彬光の代わりに俺が書いてやれ！」と決意し、西洋甲冑づくしの不可能犯罪物語『悪霊の館』を書き上げたくらいなのである。

それくらい、私にとっては、『人形はなぜ殺される』の中の一字一句が大事だったのだ。

＊

最後に、私の選ぶ高木彬光作品ベスト3を紹介しておく。

『人形はなぜ殺される』
『成吉思汗の秘密』
『随筆　探偵小説』

高木彬光と言えば、やはり名探偵・神津恭介の活躍する作品であろう。その中から、二作品を（苦労して）選んだ。あと一冊は、昭和三十一年に、高木彬光が本格推理小説に対する熱い思いを綴った随筆集を推薦したい。

この随筆集には、古今東西の密室殺人を扱った作品を、現場の状況を示す立体的なイラストによって紹介するという、画期的な論評が含まれている。残念ながら今は絶版なのだが、機会があれば、ぜひ手にとって御覧いただきたい。高木彬光の本格への愛情がどこから湧き出ていたか、これを読むとはっきり解るだろう。

解　題――秀逸なアリバイトリックと構成の妙

山前（やままえ）譲（ゆずる）
（推理小説研究家）

『人形はなぜ殺される』は、一九五五（昭和三十）年十一月、「書下し長篇探偵小説全集7」として、大日本雄弁会講談社より刊行された。名探偵・神津恭介のシリーズとしては、デビュー作の『刺青殺人事件』以来の書下ろし長編である。巻頭に音楽を聴いている著者近影があり、裏面に本書に収録した「私の近況」があった。匿名組合保全経済会の事件や魔術師フーディニエ（フーディーニ）の伝記映画（トニー・カーティス主演『魔術の恋』）ほか、現実の出来事が組み込まれていて、それらによって本書の事件が一九五三年に発生したと確定される。

「書下し長篇探偵小説全集」は戦後初の書下ろしによるミステリーの全集で、全十三巻のラインナップは以下の通りだった。

第一巻　十字路　　江戸川乱歩
第二巻　見たのは誰だ　　大下宇陀児

第三巻　魔婦の足跡　　　　　　　香山　滋
第四巻　光とその影　　　　　　　木々高太郎
第五巻　上を見るな　　　　　　　島田一男
第六巻　金紅樹の秘密　　　　　　城　昌幸
第七巻　人形はなぜ殺される　　　高木彬光
第八巻　五匹の盲猫　　　　　　　角田喜久雄
第九巻　夜獣　　　　　　　　　　水谷　準
第十巻　十三角関係　　　　　　　山田風太郎
第十一巻　仮面舞踏会　　　　　　横溝正史
第十二巻　鮮血洋燈　　　　　　　渡辺啓助
第十三巻　黒いトランク　　　　　鮎川哲也

このうち『五匹の盲猫』と『仮面舞踏会』は未刊に終わっている。第十三巻は公募されたものである。第一回配本は『十字路』と『魔婦の足跡』で、『人形はなぜ殺される』は『見たのは誰だ』とともに第二回配本だった。

初刊以後、講談社ロマンブックス版ほかいろいろな形で出版されてきた『人形はなぜ殺される』だが、本書は作者の手で加筆・訂正がなされた「校正用」と記されている初刊本も参考とした。それほど入念に加筆・訂正がなされているわけではないが、見出しにはかなりの直しがあるので、その変更点のみここに示しておく。上段が「校正用」（本書）、下段が初刊本その他のものである。

序詞	↑	序奏
第一幕　断頭台への行進	↑	断頭台の女王
第三場　起こらなかった惨劇	↑	魔術の公理第一条
第六場　友の屍をふみ越えて	↑	あわれなる犠牲者よ汝の名は
第七場　捜査の常道	↑	誤れる捜索
第十場　首を斬ったり斬られたり	↑	精神病院の首斬り娘
第二幕		
第六場　犯人はこの中にいる	↑	犯人はこの中にいる！
第八場　西走東奔	↑	スイッチ・バック
第九場　悪魔の側のエチケット	↑	魔術の公理第二条
第三幕　悪魔会議の夜の夢	↑	黒いミサの犠牲
第四幕		
第二場　そなたの首をちょいと斬るぞ	↑	首のない人形

本書では採らなかったが、「校正用」の扉にはサブ・タイトルとして、「幻想交響曲」の主題による四幕の殺人劇
と加筆されている。

失恋した芸術家が阿片を飲んで死のうとしたものの、死には至らず、夢の中で幻想的な恋の物語をつづける――一八三〇年初演のベルリオーズ『幻想交響曲』(幻想交響楽)は、五楽章からなる標題付きの交響曲で、「交響詩」形式の先鞭だった。各楽章にも以下のような題が付けられている。

第一楽章　夢、情熱
第二楽章　舞踏会
第三楽章　野の風景
第四楽章　断頭台への行進
第五楽章　魔女の夜宴の夢(「サバトの夜の夢」ほか別訳あり。本書では「悪魔会議の夜の夢」)

見出しを直したことによって、冒頭の場面で無気味に流れていた『幻想交響曲』が、作品のモチーフとしてより強く印象づけられる。

『幻想交響曲』の作曲には、作曲家自身の失恋が大きく影響したという。ベルリオーズ

は一八二七年、二十三歳のときに、シェークスピア劇の女優であったハリエット・コンスタンス・スミッソンに恋をする。だが、彼女は人気女優で、まだパリ音楽院の学生のベルリオーズが相手にされるはずはなかった。ラブレターを何通も出したが、あまりにも情熱的過ぎて、かえって気味悪がられたという（ただし、のちに二人は結婚している）。

失恋したベルリオーズは一八三〇年、ピアノ奏者のマリー・モークと婚約する。ところがマリーは、彼との結婚に反対する母親の策略で、なんと別の男と結婚してしまうのだった。ローマに留学中だったベルリオーズは、女中に変装してモーク母子を殺すことを考え、自らは死を選び、恋に決着をつけようとしたと伝えられている。

もちろん実際には殺人事件にまでは発展しなかったけれど、『幻想交響曲』にはこうした熱狂的な恋が、殺人事件にも発展しかねなかった恋物語がベースにあった。高木彬光が久しぶりの書下ろしを執筆するにあたって、モチーフとしたのも納得できるだろう。「読者諸君への挑戦」も付されて犯人当ての興味をそそっている『人形はなぜ殺される』の特徴は、タイトルに暗示されたアリバイ・トリックである。高木彬光は『随筆探偵小説』の「アリバイ」の項で、このアリバイ・トリックを自作でも異色のものとしたあと、次のように述べている。

探偵小説のトリックというものは、実につまらないところから発生し、成長して来るもので、この大長篇のトリックもその御多分にはもれなかった。実はある時、江戸川、角田諸先生などと一泊旅行に出かける約束で、小田急のロマンスカーに乗ることになったのだが、この列車は、新宿・小田原間をノンストップで走るので、私の家の眼の前の線路を走って行くくせ、私はわざわざ経堂から新宿まで逆行して、その電車に乗りこまなければならないのである。いい加減遅刻しそうになって、逆上していたのであろう。私は家のものをつかまえて、

「おい、誰か、線路の上に寝ていて、ロマンスカーをとめてくれないか。おれはここから乗って行くから」

などとどなったものだ。どなりながらもぎくりとしたのは、これならりっぱなトリックになるなと思ったのである。

高木作品では密室トリックのほうが印象的かもしれないが、いち早く航空便に着目した「死美人劇場」（一九五五）など、アリバイ・トリックにも創意を見せている。『人形はなぜ殺される』のアリバイ・トリックは、高木作品におけるトリックのなかでもとり

わけ注目すべきものだろう。

『人形はなぜ殺される』でもうひとつ注目したいのは、神津恭介が夜行列車の「月光」で京都へ向かっている場面である。彼が列車内から松下研三に電報を打った際、末尾に「カミヅ」（初刊本では「カミズ」）と記しているからだ。『刺青殺人事件』の初刊本で「かうづ」（当時は旧仮名遣い）とルビを振られて以来、「神津」の読みかたには諸説あって、その当時でも統一されていたとは言い難かったのだが、本書の刊行によって確定された。

併録の二短編、「罪なき罪人」（「読物」一九五三・四）と「蛇の環」（「オール讀物」一九五六・一二）は、『人形はなぜ殺される』に相前後して発表された神津恭介の事件簿である。「罪なき罪人」では東洋新聞社の真鍋が松下研三に代わってワトソン役をつとめているが、『白妖鬼』ほかいくつかの神津恭介シリーズでお馴染みの人物だ。「蛇の環」には『刺青殺人事件』以来の刺青趣味が怪奇味を添えている。

光文社文庫

高木彬光コレクション／長編推理小説

人形(にんぎょう)はなぜ殺(ころ)される　新装版

著　者　高(たか)木(ぎ)彬(あき)光(みつ)

2006年4月20日　初版1刷発行
2020年10月25日　6刷発行

発行者　鈴　木　広　和
印　刷　豊　国　印　刷
製　本　ナショナル製本

発行所　株式会社　光　文　社
〒112-8011　東京都文京区音羽1-16-6
電話　(03)5395-8149　編　集　部
8116　書籍販売部
8125　業　務　部

ISBN 978-4-334-74050-4　Printed in Japan